Diogenes Taschenbuch 22488

detebe

Horror

*Klassische und
moderne Horrorgeschichten
von Charles Dickens
bis Ernest Hemingway
Ausgewählt und mit einem
Nachwort von
Mary Hottinger*

Diogenes

Diese Auswahl erschien erstmals 1961
unter dem Titel ›Panik‹,
1968 unter dem Titel ›Gruselgeschichten‹ und
1983 unter dem Titel ›Horror‹ als Diogenes Evergreen
Hinweis am Schluß des Bandes
Umschlagzeichnung
von Tomi Ungerer

Folgende Erzählungen wurden
in bereits vorliegenden Übersetzungen übernommen:
Poe ›Der rote Tod‹ von Marlies Wettstein;
Bierce ›Die Totenwache‹, Onions ›Die lockende Schöne‹,
Armstrong ›Der Pfeifenraucher‹ und
Burrage ›Die Wachsfigur‹ von Maria von Schweinitz;
Kipling ›Sie‹ von E. A. Reinhardt;
Kipling ›Eine Tatsache‹ von Hans Reisiger;
Stevenson ›Markheim‹ von Richard Mummendey;
Saki ›Sredni Vashtar‹ von Günter Eichel;
Waugh ›Der Mann, der Dickens liebte‹ von
Lucy von Wangenheim;
Waugh ›Miss Bella gibt eine Gesellschaft‹
von Elisabeth Schnack;
Hemingway ›Die Killer‹ von Annemarie Horschitz-Horst;
alle anderen Erzählungen wurden von
Peter Naujack übersetzt.

Veröffentlicht als Diogenes Taschenbuch, 1992

100/92/8/1
ISBN 3 257 22488 5

Inhalt

MARY HOTTINGER

Die Reise der Mary Celeste

Am 7. November 1872 segelte die Brigg *Mary Celeste* mit einer Ladung von Fässern mit Alkohol für den italienischen Weinhandel von New York nach Genua. Sie wurde von Kapitän Briggs befehligt, einem erfahrenen und hochgeachteten Schiffskommandanten, der die gleiche Reise schon oft gemacht hatte. Seine Frau und seine kleine Tochter begleiteten ihn, und die Besatzung zählte sieben Mann.

Am frühen Nachmittag des 5. Dezember jenes Jahres wurde die *Mary Celeste* von einem deutschen Dampfer gesichtet und angerufen, gab jedoch keine Antwort. Der Kapitän des deutschen Dampfers schenkte dem Zwischenfall wenig Beachtung, da die beiden Schiffe in einer Entfernung von einigen Meilen aneinander vorbeifuhren; er konnte die *Mary Celeste* auch erst später identifizieren.

Am selben Nachmittag holte die nach Gibraltar bestimmte *Dei Gratia* aus New York die seltsame Brigg ein. Als sie mit ihr auf die gleiche Höhe kamen, glaubte Kapitän Morehouse von der *Dei Gratia* die *Mary Celeste* zu erkennen, deren Kommandant ein alter Freund von ihm war. Er signalisierte sie mehrere Male an, erhielt aber keine Antwort. Sowie sie in Hörweite gelangten, rief er sie an, doch wieder kam keine Antwort. Es gab jetzt keinen Zweifel mehr, daß es die *Mary Celeste* war, und Kapitän Morehouse begann sich Sorgen zu machen, denn er sah, daß sie ziemlich stark gierte und bei jedem Umlaufen des Windes ihre Fahrt änderte. Außerdem hatte sie ihre Großsegel nach steuerbord gesetzt, obwohl der Wind hauptsächlich aus dieser Richtung kam und sie nach backbord drückte. Die fröhliche Versicherung seines Steuermanns, daß wahrscheinlich die ganze Crew betrunken unter Deck liege, beruhigte ihn nicht; er befahl ihm, zwei Mann zu nehmen und die Brigg zu entern.

Als der Steuermann mit einem der beiden Männer an Bord der *Mary Celeste* kam, erkannten sie sogleich, daß dies kein gewöhnliches treibendes Wrack war. Man sah keine Unordnung, die Planken waren gesund und das Ruder war nicht festgezurrt. Doch als sie rufend nach achtern gingen, antwortete ihnen nur ein Schweigen: keine lebende Seele befand sich an Bord.

Kapitän Morehouse kam nun selbst hinüber, um nachzuforschen. Die *Mary Celeste* war nicht nur völlig in Ordnung, unversehrt und seetüchtig, sondern man sah auch keine Anzeichen für eine verängstigte Flucht. Proviant und Wasser gab es reichlich an Bord, die Kombüse war sauber aufgeräumt, wie kurz nach einer Mahlzeit, und die Schlafkojen waren ordentlich gemacht, außer einer, wo eine kleine Vertiefung im Kissen aussah, als habe der Kopf eines Kindes dort geruht. In der Kajüte hing die Uhr des Kapitäns noch an der Lampe über dem Tisch, ein Harmonium stand offen mit einem Notenblatt auf dem Gestell, und die Nadel der Nähmaschine steckte noch in einem feinen Stück Näharbeit. Jemand hatte einen Brief begonnen: »Fanny, meine liebe Frau ...«, aber nicht weitergeschrieben. Auch nicht ein Gegenstand war von seinem Platz gefallen, nicht einmal der Fingerhut neben der Nähmaschine. Was immer für ein Geschick die *Mary Celeste* getroffen haben mochte, es war kein schlechtes Wetter.

Im Mannschaftslogis hing Wäsche auf einer Leine zum Trocknen, und Gegenstände von zwar geringem aber persönlichem Wert lagen noch da, die kein Seemann zurückgelassen haben würde, hätte er nur Zeit zum Nachdenken gehabt. Es sah genauso aus, als sei die gesamte Schiffsbesatzung zum Tee ausgegangen und würde in einer halben Stunde wieder zurück sein. Aber das Logbuch war vorhanden und entkräftete die Annahme einer kürzlichen Flucht. Kapitän Morehouse ging am 5. Dezember an Bord der *Mary Celeste*, aber die letzte Eintragung im Logbuch lautete auf den 24. November. Eine weitere Eintragung in der Schiffskarte jedoch zeigte, daß sie sich am nächsten Morgen, dem 25. November, nicht sehr weit nördlich der Insel Santa Maria in den Azoren befunden hatte. Zehn Tage lang war sie schweigend über das Meer gesegelt, unbemannt und ohne Steuermann.

Da es in jener Zeit am naheliegendsten war, jedes treibende Wrack als Opfer einer Meuterei zu erklären, kam das auch hier zuerst zur Sprache. Aber weder schreckliche Verwüstung und Spuren eines Blutbades wie bei einer Meuterei bestätigten diese Annahme, noch gab es Anzeichen dafür, daß man diese beseitigt hätte. Auf dem Deck fand man zwar einige Blutstropfen, aber jede geringfügige Verletzung konnte dafür als Erklärung dienen; und Flekken auf einem Entermesser, die man ursprünglich für Blut gehalten hatte, wurden später analysiert und als gewöhnlicher Rost erkannt.

Das Rettungsboot des Schiffes war jedoch verschwunden. Kapitän Morehouse nahm die *Mary Celeste* in Schlepp nach Gibraltar und erzählte seine Geschichte. Nach langem Tauziehen erhielt er seine Bergungsprämie. Monatelang wurden alle Häfen überwacht, aber nirgends zeigte sich je wieder eine Spur von der Besatzung der *Mary Celeste*. Trotz des vorherrschenden schönen Wetters muß die See das Boot verschlungen haben, wie ein Hund ein Stück Kuchen mit einem Zuschnappen verschwinden läßt.

Die *Mary Celeste* war unbeschädigt, aber sie galt als ein gezeichnetes Schiff. Mehr als einmal wechselte sie den Besitzer, doch die Matrosen scheuten vor ihr zurück, denn sie sind ein abergläubischer Menschenschlag mit einem langen Gedächtnis. Schließlich zerschellte die Brigg an einer amerikanischen Insel, und niemand trauerte ihr nach. Man sagt, daß alle, die jemals auf ihr segelten, ein tragisches Ende fanden.

EDGAR ALLAN POE

Der Rote Tod

Schon lange wütete der Rote Tod im Land; keine Seuche hatte je so grauenhaft und verheerend um sich gegriffen. Mit Blut drückte er seinen Stempel auf, mit dem krassen Rot des Blutes. Das Opfer wurde von stechenden Schmerzen, plötzlichem Schwindelgefühl und schließlich von starken Blutungen aus allen Poren befallen, die den Tod bewirkten. Von allem Anfang an waren die Unglücklichen gezeichnet, denn überall am Körper traten scharlachrote Flecken auf, besonders im Gesicht, so daß sie weder Hilfe noch Mitleid bei den anderen fanden. Anfall, Verlauf und die schlimme Wendung der Seuche waren das Werk einer halben Stunde.

Fürst Prospero aber, glücklich und furchtlos, gab sich nicht geschlagen. Als sein Reich bereits zur Hälfte entvölkert war, sammelte er tausend rüstige, lebenslustige Ritter und Damen des Hofes um sich und zog mit ihnen auf eines seiner abgelegenen Landschlösser. Es war dies ein weitläufiger Prachtbau, nach des Fürsten absonderlichem Plan erstellt und dennoch von edlem Geschmack. Eine breite, hohe Mauer mit eisernen Toren lief rings um das Schloß. Nach ihrer Ankunft ließen die Hofleute Schmelzöfen und schwere Hämmer bringen und schweißten die Riegel der Tore zu, denn die Verzweiflung sollte weder herein- noch hinausgelangen können. Das Schloß war reichlich mit Lebensmitteln versehen. Mit diesen Vorsichtsmaßregeln hofften die Höflinge der Gefahr einer Ansteckung entronnen zu sein. Die Außenwelt mochte für sich selbst sorgen. Mittlerweile war es töricht, sich mit Kummer und Sorgen zu plagen. Der Fürst hatte denn auch für vielerlei Vergnügungen gesorgt. Da gab es Possenreißer, Stegreifdichter, Ballettänzer; es gab Wein, schöne Frauen, Musik. Alles das gab es da drinnen und zudem das Gefühl der Sicherheit. Draußen herrschte der Rote Tod.

Im fünften oder sechsten Monat ihrer Abgeschlossenheit, als die Seuche gerade am stärksten wütete, beschloß Fürst Prospero, seine tausend Freunde zu einem ungewöhnlich prächtigen Maskenball zu laden.

Es wurde ein üppiger Mummenschanz. Doch laßt uns vorerst einen Blick auf die Festräume werfen. Es waren ihrer sieben, eine wahrhaft fürstliche Zimmerflucht. In den meisten Schlössern hätten sie wohl in einer einzigen, geraden Reihe gelegen, so daß man bei aufgeschlagenen Flügeltüren jeweils einen ungehinderten Blick durch alle Räumlichkeiten hat. Hier jedoch war es anders, denn durch des Fürsten Vorliebe für das Wunderliche waren die Säle so unregelmäßig angeordnet, daß man nur wenig mehr als einen Saal übersehen konnte. Alle zwanzig bis dreißig Schritte ging es um die Ecke, und man hatte staunend ein neues Bild vor sich. In jedem Saal ging zur Rechten und Linken in der Mitte der Wand ein hohes, schmales gotisches Fenster auf einen geschlossenen Gang hinaus, der den Windungen der Zimmerflucht folgte. Mit der jeweiligen Ausstattung des Raumes stimmte auch die Farbe des Fensterglases überein. Die beiden Fenster im östlichen Flügel waren zum Beispiel blau gehalten, im Einklang mit dem blau ausgeschlagenen Raum. Das folgende Zimmer war purpurrot und dementsprechend auch die Scheiben purpurfarben. Das dritte war ganz in Grün und besaß grüne Fenster. Im vierten Gemach strahlte goldgelbes Licht auf die gelbe Verkleidung. Das fünfte war in Weiß gehalten, das sechste veilchenfarbig. Decke und Wände des siebenten waren indessen ganz mit schwarzem Samt verhängt, der in schweren Falten auf einem Teppich gleicher Art und Farbe niederfiel. Nur in diesem Saal entsprach die Farbe der Fenster nicht der inneren Ausstattung. Die Scheiben waren hier blutrot gefärbt.

Weder Lampen noch Leuchter fanden sich in den sieben Sälen, in denen überall eine Fülle von goldenem Zierat gleißte. Von innen war die Zimmerflucht von keinem Licht erhellt. Im Gang, der ihr außerhalb folgte, stand jedoch jedem Fenster gegenüber auf einem Ständer ein Becken, aus dem ein Kohlenfeuer loderte, das durch die gefärbten Scheiben strahlte und dem Gemach eine funkelnde Helle verlieh mit stets wechselnden bunten und traumhaften Bildern. Nur im schwarzen Westsaal wirkte das feurige Licht der blutroten Scheiben auf den schwarzen Behängen unbeschreiblich grauenvoll. Die Gesichter waren so gespenstisch beleuchtet, daß überhaupt nur wenige die Kühnheit besaßen, den Fuß über die Schwelle zu setzen.

An der Westwand dieses Gemachs stand eine riesengroße Uhr aus Ebenholz. Dumpf schwang das große Pendel hin und her in eintönigem Schlag. Wenn der Minutenzeiger seinen Kreislauf beendet hatte und wieder die Stunde anzeigte, erklang aus dem metallenen Innern der Uhr ein voller, tiefer, ungemein wohlklingender Ton, so eigenartig und nachdrücklich, daß die Musiker nach Ablauf jeder Stunde unwillkürlich innehielten und lauschten. Der rauschende Walzer brach dann ab, und eine leichte Beklemmung bemächtigte sich der fröhlichen Gesellschaft.

Beim Klang der Uhr erblaßten selbst die Sorglosesten, und die Älteren strichen sich nachdenklich und traumverloren über die Stirn. Wenn der Ton verklungen war, wurden alle bald wieder heiter wie zuvor. Die Musiker blickten einander an, lächelten über ihre törichte Verwirrung und beteuerten leise, beim nächsten Mal beherzter zu sein. War die Stunde dann wieder voll (nach dreitausendsechshundert Sekunden der verrinnenden Zeit) und ertönte der bedeutsame Klang der Uhr von neuem, verbreitete sich dieselbe Unruhe und Bangigkeit, dieselbe nachdenkliche Stimmung.

Doch trotz dieser Vorgänge nahm das Fest einen heiteren, prächtigen Verlauf. Der Fürst besaß einen eigenartigen Geschmack. Besonders für Farbenwirkungen hatte er viel Sinn und verachtete alles bloß Herkömmliche. Seine feurigen Pläne entbehrten nicht der Kühnheit, und seine Eingebungen sprühten Urkraft. Manche hätten ihn wohl für wahnsinnig gehalten, doch seine Freunde kannten ihn besser. Man mußte ihn selber hören und sehen und sich mit ihm unterhalten, um überzeugt zu sein, daß er es nicht war.

Die Ausschmückung der sieben Säle zu diesem Fest war unter seiner Anleitung erfolgt, und ebenso war es sein Geschmack gewesen, der die Masken und Verkleidungen bestimmt hatte. Man konnte deshalb den seltsamsten Erscheinungen begegnen. Überall glänzte und glitzerte es von phantastischen Wesen. Da gab es merkwürdige Gestalten, bei denen Kostüm und Körperform nicht zueinander paßten. Oder solche, die an Fieberträume eines Wahnsinnigen gemahnten. Daneben waren viel hübsche und mutwillige Dinge zu sehen, viel launige Einfälle, auch Schreckliches und nicht wenig Widerwärtiges. Eine Menge wirrer Traumgestalten wogte in den Sälen hin und her, ging ein und aus und wechselte in den verschiedenen Räumen spukhaft die Farbe, wobei die wilde Musik gleichsam nur als Widerhall ihres Auftretens wirkte.

Und immer wieder erklingt die schwarze Uhr im Samtgemach. Dann verstummt der Lärm, alles schweigt und lauscht. Die Traumgestalten bleiben starr und wie gebannt stehen, bis die Klänge verhallen – es dauert wohl nur Sekunden – dann erhebt sich wieder ein leichtes, halb unterdrücktes Lachen, die Musik schwillt an, die Gestalten erwachen, wogen noch heiterer hin und her, getaucht in die Farben der Glasfenster, durch welche der Feuerschein flackert. In den westlichen Saal jedoch wagt sich keine der Masken mehr, denn die Nacht geht zu Ende; ein rötlicheres Licht dringt durch die blutroten Fenster; schwärzer wirken die Samtbehänge. Wer dennoch einen Fuß auf den schwarzen Teppich setzt, dem klingt das dumpfe Ticken der Uhr nachdrücklicher ins Ohr als irgendein Laut den andern, die sich dem fröhlichen Trubel der übrigen Gemächer ergeben.

Dort herrschte dichtes Gedränge, und fieberhaft hämmerte der Herzschlag des Lebens. Die Lustbarkeit schwang sich höher und höher, bis endlich die Uhr Mitternacht zu schlagen begann. Die Musik hielt ein wie zuvor, der rauschende Walzer brach ab, und es legte sich dieselbe Beklemmung über alle. Zwölf Schläge waren es diesmal. Es blieb mehr Zeit zur Besinnung, und die Nachdenklicheren wurden ernster. Daher kam es wohl auch, bevor die letzten Schläge verklungen waren, daß mehrere eine Maske bemerkten, die bisher noch niemandem aufgefallen war. Ein Raunen ging durch die Säle, als die Kunde davon sich verbreitete, es entstand ein allgemeines mißbilligendes Gemurmel, das sich bald zu Schreckenslauten steigerte.

Es ist klar, daß in dieser grotesken Gesellschaft eine gewöhnliche Maske niemals so viel Aufsehen erregt hätte. Der Wahl einer Verkleidung waren überhaupt keine Gren-

teckt. Diese Gestalt setzte indessen allem die Krone e verletzte sogar des Fürsten großmütige Art. Selbst chtfertigsten haben in einem Winkel ihres Herzens Saiten, bei deren Klang sie erbeben. Und auch für den Verworfensten, der über Tod und Leben spottet, gibt es Dinge, vor denen sein Spott verstummt. Kurz, die ganze Gesellschaft war sich einig, daß des Fremden Maske weder Geist noch Gefühl für Anstand verriet. Die große, hagere Gestalt war von Kopf bis Fuß in Sterbekleider gehüllt. Das Gesicht lag hinter einer Maske verborgen, die so täuschend das Antlitz eines erstarrten Leichnams wiedergab, daß es selbst beim genauesten Hinsehen nicht als Maske zu erkennen war. Doch all dies wäre von der tollen Gesellschaft durchaus gebilligt, wenn nicht sogar gutgeheißen worden. Der Vermummte hatte sich indessen nicht gescheut, die Gestalt des Roten Todes anzunehmen: das Gewand war blutbefleckt, die Stirne und die übrigen Gesichtszüge mit den grausigen, scharlachroten Flecken übersät.

Als Fürst Prospero diese geisterhafte Erscheinung erblickte, die sich langsam und feierlich inmitten der Menge bewegte, um die angenommene Rolle möglichst vollkommen zu spielen, schauderte er zuerst, sei es vor Schreck, sei es vor Abscheu; doch im nächsten Augenblick packte ihn helle Wut.

»Wer wagt es«, fragte er seine Umgebung, »wer wagt es, Hohn und Spott mit uns zu treiben? Ergreift ihn und reißt ihm die Maske vom Gesicht, damit wir wissen, wer bei Sonnenaufgang von der Schloßmauer baumeln muß!«

Fürst Prospero befand sich im blauen Ostgemach, als er diese Worte ausstieß. Doch drang seine Stimme laut und deutlich durch alle sieben Räume, denn er war kühn und kraftvoll von Gestalt, und die Musik war auf einen Wink seiner Hand verstummt.

Im blauen Zimmer stand der Fürst, umgeben von einer Schar blaß gewordener Höflinge. Während er noch sprach, entstand eine leichte Bewegung dieser Gruppe gegen den Eindringling hin, der in diesem Augenblick nicht weit weg war und jetzt mit bedächtigem, gemessenem Schritt dem Fürsten nahte. Aber eine namenlose Scheu vor der Vermessenheit des Vermummten hielt alle im Bann, so daß niemand ihn zu ergreifen wagte. Ungehindert trat er bis auf zwei Schritte an den Fürsten heran, und während die Menge unwillkürlich zurückwich, schritt er mit demselben feierlichen und gemessenen Gang, der ihm von allem Anfang an eigen war, ununterbrochen weiter, vom blauen Gemach ins purpurrote, dann durch das grüne Zimmer ins goldgelbe, von da ins weiße, dann ins veilchenfarbige, ohne daß eine Hand sich rührte. Doch plötzlich geriet der Fürst außer sich vor Wut und Scham über seine eigene Feigheit. Mit blankem Dolch stürzte er durch die sechs Gemächer – von niemandem begleitet, da sich aller eine tödliche Furcht bemächtigt hatte – und war in ungestümer Eile nur noch drei oder vier Fuß von der Maske entfernt, die bereits im Innersten des schwarzen Gemachs angelangt war, als diese plötzlich kehrtmachte und sich dem Verfolger stellte. Ein gellender Schrei erscholl, der schimmernde Dolch fiel auf den schwarzen Teppich, und gleich darauf sank Fürst Prospero tot zur Erde. Mit dem Mute der Verzweiflung raffte sich eine Schar der Gäste auf, drang in das schwarze Gemach und wollte den Vermummten, dessen hohe Gestalt aufrecht und bewegungslos im Schatten der Ebenholzuhr stand, ergreifen. Doch in unaussprechlichem Entsetzen stellten sie fest, daß Grabgewänder und Leichenmaske, welche sie so roh gepackt, keinen greifbaren Körper bargen.

Nun erkannten sie die Gegenwart des Roten Todes. Wie ein Dieb in der Nacht hatte er sich eingeschlichen.

Und einer nach dem andern sanken die Gäste des ausgelassenen Festes auf den blutbefleckten Boden und starben, so wie sie hingefallen waren. Mit dem Tode der letzten lebenslustigen Maske verstummte auch das Ticken der schwarzen Uhr; das Feuer der Kohlenbecken erlosch. Finsternis und Zerfall breiteten sich über das Schloß, in das als alleiniger Herr und Gebieter der Rote Tod eingezogen war.

ARTHUR MACHEN

Das freundliche Zimmer

I

Erstaunt stellte er fest, daß er das Zimmer mit einem Gefühl grenzenloser Erleichterung betrat. Sicher, das Fenster lag etwas hoch, und aus verschiedenen Gründen würde man schwer hinauskommen können, falls ein Feuer ausbräche – zum Beispiel war das Fenster vergittert, wie man es hie und da bei Kellerfenstern in Londoner Häusern sieht; aber sonst war es ein äußerst gemütlicher Raum. Eine fröhliche geblümte Tapete, ein hängendes Bücherbord – ein kurzes Schwächegefühl krampfte seinen Magen zusammen – ein kleiner Tisch unter dem Fenster, mit einem Schachbrett und Figuren darauf, zwei oder drei gute Bilder mit religiösen und anderen Motiven; und der Mann, der ihn betreute, deckte gerade den Teetisch in der Mitte des Zimmers. Neben einem hellen Kaminfeuer stand ein Korbsessel. Es war ein durchaus freundliches Zimmer; gemütlich würde man es nennen. Aber gleichviel, es war alles vorüber, Gott sei Dank.

II

Die letzten drei Monate waren schrecklich gewesen – bis vor einer Stunde noch. Mit seiner Tat hatte es begonnen; unangenehm, aber in einer Minute war's geschehen und konnte nicht mehr rückgängig gemacht werden, obwohl es ihm leid tat, und das Mädchen war es nicht wert. Aber dann war er aus der Stadt geflohen. Zuerst dachte er daran, einfach sein Leben weiterzuführen wie bisher, als ob nichts geschehen wäre; er glaubte nicht, daß jemand ihn gesehen hatte, wie er hinter Joe her zum Fluß gegangen war. Warum also nicht wie sonst herumbummeln, den Mund halten und ins ›Ringland Arms‹ gehen, um ein Bier zu trinken? Es konnte Tage dauern, bevor man die Leiche unter den Erlen entdeckte; und dann würde eine Leichenschau stattfinden. Wäre es nicht am besten, das Ganze einfach durchzustehen und seine Zunge zu hüten, wenn die Polizei käme und ihm Fragen stellte? Doch wie sollte er über sein Tun und Lassen an jenem Abend Rechenschaft ablegen? Er konnte sagen, daß er einen Spaziergang nach Bleadon Woods und wieder nach Hause gemacht hatte, ohne jemanden zu treffen. Soviel er wußte, gab es niemanden, der diese Aussage widerlegen konnte.

Und jetzt, da er in dem freundlichen Zimmer mit der heiteren Tapete saß, in dem gemütlichen Sessel neben dem Kaminfeuer – ganz anders als in jenen Geschichten, die man sich von solchen Orten erzählt – wünschte er, er hätte die Sache durchgestanden und wäre den Nachforschungen nicht aus dem Wege gegangen. Aber dann hatte er Angst bekommen. Eine Menge Leute hatte ihn schwören hören, daß es mit Joe aus sein würde, wenn er seine Finger nicht von dem Mädchen ließe. Und er hatte Dick Haddon, ›Lobster‹ Carey, Finniman und anderen seinen Revolver gezeigt. Alles deutete auf ihn. Panische Furcht ergriff ihn, er zitterte vor Schrecken und wußte, daß er nicht länger in Ledham bleiben konnte, keine einzige Stunde mehr.

III

Mrs. Evans, seine Zimmervermieterin, verbrachte den Abend bei ihrer verheirateten Tochter am anderen Ende der Stadt und würde nicht vor elf Uhr zurück sein. Er rasierte seine schwarzen Stoppeln mitsamt dem Schnurrbart ab und schlich sich im Dunkeln aus der Stadt; die ganze Nacht wanderte er über eine einsame Nebenstraße und gelangte schließlich nach Darnley, zwanzig Meilen entfernt, gerade rechtzeitig zum frühen Ausflugszug nach London. Viele Menschen drängten sich auf dem Bahnsteig, und soweit er sehen konnte, waren keine Bekannten darunter; die Abteile waren vollgestopft mit Darnleyanern und Webern von Lockwood, alle überschäumend vor Fröhlichkeit, und niemand nahm Notiz von ihm. Sie alle stiegen in King's Cross aus, und er schlenderte mit der Menge umher, sah sich hier und dort um, wie es die anderen taten, und trank ein Glas Bier in einer überfüllten Bar. Er konnte sich nicht vorstellen, wie man ihn hier aufspüren sollte.

IV

Er mietete ein Hinterzimmer in einer ruhigen Nebenstraße der Caledonian Road und wartete ab. In der Abendzeitung desselben Tages stand eine Notiz, aus der man nicht recht schlau werden konnte. Am nächsten Tag wurde Joes Leiche gefunden, und man schloß auf Mord – der Arzt sagte, es könne nicht Selbstmord sein. Dann las er seinen eigenen Namen im Zusammenhang mit dieser Sache, und er wurde vermißt und aufgefordert, sich zu melden. Und weiter las er, daß man annähme, er sei nach London gegangen. Ihm wurde schlecht vor Furcht. Es überlief ihn abwechselnd heiß und kalt. Etwas stieg ihm in die Kehle und würgte ihn. Seine Hände, mit denen er die Zeitung hielt, zitterten; sein Kopf war wirr vor Entsetzen. Er wagte sich nicht nach Hause in sein Zimmer, weil er wußte, daß er sich dort nicht ruhig verhalten könnte; er würde wie ein wildes Tier auf und ab laufen und die Neugier der Vermieterin erregen. Und er fürchtete sich auch, auf der Straße zu bleiben, aus Angst, ein Polizist könnte hinter ihn treten und ihm die Hand auf die Schulter legen. Hinter der nächsten Ecke lag ein kleiner, umzäunter Platz; dort setzte er sich auf eine der Bänke und hielt sich die Zeitung vors Gesicht, während laute, schreiende Kinder um ihn herum auf den asphaltierten Wegen spielten. Sie beachteten ihn nicht und stellten doch eine Art Gesellschaft dar; es war anders als ganz allein in jenem kleinen, stillen Zimmer. Doch bald wurde es dunkel und der Mann kam, der die Pforten schloß.

V

Und nach jener Nacht: Nächte und Tage voller Grauen, Übelkeit und Entsetzen, wie er nie geglaubt hatte, daß ein Mensch sie ertragen und überleben könnte. Er hatte genügend Geld mitgebracht, um eine Weile davon zehren zu können, aber jedesmal wenn er eine Note wechselte, zitterte er vor Furcht, daß man ihre Herkunft feststellen könnte. Was blieb ihm zu tun, wohin konnte er sich wenden? Konnte er außer Landes fliehen? Pässe und alle möglichen Papiere standen dem entgegen; das würde nicht gut gehen. Er las, daß die Polizei eine Spur des geheimnisvollen Ledham-Mordes verfolgte; und er wankte zu seinem gemieteten Zimmer und schloß sich ein und stöhnte in seiner Verzweiflung und hörte sich schließlich Worte und Sätze ohne Sinn und Zusammenhang daherschwatzen: »In Ordnung, in Ordnung, in Ordnung . . . ja, ja, ja, ja . . . dort, dort, dort . . . gut, gut, gut, gut . . .«, einfach weil er sich irgendwie äußern mußte, weil er es nicht ertragen konnte, still und schweigend dazusitzen, während diese Seelenqual sein Herz zerriß, dieses Grauen ihn würgte, dieser Schrecken zentnerschwer auf seiner Brust lastete. Und dann – ereignete sich nichts, und eine winzige, schwache, zagende Hoffnung flatterte eine Weile in seiner Brust, und ein oder zwei Tage lang hegte er das Gefühl, letzten Endes vielleicht doch noch eine Chance zu haben.

Eines Abends fühlte er sich so zuversichtlich, daß er sich in die kleine Kneipe an der Ecke wagte und mit großem Genuß eine Flasche Old Brown Ale trank; er begann daran zu denken, wie das Leben wieder sein würde, wenn durch ein Wunder – selbst jetzt erkannte er, daß nur ein Wunder dies bewirken könnte – der ganze Schrecken dahinschwände, und er wieder wie alle anderen Menschen wäre und nichts zu fürchten hätte. Er genoß bewußt das gute Bier, und seine gute Laune steigerte sich noch, als das Bruchstück eines Satzes von der Bar her an seine Ohren drang: ». . . wie man sagt, suchen sie nicht weit von hier nach ihm . . .«. Er ließ das Glas Bier halbvoll stehen und ging hinaus, in Gedanken mit der Frage spielend, ob er den Mut aufbringen würde, sich diese Nacht das Leben zu nehmen.

In Wirklichkeit sprachen die Männer an der Bar über einen Fassadenkletterer, der kürzlich Aufsehen erregt hatte; aber ein jedes solches Wort war ein Richtspruch für diesen Elenden.

Und wieder und wieder mußte er sein Grauen überwinden, seinem Murmeln und sinnlosen Daherreden Einhalt gebieten. Voller Staunen erkannte er, wieviel bittere Seelenpein und zerreißenden Schmerz das Herz eines Menschen ertragen konnte. Es war, als hätte er, er allein unter allen lebenden Menschen, eine neue Welt entdeckt und erforscht, von der niemand je zuvor geträumt hatte, an die niemand glauben konnte, wenn man ihm von ihr erzählte. In seinem früheren Leben war er ab und zu von einem Alpdruck erwacht, wie ihn die meisten Menschen zuweilen haben. Es war furchtbar gewesen – so furchtbar, daß er sich an zwei oder drei dieser Schreckensträume erinnern konnte, die ihn vor Jahren bedrückt hatten; aber gegen das, was er jetzt erleiden mußte, waren sie das reinste Vergnügen. Erleiden war noch nicht das richtige Wort: er wand und krümmte sich unter dem Druck, wie ein Wurm inmitten roter, glühender Kohlen zuckt.

Er ging hinaus in die Straßen; einige waren lärmerfüllt, andere still und leer, und in seiner panikartigen Verwirrung versuchte er zu überlegen, welche er wählen sollte. Man suchte nach ihm in jenem Teil Londons; tödliche Gefahr lauerte bei jedem Schritt. Die Straßen, in denen Leute hin und her gingen und lachten und schwatzten, mochten sicherer sein; er konnte sich mit dem Strom der anderen treiben lassen, einer von vielen, und dadurch nicht so leicht von den Jägern auf seiner Spur entdeckt werden. Doch andererseits erhellten die großen elektrischen Lampen diese Straßen fast so wie bei Tag, und jedes Merkmal der Vorübergehenden war deutlich zu erkennen. Allerdings war er jetzt glattrasiert, seine Bilder in den Zeitungen zeigten einen bärtigen Mann, und ihm selbst kam sein eigenes Gesicht im Spiegel noch fremd vor. Aber es gab Leute mit scharfen Augen, die solche Masken durchschauen konnten; vielleicht hatte man auch jemand aus Ledham hergeholt, der ihn gut kannte und sich an die Art seines Gehens, an seine Bewegungen erinnerte; und so konnte er jeden Augenblick angerufen und festgehalten werden. Er traute sich nicht unter den hellen Schein der elektrischen Lampen. In den dunklen, ruhigen Nebenstraßen würde er sicherer sein.

Er wandte sich zur Seite und wollte gerade in eine sehr ruhige Straße einbiegen, als er zögerte. Diese Straße war wirklich wenig belebt nach Einbruch der Dunkelheit und auch nicht zu hell erleuchtet. Niedrige, zweistöckige Häuser aus grauen, schmutzig gewordenen Ziegeln, Häuser, in denen drei oder vier Familien wohnten, säumten die Bürgersteige. Müde Männer kamen hier nach einem harten Arbeitstag nach Hause, und die Leute ließen früh ihre Fensterläden herunter, gingen fast nie abends aus und legten sich zeitig schlafen; nur selten hörte man Schritte auf dieser Straße und auf den anderen, in die sie führte; und die Lampen waren trüb und standen weit auseinander, verglichen mit jenen in den breiten Hauptstraßen. Doch gerade die Tatsache, daß so wenig Leute unterwegs waren, ließ einen um so auffälliger und verdächtiger erscheinen. Und die Polizisten gingen genauso langsam ihre Runde in diesen dunklen Straßen wie in den hellen, und je weniger Leute sie zu beachten hatten, um so schärfer würden sie ihnen zweifellos beim Vorübergehen ins Gesicht sehen. In seiner Welt, jener schreckerfüllten Welt, die er entdeckt hatte und ganz allein bewohnte, war die Dunkelheit heller als das Tageslicht und die Einsamkeit gefährlicher als die dichteste Menschenmenge. Er wagte es nicht, ins Licht zu gehen, er fürchtete die Schatten und ging zitternd zurück in sein Zimmer; zitternd saß er dort, während die Stunden der Nacht verstrichen; zitternd und seinen teuflischen Rosenkranz herunterleiernd: »Schon recht, schon recht, schon recht... großartig, großartig... so ist's richtig, so ist's richtig, so ist's richtig, so ist's richtig... ja, ja, ja... erstklassig, erstklassig... schon recht... eins, eins, eins, eins...« So schnatterte er leise vor sich hin, um nicht loszuheulen wie ein wildes Tier.

VI

Es erinnerte auch etwas an die Art eines wilden Tieres wie er gegen den Käfig seines Schicksals schlug und daran zerrte. Dann und wann kam ihm das Ganze plötzlich unglaubhaft vor. Er wollte einfach nicht glauben, daß es so war. Er mußte doch daraus erwachen, wie er aus jenen nächtlichen Alpträumen erwacht war, an die er sich erinnerte, denn in Wirklichkeit ereigneten solche Dinge sich nicht. Er konnte es nicht glauben, er wollte es nicht glauben. Oder, falls es sich tatächlich so verhielt, mußten alle diese Schrecken irgendeinem anderen Manne widerfahren, an dessen Qualen er auf mysteriöse Weise teilnahm. Oder er war in ein Buch geraten, in eine Erzählung, die man las und dabei schauderte, aber keinen Augenblick lang für glaubwürdig hielt; all das konnten nur Sinnestäuschungen sein, und alles würde wahrscheinlich wieder in Ordnung kommen. Und dann fiel die Wahrheit wieder über ihn wie ein schwerer Hammer, schlug ihn zu Boden und hielt ihn darnieder – gegen die glühenden Kohlen seiner Angst gepreßt.

Dann und wann versuchte er sich Vernunft einzureden. Er zwang sich, verständig zu sein, wie er es nannte, nicht nachzugeben, an seine Chancen zu denken. Schließlich war es jetzt drei Wochen her, seit er in den Ausflugszug in Darnley gestiegen war, und er war immer noch ein freier Mann und jeder Tag der Freiheit verbesserte seine Chancen. Solche Sachen pflegten oft im Sande zu verlaufen. Es gab Unmengen von Fällen, bei denen die Polizei niemals den Mann erwischte, hinter dem sie her war. Er zündete seine Pfeife an und begann, in Ruhe über die Dinge nachzudenken. Vielleicht wäre es besser, das Zimmer zu kündigen und am Ende der Woche irgendwohin nach Süd-London zu ziehen und zu versuchen, eine Arbeit zu finden: das würde helfen, sie von seiner Spur abzulenken. Er stand auf und blickte nachdenklich aus dem Fenster – um sogleich erschrocken den Atem anzuhalten. Drüben, vor dem kleinen Zeitungsladen auf der andern Straßenseite, hing die Ankündigung der Abendzeitung: ›Neue Spur im geheimnisvollen Legham-Mordfall‹.

VII

Schließlich kam der entscheidende Augenblick. Er erfuhr niemals die genauen Umstände, die zu seiner Entdeckung führten. Eine Frau, die ihn gut kannte, hatte zufällig am Morgen jenes Ausflugstages vor dem Bahnhof von Darnley gestanden und ihn trotz seines bartlosen Kinns erkannt. Und an seinem Zufluchtsort hatte seine Zimmervermieterin, wenn sie die Treppe hinaufstieg, sein sinnloses Murmeln und Schwatzen gehört, obwohl er nur leise sprach. Interessiert, neugierig und ein wenig ängstlich machte sie sich darüber Gedanken, ob ihr Mieter vielleicht gefährlich sein könnte, und natürlich sprach sie darüber mit ihren Bekannten. So kam die Geschichte schließlich der Polizei zu Ohren, und die Polizei erkundigte sich nach dem Zeitpunkt der Ankunft des neuen Mieters. Damit ist alles gesagt. Und da saß nun unser namenloser Freund, trank eine Tasse guten, heißen Tee und verzehrte mit köstlichem Appetit die Eier mit Speck; in dem freundlichen Zimmer mit den heiteren Tapeten, das man gewöhnlich die Todeszelle nennt.

CHARLES DICKENS

Der Bahnwärter

Als ich ihn das erste Mal anrief, war ich so sehr in die blendenden Strahlen der untergehenden Sonne getaucht, daß ich meine Augen mit der Hand beschirmen mußte, um ihn deutlich sehen zu können.

»Hallo, Sie da!« rief ich.

Er stand im Schatten seines Streckenwärterhäuschens und hielt eine Signalflagge in der Hand. Aber anstatt zu mir aufzublicken – ich stand auf dem höchsten Punkt des Abhanges über seinem Kopf – wandte er sich um und sah in die andere Richtung, die Eisenbahnstrecke entlang. Etwas Merkwürdiges war in seinem Benehmen, aber ich hätte beim besten Willen nicht sagen können, was.

Ich rief noch einmal: »Gibt es hier einen Pfad, auf dem ich hinuntergelangen kann?«

Er drehte sich wieder um, hob den Kopf und sah mich, gab aber keine Antwort.

In diesem Augenblick lief ein immer stärker werdendes Beben durch die Erde. Die Luft erzitterte, und ein näherkommendes Brausen ließ mich erschrecken; mir war, als risse es mich mit Macht hinab.

Als der Dampf, der zu mir hochgestiegen war, sich verzogen hatte, blickte ich wieder nach unten. Er rollte seine Flagge auf, die er entfaltet hatte, als der Zug vorüberfuhr, und sah mich fest und aufmerksam an.

Ein drittes Mal rief ich:

»Gibt es von hier aus einen Weg nach unten?«

Er deutete mit seiner Flagge auf einen steinigen, kaum erkennbaren gewundenen Pfad, dem ich folgte. Der Abhang war außergewöhnlich steil und der Felsen feucht und schlüpfrig. Der mühsame Abstieg ließ mir Zeit zum Nachdenken, warum er so lange gezögert hatte, mir den Pfad zu zeigen.

Er stand zwischen den Schienen, über die der Zug hinweggebraust war. Er schien auf mich zu warten. Mit der linken Hand hielt er sein Kinn umfaßt, die rechte stützte seinen Ellbogen. Aus seiner Haltung sprach soviel gespannte Erwartung, daß ich erstaunt stehenblieb. Dann ging ich näher heran.

Sein Posten lag in einer so einsamen und trostlosen Gegend, wie ich sie selten gesehen hatte. Auf beiden Seiten erhob sich eine triefend nasse Felswand, die nur auf einen schmalen Streifen Himmel Ausblick gestattete. Dieser langgestreckte Kerker schien auf der einen Seite in einer Kurve zu enden, während der andere, kürzere Teil von einer schwarzen Tunnelöffnung begrenzt wurde, vor der ein rotes Warnsignal stand. Der Ort strömte einen erdigen, tödlichen Geruch aus, und der kalte Wind, der hier hindurchfuhr, jagte mir einen Schauer auf den Rücken.

Ich ging dichter an ihn heran – so dicht, daß ich ihn fast berührte – doch er bewegte sich nicht. Dann, ohne mich aus den Augen zu lassen, wich er einen Schritt zurück...

Ein Besucher müsse hier eine Seltenheit sein, sprach ich ihn an; hoffentlich keine unwillkommene? Er warf einen verstörten Blick auf das rote Warnsignal vor der Tunnelöffnung: vergeblich schien er dort etwas zu suchen. Dann sah er wieder mich an.

Um etwas zu sagen, fragte ich ihn, ob das Signal in seinen Überwachungsbereich gehöre. Endlich antwortete er: »Wissen Sie das denn nicht?«

Bei seinen Worten glaubte ich eine versteckte Angst in seinem Blick zu entdecken. »Sie sehen mich an«, sagte ich, »als fürchteten Sie sich vor mir.«

»Ich nahm an ... ich hätte Sie schon einmal gesehen.«

»Wo denn? – Dort bei dem roten Licht? – Da müssen Sie sich täuschen. Ich bin noch nie in dieser Gegend gewesen.«

Er blickte mir noch einmal prüfend ins Gesicht, schien meinen Worten jedoch Glauben zu schenken. Sein Benehmen war jetzt gelöster, als er mich in sein Wärterhäuschen führte, in dessen Kamin ein freundliches Feuer brannte.

Während er mit großer Sorgfalt verschiedene Signale bediente, antwortete er bereitwillig auf meine Fragen über seine Arbeit. Dabei wurde er mehrmals von dem Läuten einer elektrischen Glocke unterbrochen und mußte Nachrichten von einem Telegrafenstreifen ablesen. Ich beobachtete an ihm eine bemerkenswerte Exaktheit und Wachsamkeit. Nur zweimal, während er mit mir sprach, hielt er inne und erbleichte, blickte auf die Glocke – zu einem Zeitpunkt, als sie nicht geläutet hatte – stand auf, öffnete die Tür und starrte auf das rote Warnsignal vor der Tunnelöffnung. Beide Male kam er mit demselben unerklärlichen Gesichtsausdruck zurück, der mir schon bei unserer ersten Begegnung am Fuße des Felsens aufgefallen war.

Als ich mich zum Gehen anschickte, sagte ich: »Wie mir scheint, habe ich in Ihnen einen mit sich und seiner Arbeit zufriedenen Menschen kennengelernt.« Ich gebe zu, ich sagte es, um vielleicht etwas über sein sonderbares Benehmen zu erfahren.

»Ich war es, mein Herr ... aber bei diesen seltsamen ...«

Er schwieg. Anscheinend bereute er bereits seine Worte.

»Was ist seltsam?« fragte ich. »Was beunruhigt Sie?«

»Es fällt mir schwer, darüber zu sprechen«, antwortete er. Er öffnete die Tür und wünschte mir eine gute Nacht.

»Bevor Sie gehen ... als Sie dort oben standen ... warum riefen Sie eigentlich ›Hallo, Sie da‹?«

»Weiß der Himmel! Ich tat es, weil ich Sie dort unten sah. Warum sonst wohl?«

Er zögerte, bat mich dann aber mit einer Handbewegung, wieder einzutreten. »Ich habe es mir überlegt«, sagte er. »Ich will Ihnen erzählen, was mich schon so lange beunruhigt.« ——

Wir saßen wieder am Kamin. Er berichtete mit leiser, fast flüsternder Stimme: »Vor einer Stunde hielt ich Sie für ... für einen anderen. Ich weiß nicht, für wen. Noch nie habe ich ihn erkennen können; den linken Arm hält er immer schräg vor sein Gesicht, und mit dem rechten winkt er ... so etwa.« Er machte es mir vor und fuhr dann fort: »Es begann im letzten Jahr, in einer klaren Mondnacht. Ich saß gerade hier, als ich eine Stimme hörte: ›Hallo, Sie da!‹ Ich sprang auf, öffnete die Tür und sah einen Mann bei dem roten Warnsignal vor dem Tunnel stehen. Er winkte gerade so, wie ich es Ihnen eben gezeigt habe. Ich nahm meine Laterne, drehte sie auf rot und rannte zu ihm hin ... er stand genau vor der schwarzen Tunnelöffnung ... ich stand schon ganz dicht vor ihm, und immer noch verdeckte der Arm die Augen. Ich streckte die Hand aus, um den Arm herunterzuziehen ... und weg war es! ... Nein, es war nicht im Tunnel verschwunden. Ich lief hinein und hielt meine Lampe hoch und sah nur, wie nasse Flecken die Wände herabkrochen ... Ich rannte wieder zurück in dies Häuschen und telegrafierte in beide Richtungen: ›Ist Alarm gegeben? Ist etwas passiert?‹ Und aus beiden Richtungen kam die Antwort: ›Alles in Ordnung!‹ «

Ich erklärte ihm, daß unsere empfindlichen Augennerven oft von seltsamen Bildern beunruhigt werden. »Und was den Schrei angeht, den Sie zu hören glaubten«, beruhigte ich ihn, »so lauschen Sie nur einmal auf den Wind in diesem unwirklichen Tal und auf die wilden Harfenklänge, die er aus den Telegrafendrähten zaubert!«

»Das ist alles ganz schön und gut, mein Herr, aber ich bin mit meinem Bericht noch nicht zu Ende. Sechs Stunden nach jenem Erlebnis geschah das Unglück ... und durch den Tunnel, über die Stelle, an der ich die Erscheinung gesehen hatte, trug man die Toten. Das war im vorigen Jahr. Und eines Morgens, vor fünf Monaten, als es gerade Tag wurde und ich zum Tunnel blickte ... da stand es wieder ... nein, es schwieg, und es winkte auch nicht. Es stand wie gegen einen Lichtstrahl gelehnt und bedeckte das Gesicht mit beiden Händen. So ...«

Wie er mir jetzt das Gesehene zeigte, erinnerte er mich an eine jener Steinfiguren, die man zuweilen auf Friedhöfen findet. Es sah aus, als ob er um einen Verstorbenen trauerte.

Er ließ die Arme sinken und fuhr schnell fort: »Als am selben Tage ein Zug aus dem Tunnel kam, sah ich an einem Wagenfenster Hände winken, aufgeregte Gesichter und ein flatterndes Taschentuch ... ich konnte dem Lokführer gerade noch rechtzeitig ein Zeichen geben. Er stellte die Maschine ab und brachte den Zug zum Halten. Man trug eine sterbende Frau hier in mein Häuschen und legte sie auf den Fußboden. – Aber hören Sie weiter zu und urteilen Sie selbst, ob einem das nicht den Verstand verwirren kann: vor einer Woche kam es wieder und seitdem noch viele Male. Ich finde keine Ruhe mehr. Es hört nicht auf zu rufen ›Hallo, Sie da! Vorsicht! Vorsicht! Vorsicht!‹ Es steht da und winkt und ruft, minutenlang. Es läutet diese Glocke da.«

»Gerade eben, als Sie zweimal zur Tür gingen – hatte

da Ihre Glocke geläutet? – Ja? – Da sehen Sie, wie Ihre Einbildungskraft Sie irreführt! Ich habe diese Glocke genau beobachtet, und so wahr ich hier sitze, sie hat nicht ein einziges Mal geläutet!«

Er schüttelte den Kopf. »Ich habe sie aber deutlich läuten gehört. Und als ich zur Tür ging und hinaussah, war es da. Beide Male.«

Der Wind in den Telegrafendrähten beantwortete seine Worte mit einem langgezogenen, jammernden Klagegeheul. Mein Hals war trocken, als ich schließlich sagte: »Wollen Sie mit mir vor die Tür gehen und nachsehen?«

Wir gingen beide hinaus und blickten in die Nacht. Dort war das rote Warnlicht vor der schwarzen Tunnelöffnung. Dort waren die hohen, nassen Steinwände der Schlucht und darüber die Sterne. Er schüttelte den Kopf und flüsterte: »Nein, es ist nicht da . . .«

Wir gingen wieder hinein. Er schloß die Tür. »Was für eine Gefahr ist es diesmal? Was soll ich tun? Irgendein Zug auf dieser Strecke ist in Gefahr . . .« – er sprach immer lauter, je mehr die Furcht über ihn Gewalt bekam – ». . . aber wenn ich ›Gefahr!‹ telegrafiere, kann ich keinen Grund dafür angeben. Man würde mich entlassen, man würde mich für verrückt halten!«

Ich versuchte, ihn zu beruhigen, und als ich ihn um zwei Uhr morgens verließ, schien er sich gefaßt zu haben.

Während ich zwischen den Schienen entlangging, hatte ich das unangenehme Gefühl, ein Zug käme hinter mir her. Und als ich den Pfad hinaufstieg, blickte ich mehrmals nach dem roten Warnlicht zurück.

Wie sollte ich mich verhalten? – Ich beschloß, am nächsten Abend zu dem Streckenwärter zurückzugehen und ihn zu veranlassen, mit mir einen tüchtigen Arzt aufzusuchen. – –

Die Sonne war noch nicht ganz untergegangen, als ich am nächsten Abend die Schlucht erreichte. Ich blickte über den Rand nach unten.

Vor der schwarzen Tunnelöffnung stand eine Gruppe Menschen.

So schnell ich konnte, hastete ich den Pfad hinunter. »Was ist geschehen?« rief ich.

Jemand aus der Gruppe kniete sich hin und hob den Zipfel einer Zeltbahn an, unter der sich die Umrisse einer menschlichen Gestalt abzeichneten.

Das Gesicht des toten Streckenwärters war ruhig und gefaßt.

»Vom Zug überfahren... heute morgen, bei hellem Tageslicht. Wir warten immer noch, daß man kommt und ihn abholt. Der da ist der Lokführer. Erzähl dem Herrn, wie's passiert ist.«

Der andere trat näher. »Ich komm gerade um die Kurve im Tunnel, da seh ich ihn stehen. Zu spät zum Bremsen. Ich zieh die Dampfpfeife. Er schien es gar nicht zu hören. Wir sind schon ganz dicht vor ihm . . . ich stell' die Maschine ab . . . er dreht sich um und starrt mich an . . . wir überfuhren ihn glatt . . .«

Ich blickte von ihm weg auf das Gesicht des Toten, und eine unheimliche Ahnung stieg in mir auf.

»Aber kein vernünftiger Mensch«, sagte ich zu dem Lokführer, »wird wie angewurzelt zwischen den Schienen stehen bleiben, wenn ein Zug auf ihn zufährt! Taten Sie denn nichts anderes, um den Mann vom Geleis wegzutreiben?« Ich ahnte die Antwort, und bei seinen Worten war mir, als führe eine eiskalte Hand über meinen Rücken.

»Ich hab' keine Schuld, ich schwör's! Ich schrie so laut ich konnte . . . ich schrie ›Hallo, Sie da! Vorsicht! Vorsicht! Vorsicht!‹ . . . immerzu schrie ich das . . . dann mußte ich die Augen bedecken.« Schaudernd bei der grausamen Erinnerung hob er den linken Arm vor das Gesicht. »Zuletzt gab ich ihm verzweifelt Zeichen mit der Hand ...« Während er mir die Bewegung vormachte, die er beschrieb, erkannte ich darin nur zu gut jene, die mir der Streckenwärter gezeigt hatte.

»Aber«, sagte der Lokführer, »es nützte nichts ...« Überwältigt verbarg er sein Gesicht in beiden Händen – wie jemand, der um einen Verstorbenen trauert. Er erinnerte mich an eine jener Steinfiguren, die man zuweilen auf Friedhöfen findet.

AMBROSE BIERCE

Die Totenwache

I

Im Giebelzimmer eines leerstehenden Hauses in jenem Teil von San Francisco, den wir als North Beach kennen, lag der Körper eines Mannes, mit einem Laken zugedeckt. Es war gegen neun Uhr abends; der Raum war durch eine einzige Kerze matt erleuchtet. Trotz des warmen Wetters waren die beiden Fenster – im Gegensatz zu dem Brauch, einem Toten viel Luft zu lassen – geschlossen und die Rouleaus heruntergezogen. Die Einrichtung des Zimmers bestand aus nur drei Möbelstücken: einem Armsessel, einem kleinen Lesepult, auf dem die Kerze stand, und einem langen Küchentisch – auf ihm lag der Körper des Mannes. Diese Möbel wie auch der Tote waren anscheinend erst kürzlich hereingebracht worden, denn ein Beobachter – wenn einer dagewesen wäre – hätte bemerkt, daß sie alle frei von dem Staub waren, der alles andere ziemlich dicht bedeckte, und er hätte die Spinnweben in den Ecken der Wände gesehen.

Unter dem Laken zeichneten sich die Umrisse des Körpers ab, sogar die Gesichtszüge; diese hatten die unnatürlich scharfen Konturen, die, wie man meint, zum Antlitz eines Toten gehören, die aber tatsächlich ein Charakteristikum derjenigen sind, an denen eine Krankheit gezehrt hat. Aus der Stille des Raumes hätte man mit Recht geschlossen, daß er nicht an der Vorderseite des Hauses lag und auf eine Straße hinausging. Es war nichts gegenüber als eine hohe Felsbrüstung, denn der Rücken des Gebäudes war in den Berg hineingebaut.

Eine nahe Kirchenuhr schlug neun mit einer Lässigkeit, die soviel Gleichgültigkeit andeutete, daß man sich beinahe fragte, warum sie sich überhaupt die Mühe nehme, zu schlagen. Beim letzten Schlag wurde die einzige Türe des Zimmers geöffnet; ein Mann trat ein und ging auf den Toten zu. Währenddessen schloß sich die Tür wie aus eigener Willenskraft; dann kam ein kratzendes Geräusch, als würde unter Schwierigkeiten ein Schlüssel umgedreht, und dann das Einschnappen eines Riegelbolzens in seine Hülle. Es folgten Schritte, die sich draußen im Gang entfernten, und nun war der Mann allem Anschein nach ein Gefangener. Er trat an den Tisch und stand einen Augenblick und schaute hinab auf den verhüllten Körper; dann zuckte er ein wenig die Achseln, ging zu einem der Fenster und hob das Rouleau. Draußen war es vollkommen dunkel, die Scheiben waren mit Staub bedeckt, aber als er ihn wegwischte, stellte er fest, daß das Fenster mit starken Eisenstäben versehen war, die sich über dem Glas kreuzten und an beiden Enden in die Mauer gebettet waren. Er prüfte das andere Fenster. Es war dasselbe. Er legte dabei keine große Neugierde an den Tag, er bewegte nicht einmal die verschiebbare Scheibe. Wenn er ein Gefangener war, dann offenbar ein sehr fügsamer. Als er das Zimmer untersucht hatte, setzte er sich in den Armstuhl, holte ein Buch aus seiner Tasche, zog das Lesepult mit der Kerze heran und fing an zu lesen.

Der Mann war jung, nicht älter als dreißig, mit dunklem Teint, glattrasiert, braunhaarig. Sein Gesicht war schmal, mit scharfer Adlernase, breiter Stirn und von jener Festigkeit der Backenknochen und des Kinns, die auf große Entschlossenheit hindeuten soll. Die Augen waren grau und der Blick fest, er bewegte ihn nur, um einen Gegenstand direkt anzusehen. Jetzt war er die meiste Zeit auf das Buch geheftet, aber gelegentlich hob er ihn und richtete ihn auf die Gestalt auf dem Tisch, doch anscheinend nicht durch das Unheimliche angezogen, das unter solchen Umständen auch sehr beherzte Menschen wider Willen fasziniert, und auch nicht mit der bewußten Auflehnung gegen den entgegengesetzten Eindruck, die ein schwächerer Charakter empfinden würde. Er sah den Toten an, als sei er beim Lesen an eine Stelle gekommen, die ihm seine Umgebung wieder ins Bewußtsein rief. Wirklich, dieser Wächter des Toten entledigte sich seiner Aufgabe, wie es sich ziemte – mit Verstand und Haltung.

Nachdem er etwa eine halbe Stunde gelesen hatte, schien er am Ende eines Kapitels angelangt zu sein; er legte das Buch gelassen beiseite. Dann erhob er sich, nahm das kleine Lesepult und trug es in eine Ecke des Zimmers, in die Nähe des einen Fensters. Er ergriff die Kerze und kehrte damit zu dem leeren Kamin zurück, vor dem er gesessen hatte.

Ein wenig später trat er zu der Gestalt auf dem Tisch, hob das Laken und schlug es am Kopfende etwas zurück; dabei enthüllte er eine Masse dunklen Haars und ein dünnes Gesichtstüchlein, unter dem die Züge noch schärfer hervortraten als zuvor. Er beschattete seine Augen, indem er die freie Hand zwischen sie und die Kerze hielt, und sah mit ernstem und ruhigem Blick auf seinen regungslosen Gefährten. Befriedigt von dem, was er sah, zog er das Laken wieder hoch und kehrte zu dem Sessel zurück. Er nahm einige Zündhölzer aus dem Behälter des Leuchters, steckte sie in die Seitentasche seines Sakkos und setzte sich. Dann nahm er die Kerze vom Halter und betrachtete sie kritisch, als berechne er, wie lange sie aushalten würde. Sie war nur zwei Zoll lang – also noch eine

Stunde, dann würde er im Dunkeln sein. Er steckte sie auf den Halter zurück und blies sie aus.

II

In dem Ordinationszimmer eines Arztes in der Kearny Street saßen drei Männer um einen Tisch; sie tranken Punsch und rauchten. Es war spät am Abend, beinahe Mitternacht, und der Punsch war ihnen nicht ausgegangen. Der gesetzteste von ihnen, Dr. Helberson, war der Gastgeber, und sie saßen in seiner Praxis. Er mochte dreißig Jahre alt sein; die andern waren noch jünger, und alle drei waren Mediziner.

»Die abergläubische Scheu, mit der die Lebenden den Toten betrachten«, sagte Dr. Helberson, »ist angeboren und unheilbar. Man braucht sich ihrer nicht mehr zu schämen als der Tatsache, daß man beispielsweise eine Begabung für Mathematik oder einen Hang zum Lügen geerbt hat.«

Die anderen lachten. »Sollte der Mensch sich nicht schämen zu lügen?« fragte der Jüngste, der tatsächlich noch Student ohne jedes Examen war.

»Mein lieber Harper, davon habe ich nichts gesagt. Der Hang zum Lügen ist ein Ding für sich – das Lügen selbst ein ganz anderes.«

»Aber meint ihr«, fragte der Dritte, »daß dieses abergläubische Gefühl, diese Furcht vor dem Toten, die wir als unbegründet erkannt haben, etwas Allgemeines ist? Ich selbst bin mir ihrer nämlich nicht bewußt.«

»Oh, sie steckt dennoch in deinen Nerven«, erwiderte Helberson. »Es kommt nämlich nur auf die Umstände an – auf den günstigen Augenblick, wie Shakespeare es nennt – daß sie sich in irgendeiner sehr unangenehmen

Weise manifestiert, die dir ein für allemal die Augen öffnen wird. Natürlich sind Soldaten und Mediziner freier von dieser Furcht als andere Leute.«

»Mediziner und Soldaten! Und warum sagst du nichts von Henkern und Scharfrichtern? Nur niemanden auslassen von der Mörderzunft!«

»Nein, mein lieber Mancher. Die Geschworenen geben diesen öffentlichen Beamten nicht genügend Gelegenheit zum Vertrautsein mit dem Tod, als daß sie davon ganz unbewegt bleiben.«

Der junge Harper, der sich vom Seitentisch eine frische Zigarre geholt hatte, nahm seinen Platz wieder ein.

»Welche Umstände betrachtest du als dazu angetan, daß jeder vom Weib Geborene sich seines Anteils an dieser allgemeinen Schwäche in dieser Hinsicht unerträglich bewußt würde?« fragte er ziemlich schwülstig.

»Nun, ich würde sagen: wenn ein Mensch die ganze Nacht mit einem Leichnam eingesperrt ist – allein, in einem dunklen Raum, in einem leeren Haus, ohne eine Decke, die er sich über den Kopf ziehen kann, und das überlebt, ohne völlig verrückt zu werden – dann darf er sich mit Recht brüsten, nicht ›vom Weib geboren‹ – ja, nicht einmal wie Macduff das Produkt eines Kaiserschnitts zu sein.«

»Ich dachte, du würdest mit der Aufzählung der Bedingungen überhaupt kein Ende finden«, sagte Harper; »aber ich kenne einen Mann, der weder Mediziner noch Soldat ist und sie alle akzeptieren würde – für jeden Einsatz, um den du wetten wolltest.«

»Und wer ist das?«

»Er heißt Jarette – er ist hier fremd, er kommt aus meiner Stadt im Staat New York. Ich habe kein Geld, das ich auf ihn setzen könnte, aber er würde selbst Unsummen auf sich setzen.«

»Woher weißt du das?«

»Weil er lieber wettet als ißt. Und die Furcht hält er für eine Art Hautkrankheit, oder bestenfalls für eine besondere Sorte religiöser Ketzerei.«

»Wie sieht er aus?« Helberson begann sichtlich, sich für den Fall zu interessieren.

»Wie unser Freund Mancher hier – er könnte beinahe sein Zwillingsbruder sein.«

»Gut – ich nehme die Wette an«, sagte Helberson rasch.

»Ich bin euch sehr verpflichtet für das Kompliment, wirklich«, sagte Mancher schleppend; er war schläfrig geworden. »Kann ich irgendwie mittun?«

»Nicht, indem du gegen mich wettest«, sagte Helberson. »Ich will kein Geld von *dir*.«

»Auch gut«, sagte Mancher. »Dann spiele ich die Leiche.«

Die andern lachten.

Das Resultat dieser verrückten Unterhaltung kennen wir bereits.

III

Mr. Jarettes Absicht beim Auslöschen des mageren Kerzenstümpfchens war, sie für einen unvorhergesehenen Zwischenfall aufzubewahren. Vielleicht dachte er, wenigstens in seinem Unterbewußtsein, daß die sofortige Dunkelheit nicht schlimmer sei als die später einsetzende – und daß es besser sei, falls die Lage unerträglich würde, eine Möglichkeit zur Erleichterung, vielleicht sogar zur Befreiung von ihrem Druck zur Hand zu haben. Jedenfalls war es weise, eine kleine Lichtreserve zu besitzen, und sei es nur, um gelegentlich nach der Uhr zu sehen.

Kaum hatte er die Kerze gelöscht und den Leuchter

neben sich auf den Boden gestellt, machte er sich's in seinem Armsessel bequem, lehnte sich zurück und schloß die Augen in der Erwartung und Hoffnung, bald einzuschlafen. Hierin sollte er enttäuscht werden: nie in seinem Leben war er weniger schläfrig gewesen, und nach einigen Minuten gab er den Versuch auf. Aber was konnte er tun? Er konnte nicht in der absoluten Dunkelheit umhertasten, auf die Gefahr hin, an etwas anzustoßen, und auf die Gefahr hin, gegen den Tisch zu poltern und so die Ruhe eines Toten gröblich zu verletzen. Wir alle erkennen ihnen das Recht zu, ungestört zu ruhen, vor jeder Heftigkeit und Rauheit geschützt. Es gelang Jarette beinahe, sich selbst weiszumachen, daß ihn Betrachtungen dieser Art von dem Risiko eines Anstoßens abhielten und an seinen Stuhl fesselten.

Während er noch darüber nachdachte, meinte er aus der Richtung des Tisches ein mattes Geräusch zu hören – welcher Art hätte er kaum erklären können. Er wandte den Kopf nicht. Warum sollte er es tun – im Dunkeln? Aber er horchte. Und warum sollte er nicht horchen? Er horchte so angestrengt, daß ihm ganz schwindlig wurde und er nach den Armlehnen griff, um sich festzuhalten. In seinen Ohren war ein seltsames Klingeln; der Kopf wollte ihm bersten; seine Brust war bedrückt durch seine nicht abgelegte Kleidung. Er fragte sich, warum es so war – waren dies etwa die Symptome der Angst? Dann schien durch ein unwillkürliches langes, heftiges Ausatmen seine Brust einzufallen, und mit dem tiefen Atemzug, durch den er seine Lungen wieder füllte, hörte das Schwindelgefühl auf und er merkte, daß er beim angestrengten Horchen den Atem fast bis zur Erstickung angehalten hatte! Diese Entdeckung war ärgerlich. Er erhob sich, schob mit dem Fuß den Sessel beiseite und schritt bis zur Mitte des Raums; aber im Dunkeln schreitet man nicht weit. Er fing an zu tasten, fand die Wand und folgte ihrem Winkel, machte kehrt und ging an den beiden Fenstern entlang zur nächsten Ecke, stieß aber dabei an das Lesepult und warf es um. Das laute Gepolter erschreckte ihn. Er wurde gereizt. »Wie zum Teufel konnte ich vergessen, wo ich bin?« murmelte er und tastete sich nun längs der dritten Mauer zu dem Kamin. »Ich muß alles wieder an Ort und Stelle bringen«, sagte er und fühlte mit dem Fuß nach dem Leuchter.

Als er ihn gefunden hatte, zündete er die Kerze an und wendete den Blick sofort zum Tisch, wo sich natürlich nichts verändert hatte. Das Lesepult lag unbeachtet auf dem Boden – er hatte vergessen, es wieder ›an Ort und Stelle‹ zu bringen. Er sah sich überall im Zimmer um, verscheuchte die tieferen Schatten durch die Bewegungen der Kerze in seiner Hand; er kreuzte hinüber zur Tür und probierte sie aus, indem er aus Leibeskräften an dem Knopf drehte und zog; er rührte sich nicht, und das gewährte ihm eine gewisse Befriedigung. Im Gegenteil, er sicherte sie noch fester durch einen Riegel an der Innenseite, den er vorher nicht bemerkt hatte. Zu seinem Stuhl zurückkehrend sah er nach seiner Uhr: es war halb zehn. Erschrocken fuhr er hoch und hielt die Uhr an sein Ohr – sie war nicht stehengeblieben! Die Kerze war jetzt sichtbar kürzer. Er löschte sie wieder aus und stellte sie wie zuvor neben sich auf den Fußboden.

Mr. Jarette fühlte sich keineswegs behaglich; seine Umgebung mißfiel ihm ganz entschieden, und er ärgerte sich über sich selbst, weil er sie so empfand. ›Was habe ich zu fürchten?‹ dachte er. ›Dies ist einfach lächerlich – und beschämend. Ich darf doch nicht so ein Narr sein!‹ Aber der Mut kommt nicht dadurch, daß man sagt: ich will mutig sein, auch nicht durch die Erkenntnis, wie angebracht er bei einer Gelegenheit wäre. Je mehr Jarette sich tadelte, um so mehr Anlaß gab er sich selbst zum Tadel; je öfter er das einfache Thema von der Harmlosigkeit der Toten variierte, um so unerträglicher wurde der Zwiespalt seiner Empfindungen. »Was!« rief er laut in seiner Seelenangst, »was denn! Sollte ich, der keine Spur von Aberglauben in seinem Herzen hat, ich, der nicht einmal an die Unsterblichkeit glaubt, ich, der doch weiß – und es nie deutlicher wußte als jetzt – daß ein Leben nach dem Tode nichts als ein Traum ist, ein Wunsch – sollte ich mit einem Schlage meine Wette, meine Ehre und meine Selbstachtung, ja vielleicht sogar meinen Verstand verlieren durch die Schuld irgendwelcher halbwilder Vorfahren, die in Höhlen und Erdlöchern die absurde Idee ausheckten, daß die Toten bei Nacht wandeln? Daß –« Deutlich, unmißverständlich vernahm Mr. Jarette hinter sich das leichte, weiche Geräusch von Schritten, die ihm planvoll, regelmäßig, langsam näher kamen!

IV

Kurz vor Tagesanbruch fuhren am nächsten Morgen Dr. Helberson und sein junger Freund Harper langsam im Coupé des Arztes durch die Straßen von North Beach.

»Nun? Hast du noch immer dein jugendliches Zutrauen zu dem Mut und der Standhaftigkeit deines Freundes?« fragte der Ältere. »Glaubst du, daß ich meine Wette verloren habe?«

»Ich *weiß*, daß du sie verloren hast!« sagte der andere mit entmutigendem Nachdruck.

»Nun, bei meiner Seele – ich hoffe es!«

Er sprach ernst, beinahe feierlich. Dann schwiegen sie ein paar Minuten.

»Harper«, nahm der Arzt das Gespräch wieder auf –

er sah sehr besorgt aus in dem wechselnden Halblicht, das in den Wagen drang, wenn sie an den Laternen vorbeikamen – »mir ist bei dieser Geschichte äußerst unbehaglich zumute. Hätte dein Freund mich nicht durch die verächtliche Art gereizt, wie er meinen Zweifel an seiner Standhaftigkeit (eine rein physische Eigenschaft) abtat, und durch die kalte Unverschämtheit seines Vorschlages, daß die Leiche die eines Arztes sein müsse ... dann hätte ich mich nie darauf eingelassen. Wenn irgend etwas passiert, sind wir erledigt – und ich fürchte, wir haben es nicht besser verdient!«

»Was kann schon passieren? Selbst wenn die Angelegenheit eine ernste Wendung nehmen sollte, was ich keineswegs fürchte, so braucht Mancher doch nur ›wieder zum Leben zu erwachen‹ und alles zu erklären. Mit einem echten ›Objekt‹ aus unserm Seziersaal oder einem deiner kürzlich verstorbenen Patienten wäre es freilich anders.«

Also hatte Dr. Mancher Wort gehalten. Er war die ›Leiche‹ gewesen.

Dr. Helberson schwieg lange, während der Wagen im Schneckentempo dieselbe Straße entlangkroch, die er schon mehrmals passiert hatte. Dann sagte er: »Nun ja – wir wollen hoffen, daß Mancher, wenn er schon von den Toten auferstehen mußte, es verständig und vorsichtig getan hat. Wenn er dabei einen Fehler gemacht hat, so dürfte alles schlimmer statt besser geworden sein.«

»Ja«, sagte Harper, »Jarette würde ihn umbringen. Aber, Doktor« – er sah auf die Uhr, als sie an einer Laterne vorbeifuhren – »endlich ist es fast vier Uhr!«

Ein paar Sekunden später waren die beiden ausgestiegen und gingen rasch auf das dem Arzt gehörende, lange Zeit unbewohnte Haus zu, in dem sie Mr. Jarette, den Bedingungen ihrer verrückten Wette entsprechend, eingesperrt hatten. Als sie näher kamen, begegnete ihnen ein rennender Mann, der, als er sie erblickte, plötzlich sein Tempo verringerte und rief: »Können Sie mir sagen, wo ich einen Arzt finden kann?«

»Was gibt's denn?« fragte Dr. Helberson, der sich nicht verraten wollte.

»Gehen Sie hin und sehen Sie selbst nach«, antwortete der Mann und lief weiter.

Nun eilten sie vorwärts, und als sie bei dem Haus ankamen, sahen sie mehrere Personen rasch und aufgeregt hineingehen. In einigen benachbarten und gegenüberliegenden Wohnungen wurden die Fenster aufgerissen und ein paar Leute streckten die Köpfe heraus. Alle fragten etwas, und keiner beachtete die Frage des anderen. Einige Fenster waren noch hinter den vorgezogenen Vorhängen erleuchtet – offenbar kleideten sich die Bewohner an, um hinunterzukommen. Genau gegenüber von dem gesuchten Haus warf eine Straßenlaterne ihr gelbes, unzulängliches Licht auf die Szene – es war, als wolle sie sagen, sie könne viel mehr verraten, wenn sie nur wollte. Harper blieb an der Tür stehen und legte seinem Gefährten die Hand auf den Arm. »Doktor, wir sind erledigt«, sagte er, in heftiger Erregung, die in scharfem Gegensatz zu seinen saloppen Worten stand, »das Blättchen hat sich gegen uns gewendet. Laß uns nicht hineingehen. Ich bin dafür, wir verdrücken uns schleunigst!«

»Ich bin Arzt«, sagte Dr. Helberson ruhig. »Vielleicht wird ein Arzt gebraucht.«

Sie stiegen die Stufen hinauf und wollten eintreten. Die Tür stand offen; die Laterne gegenüber warf ihr Licht in den Gang. Er war voller Menschen. Einige waren die Treppe am andern Ende hinaufgegangen und standen nun, als sie nicht eingelassen wurden, und warteten auf eine günstige Gelegenheit. Alle sprachen, keiner hörte zu.

Plötzlich entstand auf dem oberen Treppenabsatz ein großer Tumult; ein Mann war aus einer Tür herausgestürmt und riß sich von denen los, die ihn zurückhalten wollten. Er drängte sich durch die Menge erschrockener Gaffer die Treppe herunter – er stieß sie beiseite, drückte sie gegen die Wand oder gegen das Geländer auf der anderen Seite, packte sie an der Kehle, schlug wild auf sie ein, warf sie die Treppe hinunter und stieg über die Gefallenen hinweg. Seine Kleider waren unordentlich, er trug keinen Hut. In seinen wilden, gehetzten Augen stand etwas, was noch schrecklicher schien als seine übernatürlichen Kräfte. Sein glattrasiertes Gesicht war blutlos, sein Haar schneeweiß.

Als die Menge am Fuß der Treppe, wo sie mehr Raum hatte, zurückwich, um ihn vorbeizulassen, sprang Harper vor. »Jarette! Jarette!« rief er.

Dr. Helberson packte Harper am Kragen und zog ihn zurück. Der Mann blickte ihnen ins Gesicht, scheinbar ohne sie zu sehen, und raste durch die Tür, die Stufen hinan, die Straße entlang, und war verschwunden. Ein dicker Polizist, der sich mit geringem Erfolg die Treppe hinabarbeitete, folgte ihm etwas später und nahm die Verfolgung auf. Die Leute in den Fenstern schrien ihm zu, welche Richtung er einschlagen sollte.

Jetzt war die Treppe teilweise frei, denn die meisten Gaffer waren auf die Straße geeilt, um die Flucht und Verfolgung anzusehen; Dr. Helberson stieg die Treppe hinauf, Harper hinter ihm. An der Tür der oberen Etage verweigerte ihnen ein Polizist den Zutritt. »Wir sind Ärzte«, sagte Helberson, und der Beamte ließ sie passieren. Der Raum war im matten Licht voller Menschen, die sich um einen Tisch drängten. Die eben Angekommenen bahnten sich einen Weg nach vorn und blickten den noch vor ihnen Stehenden über die Schulter. Auf dem

Tisch lag, die untere Hälfte mit einem Laken zugedeckt, der Körper eines Mannes, vom Strahl einer Lampe, die ein Polizist zu Füßen des Toten hielt, grell beleuchtet. Die Zuschauer standen – bis auf die am Kopfende – alle im Dunkeln. Das Gesicht des Toten sah schrecklich aus, gelb, abstoßend. Die Augen waren halb offen und nach oben verdreht, das Kinn war herabgefallen; Spuren von Schaum beschmutzten die Lippen, das Kinn, die Wangen. Ein großer Mann, offenbar ein Arzt, beugte sich über die Leiche; er hatte die Hand unter das Hemd des Toten geschoben. Als er sie zurückzog, steckte er zwei Finger in den offenen Mund der Leiche. »Dieser Mann ist seit etwa sechs Stunden tot«, sagte er dann. »Ein Fall für den Leichenbeschauer.«

Er holte eine Karte aus seiner Tasche, gab sie einem Beamten und ging zur Tür.

»Das Zimmer frei machen – alle hinaus!« sagte der Beamte scharf, und die Leiche verschwand, als sei sie weggezaubert, als er mit dem Licht seiner Lampe da und dort in die Gesichter der Zuschauer leuchtete. Die Wirkung war erstaunlich! Die Leute machten geblendet und erschrocken einen Sturm auf die Tür, sie stießen und drängten sich und stolperten bei ihrer Flucht übereinander wie die Geister der Nacht vor den Lichtstrahlen des Apoll. Der Beamte ließ das grelle Licht unbarmherzig und unaufhörlich über die stampfende, kämpfende Menge hingleiten. In der Masse gefangen wurden Helberson und Harper aus dem Zimmer gefegt und landeten Hals über Kopf auf der Straße.

»Guter Gott, Doktor! Hab' ich dir nicht gesagt, daß Jarette ihn umbringen wird?« sagte Harper, als sie aus dem Menschenwirbel heraus waren.

»Ich glaube ja«, erwiderte der andere ohne sichtbare Erregung.

Schweigend gingen sie Block um Block. Die Häuser der Bergbewohner hoben sich in scharfen Silhouetten vom grauenden östlichen Himmel ab. Der vertraute Milchwagen holperte durch die Straße; bald mußten die Bäckerjungen erscheinen; die Zeitungsausträger waren schon unterwegs.

»Bürschchen, mir scheint, wir haben bereits zuviel Morgenluft genossen«, sagte Helberson. »Sie ist ungesund; wir brauchen eine Luftveränderung. Was meinst du zu einer Tour nach Europa?«

»Wann?«

»Es eilt nicht besonders ... ich würde annehmen, daß heute nachmittag vier Uhr früh genug ist.«

»Gut – ich treffe dich am Schiff«, antwortete Harper.

V

Sieben Jahre später saßen diese beiden Männer auf einer Bank am Madison Square in New York in vertraulichem Gespräch. Ein dritter, der sie, selbst unbeobachtet, schon einige Zeit gemustert hatte, näherte sich ihnen, hob höflich den Hut von seinen schneeweißen Locken und sagte: »Ich bitte um Verzeihung, meine Herren – aber wenn Sie einen Menschen durch Ihre Auferstehung getötet haben, tun Sie gut daran, die Kleider mit ihm zu tauschen und bei der ersten Gelegenheit einen Ausbruch in die Freiheit zu versuchen.«

Helberson und Harper tauschten einen vielsagenden Blick – sie waren merklich belustigt. Helberson sah dem Fremden freundlich in die Augen und sagte:

»Das habe ich immer geplant. Ich stimme vollkommen mit Ihnen überein: es ist bestimmt günstig –«

Er hielt plötzlich inne, erhob sich und erbleichte. Er

starrte den Mann mit offenem Munde an und zitterte sichtlich.

»Ach!«, sagte der Fremde, »ich sehe, Sie sind nicht wohl, Dr. Helberson! Wenn Sie sich nicht selbst behandeln können, wird Dr. Harper doch sicher etwas für Sie tun.«

»Wer zum Teufel sind Sie?« fragte Harper grob.

Der Fremde trat zu ihnen, beugte sich vor und flüsterte: »Ich nenne mich manchmal Jarette – aber aus alter Freundschaft will ich Ihnen verraten, daß ich Mancher bin – Dr. William Mancher.«

Bei dieser Enthüllung sprang Harper auf. »Mancher!« rief er.

Helberson fügte hinzu: »Bei Gott – es ist wahr!«

»Ja«, sagte der Fremde, unbestimmt lächelnd, »freilich ist es wahr – zweifellos!«

Er zögerte und schien sich auf etwas besinnen zu wollen, begann dann aber einen Schlager zu summen. Offenbar hatte er ihre Gegenwart vergessen.

»Mancher, hör zu«, sagte Helberson, »du mußt uns erzählen, was in jener Nacht geschehen ist – mit Jarette, weißt du.«

»Ach ja, mit Jarette«, sagte der andere. »Komisch, daß ich's euch nicht gleich gesagt habe – ich erzähle es nämlich oft. Nun ja, ich wußte, als ich ihn laut mit sich selbst reden hörte, daß er fürchterliche Angst hatte. Und da konnte ich der Versuchung nicht widerstehen – wirklich, ich konnte nicht! – lebendig zu werden und mir mein Späßchen mit ihm zu machen. Es war auch nichts dabei – natürlich ahnte ich nicht, daß er's so ernst nehmen würde. Nein, wirklich, ich ahnte es nicht. Und nachher – nun ja, es war eine scheußliche Sache, den Platz mit ihm zu vertauschen ... und dann – der Teufel soll euch holen, dann wolltet ihr mich nicht herauslassen!«

Die Wut, mit der er die letzten Worte ausstieß, war unbeschreiblich. Erschrocken wichen die beiden anderen zurück.

»Wir? Ja aber – aber –« stammelte Helberson, völlig die Fassung verlierend. »Wir hatten doch nichts damit zu tun!«

»Habt ihr nicht gesagt, daß ihr Hellbom und Sharper seid?« fragte der Fremde lachend. »Die beiden Ärzte?«

»Mein Name ist Helberson, ja; und dieser andere Herr ist Mr. Harper.« Das Gelächter hatte ihn ein wenig beruhigt. »Aber jetzt sind wir keine Ärzte; wir sind – hol's der Teufel, alter Freund – nun ja, wir sind Spieler.«

Er sprach die Wahrheit!

»Ein prächtiger Beruf – prächtig, in der Tat! Ich hoffe, unser Sharper hier hat Jarettes Einsatz als ehrlicher Makler ausgezahlt! Ja, ein guter, ehrenwerter Beruf«, wiederholte er nachdenklich und ging lässig weiter. »Aber ich bin beim alten geblieben. Ich bin. Ich bin Obermedizinalrat, der höchste Beamte im Bloomingdale-Irrenhaus. Es ist meine Aufgabe, den Direktor dort zu kurieren.«

RUDYARD KIPLING

Eine Tatsache

Einmal ein Priester, immer ein Priester; einmal ein Freimaurer, immer ein Freimaurer; und einmal ein Journalist, immer und für alle Zeiten ein Journalist.

Wir waren unser drei, lauter Journalisten, die einzigen Fahrgäste auf einem kleinen Dampfer, einer Art Ozeanbummler, der überall hinlief, wohin seine Besitzer ihn schickten. Er war für die Bilbao-Eisenerzminen gefahren, dann hatte ihn die spanische Regierung für besonderen Dienst in Manila gechartert, und jetzt, auf seine alten Tage, half er beim Kulihandel in Kapstadt, mit gelegentlichen kleinen Abstechern nach Madagaskar und selbst nach England. Wir hörten, daß er mit Fracht nach Southampton gehen sollte, und wurden für einen Spottpreis als Passagiere mitgenommen.

Da war Keller, von einer amerikanischen Zeitung, der von einer Sondermission in Madagaskar nach den Vereinigten Staaten zurückkehrte; da war ein großer, dicker Halbholländer namens Zuyland, Eigentümer und Herausgeber einer kleinen Zeitung irgendwo im Hinterlande von Johannesburg; – und da war ich, der feierlich geschworen hatte, mir alles, was mit Journalismus zusammenhing, aus dem Kopf zu schlagen und zu vergessen, daß ich je den Unterschied zwischen Hand- und Maschinensatz gekannt hatte.

Zehn Minuten, nachdem Keller mich angeredet hatte, just als die *Rathmines* aus dem Hafen von Kapstadt hinausdampfte, hatte ich meine beabsichtigte vornehme Zurückhaltung aufgegeben und befand mich in hitziger Diskussion über das Unmoralische ungebührlich langer Telegramme. Zuyland kam jetzt auch aus seiner Kabine, und in wenigen Minuten waren wir alle gute Freunde geworden, nachdem sich herausgestellt hatte, daß wir sämtlich ein und demselben Beruf angehörten und es einer weiteren Einführung nicht bedurfte. Wir ergriffen förmlichen Besitz von dem Schiff, brachen die Tür des Badezimmers auf – die Dons auf den Manilalinien baden nicht – reinigten die Badewanne von den Apfelsinenschalen, Zigarren- und Zigarettenstummeln, die darin lagen, versicherten uns der Künste eines Laskars, der uns unterwegs rasieren sollte, und erkundigten uns dann gegenseitig nach unseren Namen.

Drei gewöhnliche Sterbliche würden sich aus reiner Langerweile verzankt haben, ehe sie Southampton erreichten. Wir, dank unserm Handwerk, waren nichts weniger als gewöhnliche Sterbliche. Ein großer Prozentsatz aller Anekdoten der Welt, die neununddreißig, die man nicht, und die eine, die man vor Damen erzählen kann, sind Gemeingut und *eines* Geistes Kinder. Wir wärmten sie, aus Tradition, alle auf, mit allen möglichen überraschenden lokalen Varianten. Dann kamen, in den Pausen zwischen ausdauerndem Kartenspiel, persönlichere Erlebnisse an die Reihe: eine Panik auf der Brooklynbrücke, wo die Menschen in blindem Entsetzen sich gegenseitig zu Tode quetschten, ohne zu wissen warum; Feuersbrünste, Gesichter, die in rotglühenden Fensterrahmen gräßlich die Münder auf- und zumachten; Schiffbrüche bei Frost und Schnee, die man vom vereisten Rettungsboot unter Gefahr des Erfrierens mit angesehen hatte; Dauerritte hinter Diamantendieben her; Handgemenge auf dem *Velt* oder bei Verhandlungen mit den Buren; Streiflichter aus dem politischen Sumpf in der Kapkolonie und der Gewaltherrschaft in Transvaal; Spielergeschichten, Pferdegeschichten, Weibergeschichten zu Dutzenden und Hunderten; bis der erste Maat, der mehr gesehen hatte als wir alle drei zusammen, dem aber die Fähigkeit fehlte, seine Erlebnisse in Worte zu kleiden, mit offenem Munde dasaß, bis zum frühen Morgen.

Dann nahmen wir wieder die Karten zur Hand, bis eine gelegentliche Bemerkung einem oder dem andern von uns Veranlassung gab zu sagen: »Das erinnert mich an einen Mann, der« oder »an eine Geschichte, die« ... Und dann gingen die Anekdoten wieder los, indes die *Rathmines* sich immer weiter ihren Weg nordwärts durch die warmen Gewässer pflügte.

Eines Morgens, nach einer ungewöhnlich schwülen Nacht, saßen wir drei unmittelbar vor dem Steuerhaus, wo ein alter schwedischer Bootsmann, den wir ›Frithjof den Dänen‹ nannten, am Rad stand und so tat, als ob er unsere Erzählungen nicht hören könnte. Ein- oder zweimal drehte Frithjof die Speichen in ganz eigentümlicher Weise, und Keller hob den Kopf von seinem Liegestuhl und fragte:

»Was ist denn los? Können Sie nicht die richtige Fahrt kriegen?«

»Es ist irgendwas im Wasser, was ich nicht verstehe«, sagte Frithjof. »Ich glaube, wir fahren bergab oder so was. Sie steuert sich schlecht heute morgen.«

Kein Mensch, scheint es, kennt die Gesetze, die den Pulsschlag der großen Gewässer beherrschen. Manchmal kann selbst eine Landratte fühlen, daß der flache Ozean plötzlich ansteigt und das Schiff sich eine lange, unsichtbare Steigung hinaufquält; und manchmal, wenn weder günstiger Wind noch Volldampf die ungewöhnlich lange Strecke, die das Schiff an einem Tage zurückgelegt hat, rechtfertigen, sagt der Kapitän: »Das Schiff geht bergab.« Aber woher dieses bergauf und bergab kommt, hat noch niemand einwandfrei festgestellt.

»Nein, die See ist hinter uns her«, sagte Frithjof, »und da ist immer schlecht steuern.«

Die See war so glatt wie ein Ententeich, nur eine regelmäßige, ölige Dünung bewegte sie. Als ich mich über Bord beugte, um zu sehen, von wo die See hinter uns her sei, ging just die Sonne in einem vollkommen klaren Himmel auf und traf das Wasser so jählings mit ihrem Licht, daß es schien, als müßte die See ertönen wie ein glänzend polierter Gong. Das Kielwasser und der kleine weiße Streifen, den die Logleine zog, waren das einzige Bewegte auf dem Wasser, so weit das Auge reichte.

Keller rollte sich aus seinem Liegestuhl und ging nach achtern, um sich eine der Ananas zu holen, die unter dem Sonnenzelt zum Reifen aufgehängt waren.

»Frithjof, die Logleine hat genug vom Wasser. Sie kommt zurück«, sagte er in seiner behäbigen Art.

»Was?« rief Frithjof, und seine Stimme sprang ein paar Oktaven höher.

»Kommt zurück«, wiederholte Keller, über das Heck lehnend.

Ich lief zu ihm hin und sah, wie die Logleine, die bis dahin straff über die Heckreling gespannt war, schlaff wurde, Schlingen warf und ans Backbord heranschlug. Frithjof rief durch das Sprachrohr zur Brücke hinauf, und die Brücke antwortete: »Ja, neun Knoten.« Dann sagte Frithjof wieder etwas, und die Antwort war: »Was soll denn der Kapitän?« Und Frithjof bellte zurück: »Ruf ihn auf Deck.«

Zuyland, Keller und ich waren mittlerweile von Frithjofs Aufregung angesteckt, denn dergleichen teilt sich an Bord schnell mit. Der Kapitän eilte aus seiner Kajüte, sprach mit Frithjof, sah nach der Logleine, sprang auf die Brücke, und im nächsten Augenblick fühlten wir, wie der Dampfer unter Frithjofs Steuer herumschwang.

»Nach Kapstadt zurück?« fragte Keller.

Frithjof antwortete nicht, sondern drehte das Rad immer weiter herum. Dann rief er uns drei zu Hilfe, und wir hielten das Rad fest, bis die *Rathmines* gehorchte und wir in den weißen Schaum unseres eigenen Kielwassers hinabblickten, indes die immer noch ölige See an unserm Bug vorbeischoß, obgleich wir nur mit halbem Dampf fuhren.

Der Kapitän streckte den Arm von der Brücke aus und schrie Frithjof etwas zu. Eine Minute später hätte ich selber am liebsten laut aufschreien mögen, denn nun schien sich plötzlich die eine Hälfte der See auf die andere zu türmen und wie ein Berg auf uns zukommen: ohne Schaumkrone, ohne Kamm, nichts als schwarzes Wasser mit kleinen kräuselnden Wellen an den Flanken. Jetzt war sie auf gleicher Höhe mit der *Rathmines*, noch ehe der Dampfer sich heben konnte, und ich sagte mir in meinem Herzen, daß dies die letzte meiner irdischen Reisen sein würde. Dann wurden wir in die Höhe gehoben, höher und höher und höher. Ich hörte Keller neben mir sagen: »Die Eingeweide der Tiefe, o Gott«, und die *Rathmines* stand mit rasender, dröhnender Schraube hoch über einer Höhlung, die eine gute halbe Seemeile tief unter uns gähnte.

Wir glitten in diese Höhlung hinunter, das Schiff halb unter Wasser, und die Luft roch feucht und schlammig, wie ein ausgeleertes Aquarium. Wir mußten einen zweiten Wasserberg hinauf – soviel konnte ich noch sehen: aber die Flut schlug über Bord, schwemmte mich nach achtern und schleuderte mich gegen die Tür des Steuerhauses, und ehe ich noch Atem holen und das Wasser aus den Augen wischen konnte, rollten wir schon in zerwühlter See hin und her, und die Speigatten strömten wie Dachrinnen im Gewitter.

»Es waren drei Wellen«, sagte Keller, »und das Schürloch ist voll Wasser.«

Die Heizer waren auf Deck gekommen und warteten anscheinend aufs Ertrinken. Der Maschinenmeister kam und zog sie hinunter, und die atemlose Mannschaft begann an der schwerfälligen Pumpe zu arbeiten. Es schien also doch nicht so schlimm zu stehen, und als ich begriff, daß die *Rathmines* wirklich noch auf und nicht unter dem Wasser war, fragte ich, was denn eigentlich los sei.

»Der Kapitän meint, es sei ein Erdbeben unter See gewesen – ein Vulkan«, sagte Keller.

»Von Wärme ist aber nichts zu spüren«, antwortete ich. Ich fühlte mich bitter kalt, und Kälte war etwas fast Unbekanntes in diesen Gewässern. Ich ging hinunter, um die Kleider zu wechseln. Als ich wieder heraufkam, war alles ausgelöscht von dichtem weißem Nebel.

»Haben Sie noch weitere unangenehme Überraschungen für uns?« fragte Keller den Kapitän.

»Ich weiß nicht. Danken Sie Gott, meine Herren, daß Sie noch leben. Die Flutwelle ist von einem Vulkan heraufgeschleudert worden. Der Meeresgrund ist wahrscheinlich irgendwo einige Fuß in die Höhe gehoben worden. Was ich aber nicht verstehen kann, ist diese Kälte. Unser See-Thermometer zeigt vierundvierzig Grad an der Oberfläche des Wassers, und wir sollten hier wenigstens achtundsechzig Grad haben.«

»Es ist ganz schauderhaft«, sagte Keller, vor Kälte zitternd. »Aber wollen Sie sich nicht lieber mal mit dem

Nebelhorn beschäftigen? Mir scheint, ich habe etwas gehört.«

»Gehört! Gott im Himmel!« rief der Kapitän von der Brücke herab, »das glaube ich wohl.« Er zog die Leine unseres Nebelhorns, das nur schwach war. Es gurgelte und würgte, denn das Schürloch war voll Wasser und das Feuer halb erstickt; endlich drang ein dumpfes Stöhnen heraus. Aus dem Nebel kam die Antwort von der fürchterlichsten aller Sirenen, die ich je gehört habe. Keller wurde so weiß wie ich, denn der Nebel, der kalte Nebel war über uns, und man kann es keinem Menschen verdenken, wenn ihn die Furcht packt vor einem Tode, den er nicht sehen kann.

»Mehr Dampf!« schrie der Kapitän in den Maschinenraum hinab. »Mehr Dampf für das Nebelhorn, und wenn wir stehenbleiben!«

Wir heulten noch einmal, und die Nässe tropfte von dem Sonnendach auf das Deck, während wir auf die Antwort warteten. Sie schien diesmal von rückwärts zu kommen und viel näher als zuvor.

»Die *Pembroke-Castle* rückt uns auf den Hals!« sagte Keller; und dann giftig: »Na, so Gott will, die muß mit uns runter.«

»Es ist ein Raddampfer«, flüsterte ich. »Hören Sie nicht die Schaufeln?«

Jetzt tuteten und heulten wir nochmals, bis der Dampf ausging, und die Antwort brüllte uns fast taub. Wir hörten plötzlich in unserer Nähe ein Geräusch, als ob das Wasser wütend gepeitscht würde, und etwas, das grau und rot aussah, schoß im weißen Nebel an uns vorbei.

»Die *Pembroke-Castle*, kieloben!« sagte Keller, der als Journalist gleich eine Erklärung für alles bei der Hand hatte. »Das sind die Farben der Castledampfer.«

»Die See ist verhext«, sagte Frithjof vom Steuerrad her. »Es sind *zwei* Dampfer!«

Eine zweite Dampfsirene ließ sich jetzt hören, dieses Mal am Bug, und unser kleiner Dampfer rollte im Kielwasser von irgend etwas, das uns ungesehen überholt hatte.

»Wir sind augenscheinlich mitten in einer ganzen Flotte«, sagte Keller gelassen. »Wenn uns der eine nicht überrennt, wird's der andere tun. – Puh ... was zum Teufel ist das?«

Ich schnüffelte. Ein modriger, giftiger Geruch war in der Luft – ein Geruch, den ich schon früher einmal gespürt hatte. »Wenn wir an Land wären, würde ich sagen, daß ein Alligator in der Nähe sei. Es riecht nach Moschus«, antwortete ich.

»Nicht zehntausend Alligatoren könnten solchen Gestank verbreiten«, sagte Zuyland, »ich weiß, wie sie riechen.«

»Verhext! Verhext!« sagte Frithjof. »Die ganze See hat sich umgedreht, und wir fahren auf dem Grunde.«

Wiederum rollte die *Rathmines* in dem Kielwasser eines unsichtbaren Fahrzeugs, und eine silbergraue Welle brach über das Heck und hinterließ einen Niederschlag – etwas von der greulichen Brühe, die in der untersten Tiefe der See lagerte. Ein Spritzer der Welle schlug mir ins Gesicht, und er war so kalt, daß er mich brannte wie kochendes Wasser. Die tote, nie berührte Tiefe des Ozeans war durch den unterseeischen Vulkan an die Oberfläche getrieben – das stille eisige Wasser, das alles Leben tötet und nach Verödung und Leere riecht. Dazu der undurchsichtige Nebel und dieser unbeschreibliche Moschusgeruch – wir zitterten vor Kälte und Unbehagen.

»Die heiße Luft auf dem kalten Wasser bringt diesen Nebel«, sagte der Kapitän; »es muß gleich aufklaren.«

»Das Nebelhorn, das Nebelhorn! ... und bloß weg von hier!« rief Keller.

Der Kapitän ließ das Nebelhorn wieder heulen und weit hinter uns antworteten die beiden unsichtbaren Dampfsirenen. Ihr schreckliches Getöse wurde lauter und lauter, bis es schließlich in nächster Nähe unmittelbar aus dem Nebel hervorzubrechen schien. Ich bückte mich tief, während die *Rathmines* ihren Bug unter zwei sich kreuzenden Wogen vergrub.

»Schluß«, sagte Frithjof, »höchste Zeit, daß wir wegkommen, in Gottes Namen.«

»Wenn meinetwegen irgendein Torpedoboot hier verrückt geworden wäre und herumtobte, dann ließe sich die Sache ... Andernfalls – – –«

Die letzten Worte erstarben auf Kellers Lippen, seine Augen traten aus den Höhlen und die Kinnlade fiel ihm herunter. Etwa sechs oder sieben Fuß über Backbord, in Nebel gerahmt und völlig ohne Halt oder Stütze, wie der Vollmond, hing ein Gesicht. Es war kein menschliches Gesicht, auch nicht das eines Tieres, es gehörte nicht dieser bekannten Erde an. Der Mund war offen und zeigte eine lächerlich winzige Zunge, so unverhältnismäßig klein wie die eines Elefanten; um die Mundwinkel zogen sich straffe Falten von weißer Haut; weiße Fühlhörner, wie die einer Barbe, sprangen aus der Kinnlade, und keine Spur von Zähnen war zu erkennen. Aber das Grausige des Gesichts lag in den Augen, denn die waren blicklos – weiß in beinweißen Höhlen, und blind. Doch bei alledem war dieses Gesicht, tiefgefurcht wie das eines Löwen assyrischer Skulptur, belebt von Wut und Schrecken. Ein langes weißes Fühlhorn berührte unsere Bordwand. Dann verschwand das Gesicht mit der Schnelligkeit einer Blindschleiche, die in ihren Bau schlüpft, und das nächste, dessen ich mich entsinne, ist meine eigene Stimme, die ich zu dem Großmaat sagen hörte: »Aber wissen Sie, die Luftblase hätte ihm doch aus dem Maul getrieben werden müssen.«

Keller trat zu mir, aschfahl. Er steckte die Hand in die Tasche, brachte eine Zigarre hervor, biß sie ab, ließ sie fallen, steckte seinen zitternden Daumen in den Mund und mümmelte: »Die Riesenstachelbeere und der Froschregen! Geben Sie mir Feuer, geben Sie mir Feuer, Donnerwetter, geben Sie mir Feuer!« Ein kleiner Tropfen Blut fiel von seinem Daumengelenk.

Ich respektierte die Motive dieses Vorgangs, so absurd er war. »Stopp!« sagte ich, »Sie werden sich den Daumen abbeißen«, und Keller lachte sehr gezwungen, indem er seine Zigarre aufhob. Nur Zuyland, der sich über die Seite des Schiffes hinauslehnte, schien die Ruhe nicht verloren zu haben. Er gestand uns später, daß ihm sehr übel war.

»Wir haben es gesehen«, sagte er, sich umdrehend. »Das war's.«

»Was?« fragte Keller, an seiner kalten Zigarre kauend.

Während er sprach, wurde der Nebel in Fetzen gerissen, und wir sahen die See an den Seiten des Schiffes dahinrollen, grau von Schlamm, ohne eine Spur von Lebendigem. Dann wallte sie an einer Stelle auf und wurde wie der Salbentopf, von dem die Bibel spricht. Und aus diesem Strudelring kam ein Etwas herauf – ein grau und rotes Etwas mit einem Hals – ein Etwas, das heulte und sich vor Schmerzen wand.

Frithjof zog den Atem ein und hielt ihn an, bis die roten Buchstaben des Schiffsnamens, die auf der Brust seiner Jacke eingewirkt waren, sich verzerrten und verschoben wie ein schlechter Drucksatz. Dann sagte er mit einem kleinen Glucksen in der Stimme: »Ach Gott, es ist blind. Das Ding ist blind«, und eine Bewegung des Mitleids ging durch uns alle, denn wir konnten sehen, daß das Wesen im Wasser blind war und Schmerzen litt. Etwas hatte die mächtigen Flanken grausam verwundet und aufgerissen, und das Blut schoß daraus hervor. Der graue Schlamm der tiefsten See lag in den ungeheuerlichen Falten des Rükkens und rann in Strömen herab. Der blinde weiße Kopf fuhr zurück und schlug nach den Wunden, und der Körper in seiner Qual hob sich hoch über die grauen und roten Wogen, bis ein Paar zitternde Schultern, mit Seetang und Muscheln bedeckt, aber sonst so weiß wie der haarlose, blinde, zahnlose Kopf, sichtbar wurden. Jetzt sahen wir am Horizont einen Punkt und hörten einen durchdringenden Schrei, und es war, als wenn ein Weberschiff mit einem Zug durch die See geschossen käme: ein zweiter Kopf und Hals durchfurchte die Meeresfläche, einen rauschenden Wall von Wasser zur Linken und zur Rechten aufwühlend. Die beiden Ungeheuer begegneten sich – das eine in voller Kraft, das andre in Todeswehen – Männchen und Weibchen, sagten wir uns; das Weibchen dem Männchen zu Hilfe kommend. Sie schwamm um ihn herum, brüllend, und legte ihren Hals über die Wölbung seines großen, gepanzerten Rückens. Er verschwand einen Augenblick unter dem Wasser, aber warf sich wieder herauf und stöhnte in Todesqual, indes das Blut strömte. Einmal kam der ganze Kopf mitsamt dem Nacken hoch aus dem Wasser und streckte sich, und ich hörte Keller sagen, als ob er bei einem Straßenunfall zuschaute: »Zurück, um Gottes willen, zurück!« Dann begann der letzte Todeskampf. Die große weiße Masse wand sich und wälzte sich und warf sich hin und her, so daß unser kleiner Dampfer wieder auf und nieder schwankte und die grauen Wellen seine Flanken ganz mit dem grauen Schlamm bedeckten. Die Sonne stand klar, es war kein Wind, und wir alle, die ganze Mannschaft und die Heizer standen auf Deck, voll

Staunen und Mitleid, zumeist voll Mitleid. Das Ding war so hilflos und, abgesehen von seiner Gefährtin, so verlassen. Kein menschliches Auge hätte es jemals sehen sollen; es lag etwas Ungeheuerliches und Schamloses darin, daß es hier auf befahrener Handelsstraße, zwischen dem und dem Breitengrade, zur Schau gestellt wurde. Verstümmelt und sterbend war es von seiner Ruhestätte auf dem Meeresgrunde, wo es bis zum Jüngsten Gericht hätte leben mögen, emporgespien, und wir sahen die Wellen seines Lebens von ihm ausströmen, gleichwie Fluten der Brandung im Sturm gegen Land. Seine Gefährtin lag schaukelnd ein wenig abseits auf dem Wasser, unaufhörlich heulend, und der Moschusgeruch wurde so stark und durchdringend, daß wir alle husten mußten.

Endlich schloß der Todeskampf in einer Brühe blutfarbenen Wassers. Wir sahen den zuckenden Hals niederfallen wie einen Dreschflegel. Die tote Masse drehte sich seitwärts und ließ ein Stück eines weißen Bauches und den Ansatz einer riesigen Hinterpranke oder Flosse erkennen. Dann versank alles, und Meer schäumte darüber, indes die Gefährtin noch immer rundherum schwamm und ihren Kopf nach allen Richtungen reckte. Obgleich zu befürchten war, daß sie unsern Dampfer angreifen würde, so hätte uns in diesem Augenblick doch keine Macht der Erde von unsern Plätzen weggebracht. Wir schauten mit verhaltenem Atem. Endlich stellte die verlassene Gefährtin ihr Suchen ein. Wir konnten die Flut gegen ihre Flanken schlagen hören. Dann bäumte sie den Nacken empor, so hoch sie konnte, blind und einsam in all der Einsamkeit der See, und stieß ein verzweifeltes Brüllen aus, das über das Gewoge hinfuhr, gleichwie ein Kiesel, den man über den Teich schunkt. Dann wandte sie sich westwärts. Die Sonne schien auf das weiße Haupt und auf den Schaumstreifen dahinter, bis nichts mehr zu sehen war als ein kleiner silberner Punkt am Horizont. Wir lagen wieder in unserm Kurs, und die *Rathmines*, von Bug bis Heck mit Tiefseeschlamm bedeckt, sah aus wie ein Schiff, das vor Schrecken ergraut ist.

»Wir müssen unsere Notizen vergleichen«, war die erste zusammenhängende Bemerkung, die Keller machte. »Wir sind alle drei erfahrene Journalisten, und wir haben die großartigste Sensation in der Hand. Also los!«

Ich war damit nicht einverstanden. Bei der Zeitungsschreiberei gewinnt man nichts durch Zusammenarbeit, wenn alle es mit derselben Tatsache zu tun haben. So machten wir uns denn jeder auf seine Art an die Aufgabe. Keller setzte drei Überschriften über seinen Bericht, sprach von unserm ›wackern Kapitän‹ und schloß mit einer Anspielung auf amerikanischen Unternehmungsgeist, insofern, als es ein Bürger von Dayton, Ohio, war, der die Seeschlange gesehen hatte. Dergleichen wäre nach meiner Ansicht geeignet gewesen, das Glaubwürdige verdächtig zu machen, wie viel mehr nicht ein kaum glaubliches Seeabenteuer, aber als Probe der Darstellungskunst eines halbzivilisierten Volkes war der Bericht recht interessant. – Zuyland füllte ganze anderthalb Spalten, erging sich ins Lange und Breite und fügte schließlich die vollständige Liste der Schiffsmannschaft bei, die er eidlich verpflichtet hatte, seine Aussagen zu bestätigen. Bei Zuyland gab es weder Phantastik noch Glanzlichter. – Ich schrieb dreiviertel Spalten gewöhnlichen Borgissatz und ließ mich dabei auf gar keine Journalistenkunststücke ein, aus Gründen, die mir inzwischen klar geworden waren.

Keller war geradezu unerträglich vor Freude. Er wollte von Southampton an die ›New York World‹ telegrafieren, am gleichen Tag seinen Bericht mit der Post nach Amerika senden, London mit drei Spalten fettgedruckter Schlagworte ›paralysieren‹ und überhaupt den gesamten Globus ›umschmeißen‹. »Ich will euch zeigen, was ich aus einem Stoff machen kann, wenn ich ihn kriege«, sagte er.

»Ist dies Ihr erster Besuch in England?« fragte ich.

»Ja«, sagte er. »Sie scheinen gar keinen Sinn zu haben für das Gewaltige unseres Themas. Es ist pyramidal – der Tod der Seeschlange! Gott im Himmel, Mann, es ist das Großartigste, was einer Zeitung jemals zugegangen ist.«

»Komisch, wenn man denkt, daß es niemals in einer Zeitung erscheinen wird, nicht?« sagte ich.

Zuyland, der neben mir stand, nickte schnell.

»Was meinen Sie?« rief Keller. »Wenn Sie so verengländert sind, daß Sie so eine Sache schießen lassen – *ich* nicht! Ich dachte, Sie seien Journalist.«

»Das bin ich auch und darum weiß ich Bescheid. Seien Sie kein Narr, Keller. Vergessen Sie nicht, ich bin siebenhundert Jahre älter als Sie, und was Ihre Enkelkinder vielleicht in fünfhundert Jahren lernen werden, das haben meine Großeltern schon vor fünfhundert Jahren gewußt und ich habe es von ihnen gelernt. Was Sie da tun wollen, ist unmöglich.«

Diese Unterhaltung fand auf offener See statt, wo alles möglich scheint, einige hundert Meilen vor Southampton.

Am nächsten Morgen in aller Frühe dampften wir bei den ›Nadeln‹ vorbei, und die aufgehende Sonne beschien die stuckverzierten Villen im Grünen und die ehrwürdige Wohlgeordnetheit Englands – Reihe an Reihe, Mauer an Mauer festgefügte Steinwerften und granitene Kais. Eine Stunde Warten im Zollschuppen genügte, um uns diesen Eindruck noch tiefer einzuprägen.

»Na, Keller, jetzt los! Die *Havel* geht heute hinaus. Schicken Sie Ihren Bericht mit, und ich werde Sie zum Telegrafenamt begleiten«, sagte ich.

Keller atmete tief. Ich konnte bemerken, wie die ganze Landatmosphäre sich seiner bemächtigte, genau wie man sagt, daß Newmarket Heath ein junges Pferd zähmt, das nicht an offene Rennbahn gewöhnt ist.

»Ich möchte meine Schreiberei gern noch mal durchsehen«, sagte er. »Wollen wir nicht bis London warten?«

Zuyland hatte beiläufig seinen Bericht in aller Frühe in Stücke gerissen und über Bord geworfen. Seine Gründe waren meine Gründe.

Im Zug begann Keller seine Arbeit durchzusehen, und so oft er auf die schmucken kleinen Felder, die roten Villen und den Bahndamm blickte, ließ er seinen Blaustift rücksichtslos durch die Zeilen rasen. Er hatte das gesamte Wörterbuch nach Adjektiven ausgequetscht. Ich hätte nicht eins nennen können, das er *nicht* gebraucht hätte. – Und derselbe Mann war ein kundiger, kühler Pokerspieler, der nie mehr Karten als notwendig zeigte.

»Wollen Sie denn das ganze schöne Gebrüll streichen?« fragte ich teilnahmsvoll. »Bedenken Sie, in Amerika geht alles, vom Hosenknopf bis zum Menschenfresser.«

»Das ist gerade der Fluch«, murmelte Keller. »Wir haben sie so oft an der Nase herumgeführt, daß man, wenn es auf die goldene Wahrheit hinauskommt ...

Ich möchte es erst mal bei einer Londoner Zeitung versuchen. – Selbstverständlich haben Sie die Vorhand.«

»Nicht im geringsten! Ich werde in unseren Zeitungen kein Wort davon reden. Ich überlasse Ihnen alle mit Vergnügen. Aber Sie werden die Geschichte doch nach Hause kabeln?«

»Nein. Nicht wenn ich sie hier loswerden und die Engländer damit aus der Fassung bringen kann.«

»Das wird Ihnen mit Ihren drei Spalten schwerlich gelingen, glauben Sie mir.«

»Das scheint mir allmählich auch. Macht denn *nichts* hier Eindruck in diesem Lande?« sagte er, zum Fenster hinausschauend. »Wie alt ist das Bauernhaus dort?«

»Neu. Es kann höchstens zweihundert Jahre alt sein.«

»Hm. Die Äcker – auch?«

»Die Hecke dort muß vor etwa achtzig Jahren geschnitten worden sein.«

»Billige Arbeitskräfte – wie?«

»O ja... Was meinen Sie, wollen Sie es nicht bei der ›Times‹ versuchen?«

»Nein«, sagte Keller, auf die Kathedrale von Winchester blickend. »Könnte ebensogut versuchen, einen Strohsack zu elektrisieren... Und wenn ich denke, daß die ›World‹ mit Vergnügen drei Spalten bringen würde und das wär' ihr wahrscheinlich noch nicht genug... und illustriert noch dazu! Es ist zum...«

»Aber die ›Times‹ würde vielleicht... Versuchen Sie es doch.«

»Versuchen? Ich kann ja auch versuchen, mich durch die Platten eines Panzerkreuzers zu arbeiten.«

»Meinen Sie? Nun, dann probieren Sie es einmal mit einem etwas leichteren, frivoleren Blatt.«

»Mit so was wie meinem – unserem Bericht? Es handelt sich um unantastbare Historie!«

Ich zeigte ihm ein Blatt, von dem ich annahm, daß es so recht nach seinem Herzen wäre, da es nach amerikanischem Muster redigiert war.

»Das ist Tratsch«, sagte er, »nicht das richtige. Nein, ich möchte gerade diese alten fetten ›Times‹-Spalten. Vermutlich sitzt da auch ein Bischof in der Redaktion.«

Sobald wir in London angekommen waren, verschwand Keller in der Richtung nach dem *Strand*. Welcher Art seine Erfahrungen gewesen sind, kann ich nicht sagen; es scheint aber, daß er in die Redaktion einer Abendzeitung eindrang (um 11.45 Uhr vormittags; ich sagte ihm, daß die englischen Redakteure um diese Zeit auf der Bärenhaut lägen), und mich als einen der Zeugen für die Wahrheit seiner Geschichte nannte.

»Ich wurde beinahe hinausgeschmissen«, erzählte er wütend beim Frühstück. »Der alte Herr sagte, sowie ich Ihren Namen nannte, er ließe sich bestens für Ihre schlechten Witze bedanken, und wenn Sie wirklich etwas für die Zeitung hätten, so wüßten Sie sehr gut, wann die Redaktionsstunden seien, und im übrigen hätte er nicht die geringste Lust, Ihre Enten von seinem Büro aus abfliegen zu lassen. Ihr Ruf hierzulande, was Wahrheitsliebe anbetrifft, scheint nicht sehr glänzend zu sein!«

»Hervorragend! Eben darum sind Sie abgeblitzt! Warum lassen Sie die englischen Zeitungen nicht in Frieden und kabeln nach New York? Drüben nehmen sie alles.«

»Begreifen Sie nicht, daß es eben deswegen nicht geht?«

»Das begreife ich schon lange. Also Sie wollen nicht kabeln?«

»Doch, ich will«, erwiderte er in dem überentschiedenen Ton eines, der nicht weiß, was er will.

An diesem Nachmittag führte ich ihn kreuz und quer spazieren durch die Straßen, die zwischen den Trottoirs wie Kanäle aus gefurchter Lava laufen, über die Brücken aus unzerstörbarem Stein, durch Untergrundtrakte, gepflastert und ausgemauert mit fußdickem Mörtel, zwischen Häusern hindurch, an die seit ihrer Errichtung nie wieder Hand angelegt wurde, und Ufertreppen hinab, aus lebendigem Fels gehauen. Ein schwarzer Nebel trieb uns zur Westminsterabtei, und wie wir dort im Dunkeln standen, konnte ich den Flügelschlag dahingeschiedener Jahrhunderte um das Haupt von Litchfield A. Keller, Journalist aus Dayton, Ohio, USA, rauschen hören, der sich berufen glaubte, Alt-England aus der Fassung zu bringen.

Er stolperte keuchend in den dicken Dunst, und der Donner des Verkehrs schlug an seine betäubten Ohren.

»Jetzt wollen wir auf das Telegrafenamt gehen und kabeln«, sagte ich. »Hören Sie nicht schon ganz New York schreien nach Nachrichten von der großen, blinden, weißen, nach Moschus stinkenden Seeschlange, zu Tode bombardiert von einem unterseeischen Vulkan, verreckend mitten im Ozean im Beisein der zärtlichen Gattin, nach dem genauen Bericht eines Augenzeugen und amerikanischen Bürgers, des schneidigen, forschen, gescheiten Reporters aus Dayton, Ohio! Hurra für Ohio! Vorwärts – marsch! Drauf! Ssst! Bum! Aah!«

»Sie schlagen mich auf Ihrem eigenen Terrain«, sagte Keller, in seine Rocktasche greifend. Er zog das Telegramm heraus, das er bereits geschrieben hatte, und drückte es mir in die Hand. »Ich passe«, seufzte der alte Pokerspieler. »Wenn ich nicht in Ihr verwünschtes Land gekommen wäre – wenn ich es schon in Southampton abgeschickt hätte – wenn ich Sie jemals über die Alleghanies kriege – wenn ...«

»Gleichviel, Keller. Es ist nicht Ihr Fehler. Ihr Land ist an allem schuld. Wären Sie siebenhundert Jahre älter, so würden Sie getan haben, was ich jetzt tun werde.«

»Was werden Sie tun?«

»Sagen, daß alles Lüge ist.«

»Dichtung?« sagte er mit der ganzen Abscheu des Vollblutjournalisten gegen den illegitimen Seitenzweig der Profession.

»Nennen Sie es Dichtung, wenn Sie wollen, ich werde es Lüge nennen.«

Und eine Lüge ist es geworden und geblieben; denn die Wahrheit ist eine nackte Dame, und wenn sie zufällig aus dem Meeresgrunde heraufgespült wird, so schickt es sich für einen wohlerzogenen Menschen, sie entweder mit einem Unterrock aus Zeitungspapier zu bedecken oder sein Gesicht gegen die Wand zu kehren und zu schwören, daß er nichts gesehen habe.

PHILIP MACDONALD

Unsere gefiederten Freunde

Die heiße, harte Augustsonne goß ihr helles feuriges Gold über die Landschaft. Auf der Hügelkuppe, von der man anderthalb Grafschaften übersehen konnte, stand ein winziges, an ein großes Insekt erinnerndes Auto am Rande der staubigen Straße, die sich wie ein weißes Band hügelaufwärts wand. Es sah aus wie eine riesenhafte Biene, die sich schläfrig und mit gefalteten Schwingen für einen Moment zum Aufwärmen in den prallen Sonnenschein gesetzt hat.

Neben dem Wagen, in fast lächerlichem Größenverhältnis dazu, standen ein Mann und eine Frau. Wenn man das Alter von beiden zusammenzählte, konnten nicht mehr als fünfundvierzig Jahre herauskommen. Das leichte seidene Kleid des Mädchens würde, jedenfalls an ihrer anmutigen Gestalt, auch einen Wagen geziert haben, der so groß und kostbar war, wie dieser klein und billig. Aber der Anzug des jungen Mannes verriet, trotz dessen jugendlich aufrechter Haltung, irgendwie seine Herkunft von Norwood; er war sorgfältig und nicht ohne Geschmack wie die Kleidung eines besseren Angestellten in der City von London zusammengestellt; er verriet auch das pseudowohltätige Übereinkommen, nach dem der bienenartige Wagen gekauft war: für viele Pfunde mehr als es seinem eigentlichen Wert entsprach, in kleinen, aber fast ewigen Raten.

Das Mädchen trug keinen Hut, und ihr kurzgeschnittenes goldblondes Haar glänzte unter den Sonnenstrahlen. Trotz der drückenden Wärme des Nachmittags sah sie nicht erhitzt aus, und es war ihr auch nicht zu heiß. Dem jungen Mann dagegen, in seinem Tweedjackett und den dicken Flanellhosen, war es unter dem viel zu engen Kragen, an dem eine lebhafte Krawatte den Eindruck eines berühmten Schul- oder Collegezeichens zu machen hoffte, sehr heiß. Er zog den Hut von seinem dunklen Schopf und wischte sich mit einem bunten Taschentuch den Schweiß von der Stirn.

»Uh!« rief er aus. »Heiß genug für dich, Vi?«

Sie dehnte ihre schmalen, halbnackten Schultern. »Der reinste Genuß!« erwiderte sie, und sah sich mit ihren großen, blauen Augen um; sie ließ ihren Blick hinunter und über die anderthalb Grafschaften schweifen. »Wo sind wir hier, Jack?«

Der junge Mann hörte auf zu pusten und sich den Schweiß abzutupfen.

»Verflixt, wenn ich das nur wüßte...!« antwortete er. »Nach dem letzten großen Dorf... wie hieß es doch bloß... habe ich die Orientierung verloren.«

»Greyne, oder so ähnlich«, sagte das Mädchen abwesend. Sie blickte jetzt hügelabwärts zu ihrer Rechten, wo das smaragdene Dach eines dichten Waldes unter dem Gold der Sonne erglänzte. Kein Lüftchen regte sich, nicht einmal auf der Spitze dieses Hügels, und das Grün der Blätter leuchtete glatt und lückenlos zu ihnen herauf.

Der junge Mann setzte seinen Hut wieder auf. »Ich glaube, wir fahren lieber weiter«, meinte er. »Deine Pause zum Beinestrecken hast du ja nun gehabt.«

»Oh! Nicht *jetzt* schon, Jack. Bitte noch nicht!« Sie legte die Finger ihrer linken Hand auf seinen Ärmel. Am Mittelfinger dieser Hand funkelte ein Ring von zweifelhafter Brillanz. »Laß uns nicht schon wieder weiterfahren, Jack!« sagte sie. Dabei blickte sie hoch und ihm ins Gesicht, die Lippen zu einem Schmollmündchen gespitzt, das nicht der geringste Grund für den auffälligen Ring gewesen war.

Er legte einen Arm um die schmalen Schultern; er neigte seinen Kopf und küßte gründlich ihren roten Mund. »Ganz wie du willst, Vi ... Aber *was* willst du denn hier?» Mit kritisch geschürzten Lippen sah er sich um. »Hier oben auf dem staubigen Gras sitzen und gebraten werden?«

»Dummchen!« erwiderte sie und löste sich von ihm. Sie zeigte hinab auf das grüne Dach. »Ich möchte dort hinunter gehen ... In jenen Wald. Nur mal sehen, wie's dort ist. Seit den letzten Sommerferien, als Effie und ich nach Hastings fuhren, bin ich nicht in einem richtigen Wald gewesen ... Komm schon! Wetten, daß es dort unten schön und kühl ist ...«

Der letzte Satz schwebte schon zu ihm herauf, denn sie war bereits von der schmalen Straße gesprungen und hatte die ersten sechs oder sieben Meter des Abstiegs, halb über das kurze, rauhe Gras gleitend, halb laufend, hinter sich.

Rutschend und stolpernd lief er hinterher. Aber er konnte die leichtfüßige, zerbrechliche kleine Gestalt in ihrem absurd bezaubernden blauen Seidenfetzen nicht einholen. Die Ledersohlen seiner schweren Schuhe wurden von dem kurzen, trockenen Gras poliert und immer schlüpfriger. Etwa fünfzehn Meter tiefer, auf dem plötzlich vorspringenden und nur sanft abfallenden Plateau, wo der Wald begann, erreichte er sie: in einem strauchelnden, gleitenden Sturz und mit einem unfreiwilligen halben Salto endete er, alle viere von sich gestreckt, zu ihren Füßen.

Übersprudelnd vor lautem Lachen setzte er sich auf.

Mit einem Überraschungsschock, dem größten seines kurzen Lebens, fühlte er einen kleinen Fuß hart – fast wild – gegen seinen Arm treten, und hörte ein scharf gezischtes ›Sch!‹

Er rappelte sich auf die Beine und sah, daß sie mit Blickrichtung auf die Bäume da stand, ihren goldglänzenden Kopf vorgestreckt und den ganzen Körper gespannt wie ein Läufer, der auf den Knall der Startpistole wartet. Als er sich neugierig an ihre Seite schob, sagte sie:

»Horch! ... Vögel! ... Hast du so was schon mal gehört? ...« Ihre Worte waren ein unterdrücktes, jedoch deutliches Wispern – er hatte sie noch nie *so* wispern gehört.

Er antwortete nicht, sondern blickte mürrisch schmollend auf das Gras zu seinen Füßen und rieb sich die Stelle, wo ihr Schuh seinen Arm getroffen hatte.

Eine Stunde schien ihm zu vergehen, bevor sie sich zu ihm wandte. Schließlich aber tat sie es. Er hielt sich immer noch den gestoßenen Arm, als ob er wirklich Schmerzen hätte. Unter den gesenkten Augenlidern hervor beobachtete er sie heimlich. Er sah, wie der seltsame, hingerissene Ausdruck aus dem schmalen Gesicht wich und es wieder sein altes, munteres und hübsches Aussehen gewann; er sah, wie die blauen Augen sich plötzlich in der Erinnerung dessen, was sie getan hatte, weiteten ...

Und dann lagen plötzlich ihre weichen, warmen Arme um seinen Hals, zogen seinen Kopf hinunter, und auf Zehenspitzen stehend preßte sie sich eng an ihn und bedeckte sein Gesicht mit reuigen Küssen.

Als Antwort auf die Bitten um Verzeihung, die zwischen die Zärtlichkeiten eingestreut waren, sagte er:

»So was hast du noch nie getan, Vi!«

»Nein«, antwortete sie. »Und du wirst es auch nie wieder erleben! Bestimmt nicht, Jack, Liebster! ... Es ...

es« – wie eine Wolke zog es über ihre blauen Augen – »es... ich weiß gar nicht, was mit mir los war... Ich lauschte auf die Vögel... Ich habe so etwas noch nie gehört... und... und ich bemerkte dich erst, als du loslachtest... und ich weiß auch nicht, *was* da über mich kam, aber mir war, als ob ich einfach weiter zuhören *mußte,* um die Vögel zu begreifen... als ob... als ob es unrecht war, auf irgend etwas anderes zu hören... Oh, ich weiß nicht, wie ich's sagen soll!«

Das kleine Gesicht sah verwirrt aus, und die Augen blickten verzweifelt in der Erkenntnis, daß sie keine Erklärung finden konnte. Aber ihr Mund hatte wieder jenen halb schmollenden, halb um Verzeihung bettelnden Ausdruck, und der junge Mann küßte ihn.

»Sonderbares Mädchen, du!« rief er lachend. Er zog ihren Arm durch seinen und begann, auf die ersten Baumgruppen zuzugehen. Mit der freien Hand fühlte er dabei vorsichtig nach seinem Genick.

»Der Schatten wird mir gut tun«, meinte er. »Mein Genick ist schon ganz verbrannt.« Sie schritten weiter und stellten dabei fest, daß die Bäume merkwürdigerweise weiter weg waren, als es den Anschein gehabt hatte. Sie sprachen nicht, aber alle Augenblicke drückte der schlanke, nackte Arm zärtlich den starken, bekleideten Arm, der diesen Druck erwiderte.

Sie waren nur noch etwa zehn Schritte vom Waldsaum entfernt, als das Mädchen stehenblieb. Er wandte den Kopf, um sie anzusehen, und merkte, daß sie wieder jeden Muskel gespannt und den goldblonden Kopf vorgestreckt hatte, wie um besser hören zu können. Er runzelte die Stirn; dann lächelte er und zog gleich wieder die Brauen zusammen. Er fühlte, daß da irgendwo etwas Seltsames, Fremdartiges in ihr vorging, das er nie verstehen würde – ein Gefühl, das ihm, wie den meisten Männern, zuwider war. Er merkte, daß auch er angestrengt zu lauschen begann.

Er nahm an, daß es die Vögel sein mußten, nach denen er lauschte. Und ganz plötzlich begann er zu lachen. Er hatte nämlich bemerkt, daß er nach etwas lauschte, das in den letzten Augenblicken so unaufhörlich in seinen Ohren klang, daß er es nicht mehr bewußt wahrgenommen hatte. Er erklärte dies dem Mädchen. Sie schien ihm nur mit halbem Ohr zuzuhören, und einen Augenblick lang verlor er fast die Beherrschung. Aber nur einen Augenblick lang, denn er war ein gutmütiger Bursche mit feinem Einfühlungsvermögen, das ihm ein fehlendes bewußtes Taktgefühl vollkommen ersetzte.

Er fühlte ein sanftes Ziehen an seinem Arm und fiel mit ihr in gleichen Schritt, als sie wieder weiterzugehen begann. Ihre offenkundige Gleichgültigkeit nicht achtend, ließ er sich weiter über sein Thema aus.

»Es ist wie beim Tanzen«, sagte er. »Du weißt doch, Vi – man hört das Geräusch von den Füßen der Leute einfach nicht, solange es einem nicht zufällig ins Bewußtsein dringt; und wenn man dann einmal darauf lauscht und dieses Schurren hört, dann weiß man, daß man es die ganze Zeit gehört hat – verstehst du? Dasselbe ist uns eben mit den Vögeln passiert...« Plötzlich wurde ihm bewußt, daß er mindestens doppelt so laut als normal sprach, um sich über der sirrenden, zwitschernden Flut des Vogelgesangs verständlich zu machen.

»Puh! ... Du hast recht, Vi!« sagte er. »Auch ich habe noch *nie* so etwas gehört!«

Sie schritten jetzt durch die vordersten Baumreihen. Dem jungen Mann, der über das merkwürdige Verhalten seiner Angebeteten ein wenig besorgt und durch die wirklich anomale Sonnenglut ziemlich aus der Fassung geraten war, schien es, als träte er mit einem Schritt aus dem Inferno in ein Paradies. Keine Sonne schlug mehr erbarmungslos auf die Welt herab. Hier, unter dem grünen Dach, durch das kein Strahl drang, wo nur ein sanftes, stetiges gefiltertes Licht herrschte, war ein kühler Friede, der ihn augenblicklich mit einem milden Bad der Zufriedenheit umfing.

Aber das Mädchen fröstelte ein wenig.

»Oh! Hier drinnen ist es ja fast kalt!« sagte sie.

Er verstand ihre Worte nicht. Das ununterbrochene Zwitschern und Jubilieren über ihren Köpfen schien den Schall ihrer Stimme zu fangen und aufzusaugen.

»Zum Henker mit den Vögeln!« rief er. »Was hast du gesagt?«

Er sah ihre Lippen sich bewegen, aber obwohl er seinen Kopf neigte, hörte er keinen Laut. Unmittelbar über ihren Köpfen war mit wildem Kreischen und Flattern ein Vogelstreit ausgebrochen.

»Zum Henker mit den Vögeln!« rief er noch einmal.

Inzwischen waren sie ziemlich tief in den Wald eingedrungen. Als er sich umblickte, konnte er das sonnenhelle Grasplateau, von dem sie gekommen waren, überhaupt nicht mehr sehen. Er fühlte ein leichtes Ziehen an seinem Arm. Das Mädchen deutete auf ein sanft abfallendes Lager von dickem Moos, das sich wie ein Teppich zu Füßen eines alten, knorrigen Baumes ausbreitete.

Sie schlenderten hinüber und ließen sich auf dem Moosteppich nieder, der junge Mann bequem ausgestreckt, das Mädchen mit sehr steifem Rücken und fest um die angezogenen Knie gefalteten Händen. Hätte er auf sie gesehen und nicht auf die Pfeife, die er sich stopfte, wäre ihm sicher aufgefallen, daß sie wieder angespannt lauschend ihren Kopf vorstreckte.

Er stopfte seine Pfeife jedoch nicht zu Ende. Das Gesinge der Vögel dauerte an. Es schien immer lauter anzuschwellen, bis die ganze Welt nur noch von einem chaotischen Zwitschern und Pfeifen erfüllt war. Der junge Mann merkte, daß er jetzt, nachdem er einmal bewußt darauf gelauscht hatte, seine Ohren nicht wieder gegen dieses Geräusch verschließen konnte; ein Geräusch, das mit seiner scheinbar im selben Augenblick so stark gestiegenen Lautstärke auf einmal so sehr an seinen Kopfnerven zerrte – eigentlich an seinem ganzen Körper – daß er es nicht länger aushalten zu können glaubte. Er schob Pfeife und Tabaksbeutel heftig in seine Tasche zurück und wendete den Kopf, um dem Mädchen zu sagen, je schneller sie von diesem verflixten Gezwitscher fortkämen, um so wohler würde ihm sein.

Aber die Worte erstarben auf seinen Lippen. Denn im selben Augenblick, als er sich umwandte, bemerkte er ein Leiserwerden des schnatternden Babylons. Und während seine Erregung abklang, sah er auch, daß das Mädchen immer noch völlig entrückt dasaß. Daher schwieg er.

Der Gesang der Vögel wurde leiser und leiser mit jedem Augenblick. Er begann sich schläfrig zu fühlen, und überrascht zusammenfahrend ertappte er sich einmal sogar beim langsamen Einschlafen. Er blinzelte zur Seite nach seiner Gefährtin und sah, daß sie immer noch steif aufgerichtet saß; nicht um Haaresbreite hatte sie ihre aufmerksame Haltung geändert. Er fühlte wieder nach Pfeife und Tabaksbeutel.

Die Hand ruhig in der Jackentasche haltend, begann er wieder zu lauschen. Diesmal jedoch lauschte er bewußt. Nur ein einziger Vogel sang jetzt noch. Und während er die fließenden Töne allein und in der Fülle ihrer ununterbrochenen, fast nicht ertragbaren Schönheit hörte, wurde der junge Mann sich der merkwürdigen Tatsache bewußt, daß der Grund seines Hasses auf jenen vollen und irgendwie mißtönenden Chor, der ihn noch vor wenigen Augenblicken fast aus dem Wald und seinem lieblichen Schatten getrieben hatte, in der Unmöglichkeit lag, mehr als ein oder zwei einzelne Noten dieses Gesanges zu hören, dessen Vorhandensein er da nur unbewußt erfaßt hatte.

Der volle, tiefe Gesang endete plötzlich, indem das rasche, unbeschreibliche Trillern scharf und fast wie mit dem Kunstgriff eines Opernsängers abbrach. Danach herrschte nur noch Schweigen im Walde. Für den jungen Mann und das Mädchen, die beide in der Stadt aufgewachsen und unvermittelt in diesen sanften Bann natürlicher Schönheit geraten waren, schienen die Augenblicke sich zu unmeßbarer Ewigkeit auszudehnen. Und in diesen Teich trächtigen Schweigens fielen nacheinander sechs herrliche Klangjuwelen, wobei die Pausen zwischen diesen einzelnen Wundern an Lieblichkeit sich jedesmal verdoppelten.

Nach der letzten dieser Noten – tief, wechselnd im Ton, kristallklar und dennoch dunkel vor unvorstellbarer Schönheit – wurde es wieder still. Diesmal jedoch war die Stille nicht trächtig, voll der vibrierenden Vorahnung kommenden Zaubers wie das letzte Mal; es war eine Stille, welche die entschiedene und armselige Ruhe des Endes und Nichts in sich trug.

Der Arm des jungen Mannes kam hoch und legte sich zart um ihre schmalen, halbnackten Schultern. Zwei Köpfe wandten sich, und dunkle Augen sahen in blaue. Die blauen waren übervoll von unvergossenen Tränen.

»*Er* war es, auf den ich die ganze Zeit gelauscht habe«, flüsterte sie. »Seinen Gesang konnte ich zwischen allen ... allen anderen heraushören ...«

Eine Träne quoll über und rollte die blasse Wange hinunter. Sein Arm um ihre Schultern drückte sie fester, und schließlich entspannte sie sich. Der kleine Körper gab nach und schmiegte sich gegen seine Stärke.

»Beruhige dich, Liebling«, sagte er. Seine Stimme zitterte ein wenig. Er sprach mit dem gedämpften Ton eines Mannes, der sich an einem heiligen oder verzauberten Ort weiß.

Und wieder Stille. Stille, die sich drückend auf die Seele eines Mannes legt. Stille, die wie lebende Abgestorbenheit um sie herum schien. Von der Schulter des jungen Mannes kam eine unterdrückte, leise Stimme, die ihr Zittern zu verbergen suchte.

»Ich ... ich fühlte es die ganze Zeit«, sagte sie; »wir sollten nicht ... nicht hier sein ... Wir hätten nicht kommen dürfen ...«

Trotz ihrer Ruhe schwang etwas wie Panik in der Stimme.

Er sprach beruhigend auf sie ein. Um sie aus dieser sonderbaren, unterdrückten Hysterie zu reißen, sprach er mit lautem, männlichem Ton. Aber das hatte nur die Wirkung, auch auf ihn etwas von der merkwürdigen Unruhe zu übertragen, die das Mädchen ergriffen hatte.

»Hier ist es kalt«, flüsterte sie plötzlich. Sie preßte sich gegen ihn.

Er lachte; es klang merkwürdig. Hastig begann er zu sprechen.

»Kalt!« rief er aus. »Das glaubst du ja selbst nicht, Vi.«

»Doch«, antwortete sie. Aber ihre Stimme klang jetzt natürlicher. »Wir sollten lieber machen, daß wir weiterkommen, nicht wahr?«

Er nickte. »Du hast wohl recht«, meinte er. Er wollte aufstehen. Aber ihre kleine Hand packte plötzlich seinen Arm, und ihre Stimme wisperte: »Sieh nur! *Sieh!*«

Das war wieder ihre alte, normale Stimme, und wenn

er auch bei ihrem plötzlichen Griff und dem dringenden Klang ihrer Worte ein wenig zusammenzuckte, so fühlte er sich doch auf einmal gründlich erleichtert, und seine unbestimmte, aber unangenehme Unruhe war wie fortgeblasen.

Sein Blick folgte der Richtung ihres Zeigefingers. Auf dem dicken Lager von morschen Zweigen und braunen, vermodernden Blättern sah er, gerade an der Stelle, wo dieses Braun und das dunkle, kühle Grün ihrer Moosbank zusammentrafen, einen kleinen Vogel. Er stand auf seinen dünnen Stöckelbeinen und blickte aus glänzenden kleinen Augen über einer aufgeplusterten, buntgefärbten Brust zu ihnen auf. Den Kopf hatte er auf die Seite gelegt.

»Weiß du auch«, flüsterte das Mädchen, »daß dies der erste Vogel ist, den wir zu *sehen* bekommen?«

Der junge Mann dachte einen Moment nach. »Verflixt!« sagte er schließlich. »Du hast wirklich recht!«

Schweigend beobachteten sie den Vogel; er hüpfte näher.

»Ist er nicht *süß*, Jack?« flüsterte sie, vor Freude leise in sich hineinlachend.

»Scheint fast zahm zu sein!« sagte der junge Mann. »Durchtriebener kleiner Bettler!«

Ihr Ellbogen stieß leicht gegen seine Rippen. Während sie sprach, bewegte sie kaum ihre Lippen.

»Sitz still!« sagte sie. »Wenn wir uns nicht bewegen, kommt er vielleicht ganz bis zu uns heran.«

Fast noch während sie sprach, hüpfte der Vogel näher. Nun saß er schon auf dem Moos und war nur noch zwei oder drei Zentimeter von der linken Schuhspitze des Mädchens entfernt. Seinen vorwitzigen kleinen, glänzend grünen Kopf mit einem ziemlich komisch wirkenden, langen gelben Schnabel hielt er immer noch auf eine Seite gelegt.

Seine blitzenden kleinen Augen musterten sie weiter mit dem unverwandten Starren dieser Tiere.

Die Blicke des Mädchens ruhten fasziniert auf dem kleinen Geschöpf. Sie sah nichts anderes. Nicht so der junge Mann. Diesmal versetzte er ihr einen leichten Rippenstoß mit dem Ellbogen.

»Sieh dorthin!« flüsterte er, mit dem Zeigefinger die Richtung angebend. »Und dorthin!«

Nur widerwillig löste sie ihren Blick von dem kleinen, ungebetenen Gast neben ihrem Fuß und sah in die angedeutete Richtung. Verwundert holte sie tief Luft.

»Schau nur«, flüsterte sie, »alle kommen sie, um uns zu sehen!«

Überall zwischen den Stämmen der engstehenden Bäume waren Vögel aufgetaucht. Einige standen einzeln, andere in Paaren, andere wieder in kleinen Gruppen von vier und mehr. Einige davon schienen, selbst für die Augen von Städtern, offensichtlich zu derselben Familie zu gehören wie ihr erster Besucher, der immer noch neben dem weißen Schuh saß und dessen Eigentümerin ins Gesicht starrte. Aber es gab noch viel mehr Familien: sehr kleine Vögel und solche von Sperlingsgröße, aber mit andersgeartetem Gefieder; Vögel, die etwas größer als diese waren und solche, die zwei- und dreimal so groß waren. Alle aber hielten den Kopf in Richtung der Moosbank und starrten unverwandt mit ihren glänzenden Augen auf die beiden Menschen, die darauf lagerten.

»Das ist die verdrehteste Geschichte«, begann der junge Mann, »die ich *jemals* . . .«

Ein Rippenstoß von dem Ellbogen des Mädchens brachte ihn zum Schweigen. Mit dem Blick folgte er der Bewegung ihres Kopfes und sah, nach unten blickend, daß der erste Besucher nun tatsächlich auf ihrem Spann saß. Er schien sich dort sehr wohl zu fühlen. Aber er sah nicht mehr mit seinen glänzenden kleinen Augen zu ihnen empor. Den Kopf hatte er auch nicht mehr auf eine Seite gelegt: er hielt ihn gerade, so daß es so aussah, als betrachte er das seidenbestrumpfte Schienbein.

Irgend etwas – vielleicht ein leises knisterndes, trippelndes Rascheln zwischen den zerfallenen Blättern auf dem Waldteppich – lenkte die gebannten Augen des jungen Mannes von diesem seltsamen Anblick ab. Er sah hoch und erblickte etwas noch Seltsameres, ein vielleicht noch faszinierenderes Schauspiel, dessen Faszination jedoch von ganz anderer Art war.

Die Vögel waren näher gerückt. Viel, viel näher. Und ihre Reihe war jetzt geschlossen; ein ununterbrochener Halbkreis, so tief gestaffelt, daß er seine Ausdehnung mehr ahnte als sah. Eine kleine Ecke seines Verstandes beschäftigte sich einen Moment lang mit wilden Versuchen rechnerischer Kalkulation, aber schwindelig vor der Unmöglichkeit dieses Unterfangens gab er es auf. Und während er noch hinstarrte, mit blaß gewordenem Gesicht und schreckgeweiteten Augen, zog der Halbkreis sich enger zusammen: jede Reihe hüpfte viermal vorwärts – viermal nur. In unveränderter Formation berührte ihr Halbkreis jetzt fast die Moosbank.

Aber war es nur ein Halbkreis? Ein furchtbarer Zweifel flackerte in seinem Bewußtsein auf.

Ein entsetzter Blick über die Schulter verriet ihm, daß es kein Halbkreis war. Ein voller Kreis umschloß sie.

Vögel, Vögel, Vögel! War es möglich, daß die ganze Welt eine solche Anzahl von Vögeln barg?

Augen! Blitzende Myriaden von schuhknopfartigen, kleinen glitzernden Augen! Alle auf ihn gerichtet ... und – o Gott! – auf *sie* ...

Mit einem wilden Blick erfaßte er, daß sie das noch nicht gesehen hatte. Sie saß immer noch in verzückter, schweigender Ekstase über ihren einen Vogel. Und dieser eine saß jetzt auf ihrer ausgebreiteten Handfläche. Dicht vor ihrem Gesicht hielt sie diese Hand....

Durch das sie wie ein Mantel umhüllende Schweigen konnte er die zahllosen Augen direkt fühlen. Kleine Augen; funkelnde, glitzernde Augen . . .

Sein Atem ging zitternd und stoßweise. Er gab sich Mühe, sich zu beherrschen; mühte sich, bis ihm vor Anstrengung, seine Furcht zu meistern, der Schweiß von der Stirn rann. Bis zu einem gewissen Grade hatte er auch Erfolg. Er wollte nicht länger müßig sitzen, während der Kreis . . . während der Kreis . . .

Die glatte Oberfläche des Schweigens wurde wieder von einem raschelnden Trippeln gebrochen. . . . Diesmal war es nur *ein* Hüpfen. Es brachte den vorderen Halbkreis so nahe, daß jetzt schon Vögel zwei, drei Zentimeter vor seinen Füßen saßen.

Er sprang auf. Er schlug mit Armen und Füßen um sich und stieß einen Schrei aus, der jedoch umschlug und wie erwürgt halb in seiner Kehle stecken blieb.

Nichts geschah. Am Rande der Moosbank lag ein kleiner Vogel, zerquetscht von seinem Fußtritt, in einem weichen, winzigen Häufchen.

Keiner der Vögel bewegte sich. Ihre Augen waren weiter auf ihn gerichtet.

Das Mädchen saß wie eine Statue aus lebendem Stein. Sie hatte alles gesehen, und Schrecken hielt sie gebannt. Ihre Handfläche, auf der immer noch der eine Vogel bewegungslos saß, schwebte ausgebreitet dicht vor ihrem Gesicht.

Aus der Höhe über ihnen tropfte langsam ein Ton von unbeschreiblicher Süße in die schwarze Tiefe des Schweigens. Der Klang weilte ein wenig in der atemlosen Luft, bis er langsam erstarb und mit dem Schweigen eins wurde.

Und dann schrie das Mädchen auf. Plötzlich und entsetzlich. Der kleine grüne Federball war vorwärts geschnellt. Der gelbe Schnabel hatte zugeschlagen und tief getroffen. Ein rotes Rinnsal lief die zarte Wange hinunter.

Über dem zögernden Echo dieses Schreis erklang noch eine jener einzelnen Noten in der Höhe.

Und mit einem Mal endete das Schweigen. Ein tosendes Flattern erfüllte die Luft. Der Kreis war nicht mehr.

Zwei riesenhafte Federbälle schrien und rannten und sprangen. Schließlich lagen sie still und schweigend.

ROBERT LOUIS STEVENSON

Markheim

»Ja«, meinte der Händler, »die Glücksfälle in unserem Geschäft sind mannigfacher Art. Einige Kunden verstehen nichts von der Sache, dann ziehe ich Nutzen aus meinen überlegenen Kenntnissen. Andere sind unehrlich«, und damit hielt er die Kerze so, daß der Schein voll auf seinen Besucher fiel, »und in diesem Falle profitiere ich von meiner Ehrlichkeit.«

Gerade war Markheim aus dem hellen Licht der Straße eingetreten, und seine Augen hatten sich noch nicht an das Zwielicht und Dunkel des Ladens gewöhnt. Bei diesen vielsagenden Worten und in der Nähe der Flamme blinzelte er schmerzlich und blickte seitwärts.

Der Händler lachte leise vor sich hin. »Sie kommen heute am Sonntag zu mir«, fuhr er fort, »und wissen doch genau, daß ich allein zu Hause bin, die Läden geschlossen habe und darauf halte, keine Geschäfte zu machen. Nun, Sie werden dafür bezahlen müssen, daß ich meine Zeit vergeude, statt mich mit meiner Buchhaltung zu befassen. Außerdem werden Sie zahlen müssen für etwas in Ihrem Benehmen, das mir an Ihnen sehr auffällt. Ich bin die Verschwiegenheit selbst und stelle keine peinlichen Fragen, aber wenn ein Kunde mir nicht in die Augen schauen kann, muß er dafür zahlen.« Und wieder kicherte der Händler und fuhr dann im üblichen Geschäftston, wenn auch mit einem Anflug von Ironie, fort: »Sie können, wie stets, genau sagen, wie Sie in den Besitz dieses Gegenstandes gekommen sind. Auch aus Ihres Onkels Kabinett! Ein beachtlicher Sammler, mein Herr!«

Und der kleine blasse Händler mit den runden Schultern stand fast auf den Zehenspitzen, blickte über den Rand seiner goldenen Brille und schüttelte mit allen Zeichen des Unglaubens den Kopf. Mit grenzenlosem Mitleid und leisem Grauen erwiderte Markheim seinen Blick.

»Diesmal«, entgegnete er, »irren Sie. Ich komme nicht, um etwas zu veräußern, sondern um etwas zu erwerben. Ich habe keine Raritäten anzubieten. Meines Onkels Kabinett ist leer bis auf die Wände. Aber selbst wenn die Sammlung noch vollständig wäre, würde ich lieber etwas dazukaufen, denn ich habe an der Börse Erfolg gehabt, und mein heutiges Anliegen ist ganz einfacher Art. Ich suche ein Weihnachtsgeschenk für eine Dame«, fuhr er um so geläufiger fort, je mehr er sich in die Geschichte hineinfand, die er sich zurechtgelegt hatte. »Gewiß muß ich Sie um Entschuldigung bitten, daß ich Sie mit einer solchen Kleinigkeit belästige. Aber ich habe es gestern vergessen. Ich muß meine kleine Gabe zum Mittagessen mitbringen, und Sie wissen ja sehr gut, eine reiche Partie darf man nicht vernachlässigen.«

Während der folgenden Gesprächspause schien der Händler diese Erklärung ungläubig abzuwägen. Das Tikken zahlreicher Uhren unter dem Raritätenkram des Ladens und das entfernte Geräusch der Wagen in einer benachbarten Straße füllten das kurze Schweigen aus.

»Gut«, bemerkte der Händler, »einverstanden! Immerhin sind Sie ja ein alter Kunde, und wenn Sie, wie Sie sagen, Gelegenheit zu einer guten Heirat haben, so bin ich der letzte, der Sie daran hindern würde. Hier ist etwas Hübsches für eine Dame«, fuhr er fort, »hier dieser Handspiegel – fünfzehntes Jahrhundert, garantiert – stammt aus einer guten Sammlung. Im Interesse meines Kunden muß ich den Namen verschweigen, der wie Sie selbst, mein Herr, Neffe und alleiniger Erbe eines bedeutenden Sammlers ist.«

Indem der Händler so mit seiner trockenen und bissigen Stimme weiterredete, hatte er sich gebückt, um den Gegenstand von seinem Platz zu nehmen. Während er dies tat, durchlief ein Zittern Markheims Gestalt, seine Hände und Füße zuckten, und auf seinen Zügen spiegelten sich einander widerstrebende Leidenschaften in jähem Wechsel. Das ging so schnell vorüber, wie es gekommen war, und nur seine bebende Hand, die jetzt den Spiegel entgegennahm, kündete davon.

»Ein Spiegel?« fragte er heiser, und nach einer Pause wiederholte er deutlicher: »Ein Spiegel? Zu Weihnachten? Doch wohl nicht gar!«

»Warum nicht?« rief der Händler. »Warum kein Spiegel?«

Mit einem unerklärlichen Ausdruck blickte Markheim ihn an. »Sie fragen mich, warum nicht?« entgegnete er. »Ach, schauen Sie doch her – schauen Sie hinein – betrachten Sie sich selbst! Sehen Sie das gerne? Nein, ich nicht – und sonst auch niemand!«

Der kleine Mann war zurückgeschreckt, als Markheim ihm so plötzlich den Spiegel vorhielt. Als er aber erkannte, daß er nichts Schlimmeres in der Hand hielt, lächelte er. »Ihre Zukünftige, mein Herr, muß vom Schicksal ziemlich schlecht bedacht worden sein.«

»Ich bitte Sie um ein Weihnachtsgeschenk«, erwiderte Markheim, »und Sie geben mir das – diesen verfluchten Mahner an Zeit, Sünden und Torheiten – dieses Handgewissen. Haben Sie das beabsichtigt? Hatten Sie einen Hintergedanken dabei? Reden Sie! Es ist besser, wenn Sie es tun. Kommen Sie, reden Sie; es ist besser, wenn Sie es tun. Kommen Sie, erzählen Sie etwas von sich selbst! Ich möchte annehmen, aufs Geratewohl, insgeheim sind Sie ein ganz gutherziger Mensch.«

Scharf blickte der Händler sein Gegenüber an. Seltsam. Markheim lachte offenbar nicht. In seinem Gesicht glimmte etwas wie ein Fünkchen Hoffnung auf, aber nichts von Lustigkeit.

»Worauf wollen Sie hinaus?« fragte er.

»Nicht gutherzig?« fragte der andere finster. »Nicht gutherzig, nicht fromm, nicht gewissenhaft! Lieblos, ungeliebt! Eine Hand, um Geld zu verdienen, eine Kassette, um es aufzubewahren! Ist das alles? Lieber Gott! Mensch, ist das alles?«

»Ich will Ihnen sagen, was es ist«, begann der Händler mit einiger Schärfe und brach dann erneut in verhaltenes Lachen aus. »Aber ich sehe, das ist für Sie eine Liebesheirat, und Sie haben aufs Wohl der Dame getrunken.«

»Ach«, rief Markheim mit einer seltsamen Neugierde, »ach, waren Sie jemals verliebt? Erzählen Sie mir davon!«

»Ich?« rief der Händler. »Ich verliebt? Dazu habe ich niemals Zeit gehabt und habe auch heute noch keine Zeit für all diesen Unsinn. Wollen Sie den Spiegel?«

»Warum so eilig?« entgegnete Markheim. »Es ist so unterhaltsam, hier zu stehen und zu plaudern. Das Leben ist so kurz und unsicher, daß ich mir keine Unterhaltung entgehen lassen möchte – nicht einmal eine so harmlose wie diese hier. Wir sollten an allem festhalten, wo immer wir können, wie sich ein Mensch am Rande einer Klippe festhält. Jede Sekunde ist eine Klippe, wenn man dies bedenkt, eine meilenhohe Klippe, hoch genug, daß wir bis zur Unkenntlichkeit zerschmettert sind, wenn wir stürzen. Deshalb ist es das beste, angenehm zu plaudern. Lassen Sie uns voneinander reden. Warum tragen wir diese Masken? Lassen Sie uns aufrichtig sein. Wer weiß, vielleicht werden wir Freunde.«

»Eins will ich Ihnen gerade noch sagen«, erwiderte der Händler, »entweder erledigen Sie Ihren Einkauf oder Sie scheren sich hinaus aus meinem Laden.«

»Gewiß, gewiß!« meinte Markheim. »Genug Torheiten! Zum Geschäft! Zeigen Sie mir etwas anderes!«

Noch einmal bückte sich der Händler, diesmal, um den Spiegel auf das Regal zurückzulegen, und dabei fiel ihm sein blondes Haar über die Augen. Markheim trat ein wenig näher, die eine Hand in der Tasche seines Mantels vergraben. Er straffte sich etwas und atmete tief. Gleichzeitig zuckten die verschiedenartigsten Empfindungen über sein Gesicht: Schrecken, Furcht, Entschlossenheit, Besessenheit und physischer Widerwille, und unter seiner verzerrten Oberlippe wurden seine Zähne sichtbar.

»Das hier könnte das Richtige sein«, meinte der Händler. Gerade als er sich wieder aufrichtete, stürzte Markheim von hinten auf sein Opfer. Die lange spießartige Dolchklinge blitzte auf und stieß zu. Der Händler zappelte wie ein Huhn, schlug mit der Schläfe gegen das Regal und sank auf dem Fußboden zusammen.

In diesem Laden hatte die Zeit wohl ein Dutzend Stimmen, einige stattlich und bedächtig, wie es ihrem hohen Alter ziemte, andere geschwätzig und eilig. Alle zählten sie in einem verworrenen Ticktackkonzert die Sekunden. Das Scharren von Knabenschuhen, die schwer über das Pflaster liefen, übertönte die leiseren Geräusche und rief Markheim seine Umgebung ins Bewußtsein zurück. Furchtsam blickte er um sich. Die Kerze stand auf dem Ladentisch. Feierlich flackerte ihre Flamme im Luftzug, und diese unbedeutende Bewegung erfüllte den ganzen Raum wie einen See mit geräuschlosem Leben und Gewoge. Die hohen Schatten nickten, die massigen Klumpen von Dunkelheit schwollen und sanken in sich zusammen, als ob sie atmeten, die Gesichter der Porträts und der chinesischen Götzen veränderten sich und verschwammen wie Spiegelbilder im Wasser. Die innere Tür stand offen und zeigte mit einem langen Streifen Tageslicht wie mit drohendem Finger in das Schattenlager.

Langsam kehrten die entsetzt umherirrenden Augen Markheims zum Körper seines Opfers zurück, wie er bucklig und gespreizt, unglaublich klein und noch erbärmlicher als im Leben dalag. In diesen armseligen, kargen Kleidern, in dieser linkischen Stellung glich der Händler einem Sack voll Sägespäne. Vor diesem Anblick hatte sich Markheim gefürchtet, und siehe da, es war nichts. Und doch wurde, wie er hinschaute, dieses Bündel blutbefleckter Kleider zu einem eindringlichen Redner. Da mußte es liegenbleiben. Niemand war da, der diese geschickt erdachten Scharniere in Betrieb setzte oder das Wunder der Bewegung betätigte – da mußte es liegenbleiben, bis man es fand. Fand! Ja, und dann? Dann würde dieser tote Körper einen Schrei ausstoßen, der über ganz England erscholl und die Welt mit dem Widerhall der Verfolgung erfüllte. Ja, tot oder lebendig, hier war immer noch der Feind. Die Zeit hat's gegeben, daß, war das Hirn heraus... dachte er, und das erste Wort traf ihn. Nun, da die Tat vollendet war, hatte die Zeit, die für das Opfer zu Ende ging, für den Täter eine ungeahnte, riesenhafte Bedeutung erhalten.

Dieser Gedanke erfüllte ihn noch, als erst die eine und dann die übrigen Uhren, wechselnd im Takt und Ton, eine so tief wie die Turmglocke einer Kathedrale, eine andere im hellen Ton wie das Vorspiel zu einem Walzer, die dritte Nachmittagsstunde zu schlagen begannen.

Der plötzliche Ausbruch so vieler Stimmen in diesem stummen Raum beunruhigte ihn. Er fing an, sich zu bewegen, mit der Kerze hin und her zu gehen, verfolgt von wandelnden Schatten und bis in die Tiefe seiner Seele erschreckt von den wechselnden Lichtreflexen. In zahlreichen kostbaren Spiegeln, teils einheimischer Herkunft, teils aus Venedig oder Amsterdam, erblickte er immer wieder sein Gesicht – ein Heer von Spionen. Seine eigenen Augen entdeckten es, der Hall seiner eigenen Schritte störte, so leicht sie waren, die Stille ringsum, und noch während er seine Taschen füllte, machte ihm sein Hirn mit lähmender Wiederholung tausend Fehler zum Vorwurf. Er hätte eine ruhigere Stunde wählen und sich ein Alibi beschaffen sollen. Er hätte kein Messer benutzen sollen. Er hätte vorsichtiger sein und den Händler nur binden und knebeln sollen, statt ihn zu töten. Er hätte kühner sein und auch die Dienstmagd umbringen sollen. Alles hätte er anders machen sollen. Quälendes Bedauern, ermüdendes unaufhörliches Bohren der Gedanken, Geschehenes ungeschehen zu machen, Sinnloses zu planen und eine unwiderrufliche Vergangenheit neu aufzubauen. Hinter all diesen sich jagenden Vorstellungen aber standen unendliche Schreckbilder und erfüllten wie das Rascheln der Ratten in einer verlassenen Dachkammer die geheimsten Winkel seines Gehirns mit Aufruhr. Die Hand der Polizei fiel schwer auf seine Schultern, und seine Nerven zuckten wie ein Fisch am Angelhaken. Oder Anklagebank, Galgen und der schwarze Sarg zogen in rasender Folge vor seinem Innern vorüber.

Die Furcht vor den Menschen auf der Straße legte sich um ihn wie ein belagerndes Heer. Es schien ihm unmöglich, daß nicht ein Geräusch der Tat nach draußen gedrungen sei und die Neugierde der Leute erregt habe. Jetzt sah er sie bewegungslos in allen Nachbarhäusern sitzen, mit gespitzten Ohren, einsame Menschen, dazu verurteilt, Weihnachten allein zu feiern mit den Erinnerungen an die Vergangenheit, und nun durch seine Tat aus traulichen Gedanken aufgeschreckt, glückliche Familien, um den Tisch versammelt und in Schweigen erstarrt, die Mutter noch mit erhobenem Finger, Menschen jeden Standes, jeden Alters, jeder Stimmung, alle am eigenen Herd, spähend und lauschend und damit beschäftigt, den Strick zu drehen, mit dem er gehenkt werden sollte. Bisweilen schien es ihm, als könnte er nicht leise genug gehen. Das Klirren der hohen böhmischen Gläser tönte hell wie eine Glocke, und die Uhren, die ihn durch ihr lautes Ticken erschreckten, hätte er am liebsten abgestellt. Und wieder in neues Entsetzen jagte ihn die Stille des Ortes als etwas, das den Vorübergehenden auffallen und das sie zum Stehenbleiben zwingen mußte. Deshalb trat er kühner auf, kramte geräuschvoll zwischen den Gegenständen im Laden herum und ahmte mit gespielter Dreistigkeit das Treiben eines geschäftigen Mannes nach, der zwanglos in seinem eigenen Hause umhergeht.

Aber dann fühlte er sich durch zwiespältige Gefühle in neue Aufregung versetzt. Teils waren seine Überlegungen scharfsinnig und listig, teils zitterten sie auf der Schwelle des Wahnsinns. Eine Vorstellung drängte sich ihm besonders auf. Der Nachbar, der mit bleichem Gesicht am Fenster horchte, der Passant, den eine grausige Ahnung zum Stehenbleiben zwang – schlimmstenfalls vermuteten sie etwas, aber sie konnten nichts wissen. Durch die Ziegelmauer und die verschlossenen Fensterläden drangen nur Geräusche. Aber war er hier innerhalb des Hauses allein? Er wußte, daß er es war. Er hatte die Dienstmagd beobachtet, wie sie in ihrem ärmlichen Feiertagskleid zum Stelldichein ging. ›Ausgang‹, sagten jede Bandschleife und das Lächeln auf ihrem Gesicht. Ja, er war allein, natürlich. Und doch hörte er in dem großen, einsamen Hause deutlich das Geräusch leiser Fußtritte über sich – er war sich vollkommen bewußt, auf unerklärliche Weise bewußt, daß etwas da war. Ja, sicherlich! In jedem Raum, in jede Ecke des Hauses folgte seine Phantasie diesem Geräusch. Jetzt war es ein Ding ohne Gesicht, aber mit Augen zum Sehen, dann war es ein Schatten seiner selbst und dann wieder das Abbild des toten Händlers, wiederbelebt zu neuer Verschlagenheit und zu neuem Haß.

Von Zeit zu Zeit blickte er unter Aufbietung aller Kräfte nach der offenen Tür, die seinen Blick zurückzustoßen schien. Das Haus war sehr hoch, das Oberlicht klein und schmutzig, der Tag vom Nebel blind. Das Licht, das bis zum Erdgeschoß durchdrang, war ausnehmend schwach und zeichnete sich nur matt auf der Schwelle des Ladens ab. Und doch, hing da nicht in dem Streifen zweifelhafter Helle ein schwankender Schatten?

Plötzlich pochte draußen auf der Straße unter lauten, lustigen Rufen ein jovialer Herr mit einem Stock gegen die Ladentür, wobei er immer wieder den Namen des Händlers rief. Zu Eis erstarrt blickte Markheim den Toten an. Aber nein, der lag jetzt ruhig da, diesem Klopfen und Rufen ganz entrückt, in ein Meer von Schweigen versunken, und sein Name, den er einst selbst im Toben eines Sturmes gehört hätte, war nun ein leerer Schall. Jetzt hörte der joviale Herr mit seinem Klopfen auf und ging weiter.

Das war ein deutlicher Wink, sich mit dem zu beeilen, was noch zu tun übrigblieb, aus dieser anklagenden Umgebung zu verschwinden, unterzutauchen in die Flut tausendfältigen Lebens und fern vom Tage den Hafen der Sicherheit und scheinbaren Unschuld zu erreichen – sein Bett. Ein Besucher war schon dagewesen, jeden Augenblick konnte ein anderer folgen und hartnäckiger sein. Erst die Tat zu begehen und dann keinen Nutzen davon zu haben, das wäre ein zu furchtbares Mißgeschick gewesen. Das Geld und dazu erst einmal die Schlüssel, das war jetzt Markheims Sorge.

Er warf einen Blick über die Schulter nach der offenen Tür, wo noch zitternd der Schatten lag. Nicht mit bewußtem Abscheu, aber unter körperlichem Schaudern näherte er sich der Leiche seines Opfers. Nichts Menschliches hatte sie mehr an sich. Wie ein mit Kleie lose ausgestopfter Anzug, die Glieder gespreizt und den Rumpf gekrümmt, lag sie auf dem Fußboden. So unbedeutend der Anblick war, er fürchtete sich doch vor der eindringlicheren Sprache der Berührung. Er ergriff den Körper an den Schultern und drehte ihn auf den Rücken. Er war seltsam leicht und geschmeidig, und die Glieder fielen in die sonderbarsten Stellungen, als ob sie gebrochen wären. Das Gesicht war ohne jeden Ausdruck, aber es war bleich wie Wachs, und die eine Schläfe war entsetzlich mit Blut beschmiert. Dies war das einzig Schreckliche für Markheim. Er fühlte sich in ein Fischerdorf zurückversetzt, an einem Jahrmarktstag bei pfeifendem Wind. Menschenmengen auf den Straßen, Blechmusik, Trommelschlag und die näselnde Stimme eines Bänkelsängers. Ein Knabe lief dazwischen herum, untergetaucht in das Gewühl und hin und her gerissen zwischen Neugierde und Furcht, bis er auf den Hauptplatz kam, wo er eine Bude und eine hohe Bretterwand mit Bildern entdeckte, häßlich gezeichnet und schreiend bunt gemalt, die Brownrigg mit ihrem Lehrling, die Mannings mit ihrem ermordeten Gast, Weare in den Todesgriffen Thurtells und noch ein Dutzend andere berühmte Verbrecher, das Ganze so deutlich wie eine Fata Morgana. Noch einmal war er der kleine Junge, und noch einmal betrachtete er mit dem gleichen physischen Widerwillen diese häßlichen Bilder. Wieder betäubten ihn diese Trommelschläge. Eine Melodie, die

die Musik damals gespielt hatte, kam ihm wieder ins Gedächtnis, und hierbei übermannte ihn zum ersten Male eine Übelkeit, eine Welle von Schwindelgefühl, eine plötzliche Schwäche in den Gelenken, die er sofort bekämpfen und überwinden mußte.

Er hielt es für klüger, diesen Überlegungen standzuhalten, anstatt vor ihnen zu fliehen. Er schaute dem Toten fest ins Gesicht und zwang seine Gedanken, sich die Art und Größe seines Verbrechens zu vergegenwärtigen. Vor wie kurzer Zeit noch hatte sich dieses Gesicht in wechselnden Empfindungen verzogen, hatte dieser bleiche Mund gesprochen und war dieser Körper durchpulst gewesen von gelenkten Kräften. Und jetzt war durch seine Tat dieses Leben angehalten, wie der Uhrmacher mit ausgestrecktem Finger den Gang der Uhr anhält. So dachte er vergebens nach und konnte sich nicht zu einem Gefühl der Reue erheben. Dasselbe Herz, das vor den gemalten Bildern des Verbrechens zurückgeschreckt war, blickte ungerührt auf das wirkliche Verbrechen hinab. Höchstens empfand er einen Anflug des Bedauerns für jemanden, der nie gelebt hatte und jetzt tot war. Aber Reue? Nein, nicht einen Hauch!

Damit schüttelte er die Gedanken ab. Er fand die Schlüssel und ging auf die offene Ladentür zu. Draußen hatte es angefangen heftig zu regnen, und das Aufprasseln des Regens auf dem Dach hatte die Stille unterbrochen. So wie in ständig tropfenden Höhlen klang in den Räumen des Hauses ein unaufhörlicher Widerhall, der sich mit dem Ticken der Uhren mischte und das Ohr erfüllte. Und während Markheim sich der Tür näherte, schien es ihm, als ob er als Antwort auf seine eigenen behutsamen Schritte die Tritte anderer Füße hörte, die sich vor ihm die Treppe hinauf zurückzogen. Immer noch zitterte der Schatten auf der Türschwelle. Ein Zentnergewicht an Entschlußkraft kostete es ihn, die Tür zurückzuschieben.

Das schwache dunstige Tageslicht schimmerte kühl auf dem kahlen Fußboden und den Treppenstufen, auf der glänzenden Ritterrüstung, die, eine Hellebarde in der Hand, auf dem Treppenabsatz stand, auf den dunklen Holzschnitzereien und gerahmten Bildern, die auf der gelben Wandtäfelung hingen. So laut klang das Prasseln des Regens durch das ganze Haus, daß Markheim darin die verschiedensten Geräusche zu unterscheiden meinte. Fußtritte, Seufzer, der Schritt eines in der Ferne vorübermarschierenden Regiments, das Klirren von Goldmünzen auf dem Zählbrett, das Knarren heimlich offengehaltener Türen – all das schien sich in das Geräusch der Tropfen auf der Dachkuppel und das Rauschen des Wassers in den Regenrinnen zu mischen. Der Gedanke, er sei nicht allein, brachte ihn an den Rand des Wahnsinns. Von allen Seiten war er umringt und bedrängt. In den oberen Räumen hörte er es sich bewegen, er spürte, wie sich im Laden der Tote auf seine Füße erhob, und als er unter großen Anstrengungen die Treppe hinaufsteigen wollte, flohen Fußtritte leise vor ihm her und folgten ihm heimlich. Wäre er nur taub, meinte er, wie sicher würde er sich fühlen! Und dann wieder horchte er mit neuer Aufmerksamkeit nach allen Seiten und beglückwünschte sich zu seinen rastlosen Sinnen, die auf dem Posten waren und als zuverlässige Schildwachen sein Leben behüteten. Ohne Unterlaß wandte er den Kopf. Mit Augen, die fast aus ihren Höhlen traten, spähte er nach allen Seiten, und überall wurde er durch die Spur von irgendeinem verschwindenden Schemen belohnt. Die vierundzwanzig Stufen zum ersten Stockwerk waren vierundzwanzig Todesqualen.

Im ersten Stockwerk standen die Türen offen, drei an

der Zahl wie drei Hinterhalte, die Kanonenmündungen gleich seine Nerven bedrohten. Niemals wieder, das empfand er, konnte er sich hinreichend gegen die spähenden Augen der Menschen wappnen und schützen. Er sehnte sich nach Hause, hinter Mauern, er wollte zwischen Betttüchern vergraben sein, allen unsichtbar außer Gott. Bei diesem Gedanken wunderte er sich ein wenig und erinnerte sich der Erzählungen von anderen Mördern und der Furcht, die sie vor dem Zorn des Himmels empfunden haben sollten. Das war nicht der Fall, wenigstens nicht bei ihm. Er fürchtete sich vor den Gesetzen der Natur, die in ihrem gefühllosen und unabänderlichen Verlauf eine verdammte Spur seines Verbrechens festhalten könnten.

Zehnmal mehr fürchtete er mit sklavischer, abergläubischer Angst irgendeinen Bruch in der Kontinuität der menschlichen Erfahrung, irgendeine Willkür und Ungesetzlichkeit der Natur. Er spielte ein Geschicklichkeitsspiel, das von bestimmten Regeln und der berechneten Wirkung gewisser Ursachen abhing. Was geschah, wenn die Natur, wie der besiegte Tyrann das Schachbrett, die Form der gesetzmäßigen Aufeinanderfolge zerschlug? So war es Napoleon ergangen, wie die Geschichtsschreiber sagen, als der Winter seinen Anfangstermin änderte. Das gleiche Schicksal konnte Markheim treffen. Die festen Mauern konnten durchsichtig werden und sein Tun wie die Tätigkeit von Bienen in einem gläsernen Stock enthüllen. Die starken Dielen unter seinen Füßen konnten wie Treibsand nachgeben und ihn in ihren Griffen festhalten. Ja, es gab alltägliche Zufälle, die ihn zugrunde richten konnten. Wie, wenn zum Beispiel das Haus einstürzte und ihn neben dem Körper seines Opfers einsperrte oder wenn im Nachbarhaus Feuer ausbräche und die Feuerwehr von allen Seiten zu ihm hereindränge? Das war es, was er fürchtete, das, was man gewissermaßen die Hand Gottes nennt, die er nach der Sünde ausstreckt. Über Gott selbst machte er sich kaum Gedanken. Zweifellos war seine Tat außergewöhnlich, aber ebenso außergewöhnlich waren auch seine Entschuldigungsgründe, die Gott allein kannte. Von dieser Seite, nicht von seiten der Menschen, das fühlte er, war er der Gerechtigkeit sicher.

Nachdem er gut in das Wohnzimmer hineingekommen war und die Tür hinter sich geschlossen hatte, fühlte er, wie die Furcht nachließ. Der Raum war öde und ohne Teppich. Packkisten und Möbel standen unordentlich herum, einige hohe Pfeilerspiegel waren da, in denen er sich wie einen Schauspieler auf der Bühne von allen Seiten erblickte, zahlreiche Bilder, gerahmte und ungerahmte, waren mit der Vorderseite gegen die Wand gelehnt. Eine schöne Sheraton-Anrichte, ein Sekretär mit Einlegearbeit und ein großes Bett mit Vorhängen vervollständigten die Einrichtung. Die Fenster führten auf den Hof, aber zum Glück war der untere Teil der Läden geschlossen und verbarg ihn vor den Nachbarn. So zog sich Markheim eine der Kisten vor den Sekretär und suchte unter den Schlüsseln. Es war ein langwieriges Geschäft, denn es waren ihrer viele. Überdies ermüdete es ihn. Schließlich konnte der Sekretär auch leer sein, und die Zeit drängte. Aber die Anstrengung der Arbeit ernüchterte ihn. Durch die Augenwinkel blickte er zur Tür – von Zeit zu Zeit sah er sie sogar gerade an, wie sich ein belagerter Kommandant mit Genugtuung des guten Zustandes seiner Verteidigungsanlagen versichert. Aber tatsächlich war er jetzt beruhigt. Das Plätschern des Regens auf der Straße klang natürlich und angenehm. Dann erklang von der anderen Seite her ein Klavier, die Melodie eines Chorals, und die Stimmen zahlreicher Kinder nahmen die Weise und den Text auf. Wie ernst und tröstlich klang die Melodie, wie frisch waren die jugendlichen Stimmen! Markheim lauschte lächelnd, während er die Schlüssel ordnete, und in seinem Geist tauchten gleichartige Vorstellungen und Gedanken auf: Kinder auf dem Kirchgang und lauter Orgelklang, Kinder auf dem Felde, beim Baden am Bachrand, beim Spiel im Gestrüpp an der Gemeindewiese, Papierdrachen am windbewegten und wolkigen Himmel. Bei einer anderen Kadenz des Chorals sah er sich wieder in der Kirche, in die Schläfrigkeit eines Sommersonntags versetzt, er hörte die hohe, vornehme Stimme des Pfarrers – bei der Erinnerung daran mußte er noch lächeln – sah die bemalten Jakobitergräber und die matten Buchstaben der Zehn Gebote an der Kanzel.

Während er so dasaß, gleichzeig beschäftigt und geistesabwesend, scheuchte es ihn plötzlich hoch. Ein Strahl von Eis, ein Strahl von Feuer und ein brausender Strom seines Blutes durchdrangen ihn, gebannt und zitternd stand er da. Langsam und gleichmäßig kamen Schritte die Treppe herauf. Jetzt legte sich eine Hand auf die Türklinke, das Schloß klirrte, und die Tür öffnete sich.

Fest hielt ihn die Angst umklammert. Er hatte keine Ahnung, was da kam. War es der Tote, waren es die Diener der Gerechtigkeit, oder war es ein zufälliger Zeuge, der hier blindlings hereinstolperte, um ihn an den Galgen zu bringen? Als ein Gesicht in der Öffnung erschien, sich im Raum umblickte, ihn anschaute, wie in freundlichem Erkennen lächelnd nickte und sich zurückzog, um die Tür wieder hinter sich zu schließen, entlud sich seine Furcht in einem unbeherrschten heiseren Schrei. Auf diesen Laut hin kehrte der Besucher zurück.

»Haben Sie mich gerufen?« fragte er freundlich, und mit diesen Worten trat er ins Zimmer und schloß die Tür hinter sich.

Starr und angestrengt blickte Markheim ihn an. Vielleicht lag ein Schleier über seinen Augen, denn es war ihm, als ob die Umrisse des Eingetretenen sich veränderten und verschwammen, wie die der Götzen in dem flakkernden Kerzenlicht im Laden. Mitunter glaubte er ihn zu erkennen, und dann wieder schien er Ähnlichkeit mit ihm selbst zu haben, und dabei lag wie ein Klumpen lebendigen Entsetzens in seiner Brust die Überzeugang, dieses Wesen komme nicht von dieser Erde und nicht von Gott.

Und doch hatte dieses Geschöpf ein seltsames, alltägliches Aussehen, wie es so dastand und Markheim lächelnd anblickte; und als es fortfuhr: »Sie suchen, glaube ich, nach dem Gelde«, da geschah dies in einem alltäglichen, höflichen Ton.

Markheim antwortete nicht.

»Ich muß Sie darauf aufmerksam machen«, fuhr der andere fort, »daß die Dienstmagd sich früher als gewöhnlich von ihrem Schatz verabschiedet hat und bald wieder hier sein wird. Wenn Herr Markheim hier im Hause angetroffen würde – ich brauche ihm die Folgen nicht erst auseinanderzusetzen.«

»Sie kennen mich?« schrie der Mörder.

Der Gast lächelte. »Sie liegen mir seit langem am Herzen«, sagte er. »Ich habe Sie schon eine ganze Zeit beobachtet und versucht, Ihnen zu helfen.«

»Wer sind Sie?« schrie Markheim. »Der Teufel?«

»Wer ich bin«, entgegnete der andere, »das hat mit dem Dienst nichts zu tun, den ich Ihnen erweisen kann.«

»Doch«, rief Markheim, »es hat etwas damit zu tun! Mir von Ihnen helfen lassen? Nein, niemals! Nicht von Ihnen! Sie kennen mich noch nicht – Gott sei Dank kennen Sie mich nicht!«

»Ich kenne Sie«, erwiderte der Gast mit freundlicher Strenge oder vielmehr mit Entschiedenheit. »Ich kenne Sie bis auf den Grund Ihrer Seele.«

»Mich kennen!« rief Markheim. »Wer kann das? Mein Leben ist nur eine Art Travestie, eine Verleumdung meiner selbst. Ich habe gelebt, um meine Natur Lügen zu strafen. Alle Menschen sind besser als diese Maske, die ihnen angewachsen ist und die sie erstickt. Jeder wird, wie Sie sehen, vom Leben gepackt und mitgeschleift wie einer, den Banditen ergreifen und in einen Mantel hüllen. Könnten sie, wie sie wollten – sähen sie ihre Gesichter, sie wären alle ganz anders. Wie Helden und Heilige würden sie aussehen. Ich bin schlechter als die meisten, ich bin noch bedrückter. Meine Entschuldigungen kennen nur ich selbst und Gott. Hätte ich Zeit, ich würde mich Ihnen offenbaren.«

»Mir?« fragte der Gast.

»Ihnen vor allem«, entgegnete der Mörder. »Ich hielt Sie für intelligent. Ich glaubte – da Sie einmal da sind – Sie verstünden in den Herzen zu lesen. Und doch würden Sie mich nach meinen Taten beurteilen wollen. Bedenken Sie, nach meinen Taten! In einem Lande von Riesen bin ich geboren und habe ich gelebt. Riesen haben mich bei der Hand ergriffen und fortgeschleppt, seitdem ich von meiner Mutter geboren wurde! Die Riesen der äußeren Umstände. Und Sie wollten mich nach meinen Taten beurteilen! Aber können Sie nicht in mich hineinschauen? Verstehen Sie nicht, daß ich das Böse hasse? Sehen Sie nicht in mir die klare Schrift des Gewissens, die, wenn auch zu oft unbeachtet, doch niemals durch eine willkürliche Sophisterei zu verwischen ist? Erkennen Sie nicht in mir ein Wesen, das sicherlich so weit verbreitet ist wie die Menschheit selbst: den Sünder wider Willen?«

»All das ist sehr gefühlvoll ausgedrückt«, war die Antwort, »aber es geht mich nichts an. Für diese Zusammenhänge bin ich nicht zuständig, und es ist mir vollkommen gleichgültig, welcher Zwang Sie mit sich gerissen hat, vorausgesetzt, es war der richtige Weg. Aber die Zeit vergeht. Die Dienstmagd hat es zwar nicht eilig, sie blickt den Leuten ins Gesicht und schaut sich die Bilder an den Litfaßsäulen an, aber sie kommt doch immer näher. Bedenken Sie, es ist dasselbe, wie wenn der Galgen auf Sie zukäme. Soll ich Ihnen helfen? Ich, der alles weiß? Soll ich Ihnen sagen, wo das Geld zu finden ist?«

»Um welchen Preis?« fragte Markheim.

»Diesen Dienst biete ich Ihnen als Weihnachtsgabe«, erwiderte der andere.

Markheim konnte ein bitteres, triumphierendes Lächeln nicht unterdrücken. »Nein«, sagte er, »ich will nichts aus Ihren Händen. Selbst wenn ich vor Durst stürbe und Ihre Hand hielte den Wasserkrug an meine Lippen, ich fände den Mut, ihn zurückzuweisen. Es mag unglaubwürdig klingen, aber ich will nichts tun, um mich dem Bösen zu verschreiben.«

»Ich habe nichts gegen Reue auf dem Totenbett«, bemerkte der Gast.

»Weil Sie nicht an ihre Wirksamkeit glauben«, rief Markheim.

»Das will ich nicht sagen«, erwiderte der andere. »Aber ich betrachte diese Dinge von einem anderen Standpunkt, und wenn das Leben zu Ende ist, ist auch mein Interesse zu Ende. Der Mensch hat gelebt, um mir zu dienen, um unter der Flagge des Heiligen Böses zu tun oder wie Sie, in einer schwächlichen Nachgiebigkeit gegenüber seinen Trieben, Unkraut in ein Weizenfeld zu säen. Jetzt, da er seiner Befreiung so nahe ist, kann er nur noch eins tun – bereuen, lächelnd sterben und in Zuversicht und Hoffnung die ängstlicheren unter meinen überlebenden Anhängern erbauen. Ich bin kein so strenger Herr. Versuchen Sie es bitte mit mir! Nehmen Sie meine Hilfe an! Unterhalten Sie sich im Leben, wie Sie es bisher getan haben! Bedienen Sie sich reichlicher, breiten Sie Ihre Ellbogen an der Tafel aus, und wenn sich der Abend senkt und der Vorhang fällt, wird es Ihnen, das will ich Ihnen zu Ihrem größeren Trost sagen, ebenso leichtfallen, sich mit Ihrem Gewissen zu einigen und ein Friedensabkommen mit Gott zu treffen. Gerade komme ich von einem solchen Totenbett, das Zimmer war voll von ernsten Leidtragenden, die des Mannes letzten Worten lauschten, und als ich in dieses Gesicht blickte, das sich gegen jede Regung des Mitgefühls wie Stein verhärtet hatte, sah ich es hoffnungsvoll lächeln.«

»Halten Sie mich denn wirklich für ein solches Geschöpf?« fragte Markheim. »Glauben Sie, ich habe kein höheres Ziel, als zu sündigen und mich schließlich in den Himmel zu stehlen? Bei diesem Gedanken empört sich mein Herz. Ist das denn Ihre Erfahrung mit der Menschheit, oder setzen Sie bei mir eine solche Gemeinheit voraus, weil Sie mich hier mit blutbefleckten Händen finden? Ist denn das Verbrechen des Mordes wirklich so verrucht, daß es selbst die Quellen des Guten versiegen läßt?«

»Mord ist für mich keine besondere Kategorie«, entgegnete der andere. »Alle Sünden sind Morde, so wie das ganze Leben Krieg ist. Ich sehe Ihresgleichen wie schmachtende Matrosen auf einem Floß, die dem Hunger selbst die Brotkrumen aus den Händen reißen und sich gegenseitig verschlingen. Ich verfolge die Sünden bis über den Augenblick hinaus, in dem sie begangen wurden. Ich sehe, daß die letzte Folge aller Sünden der Tod ist. In meinen Augen trieft das hübsche Mädchen, das in Erwartung eines Balles mit heuchlerischem Liebreiz seine Mutter hintergeht, nicht weniger von Menschenblut als ein solcher Mörder, wie Sie es sind. Sagte ich, daß ich der Sünde nachgehe? Auch der Tugend gehe ich nach. Sie unterscheiden sich nicht um Haaresbreite voneinander.

Beide sind Sicheln in der Hand des erntenden Todesengels. Das Böse, für das ich lebe, beruht nicht in der Tat, sondern im Charakter. Den schlechten Menschen schätze ich, nicht die schlechte Handlung, deren Früchte wir, könnten wir sie im sausenden Katarakt der Jahre nur weit genug verfolgen, vielleicht noch segensreicher finden würden als die seltensten Tugenden. Nicht, weil Sie einen Händler umgebracht haben, sondern weil Sie Markheim sind, erbiete ich mich, Ihnen bei der Flucht behilflich zu sein.«

»Ich will Ihnen mein Herz offenbaren«, erwiderte Markheim. »Dieses Verbrechen, bei dem Sie mich finden, ist mein letztes. Auf dem Wege hierher habe ich viel gelernt. Der Mord selbst war mir eine Lehre. Bis hierher bin ich gegen meinen Willen zu dem getrieben worden, was meinem Willen fern lag. Ich war der in Ketten geschlagene Sklave der Armut, gehetzt und gepeitscht. Es gibt robuste Tugenden, die in diesen Versuchungen standhaft bleiben. Die meinige war nicht so. Mich dürstete nach Genuß. Heute aber ernte ich aus dieser Tat beides, Warnungen und Reichtümer – beides, die Kraft und den Entschluß, ich selbst zu sein. In allen Dingen auf der Welt werde ich unabhängig handeln können. Ich sehe schon, wie ich ein ganz anderer werde. Diese Hände sind Vollstrecker des Guten, dieses Herz hat den Frieden gefunden. Etwas aus der Vergangenheit überkommt mich, etwas, von dem ich an Sonntagabenden träumte, wenn die Kirchenorgel erklang, was ich vorausahnte, wenn ich über bedeutenden Büchern Tränen vergoß oder als unschuldiges Kind mit meiner Mutter plauderte. Dort liegt mein Leben. Einige Jahre bin ich umhergeirrt, aber jetzt sehe ich die Stätte meiner Bestimmung wieder vor mir.«

»Sie wollen, glaube ich, das Geld auf der Börse anlegen«, bemerkte der Gast. »Dort haben Sie, wenn ich nicht irre, schon mehrere Tausend verloren.«

»Ach«, meinte Markheim, »diesmal habe ich eine ganz sichere Sache.«

»Auch diesmal werden Sie wieder verlieren«, entgegnete der Gast ruhig.

»Aber ich halte die Hälfte zurück«, rief Markheim.

»Auch die werden Sie einbüßen«, bemerkte der andere.

Der Schweiß stand auf Markheims Stirn. »Gut also, was macht's?« rief er. »Angenommen, ich verliere es, angenommen, ich stürze zurück in die Armut – soll ein Teil von mir, und gerade der schlechtere, bis zum Ende über den besseren obsiegen? Gut und Böse sind stark in mir und reißen mich nach beiden Seiten. Ich liebe nicht nur eins, ich liebe alles. Ich kann mir große Taten, Verzicht und Martyrium vorstellen, und obwohl ich bis zu dem Verbrechen des Mordes gesunken bin, ist mir Mitleid nicht fremd. Ich bedaure die Armen. Wer kennt ihre Plage besser als ich selbst? Ich bemitleide sie und helfe ihnen. Ich schätze die Liebe und ein ehrliches Lachen. Es gibt nichts Gutes, nichts Wahrhaftiges auf Erden, dem ich nicht von Herzen zugetan wäre. Sollen denn meine Laster allein mein Leben bestimmen und meine Tugenden ohne jede Wirkung bleiben wie irgendein toter Gedankenballast? Nein, auch das Gute ist eine Quelle der Tat.«

Aber der Gast hob den Finger. »Sechsunddreißig Jahre lang haben Sie in dieser Welt gelebt«, sagte er. »In manchem Schicksals- und Stimmungswechsel habe ich Sie beobachtet, wie Sie ohne Unterlaß hinabsanken. Vor fünfzehn Jahren haben Sie mit einem Diebstahl begonnen. Noch vor drei Jahren hätte Ihnen das Wort Mörder Entsetzen eingeflößt. Gibt es ein Verbrechen, eine Grausamkeit oder Gemeinheit, vor der Sie zurückschrecken würden? In fünf Jahren werde ich Sie auch auf solchen Taten ertappen. Abwärts, abwärts führt Ihr Weg, und nichts als der Tod kann Sie aufhalten.«

»Das ist wahr«, entgegnete Markheim heiser. »Bis zu einem gewissen Grad habe ich dem Bösen nachgegeben. Aber so geht es allen. Sogar die Heiligen werden nur dadurch, daß sie leben, weniger wählerisch und nehmen den Ton ihrer Umgebung an.«

»Ich will Ihnen eine einfache Frage stellen«, bemerkte der andere, »und aus Ihrer Antwort werde ich Ihnen Ihr moralisches Horoskop stellen. Sie sind in vielen Dingen gleichgültiger geworden, vielleicht haben Sie recht damit, und in gewisser Beziehung ist es bei allen Menschen das gleiche. Aber, das zugegeben, fällt es Ihnen in einem einzigen, wenn auch nur geringfügigem Punkt schwer, mit sich zufrieden zu sein, oder lassen Sie sich überall die Zügel schießen?«

»In irgendeinem Punkt?« erwiderte Markheim in angstvoller Überlegung. »Nein«, fuhr er verzweifelt fort, »in keinem. In allem ist es abwärts mit mir gegangen.«

»Dann«, sagte der Gast, »begnügen Sie sich mit dem, was Sie sind. Sie werden sich niemals ändern. Die Worte Ihrer Rolle auf dieser Bühne sind unwiderruflich festgelegt.«

Lange stand Markheim stumm da, und tatsächlich war es der Gast, der als erster das Schweigen brach. »Da die Sache nun so liegt«, fragte er, »soll ich Ihnen das Geld zeigen?«

»Und die Gnade?« rief Markheim.

»Haben Sie es damit nicht auch schon versucht?« fragte der andere. »Habe ich Sie nicht vor zwei oder drei Jahren an religiösen Veranstaltungen teilnehmen sehen, und war Ihre Stimme nicht die lauteste im Chorgesang?«

»Das ist wahr«, entgegnete Markheim, »und ich sehe deutlich, was ich jetzt zu tun habe. Aus tiefster Seele danke ich Ihnen für diese Belehrungen. Sie haben mir die Augen geöffnet, und endlich erkenne ich, wer ich bin.«

In diesem Augenblick schrillte vom Eingang die Glocke durch das Haus, und sogleich änderte der Gast wie auf ein erwartetes, vereinbartes Zeichen sein Benehmen.

»Die Dienstmagd!« rief er. »Sie ist zurückgekehrt, wie ich Ihnen vorausgesagt habe. Jetzt gibt es für Sie nur noch eine Schwierigkeit. Ihr Herr, müssen Sie ihr sagen, sei erkrankt. Sie müssen sie mit gefaßter, ernster Miene hereinlassen – kein Lächeln, keine Übertreibung, und ich bin Ihres Erfolges sicher. Ist das Mädchen einmal drinnen, so werden Sie mit derselben Geschicklichkeit, mit der Sie sich bereits des Händlers entledigt haben, auch dieses letzte Hindernis aus dem Weg räumen. Dann haben Sie den ganzen Abend und, wenn nötig, die ganze Nacht vor sich, um die Schätze des Hauses zu durchstöbern und auf Ihre Sicherheit bedacht zu sein. Das ist Hilfe, die sich Ihnen unter der Maske der Gefahr nähert. Auf!« rief er, »auf, mein Freund! Ihr Leben liegt zitternd in der Waagschale! Auf zur Tat!«

Fest blickte Markheim seinem Ratgeber ins Gesicht. »Bin ich auch verdammt, Böses zu tun«, sagte er, »so bleibt mir doch eine Tür zur Freiheit offen. Ich kann darauf verzichten, zu handeln. Wenn mein Leben schlecht ist, so kann ich es von mir werfen. Bin ich auch ein willenloser Spielball jeder kleinsten Versuchung, so kann ich mich doch mit einer entschiedenen Geste außerhalb davon stellen. Meine Liebe zum Guten ist zur Unfruchtbarkeit verurteilt. Gut! Aber mir bleibt ja noch mein Haß auf das Böse, und darum darf ich, wie Sie zu Ihrer bitteren Enttäuschung sehen werden, Kraft und Mut schöpfen.«

Die Züge des Gastes begannen sich wunderbar zu verändern, sie strahlten und wurden milder in einem leisen Triumph, und in diesem Glanz verblaßten und verschwanden sie. Aber Markheim nahm sich nicht Zeit, diese Verwandlung zu beobachten und zu verstehen. Er öffnete die Tür und ging langsam und in Gedanken versunken die Treppe hinunter. Ernst schritt seine Vergangenheit vor ihm her. Er sah sie, wie sie war, häßlich und quälend wie ein Traum, zufällig wie regelloser Wirrwarr – ein Bild der Niederlage. Das Leben, wie es sich ihm da zeigte, hatte keinen Reiz mehr für ihn. Auf der andern Seite aber sah er für sein Schifflein einen ruhigen Hafen. Im Flur blieb er stehen und blickte in den Laden, wo neben dem Leichnam noch die Kerze brannte. Er war seltsam still. Gedanken an den Händler stiegen in ihm auf, während er so dastand und schaute. Ungeduldig tönte die Glocke noch einmal durch die Stille.

Fast mit einem Lächeln trat er dem Mädchen auf der Schwelle entgegen.

»Es wäre besser, Sie gingen zur Polizei«, sagte er. »Ich habe Ihren Herrn ermordet.«

EDWARD FREDERIC BENSON

Die Turmstube

Wahrscheinlich hat jeder, der regelmäßig träumt, zumindest einmal ein Geschehen oder eine Folge von Ereignissen wirklich erlebt, die ihn zuvor schon im Traum beschäftigt hatten. Aber meiner Meinung nach – so sonderbar dies ist – wäre es noch viel merkwürdiger, wenn eine solche Erfüllung sich *nicht* gelegentlich ereignete; denn unsere Träume befassen sich ja hauptsächlich mit Leuten, die wir kennen, und mit Orten, die uns vertraut sind, wie sie uns ganz natürlich auch im hellen Licht des Tages begegnen können. Freilich dringen in diese Träume oft absonderliche und phantastische Vorgänge ein, so daß man von einer späteren Erfüllung hier eigentlich nicht mehr sprechen kann; aber wenn man die Chancen gegeneinander abwägt, mutet es nicht im geringsten unwahrscheinlich an, daß gelegentlich der Traum eines Menschen, der sehr häufig träumt, Wirklichkeit wird. Vor nicht langer Zeit erlebte ich zum Beispiel eine solche Traumerfüllung, die mir in keiner Weise bemerkenswert zu sein noch eine besondere psychische Bedeutung zu haben scheint.

Einer meiner Freunde lebt im Ausland und ist so reizend, mir etwa alle vierzehn Tage zu schreiben. Daher warte ich wahrscheinlich, ob bewußt oder unbewußt, schon immer auf einen Brief von ihm, wenn ungefähr zwei Wochen verstrichen sind, seit ich das letzte Mal von ihm gehört habe. Vorige Woche träumte ich eines Nachts, ich ginge nach oben, um mich zum Abendessen umzukleiden; in diesem Moment hörte ich, wie das oft geschieht, den Briefträger an meine Tür klopfen und stieg wieder die Treppe hinab. Da lag, zwischen anderer Korrespondenz, ein Brief von meinem Freund. Und hier begann das Phantastische in meinem Traum; denn als ich den Brief öffnete, fand ich darin das Karo-As, und quer darüber stand in seiner wohlbekannten Handschrift: »Ich schicke Dir dies zur sicheren Aufbewahrung, denn wie Du weißt, bedeutet es ein unnötiges Risiko, Asse in Italien bei sich zu tragen.« Als ich am nächsten Abend gerade zum Umkleiden nach oben gehen wollte, hörte ich wieder den Briefträger klopfen und reagierte darauf genauso wie in meinem Traum. Und da lag, zwischen anderen Briefen, der von meinem Freund. Nur enthielt er nicht das Karo-As. Wäre dies der Fall gewesen, hätte ich der Sache mehr Gewicht beigemessen, so aber scheint es mir ein völlig natürliches Zusammentreffen zu sein. Zweifellos erwartete ich, bewußt oder unbewußt, einen Brief von meinem Freund, und diese Erwartung suggerierte mir meinen Traum. Und auf ähnliche Weise wird die Tatsache, daß er mir seit vierzehn Tagen nicht geschrieben hatte, meinen Freund dazu bewegt haben, diesen Brief an mich abzuschicken. Aber manchmal ist es nicht so einfach, solch eine Erklärung zu finden, und für die folgende Begebenheit kann ich überhaupt keine entdecken. Die ganze Sache kam aus dem Dunkel, und in das Dunkel ist sie wieder entschwunden.

Seit jeher bin ich ein gewohnheitsmäßiger Träumer; es gibt nur wenige Nächte, nach denen ich nicht beim Erwachen am nächsten Morgen feststellen kann, daß ich irgendein geistiges Erlebnis gehabt habe, und manchmal stoßen mir scheinbar die ganze Nacht lang eine verwirrende Vielfalt der buntesten Abenteuer zu. Fast ohne Ausnahme sind es angenehme Erlebnisse, wenn auch meist recht banal. Doch ich will hier von einer Ausnahme berichten.

Ich war ungefähr sechzehn Jahre alt, als ich zum ersten Mal einen bestimmten Traum hatte, in dem sich folgendes ereignete: es begann damit, daß ich vor einem großen roten Zigelhaus stand, wo ich übernachten sollte. Ein Diener öffnete die Tür, meldete mir, daß im Garten Tee getrunken werde, und führte mich durch eine niedrige, dunkel getäfelte Diele mit einem großen, offenen Kamin zu einem heiteren grünen Rasen, der von Blumenbeeten eingefaßt war. Eine kleine Gesellschaft war um den Teetisch versammelt, aber ich kannte nur einen von allen, einen meiner Mitschüler namens Jack Stone; offensichtlich war er der Sohn des Hauses, und er stellte mich seiner Mutter, seinem Vater und seinen Schwestern vor. Wie ich mich erinnern kann, war ich einigermaßen erstaunt, mich in dieser Umgebung zu finden, denn der Junge war mir nur flüchtig bekannt, und was ich von ihm wußte, gefiel mir gar nicht – außerdem hatte er die Schule schon vor fast einem Jahr verlassen. Der Nachmittag war sehr heiß und die Luft unerträglich drückend. An der gegenüberliegenden Seite des Rasens lief eine rote Ziegelmauer entlang, in deren Mitte sich eine eiserne Pforte befand, und dahinter stand ein Walnußbaum. Wir saßen im Schatten des Hauses vor einer langen Reihe von Fenstern, durch die ich eine weißgedeckte Tafel sehen konnte, auf der Glas und Silber schimmerte. Diese Gartenfront des Hauses war sehr lang, und an einem Ende stand ein dreistöckiger Turm, den ich für wesentlich älter hielt als das übrige Gebäude.

Nach kurzer Zeit sagte Mrs. Stone, die wie die übrige Gesellschaft in tiefem Schweigen dagesessen hatte, zu mir:

»Jack wird Ihnen Ihr Zimmer zeigen: ich habe Ihnen die Turmstube zugewiesen.«

Völlig unerklärlicherweise sank mein Herz bei ihren Worten. Mir war, als hätte ich gewußt, daß ich in die Turmstube sollte, und als ob sie etwas Fürchterliches und Entscheidendes enthielte. Jack stand sofort auf, und ich verstand, daß ich ihm folgen mußte. Schweigend gingen wir durch die Diele und stiegen eine breite eichene Treppe mit vielen Biegungen hinauf, bis wir auf einem kleinen Absatz mit zwei Türen anlangten. Eine davon stieß er für mich auf, und ohne selbst einzutreten, schloß er sie hinter mir. In diesem Augenblick wußte ich, daß mein Argwohn nicht getrogen hatte: irgend etwas Schreckliches war in dem Zimmer, und während das Grauen des Alpdrucks rasch wuchs und mich überwältigte, erwachte ich, starr vor Entsetzen.

Dieser Traum, manchmal mit leichten Abänderungen, suchte mich nun fünfzehn Jahre lang sehr häufig heim. Meist kam er in genau dieser Form: die Ankunft, die Teegesellschaft auf dem Rasen, das tödliche Schweigen, gefolgt von jenem einen, tödlichen Satz, der Aufstieg mit Jack Stone zu der Turmstube, in welcher das Entsetzen hauste, und er endete stets mit dem grauenvollen Alpdruck in diesem Raum, obwohl ich jenes Etwas nie zu Gesicht bekam. Andere Male träumte ich Varianten des gleichen Themas. Manchmal saßen wir zum Beispiel beim Abendessen im Speisezimmer, durch dessen Fenster ich in jener Nacht hineingesehen hatte, als der Traum mich zum ersten Male heimsuchte; aber wo wir uns auch immer befanden, stets herrschte das gleiche Schweigen, stets die gleiche fürchterliche, bedrückende Atmosphäre und das Gefühl bevorstehenden Unheils. Und ich wußte, daß das Schweigen jedesmal von Mrs. Stone mit den Worten gebrochen würde: »Jack wird Ihnen Ihr Zimmer zeigen:

ich habe Ihnen die Turmstube zugewiesen.« Worauf ich – dies änderte sich nie – hinter ihm die Eichentreppe mit den vielen Ecken hinaufsteigen und den Raum betreten mußte, den ich mehr und mehr zu fürchten begann, je öfter ich ihn im Traum wiedersah. Ein andermal wieder spielten wir, ebenfalls schweigend, Karten in einem von riesigen Armleuchtern erhellten Wohnzimmer, das von dem Kerzenschein in ein blendendes Licht getaucht war. Ich habe keine Ahnung, was wir spielten; ich erinnere mich nur an die unheimliche Vorahnung, daß Mrs. Stone sich bald erheben und zu mir sagen würde: »Jack wird Ihnen Ihr Zimmer zeigen: ich habe Ihnen die Turmstube zugewiesen.« Das Wohnzimmer, in dem wir Karten spielten, lag neben dem Speisezimmer und war, wie ich bereits sagte, stets strahlend hell erleuchtet, während im restlichen Teil des Hauses Zwielicht und Schatten herrschten. Aber wie oft habe ich angestrengt auf die mir zugeteilten Karten geblickt und konnte sie doch aus irgendeinem Grunde kaum sehen, trotz jenes wahren Lichterfeuerwerks! Auch die Kartenbilder waren mir fremd: es gab keine roten Farben, sondern nur schwarze, und gewisse Karten waren völlig schwarz. Diese haßte und fürchtete ich.

Als dieser Traum nun ständig wiederkehrte, lernte ich dabei den größeren Teil des Hauses kennen. Hinter dem Wohnzimmer, am Ende eines Ganges, war eine mit grünem Fries bespannte Tür, die in einen Rauchsalon führte. Dort war es immer sehr dunkel, und sooft ich dorthin ging, begegnete ich jemandem, der durch diese Tür kam und den ich nicht erkennen konnte. Seltsamerweise veränderten sich auch die Gestalten, die meinen Traum bevölkerten, genau wie Lebende. Mrs. Stone zum Beispiel, die beim ersten Mal schwarzhaarig gewesen war, wurde grau; und statt, wie zu Anfang, lebhaft und frisch aufzustehen, wenn sie sagte: »Jack wird Ihnen Ihr Zimmer zeigen: ich habe Ihnen die Turmstube zugewiesen«, stand sie mit der Zeit immer mühsamer und zittriger auf, als verließe die Kraft ihre Glieder. Jack wurde ebenfalls älter und entwickelte sich zu einem ziemlich unangenehm aussehenden jungen Mann mit einem braunen Schnurrbart, während eine der Schwestern später nicht mehr auftrat; ich glaubte zu verstehen, daß sie sich verheiratet hatte.

Dann geschah es, daß dieser Traum mich sechs Monate oder länger nicht heimsuchte, und ich begann zu hoffen – so eine unerklärliche Furcht hatte ich vor ihm – daß er für immer vergangen sei. Aber eines Nachts nach dieser Pause sah ich mich wieder auf den Rasen zum Tee hinausgeführt werden, und Mrs. Stone war nicht da, während all die anderen in Schwarz gekleidet waren. Sofort erriet ich den Grund, und mein Herz hüpfte bei dem Gedanken, daß ich diesmal vielleicht nicht in der Turmstube schlafen sollte; und obgleich alle wie üblich schweigend dasaßen, ließ ein Gefühl der Erleichterung mich bei dieser Gelegenheit reden und lachen, wie ich es nie zuvor getan hatte. Doch trotzdem war die Atmosphäre alles andere als angenehm, denn niemand sonst sprach, sondern alle blickten einander heimlich an. Bald trocknete auch mein närrischer Redefluß ein, und nach und nach, während das Tageslicht langsam schwand, bemächtigte sich meiner eine Furcht, wie ich sie so schlimm noch nie erfahren hatte.

Plötzlich brach eine Stimme, die ich so gut kannte, das Schweigen – die Stimme von Mrs. Stone, mit den Worten: »Jack wird Ihnen Ihr Zimmer zeigen: ich habe Ihnen die Turmstube zugewiesen.« Sie schien aus der Richtung der Eisenpforte in der roten Ziegelmauer zu kommen, die den Rasen begrenzte. Ich blickte auf und sah, daß das Gras dahinter dicht mit Grabsteinen übersät war. Ein seltsames graues Licht ging von ihnen aus, und ich konnte die Inschrift über dem mir am nächsten liegenden Grab lesen. Sie lautete: »In üblem Gedenken an Julia Stone.« Und wie üblich stand Jack auf, und ich folgte ihm durch die Diele und die Treppe mit den vielen Biegungen hinauf. Diesmal war es dunkler als sonst, und als ich in die Turmstube trat, konnte ich nur knapp die Möbel erkennen, deren Anordnung mir bereits vertraut war. Ein fürchterlicher Geruch von Verwesung schwebte in dem Raum, und ich erwachte schreiend.

Mit diesen Varianten und Änderungen verfolgte mich der Traum fünfzehn Jahre lang. Manchmal träumte ich ihn zwei oder drei Nächte hintereinander; einmal, wie ich schon sagte, gab es eine Unterbrechung von etwa sechs Monaten, aber um einen annehmbaren Durchschnitt zu nennen, glaube ich behaupten zu können, daß er mich mindestens einmal im Monat quälte. Offensichtlich kam der Traum einem Alpdruck nahe, denn er endete stets mit dem gleichen, entsetzlichen Grauen, das keinesfalls etwa geringer wurde, sondern mich jedesmal mit neuer, stärkerer Furcht erfüllte. Eine seltsame und schreckliche Folgerichtigkeit schien diesem Traum auch innezuwohnen. Seine Gestalten wurden, wie ich schon erwähnte, regelmäßig älter, Tod und Eheschließung ereigneten sich in dieser schweigenden Familie, und niemals, nachdem Mrs. Stone gestorben war, sah ich sie in diesem Traum wieder. Aber es war stets *ihre* Stimme, die mir sagte, daß die Turmstube für mich gerichtet sei, und ob wir nun Tee auf dem Rasen tranken oder die Szene sich in einem der Räume abspielte, ich konnte stets ihren Grabstein dicht hinter der eisernen Pforte sehen. Ähnlich verhielt es sich mit der verheirateten Tochter; gewöhnlich war sie nicht anwesend, aber ein- oder zweimal kehrte sie in Begleitung eines Mannes wieder, den ich für ihren Gatten hielt.

Auch er, genau wie die anderen, sprach nie ein Wort. Aber infolge der ständigen Wiederholung dieses Traums hatte ich aufgehört, ihm in meinem täglichen Leben irgendeine Bedeutung beizumessen. Und während all dieser Jahre begegnete ich nie wieder Jack Stone, noch sah ich jemals ein Haus, das jenem düsteren Gebäude aus meinem Traum gleichkam. Doch dann geschah etwas.

Ich hatte mich in diesem Jahr bis Ende Juli in London aufgehalten und wollte die erste Augustwoche bei einem Freund verbringen, der im Ashdown Forest District in Sussex ein Haus für die Sommermonate gemietet hatte. Ich verließ London zeitig, denn John Clinton und ich hatten uns am Bahnhof Forest Row verabredet, um den Tag mit Golfspiel zu verbringen und erst gegen Abend zu seinem Haus zu fahren. Er hatte sein Auto bei sich, und wir fuhren etwa gegen fünf Uhr nachmittags los, nach einem sehr angenehm verbrachten Tag; die Entfernung betrug ungefähr siebzehn Kilometer. Da es noch recht früh war, tranken wir nicht im Klubhaus Tee, sondern warteten damit, bis wir nach Hause kommen würden. Während wir fuhren, schien das Wetter, das so lange zwar heiß, aber doch köstlich frisch gewesen war, plötzlich umzuschlagen; es wurde sehr drückend, kein Lufthauch rührte sich, und mich befiel jene undefinierbare Vorahnung drohenden Unheils, die mich gewöhnlich vor einem Unwetter heimsucht. John teilte meine Ansicht allerdings nicht, sondern führte meine niedergeschlagene Stimmung darauf zurück, daß ich beide Spiele verloren hatte. Die folgenden Ereignisse gaben mir jedoch recht, obwohl ich nicht glaube, daß das an jenem Abend hereinbrechende Gewitter der einzige Grund meiner Bedrücktheit war.

Unser Weg führte durch tief ins Gelände eingeschnittene Straßen, und schon nach kurzer Zeit war ich eingeschlafen und wurde erst wieder wach, als der Wagen hielt.

Und mit einem plötzlichen Schauer, teils aus Furcht, hauptsächlich aber aus Neugier, sah ich mich in dem Eingang zum Haus meines Traumes stehen. Während ich noch darüber nachdachte, ob ich träumte oder wachte, schritten wir durch eine niedrige, eichengetäfelte Diele und weiter auf einen Rasen hinaus, auf dem im Schatten des Hauses die Teetafel gedeckt war. Eingerahmt wurde die Szene von Blumenbeeten und einer roten Ziegelmauer mit einer eisernen Pforte, hinter welcher sich eine Fläche rauhen Grases erstreckte, auf der ein Walnußbaum stand. Die Fassade des Hauses war sehr lang, und an einem Ende erhob sich ein dreistöckiger Turm, der merklich älter als das restliche Gebäude aussah.

Hier hörte für den Augenblick alle Ähnlichkeit mit meinem ständig wiederkehrenden Traum auf. Keine schweigende und furchteinflößende Familie, sondern eine Menge überströmend fröhlicher Leute empfing mich, die ich alle kannte. Und trotz des Grauens, mit dem der Traum mich jedesmal erfüllt hatte, fühlte ich jetzt, da die Szene sich solcherart vor mir widerspiegelte, nichts davon. Aber ich war äußerst neugierig darauf, was sich nun ereignen würde.

Während des Tees dauerte die heitere Unterhaltung an. Schließlich erhob sich Mrs. Clinton, und im selben Augenblick glaubte ich zu wissen, was sie sagen würde. Sie redete mich an:

»John wird Ihnen Ihr Zimmer zeigen: ich habe Ihnen die Turmstube zugewiesen.«

Eine halbe Sekunde lang ergriff mich wieder das Grauen des Traumes. Aber genauso schnell verflog es wieder, und ich verspürte nur noch eine unbeschreibliche Neugier. Bald sollte sie mehr als gestillt sein.

John wandte sich mir zu.

»Das Zimmer liegt in der äußersten Spitze des Hauses«,

sagte er, »aber ich glaube, du wirst es dort bequem haben. Wir sind bis in den letzten Winkel belegt. Möchtest du es dir gleich ansehen? Himmel, ich glaube, du hast recht, wir bekommen ein Gewitter. Wie dunkel es geworden ist!«

Ich stand auf und folgte ihm. Wir gingen durch die Diele und stiegen die mir nur zu gut bekannte Treppe hinauf. Dann öffnete er die Tür, und ich trat ein. Und in jenem Moment befiel mich wieder ein Grauen, jenseits aller Vernunft. Ich wußte nicht mit Bestimmtheit, was ich fürchtete: ich hatte einfach Angst. Aber dann, wie man sich plötzlich eines lang vergessenen Namens erinnert, fiel mir auf einmal der Grund meiner Furcht wieder ein. Ich hatte Angst vor Mrs. Stone, deren Grab mit der unheilvollen Inschrift »In üblem Gedenken ...« ich so oft im Traum gesehen hatte, grad jenseits des Rasens, der unter meinem Fenster lag. Und wieder schwand meine Angst unvermittelt so vollkommen, daß ich mich fragte, was es denn eigentlich zu fürchten gäbe – so nüchtern, ruhig und normal erschien mir die Turmstube, die ich so oft im Traum hatte nennen hören, deren Einrichtung ich so gut kannte.

Mit einem gewissen Besitzergefühl sah ich mich um und stellte fest, daß sich der Anblick in nichts von den Traumbildern unterschied, die ich so lebhaft in Erinnerung hatte. An der Wand links von der Tür stand das Bett, mit dem Kopfende in der Ecke. Im rechten Winkel dazu befanden sich der Kamin und ein schmales Büchergestell; die Außenwand gegenüber der Tür war von zwei Fenstern mit Rautenglasscheiben unterbrochen, zwischen denen der Toilettentisch stand, während an der vierten Wand ein Waschtisch und ein großes Regal standen. Meine Koffer waren bereits ausgepackt, denn die Toilettenutensilien lagen ordentlich auf Waschtisch und Ankleidetisch verteilt, während mein Abendanzug und die dazugehörigen Kleidungsstücke über die Bettdecke gebreitet waren. Doch dann traf mein Blick zwei ziemlich auffallende Dinge, die ich in meinen Träumen noch nie gesehen hatte, und ich erschrak heftig. Das eine war ein lebensgroßes Ölgemälde von Mrs. Stone, das andere eine Schwarz-Weiß-Zeichnung von Jack Stone, die ihn so wiedergab, wie er mir erst in der letzten Folge meines sich ständig wiederholenden Traums erschienen war: ein recht verschlossen und bösartig aussehender Mann von etwa dreißig Jahren. Sein Bild hing zwischen den beiden Fenstern; es blickte quer durch das Zimmer zu dem anderen Porträt hinüber, das über meinem Bett hing. Dorthin blickte auch ich als nächstes, und während ich es betrachtete, ergriff mich wieder das Grauen des Alpdruckes.

Es zeigte Mrs. Stone, wie ich sie in meinen Träumen gesehen hatte: alt, welk und weißhaarig. Aber trotz des offensichtlichen körperlichen Verfalls strahlte ein furchteinflößendes Übermaß an Vitalität von dem Bild aus, eine Konzentration des Bösen schien aus sämtlichen Poren der vertrockneten Haut auf mich einzuströmen. Bosheit blitzte aus den schmalen, lauernden Augen, lachte aus dem teuflischen Mund. Das ganze Gesicht lebte förmlich vor geheimer, abstoßender Schadenfreude; die über dem Knie gefalteten Hände schienen vor unterdrückter namenloser Lust zu zittern. Dann fiel mein Blick auf die Signatur in der linken unteren Ecke; neugierig, wer der Künstler sein mochte, beugte ich mich etwas vor und las die Inschrift »Julia Stone, von Julia Stone.«

Da klopfte es an der Tür, und John Clinton trat ein.

»Hast du alles, was du brauchst?« fragte er.

»Erheblich mehr, als ich brauche«, erwiderte ich und deutete auf das Bild.

Er lachte.

»Eine abstoßende alte Dame«, sagte er. »Dazu noch von ihr selbst gemalt, wie ich mich erinnere. Jedenfalls kann sie sich nicht sehr geschmeichelt haben.«

»Aber siehst du denn nicht?« fragte ich. »Das ist überhaupt kaum noch ein menschliches Gesicht. Es ist das Gesicht einer Hexe, einer Teufelin.«

Er sah es sich genauer an.

»Ja, es ist nicht sehr angenehm«, sagte er dann. »Kaum geeignet, über dem Bett zu hängen, wie? Ja, ich kann mir gut vorstellen, daß ich Alpdrücken bekommen würde, wenn ich darunter schlafen müßte. Wenn du willst, lasse ich's abnehmen.«

»Das wäre mir allerdings sehr lieb«, erwiderte ich.

Er klingelte, und zusammen mit einem Diener nahmen wir das Bild herunter, trugen es auf den Treppenabsatz und stellten es mit dem Gesicht zur Wand.

»Wahrhaftig, die alte Dame hat Gewicht«, sagte John und wischte sich den Schweiß von der Stirn. »Wenn ich nur wüßte,was sie im Schilde führt.«

Das ungewöhnliche Gewicht des Bildes war auch mir aufgefallen. Ich wollte gerade antworten, als mein Blick auf meine Hand fiel. Blut war daran, eine ganze Menge Blut, das die gesamte Handfläche bedeckte.

»Ich muß mich irgendwo geschnitten haben«, sagte ich.

John stieß einen überraschten Laut aus.

»Nanu, ich auch«, rief er.

Gleichzeitig holte der Diener sein Taschentuch hervor und wischte seine Hand damit. Ich sah, daß auch an seinem Tuch Blut klebte.

John und ich gingen in die Turmstube zurück und wuschen das Blut ab; aber weder an seiner Hand noch an meiner zeigte sich die geringste Spur eines Kratzers oder Schnittes. Doch obwohl wir beide dies feststellten, erwähnten wir es in einer Art schweigender Übereinkunft nicht weiter. Irgend etwas an meinem Fall war mir verschwommen eingefallen, woran ich nicht denken wollte. Es war nur eine Vermutung, aber ich bildete mir ein zu wissen, daß ihm dasselbe aufgefallen war.

Die Hitze und die schwere Luft, denn das erwartete Gewitter hatte sich noch nicht entladen, wurden nach dem Abendessen noch drückender, und eine Zeitlang blieb der größte Teil der Gesellschaft, darunter auch John Clinton und ich, draußen auf dem Weg neben dem Rasen sitzen, wo wir unseren Tee tranken. Die Nacht war völlig finster, und kein Sternenstrahl, kein Mondschein konnte die dicke Wolkenschicht durchdringen, die den Himmel überzogen hatte. Nach und nach lichtete sich unsere Versammlung, die Frauen gingen zu Bett, die Männer verteilten sich auf den Rauchsalon und das Billardzimmer, und gegen elf Uhr saßen nur noch mein Gastgeber und ich im Freien. Den ganzen Abend fühlte ich, daß ihn etwas bedrückte, und sobald wir allein waren, fing er an zu sprechen.

»Der Mann, der uns mit dem Bild half, hatte auch Blut an seiner Hand – hast du das bemerkt?« begann er. »Ich habe ihn gerade gefragt, ob er sich geschnitten habe; er antwortete, er hätte das vermutet, könne aber kein Zeichen dafür finden. Woher ist also jenes Blut gekommen?«

Indem ich mir eingeredet hatte, daß ich nicht mehr daran denken wolle, war mir dies auch bislang gelungen; auf keinen Fall aber mochte ich ausgerechnet zur Schlafenszeit daran erinnert werden.

»Ich weiß es nicht«, sagte ich daher, »und solange das Bild von Mrs. Julia Stone nicht über meinem Bett hängt, interessiert es mich auch nicht besonders.«

Er stand auf.

»Es ist aber doch seltsam«, meinte er. »Ha! Jetzt wirst du gleich noch etwas Merkwürdiges sehen.«

Einer seiner Hunde, ein rassereiner irischer Terrier, war während unseres Gespräches aus dem Haus gekommen. Die Tür hinter uns zur Diele stand offen, und ein breiter Lichtstreifen fiel über den Rasen bis zu der eisernen Pforte, hinter der zwischen wildem Gras der Walnußbaum stand. Ich sah, daß dem Hund alle Rückenhaare zu Berge standen; er zitterte vor Wut und Furcht. Mit entblößtem Gebiß, die Lefzen weit zurückgezogen, stand er tief grollend da, als wolle er jeden Augenblick auf etwas losspringen. Von mir oder seinem Herrn nahm er nicht die geringste Notiz und begann, steif und mit bis zum äußersten gestrafften Muskeln, über den Rasen zu der Eisenpforte zu stelzen. Einen Augenblick blieb er dort stehen, blickte durch die Gitterstäbe und knurrte. Ganz plötzlich aber schien ihn der Mut zu verlassen; er stieß ein langgezogenes Heulen aus und trottete in merkwürdig geducktem Gang zum Haus zurück.

»Das macht Toby ein halbes dutzendmal am Tag«, sagte John. »Er sieht etwas, das er zugleich haßt und fürchtet.«

Ich ging zu der Pforte und blickte hinüber. Irgend etwas bewegte sich draußen im Gras, und gleich darauf hörte ich einen Laut, den ich nicht sofort deuten konnte. Dann aber fiel es mir ein – es war das Schnurren einer Katze.Ich strich ein Zündholz an und sah den Schnurrer: eine große blaue Perserkatze, die unermüdlich, gerade vor der Pforte, mit hohen, ekstatischen Schritten in einem kleinen Kreis herumstelzte, den Schwanz wie eine Standarte hoch in die Luft gereckt. Ihre Augen glänzten und funkelten, und alle Augenblicke senkte sie den Kopf und schnüffelte an dem Gras.

Ich lachte. »Und damit hat das Geheimnis seine Erklärung, fürchte ich. Eine große Katze feiert hier ganz für sich Walpurgisnacht.«

»Ja, das ist Darius«, erwiderte John. »Er verbringt den halben Tag und die ganze Nacht hier. Aber damit ist das Geheimnis noch nicht aufgeklärt, denn Toby und Darius sind die besten Freunde. Im Gegenteil, damit beginnt das Geheimnis erst. Was tut der Kater dort? Und warum scheint es Darius zu gefallen, während Toby entsetzliche Angst hat?«

In diesem Moment erinnerte ich mich an das unheimliche Erlebnis meines Traumes, als ich durch die Pforte, gerade an der Stelle, wo jetzt die Katze war, den weißen Grabstein mit der finsteren Inschrift sah. Aber bevor ich antworten konnte, begann der Regen so plötzlich und heftig, als hätte man einen Wasserhahn geöffnet, und die große Katze zwängte sich durch die Eisenstäbe der Pforte und setzte in großen Sprüngen über den Rasen in den Schutz des Hauses. Dort blieb sie im Eingang sitzen und starrte gespannt in die Dunkelheit. Sie fauchte und schlug mit der Pfote nach John, als er sie hineindrängte, um die Tür zu schließen.

Nachdem das Porträt von Julia Stone jetzt draußen im Gang stand, barg die Turmstube absolut nichts Abschreckendes mehr für mich. Und als ich müde und sehr schläfrig zu Bett ging, verspürte ich nur noch kühles Interesse für den merkwürdigen Zwischenfall mit unseren blutigen Händen und für das Verhalten der Katze und des Hundes. Das letzte, was ich vor dem Ausblasen meiner Kerze sah, war der viereckige leere Fleck über meinem Bett, wo das Bild gehangen hatte. Hier hatte die Tapete ihre ursprüngliche volle, dunkelrote Farbe; an den übrigen Wandflächen war sie ausgeblichen. Dann blies ich meine Kerze aus und schlief sofort ein.

Mein Erwachen war genauso plötzlich, und ich fuhr

kerzengerade in meinem Bett hoch, unter dem Eindruck, daß ein heller Lichtstrahl blitzartig über mein Gesicht gefallen war, obgleich jetzt absolute Pechfinsternis herrschte. Ich wußte genau, wo ich mich befand: in dem Zimmer, das ich in meinen Träumen gefürchtet hatte – aber keine Angst, die ich je im Schlaf verspürt hatte, kam im entferntesten dem Grauen gleich, das mich jetzt überfiel und meinen Verstand gefrieren ließ. Unmittelbar darauf krachte ein Donnerschlag genau über dem Haus, aber die Möglichkeit, daß nur der Blitzstrahl davor mich geweckt hatte, vermochte mein wild schlagendes Herz nicht zu beruhigen. Irgend etwas, das ich kannte, war mit mir in dem Zimmer, und instinktiv streckte ich meine rechte Hand zur Wand aus, um es abzuwehren. Meine Hand berührte die Kante eines Bilderrahmens, der dicht neben mir hing!

Mit einem Satz sprang ich aus dem Bett und warf dabei das kleine Tischchen um, das daneben stand; ich hörte meine Uhr, Kerze und Streichhölzer auf den Boden klappern. Aber im Moment benötigte ich kein Licht, denn ein blendender Blitzstrahl schoß aus den Wolken und zeigte mir das Bild von Mrs. Stone, das wieder über meinem Bett hing. Und sofort hüllte wieder Finsternis das Zimmer ein. Aber während jenes Blitzlichts sah ich noch etwas anderes, nämlich eine Gestalt, die sich über das Ende meines Bettes beugte und mich beobachtete. Sie war in ein enganliegendes Gewand gekleidet, fleckig und mit Erde beschmiert, und ihr Gesicht glich dem Porträt.

Über mir krachte und rollte der Donner, und als er verstummte und tödliches Schweigen folgte, hörte ich eine raschelnde Bewegung näherkommen und, was noch viel schrecklicher war, atmete einen Geruch von Verwesung und Moder. Eine Hand legte sich an die Seite meines Halses, und dicht neben meinem Ohr hörte ich rasches gieriges Atmen. Doch ich wußte, daß dieses Etwas, obgleich man es fühlen, riechen, sehen und hören konnte, nicht von dieser Welt stammte, sondern körperlos war und doch die Kraft besaß, sich zu manifestieren. Eine Stimme, die mir bereits wohlbekannt war, sprach zu mir:

»Ich wußte, daß du in die Turmstube kommen würdest«, sagte sie. »Ich habe lange auf dich gewartet. Endlich bist du gekommen. Heute nacht werde ich schlemmen; nicht mehr lange, und wir werden zusammen schlemmen.«

Der rasche Atem kam näher – ich konnte ihn bereits auf meinem Hals fühlen.

Und in diesem Augenblick wich das Grauen, das mich hatte erstarren lassen, einem wilden Selbsterhaltungstrieb. Ich schlug mit Armen und Beinen um mich, traf und hörte ein leises Kreischen wie von einem Tier, und etwas Weiches fiel mit dumpfem Aufprall neben mich. Ich machte ein paar Schritte, stolperte fast über jenes Ding, das da gefallen war, und fand nur durch einen glücklichen Zufall den Türgriff. In der nächsten Sekunde stürzte ich hinaus auf den Treppenabsatz und schlug die Tür hinter mir zu. Fast im selben Augenblick hörte ich irgendwo unter mir eine Tür aufgehen und John Clinton, in der Hand eine Kerze, kam die Treppe heraufgerannt.

»Was ist geschehen?« fragte er. »Ich schlafe genau unter dir und hörte einen Lärm, als ob – Gott im Himmel, auf deiner Schulter ist Blut!«

Wie er mir später erzählte, stand ich da und schwankte hin und her, bleich wie ein Bettlaken und mit einem Fleck auf meiner Schulter, als habe dort eine blutbeschmierte Hand ihren Abdruck hinterlassen.

»Es ist dort drin«, sagte ich und zeigte auf die Tür. »Sie – du weißt schon. Auch ihr Porträt – es hängt wieder an der Wand, von der wir es abgenommen haben.«

John mußte lachen.

»Mein lieber Junge, das ist doch nur ein Alptraum«, sagte er.

Er schob sich an mir vorbei und öffnete die Tür, während ich steif vor Grauen dastand, unfähig, ihn aufzuhalten.

»Puh! Was für ein fürchterlicher Geruch!« rief er aus.

Dann folgte Schweigen; er war hinter die offene Tür getreten, und ich konnte ihn nicht mehr sehen. Im nächsten Augenblick kam er wieder heraus, weiß wie ich, und schloß hastig die Tür hinter sich.

»Ja, das Porträt hängt dort«, sagte er; »und auf dem Boden liegt etwas – etwas, das mit Erde beschmiert ist und aussieht wie ein Totenhemd. Komm fort, schnell, komm fort!«

Wie ich die Treppe hinunterkam, weiß ich kaum noch. Abscheu und Übelkeit, mehr geistiger als körperlicher Natur, hatten mich ergriffen, und mehr als einmal mußte John mich stützen, während er immer wieder voll Entsetzen und Furcht die Treppe hinaufblickte. Endlich aber waren wir in seinem Zimmer in dem darunterliegenden Stockwerk, und dort erzählte ich ihm, was ich hier beschrieben habe.

Das Ergebnis kann ich kurz berichten; wahrscheinlich werden es einige meiner Leser schon erraten haben, wenn sie sich an jene unerklärliche Begebenheit erinnern, die sich vor etwa acht Jahren auf dem Friedhof von West Fawley abspielte: dreimal wurde der Versuch gemacht, den Körper eines gewissen Weibes zu beerdigen, das Selbstmord begangen hatte – und jedesmal fand man den Sarg nach ein paar Tagen wieder aus der Erde hervorragen. Um die Sache nach Möglichkeit zu vertuschen, vergrub man die Leiche an anderer Stelle in ungeweihter Erde. Man scharrte sie vor der eisernen Gartenpforte des Hauses ein, wo diese Frau gelebt hatte. Sie hatte in einem Zimmer in der Turmspitze jenes Hauses Selbstmord begangen. Ihr Name war Julia Stone.

Als man die Leiche jetzt heimlich wieder ausgrub, fand man den Sarg voller Blut.

OLIVER ONIONS

Die lockende Schöne

I

Solange die Bewohner des kleinen dreieckigen Platzes sich erinnern konnten, hatten die drei oder vier Holztafeln mit der Aufschrift ›Zu vermieten‹ hinter dem niedrigen Lattenzaun gestanden; wenn sie sich jemals senkrecht gehalten hatten, so war das jedenfalls sehr lange her. Jetzt hingen sie in ganz verschiedenen Winkeln über den Latten und glichen am ehesten einer Reihe hölzerner Hackmesser, immer drohend, einem Vorbeigehenden auf den Kopf zu fallen, aber außerstande, einen Interessenten für das alte Haus aus dem Strom der Passanten herauszuschneiden. Freilich war dieser Strom auf dem kleinen Platz nie sehr üppig, er floß gut zweihundert Meter entfernt daran vorüber, hinter dem wirren Netz der Mietshäuser und Seitenwege und Sackgassen, die aus dem Boden gewachsen waren, als das alte Haus schon längst gebaut war, und die es jetzt vollkommen einschlossen; und wahrscheinlich durfte es nur stehen bleiben, weil man noch das Erlöschen dieses oder jenes Pachtvertrages abwarten mußte, ehe man dem ganzen Viertel ein neues Gesicht geben konnte.

Es war aus rosenroten alten Ziegeln, und in den Wänden eingelassen waren noch die Kronen, die gefalteten Hände und andere Insignien längst eingegangener Versicherungsgesellschaften. Die Kinder des abgelegenen kleinen Platzes hatten sich solange an der niedrigen Pforte am Ende der Zufahrtsgasse geschaukelt, bis nur noch der feste obere Balken davon übrigblieb, und die Gasse selbst lief an den mit Brettern verschlagenen Kellerfenstern vorbei, die mit den Geheimzeichen der Bettler und Landstreicher bedeckt waren. Der Weg war von dem Wasser aus den Dachtraufen des anmaßend nahe stehenden Nachbarhauses ausgewaschen und uneben, und Katzen und Hunde hatten von dem Aufgang zu dem alten Haus Besitz ergriffen. Die Aussichten auf einen Mieter schienen zu unsicher, als daß es sich gelohnt hätte, die länglichen Bretter mit ihrem ›Zu vermieten‹ darauf in leserlichem und ordentlichem Zustand zu halten – was auch tatsächlich nicht geschah.

Sechs Monate lang war Oleron zweimal am Tag oder öfter über den alten Platz gegangen, von seiner Wohnung zu dem Arbeitsraum, den er sich zehn Minuten entfernt gemietet hatte. Sechs Monate lang war keine hackmesserähnliche Wohnungstafel auf seinen Weg gefallen. Vielleicht weil er gewöhnlich die andere Seite des Platzes entlangging. Aber eines Morgens ergab es der Zufall, daß er den Weg einschlug, der an dem zerbrochenen Tor und der regenzerwühlten Einfahrt vorbeiführte und vor einer der überhängenden Tafeln stehenblieb. Das Brett trug außer dem Namen des Agenten die Ankündigung (offenbar in der Zeit von Olerons frühester Jugend geschrieben) daß der Schlüssel bei Nummer sechs zu erhalten sei.

Nun bezahlte Oleron bereits für sein getrennt gelegenes Schlaf- und Arbeitszimmer mehr, als sich ein Autor ohne Privatvermögen leisten kann, der gewohnheitsmäßig die Meinung des Publikums verachtet; dazu kam noch ein kleiner Betrag für die Lagerung des größeren Teils der Möbel, die er von seiner Großmutter übernommen hatte.

Zudem passierte es ihm allzuhäufig, daß ein Buch, in dem er abends im Bett lesen wollte, in seinem Arbeitszimmer, also eine halbe Meile entfernt war, während Notizen oder Briefe, die er tagsüber brauchte, höchstwahrscheinlich in der Tasche eines andern Anzugs waren, der hinter seiner Schlafzimmertür hing. Auch andere Unbequemlichkeiten brachte dieses geteilte Domizil mit sich. Und so kam es, daß Oleron, plötzlich durch das überhängende hackmesserartige Schild aufgehalten, zuerst durch ein paar spärliche Ligusterbüsche zu den vernagelten Kellerfenstern blickte, dann zu den leeren, schmutzigen Fenstern des Erdgeschoßes und schließlich zum oberen Stockwerk und dem flachen Steingiebel unter dem Bleidach. Eine Minute lang stand er da und knetete mit dem Daumen sein hageres, rasiertes Kinn; dann ging er, mit einem zweiten Blick auf die Tafel, langsam über den Platz zu Nummer sechs.

Er klopfte und wartete ziemlich lange, bekam aber keine Antwort, obwohl die Tür offen stand. Er klopfte wieder, und nun erschien ein langnasiger Mann in Hemdsärmeln.

»Ich sprach gerade unser Tischgebet«, erklärte er streng.

Oleron fragte, ob er den Schlüssel zu dem alten Haus bekommen könne. Der Langnasige zog sich wieder zurück.

Oleron wartete weitere fünf Minuten auf der Schwelle; dann kam der Mann zurück, noch an der erwähnten Mahlzeit kauend, und erklärte, der Schlüssel sei verlorengegangen.

»Aber Sie werden ihn nicht brauchen«, sagte er. »Die Eingangstür ist nicht geschlossen, und die andern bekommen Sie mit einem kleinen Ruck leicht auf. Ich bin der Agent, falls Sie daran denken, das Haus zu mieten –«

Oleron überquerte wieder den Platz, stieg die beiden Stufen hinter dem zerbrochenen Tor hinab, ging durch die Einfahrt und trat auf den geräumigen alten Vorplatz. Rechts, unmittelbar hinter der Tür, führten ein paar Stufen hinab in die weitläufigen Kellerräume; die Treppe zum höhergelegenen Geschoß hatte ein geschnitztes Geländer; sie war breit, stattlich und sehr schmutzig. Oleron stieg hinauf, wobei er es vermied, Geländer und Wand zu berühren, und blieb auf dem oberen Absatz stehen. Die Entreetür vor ihm war vernagelt, aber zu seiner Rechten war eine andere; er stieß leicht dagegen, und ein lokkerer Riegel oder Bolzen gab nach. Er betrat die leere Wohnung.

Er verbrachte etwa eine Viertelstunde darin, dann kam er heraus; ohne in den Oberstock zu steigen, ging er hinab und wieder über den Platz zu dem Haus des Mannes, der den Schlüssel verloren hatte.

»Können Sie mir sagen, wie hoch die Miete ist?« fragte er.

Der Mann nannte eine Summe, deren Geringfügigkeit anscheinend durch die Art der Nachbarschaft und den verwahrlosten Zustand des Anwesens gerechtfertigt war.

»Wäre es möglich, nur die untere Etage zu mieten?«

Der Langnasige wußte es nicht. »Vielleicht werden sie –«

»Wer sind *sie?*«

Der Mann gab Oleron den Namen einer Anwaltsfirma in Lincoln's Inn.

»Am besten, Sie berufen sich auf mich – Barrett«, fügte er hinzu.

Dringende Arbeiten hinderten Oleron, am selben Nachmittag nach Lincoln's Inn zu gehen; aber am nächsten Morgen begab er sich dorthin, und man bot ihm sofort das ganze Haus als Kauf für fünfzig Pfund in bar an – der Rest der Kaufsumme sollte als Hypothek stehen bleiben. Oleron brauchte eine halbe Stunde dazu, dem Rechtsanwalt begreiflich zu machen, daß er von dem ganzen Anwesen nicht mehr haben wollte als das Hochparterre, und dieses auch nur mietsweise. Der Rechtsanwalt zögerte lange und meinte, es liege keineswegs in seiner Macht, auf Olerons Wünsche einzugehen; aber endlich ließ er sich herbei, zu erklären, es sei vielleicht zu machen – vorausgesetzt daß die Aushängetafeln bleiben dürften und daß, falls sich Mieter für das ganze Haus fänden, das Übereinkommen automatisch ohne weitere Kündigung als abgelaufen zu betrachten sei.

Es kam Oleron sehr unwahrscheinlich vor, daß das alte Haus plötzlich über seinen Kopf weg vermietet werden würde, und er versprach, sich binnen einer Woche zu entscheiden. Am nächsten Morgen besuchte er das Haus wieder, besichtigte es vom Keller bis zum Boden und begab sich heim, um ein Bad zu nehmen.

Er war ungeheuer beeindruckt von dem Teil des Hauses, den zu mieten er bereits entschlossen war. Die Wohnung würde, sauber geputzt und frisch gestrichen, mit den alten Möbeln von Olerons Großmutter einfach bezaubernd sein. Er ging zu dem Lagerhaus, um die Erinnerung an seine halbvergessenen Besitztümer aufzufrischen und die Möbelstücke abzumessen. Von dort aus ging er zu einem Tapezierer. Er steckte gerade tief in seiner gegenwärtigen Arbeit und wünschte nur, das Brett hätte ein paar Monate früher oder aber später im Jahr seine Aufmerksamkeit erregt; nun, die schnellste Art wäre wohl, seine Arbeit gänzlich liegenzulassen bis nach seinem Umzug ...

Vierzehn Tage später war seine Etage durchgehend im zarten Weiß der Holunderblüten gestrichen, die Farbe war trocken und Oleron richtete sich ein. Er war angeregt und geradezu entzückt. Er rieb sich die Hände, als er die Möbel seiner Großmutter aufpolierte und verteilte – die hohe Vitrine mit den Gitterfenstern und dem Derby-, Mason- und Spodeporzellan darin, der große Sheraton-Klapptisch, die langen, niedrigen Bücherregale (er hatte zwei davon ›kopieren‹ lassen), die Sessel, die Sheffieldleuchter und die Rosenschalen mit den plastischen Ornamenten. Diese Dinge stellte er vor die neugestrichenen mattweißen Wände – Holzwände, die in den anmutigsten Proportionen getäfelt waren und in schöngeformten Kassetten zu den niedrigen Sitzen der Fensternischen hinunterliefen, eine Heiterkeit und Ruhe ausstrahlend, die der moderne Raumbildner nicht mehr kennt. Die Dekken waren hoch und mit einem blassen Sternmuster bemalt; selbst die spitz zulaufenden Ornamente des schmiedeeisernen Kamingitters waren feingezeichnet wie Schmuckstücke; und Oleron ging umher und rieb sich die Hände und blieb immer wieder stehen aus reiner Freude an dem Blick von einem ins andere Zimmer ...

»Reizend, reizend«, murmelte er. »Ich bin bloß gespannt, was Elsie Bengough dazu sagen wird!«

Er kaufte einen Riegel und ein Yaleschloß für seine Tür und trennte seine Wohnung von den übrigen Räumen des Hauses ab. Wenn er jetzt im Bett lesen wollte, konnte er sein Buch mit ein paar Schritten aus dem andern Zimmer holen. Er dachte ständig, welch ein Glück er doch gehabt hatte, diese Wohnung zu bekommen. Er stellte einen Garderobenständer in die kleine, quadratische Diele und hängte seine Hüte, Mäntel und Jacken daran; und wer jetzt spät abends über den kleinen dreieckigen Platz kam und über die gedrängte Reihe der hackmesserartigen Mietstafeln hinwegblickte, konnte das Licht hinter Olerons roten Vorhängen sehen und beobachten, wie das eine Fenster sich plötzlich verdunkelte und das andere hell wurde, wenn Oleron, die Kerze in der Hand, von Zimmer zu Zimmer ging, da und dort ein letztes Mal ein Möbelstück zurechtrückte oder sich vorbereitete, die Arbeit wieder aufzunehmen, die sein Umzug unterbrochen hatte.

II

Soweit es um die wichtigste Beschäftigung in Paul Olerons Leben ging – seine Schriftstellerei – so behandelte er die Welt sehr viel besser, als sie ihn behandelte; aber er zog selten eine Bilanz und nahm sich nicht die Mühe abzuschätzen, um wieviel Punkte er mit seinen vierundvierzig Jahren im Rennen zurücklag. Wenn er es getan hätte, so wäre am Stand der Dinge auch nichts zu ändern gewesen, und es hätte ihn höchstens bedrückt. Er hatte seinen Weg gewählt und war ihm verhaftet, ohne die Möglichkeit eines Rückzuges. Vielleicht hatte er ihn zu einer Zeit gewählt, als er unter dem Einfluß von etwas ziemlich Uneigennützigem, Großmütigem, sogar Edlem gestanden hatte; und hätte er jemals daran gedacht, sich selbst zu befragen, so hätte er immer aufrechterhalten, daß ein Leben ohne Edelmut, Großzügigkeit und Selbstlosigkeit für ihn kein Leben gewesen wäre. Erst in allerletzter Zeit – und auch das nur selten – war ihm der Gedanke gekommen, daß das Leben auch andere Dinge enthalten könne; aber es tat nicht gut, dem Tag vorzugreifen, an dem er, wie er annahm, den Höhepunkt seiner Kraft erreichte, wonach er unvermeidlich absinken mußte und unausweichbar vor der Frage stand, ob es nicht vorteilhafter für ihn gewesen wäre, sein Leben von weniger kritischen Idealen beherrschen zu lassen.

Einstweilen hatte der Umzug in das alte Haus mit den in die Ziegel eingebrannten Versicherungsinsignien sein Buch *Romilly Bishop* beim fünfzehnten Kapitel unterbrochen.

Wenn der hochgewachsene Mann mit dem hageren, asketischen Gesicht in seiner neuen Behausung umherging und ordnete, umstellte und kleine Veränderungen traf, schien er von einer fast altjüngferlichen Genauigkeit und Ordnungsliebe zu sein. Er hatte sich in den letzten zwanzig Jahren in einer Reihe möblierter Zimmer, Mansarden und kleiner Etagen daran gewöhnt, viele Dinge selbst zu tun, und hatte dabei entdeckt, daß es Zeit und Kraft sparte, methodisch vorzugehen. Nun traf er mit der Frau des Langnasigen, Mrs. Barrett, einer derben Waliserin mit Falsettstimme (deren Heimatdialekt ihr langer Aufenthalt in London kaum merklich gemildert hatte), das Abkommen, daß sie jeden Morgen über den Platz zu ihm käme, um sein Frühstück zu bereiten und jeden Samstagvormittag ein großes ›Reinemachen‹ zu veranstalten. Die übrige leichte Hausarbeit war ihm sogar willkommen als Erholung von der geistigen Anspannung des Schreibens.

Von seiner Küche und dem anschließenden schmalen Raum, in dem ein modernes Bad eingebaut war, sah man auf die Sackgasse hinaus, die an der Seite des Hauses entlanglief; am Ende der Küche war ein großer Wandschrank mit einer Tür, und am oberen Ende der Tür eine viereckige Luke. Es war ein Puderkabinett gewesen; man hatte den sorgfältig frisierten Kopf durch die Luke gesteckt und dort durch ein paar Schüsse mit der Puderpistole eingestäubt. Oleron zerbrach sich zunächst den Kopf über dieses Gelaß, und als er dann begriff, welchem Zweck es gedient hatte, lächelte er ein wenig gerührt, er wußte selbst nicht recht warum. Nun, er würde es zu einem ganz anderen Zweck verwenden, der mit dem eigentlichen nichts zu tun hatte, wahrscheinlich als Speisekammer ... Übrigens machte er eine Entdeckung in diesem Gelaß. Die Rückseite war mit Regalen versehen, und als er ein oberes Regal abtastete, dessen Enden bis tief in die Mauern liefen, fand er ein paar alte pilzförmige hölzerne Perükkenstöcke. Er wußte nicht, wie sie dahingekommen waren – wahrscheinlich hatte der Maler sie irgendwo aufgestöbert und dort verstaut. Nun gab es in all seinen fünf Räumen nur wenig Wandgelasse und kaum Platz für Schränke; Oleron mußte schon recht erfinderisch vorgehen, um seine Bett- und Tischwäsche, seine Koffer und die Sammlung alter Zeitungen unterzubringen, die er zwar selten gebrauchte, aber nicht vernichten wollte.

Als Oleron seine Mietswohnung bezog, war es ungefähr Vorfrühling, und er war sehr darauf bedacht, *Romilly* im kommenden Herbst druckfertig zu haben. Dennoch wollte er die Vollendung nicht übereilen. Sollte dazu mehr Zeit nötig sein – um so schlimmer; aber die Wichtigkeit dieses Buches war ihm klar, ebenso seine entscheidende Bedeutung für seine künstlerische Entwicklung, und deshalb durfte er es nicht verkürzen, auch wenn es seine Zeit brauchte. In dem Studierzimmer, das er nun aufgegeben hatte, war die Arbeit glänzend vorangegangen; *Romilly* hatte, wie man zu sagen pflegt, angefangen selbst zu sprechen und zu handeln. Oleron bezweifelte nicht, daß es so weitergehen würde, sobald die Ablenkung durch seinen Umzug vorüber war. Nun schien es fast soweit zu sein; er sagte sich, es sei an der Zeit, sich zusammenzunehmen; und eines Märzmorgens ging er aus und kehrte mit zwei großen Sträußen gelber Narzissen wieder; den einen Strauß stellte er zwischen die Sheffieldleuchter auf den Kamin, und den andern auf den Tisch vor seinen Platz, und dann nahm er das halbvollendete Manuskript *Romilly Bishop* zur Hand.

Jedoch ehe er zu arbeiten begann, ging er zu einem kleinen Schränkchen aus Rosenholz und nahm sein Ausgaben- und sein Scheckbuch heraus. Er addierte die offenen Posten, und sein mönchisches Gesicht wurde nachdenklich. Seine Einrichtung hatte ihn mehr gekostet, als er beabsichtigt hatte, und sein Guthaben betrug knapp fünfzig Pfund, ohne unmittelbare Aussichten, wieder anzuwachsen.

»Hmmm ... ich hatte vergessen, daß Teppiche, Chintzgardinen und so weiter das Ganze verteuern«, sagte Oleron. »Aber es wäre ein Jammer gewesen, die Wohnung wegen fehlender zehn oder zwanzig Pfund zu verderben ... Nun ja, *Romilly* muß einfach im Herbst herauskommen, das ist alles. Also an die Arbeit ...«

Er setzte sich hinter sein Manuskript.

Aber er arbeitete schlecht, oder besser: er arbeitete gar nicht. Der Platz da draußen hatte seine eigenen Geräusche, zahlreich und neu, und Oleron konnte nur hoffen, daß er sich schleunigst an sie gewöhnen würde. Zuerst kamen die Hausierer; sie riefen ihre Waren lärmend aus, und ihre Wagen klapperten und rollten; mittags kamen die Kinder aus der Schule, trappelten auf dem Platz herum und schaukelten sich an Olerons Pforte; wenn sie zur Nachmittagsschule fortgegangen waren, postierte sich ein umherziehender Musikant mit seiner Mandoline direkt unter Olerons Fenster und fing an zu spielen. Diese Unterbrechung war nicht unangenehm; Oleron stieß sein Fenster auf und warf dem Mann einen Penny zu. Dann kehrte er zurück an seinen Arbeitstisch ...

Aber es nützte nichts. Mit langen Zwischenpausen ertappte er sich dabei, daß er sich in seinem Zimmer umgesehen und sich ausgemalt hatte, wie es wohl früher eingerichtet gewesen war – ob die Polsterbank unter dem letzten Fenster mit buttergelbem oder petunienfarbenem Brokat bezogen gewesen war, ob von dem mittleren Ornament der hellen, hohen Decke ein glitzernder Kristalleuchter herabgehangen hatte, und wo der Stickrahmen und der Piquettisch gestanden haben mochten... Nein, das tat nicht gut! Es wäre besser, offen und ehrlich zu faulenzen, als sich fruchtlos zu ermüden. So beschloß er, einen Spaziergang zu machen; als er sich jedoch zufällig einen Moment in seinen Sessel setzte, schlief er unversehens ein.

»So geht es nicht«, sagte er gähnend, als er nachmittags um halb vier aufwachte; »morgen muß ein anderer Wind wehen...«

Dabei fühlte er sich so köstlich träge, daß er sogar ein paar Minuten lang erwog, eine Verabredung, die er für den Abend hatte, einfach nicht einzuhalten.

Am nächsten Morgen setzte er sich zu seiner Arbeit, ohne sich auch nur zu gestatten, einen seiner drei Briefe zu beantworten; zwei davon waren Rechnungen, der dritte eine Nachricht von Miss Bengough, von seiner früheren Adresse nachgesandt. Es war ein schöner Tag in Weiß und Blau, mit einem lustigen, geräuschvollen Wind; alles, was da wuchs, zeigte eine sanfte Veränderung der Farbe; auch sein Zimmer wurde manchmal in einer halben Minute plötzlich hell und dann wieder gedämpft, immer wieder, wenn eine schimmernd weiße Wolke nordöstlich über den Platz segelte. Das launische weiche Licht spiegelte sich in der polierten Fläche seines Tisches und sogar in dem abgetretenen Fußboden; und dann fingen die morgendlichen Geräusche wieder an.

Oleron zeichnete ein anmutiges Muster aus Punkten auf das vor ihm liegende Papier, dann brach er ab, um die Schale mit den Narzissen genau vor die Mitte einer cremeweißen Kassette der Täfelung zu rücken. Dann schrieb er einen Satz, der konsequent über mehrere Zeilen lief, dann aber in Notizen und Anmerkungen verrann. Für eine kurze Weile redete er sich erfolgreich ein, daß diese Memoranda wirkliche Arbeit seien; dann erhob er sich und ging im Zimmer auf und ab. Dabei kam ihm eine Idee: vielleicht wäre die Wohnung noch hübscher, wenn sie ein wenig kräftigere Töne aufzuweisen hätte. Sie war vielleicht eine Spur zu farblos – mild und sanft wie ein gütiges altes Gesicht, aber nicht lebendig genug, etwas verblichen ... Ja, ganz bestimmt würde sie eine robustere Note gut vertragen – mehr und buntere Blumen, einen wärmeren, bunteren Kissenstoff für die Fensterbänke ...

»Unsinn, ich kann es mir einfach nicht leisten«, murmelte er, als er einen Schritt vortrat und die Breite der Fensternischen abzumessen begann. Während er sich bückte, um eine Nische auszumessen, veränderte sich seine Haltung plötzlich – er wurde interessiert und aufmerksam. Er erhob sich sofort und rieb sich in stiller Freude die Hände.

»Oho, oho!« murmelte er. »Dies sieht mir sehr nach zugenagelten Fenstertruhen aus. Da müssen wir hineinschauen. Ja, dies sind Kästen, oder ich bin ... oho, das ist ja ein Abenteuer!«

An dieser Wand seines Wohnzimmers befanden sich zwei Fenster (das dritte war in einer anderen Ecke), und hinter der offenen Schlafzimmertür an der gleichen Wand war ebenfalls eins. Die Sitze waren alle vorgestrichen und doppelt gemalt, und Olerons prüfender Finger hätte die alten Nagelköpfe unter der Farbe fast nicht gespürt; auch ein altes, verkittetes Schlüsselloch entdeckte er unter dem vorstehenden Rand, über den er sich beugte. Oleron zog sein Taschenmesser heraus.

Er arbeitete fünf Minuten sehr vorsichtig, dann ging er in die Küche nach einem Hammer und Meißel. Er schob den Meißel vorsichtig unter die Kante und versuchte, den Deckel anzuheben; dann benutzte er nochmals sein Federmesser und fuhr damit an den Längs- und

Seitenfugen entlang, und zuletzt nahm er einen Keil und einen hölzernen Schlegel zu Hilfe.

»So, jetzt geht's an unser kleines Geheimnis –«, sagte er.

Das Geräusch von Keil und Schlegel kam ihm in den sanften, blassen Räumen geradezu brutal – nein, sogar erschreckend vor. Das Getäfel tönte und vibrierte und knarrte bei seinen Schlägen wie ein Resonanzboden. Das ganze Haus schien ein Echo zu sein. Von den geräumigen Kellergewölben bis zum Dachgeschoß hallte es wider, und dieses Geräusch ging Oleron auf die Nerven. Pötzlich hielt er inne, holte ein Staubtuch und umwickelte den Schlegel. Als der Rand genügend gelockert war, schob er den Finger unter den Deckel und hob ihn an; die Farbe knisterte und sprang ein wenig ab; die rostigen alten Nägel quietschten und stöhnten; dann ging der Deckel auf und legte den darunterliegenden Kasten offen. Oleron schaute hinein – bis auf eine zentimeterdicke Schicht von Staub, Flocken und Spinnweben war der Behälter leer.

»Kein Schatz darin«, sagte Oleron, selbst ein bißchen belustigt, daß er etwas derartiges erwartet hatte. »*Romilly* muß also doch im Herbst erscheinen. Immerhin – werfen wir einen Blick in die andern Fensterbänke.«

Damit wandte er sich dem zweiten Fenster zu.

Das Öffnen der beiden andern Truhen beschäftigte ihn bis zum späten Nachmittag. Der Kasten im Schlafzimmer war wie der erste leer; jedoch aus dem zweiten in seinem Wohnzimmer zog er etwas Weiches, Gefaltetes, mit einer pelzigen Staubschicht Bedecktes hervor. Er trug das Ding in die Küche, schüttelte es über einem Eimer aus und holte sich einen Ausklopfer.

Es war eine Art großer Tasche aus einem altertümlichen, friesartigen Stoff und nahm den größten Teil des kleinen Küchenbodens ein, als er es ausgebreitet hatte.

Die Form war die eines unregelmäßigen, sehr unregelmäßigen Dreiecks und hatte ein paar breite Klappen mit Überresten von Schnallen daran. Das Stück, das oben gelegen hatte, zeigte ein verblichenes Gelbbraun; das übrige aber hatte alle Tönungen von Hochrot, je nachdem der Stoff exponiert gewesen war.

›Was in aller Welt mag das gewesen sein?‹ überlegte Oleron, während er daneben stand und das Ding betrachtete ... ›Ich gebe es auf. Aber was es auch war, es hat, fürchte ich, meine Arbeit für heute verhindert ...‹

Er faltete den Stoff achtlos zusammen und warf ihn in eine Ecke der Küche; dann nahm er Schüsseln und Bürsten und ein altes Messer und begann seine neu entdeckten Behälter zu scheuern und auszuwaschen und mit Papier auszulegen. Als er fertig war, brachte er überzähliges Schuhwerk, Bücher und Zeitungen darin unter; dann schloß er die Deckel wieder – ein wenig belustigt über das kleine Abenteuer, aber auch etwas besorgt, wenn er an die Stunde dachte, in der er vernünftig an seine Arbeit gehen mußte.

III

Es verstimmte Oleron, daß seine Freundin, Miss Bengough, die Wohnung nur mit einem flüchtigen Blick abtat, die er so einzigartig reizend gefunden hatte. Tatsächlich sah sie sich kaum um. Aber schließlich war sie mehr oder weniger immer so gewesen – ziemlich gleichgültig gegen die anmutigen Dinge des Lebens, unbekümmert um alles Äußere, und vielleicht etwas mehr in ihrem Element, wenn sie Plätzchen aus einer Papiertüte aß, als wenn sie mit größeren Förmlichkeiten speiste. Sie war freie Journalistin, vierunddreißig, stattlich, ansehnlich, gelbblond und rosig wie ein Heckenröschen – sie erinnerte einen an das Lieblingsexemplar eines Blumenzüchters, und neigte zu plötzlichen weitausholenden Bewegungen und feuchten, explosiven Äußerungen. Sie »angelte sich einen fetteren Fisch aus dem Tümpel«, wie sie sich ausdrückte, als Oleron; und durch geschickt versteckte Reklame bei Stoffhändlern und Modistinnen ›angelte‹ sie sich auch den größten Teil ihrer sehr abwechslungsreichen Garderobe. Sie hinterließ, wo sie ging und stand, einen kleinen Wirbelwind, in dem ihre Schleier und Schals flatterten und wehten.

Oleron vernahm das Rauschen ihrer Röcke auf der Treppe und ihr einmaliges lautes Klopfen an seiner Tür, als er bereits einen Monat in seiner neuen Behausung war. Ihre Kleider trugen die Luft von draußen herein, und sie warf ein Bündel Damenjournale auf einen Stuhl.

»Laß dich von mir nicht unterbrechen«, sagte sie durch einen Mundvoll Hutnadeln, während sie Hut und Schleier ablegte. »Ich wußte nicht, ob du schon mit allem versorgt bist, und habe auf alle Fälle ein paar Sandwiches zum Lunch mitgebracht. Kaffee hast du doch sicher? Nein, steh nicht auf – ich finde die Küche –«

»Oh, das macht nichts aus – ich räume das ganze Zeug weg. Um die Wahrheit zu sagen: ich bin recht froh über die Unterbrechung«, antwortete Oleron.

Er legte seine Sachen zusammen und räumte sie beiseite. Sie war schon in der Küche. Er hörte das Wasser in den Kessel laufen, begab sich zu ihr, und zehn Minuten später folgte er ihr ins Wohnzimmer, Kaffeekanne und Sandwiches auf einem Tablett. Sie setzte sich nun, und das Tablett stand auf einem kleinen Tisch zwischen ihnen.

»Nun, was denkst du über meine neue Wohnung?« fragte Oleron, als sie den Kaffee einschenkte.

»Hmmm ... jeder Fremde würde denken, du wolltest heiraten, Paul.«

Er lachte.

»O nein. Aber es ist eine erhebliche Verbesserung, meinst du nicht?«

»Wirklich? Ja, wahrscheinlich – ich weiß nicht recht... ich mochte dein altes Zimmer gern, trotz der schwarzen Decke und der fehlenden Wasserleitung. Wie steht's mit *Romilly?*«

Oleron knetete sein Kinn.

»Hm – ich schäme mich ein bißchen, dir's zu sagen. Tatsache ist, ich komme nicht recht vorwärts damit. Aber über Nacht wird manches gut, wie du immer sagst.«

»Steckengeblieben?«

»Ja – so ungefähr.«

»Hast du etwas davon hier, das du mir gern vorlesen würdest?«

Es war seit langem Olerons Gewohnheit, Miss Bengough gelegentlich Teile seiner Manuskripte vorzulesen. Ihre Zwischenbemerkungen waren immer spontan und praktisch, manchmal direkt nützlich, manchmal indirekte Anregungen. Zum Dank für sein Vertrauen hielt sie ihm jede Erwähnung ihrer eigenen Arbeit beflissen fern. Was er schriebe, sagte sie, sei richtige Arbeit, was sie schriebe, sei lediglich raumfüllend und sogar nicht immer grammatikalisch gut.

»Ich fürchte nein«, erwiderte Oleron, noch immer sein Kinn massierend. Dann fügte er in einer Aufwallung von Ehrlichkeit hinzu: »Tatsächlich, Elsie, habe ich kaum – nein, überhaupt nicht mehr viel daran gearbeitet... genau gesagt, gar nicht. Das heißt natürlich nicht, daß ich nicht damit weitergekommen wäre. Ich bin weitergekommen – in gewissem Sinn beruhigend . . ich denke nämlich daran, das ganze Ding umzuschreiben.«

Miss Bengough schnappte nach Luft. »Umschreiben?«

»Ja. Ich möchte aus Romilly einen ganz andern Frauentyp machen. Irgendwie habe ich das Gefühl, daß ich nicht mehr viel aus ihr herausholen kann. Jedenfalls habe ich, so wie sie jetzt ist, das Interesse an ihr verloren.«

»Aber ... aber ...« protestierte Miss Bengough, »du hattest sie doch so wirklich, so *lebendig* gezeichnet, Paul!«

Oleron lächelte matt. Er war völlig vorbereitet auf Miss Bengoughs Mißbilligung; er wunderte sich auch nicht, daß sie Romilly liebte, genau so, wie sie jetzt war; das mußte so sein. Denn ob sie es bemerkte oder nicht, in diesem Geschöpf seiner Phantasie war sehr viel von ihr selbst. Natürlich mußte ihr Romilly wirklich und lebendig vorkommen ...

»Ist es tatsächlich dein Ernst?« fragte Miss Bengough und sah ihn mit runden Augen fragend an.

»Absolut.«

»Willst du wirklich diese fünfzehn Kapitel umwerfen?«

»Das habe ich nicht direkt gesagt.«

»Diese wunderbare, ausdrucksvolle Liebesszene?«

»Ich würde es ungern tun – und lediglich, um sie durch eine bessere zu ersetzen.«

»Und diese wunderschöne, *wunderschöne* Schilderung von Romilly, wie sie am Ufer steht?«

»Die muß ich ja nicht unbedingt streichen«, sagte er etwas verstimmt.

Aber Miss Bengough machte eine große und schwungvolle Geste, und dann sprach sie sich gründlich aus.

»Wirklich, du *bist* eine Strapaze!« sprudelte sie heraus. »Ich wünschte manchmal, du würdest nicht ganz vergessen, daß du ein Mensch bist und auf der Erde lebst! Du weißt, ich bin die letzte, die dein Niveau auch nur um einen Zoll herunterziehen möchte – aber es würde nicht niedriger werden, wenn du es in menschliche Begriffe hineinversetzt. Oh, du bist manchmal viel zu gottähnlich! ... Nein, es wäre eine schlechte, eine verbrecherische Vergeudung deiner Kräfte, diese fünfzehn Kapitel zu zerstören. Betrachte doch einmal alles vernünftig. Du arbeitest jetzt bald zwanzig Jahre lang; du kannst heute beinahe greifen, wofür du all diese Jahre gearbeitet hast; deine Finanzen sind in einem höchst kritischen Zustand (nein, sage nichts – ich weiß, du bist fast am Ende deiner Mittel angelangt). Und nun denkst du freiwillig daran, ein Buch zurückzuziehen, das dir ziemlich sicher einen Namen machen wird, und es durch etwas zu ersetzen, was mit zehn zu eins Wahrscheinlichkeit kein Mensch auf Erden jemals lesen will! Und was man keinem übelnehmen kann! Wirklich, mit dir muß man Geduld haben!«

Oleron hatte langsam den Kopf geschüttelt, während sie sprach. Es war eine alte Geschichte zwischen ihnen. Die laute, tüchtige, praktische Journalistin war eine bewundernswerte Freundin – bis zu einem gewissen Punkt; darüber hinaus ... nun ja, jeder von uns kennt den Punkt, an dem er allein bleibt. Elsie Bengough sagte manchmal, wenn sie nur ein Zehntel von Olerons Genie hätte, wäre nichts auf der Welt ihr unerreichbar – womit sie das Genie zu einer quantitativ teilbaren Masse machte, eine Art Ingredienz, die man bei der Mischung seiner Werke weglassen oder beifügen könne. Daß es etwas Qualitatives, Wesenhaftes, Unteilbares, Beseeltes war, ging über ihr Begriffsvermögen. Bei diesem Punkt schieden sich ihre Geister. Oleron wußte es. Sie schien es nicht zu ahnen.

»Ja, ja, ja«, sagte er ein wenig müde, als sie geendet hatte, »praktisch hast du recht, vollkommen recht, und ich habe kein Wort dagegen einzuwenden. Wenn ich *Romilly* nur dir überlassen könnte – du würdest einen Bestseller daraus machen. Aber das geht nicht, und ich für meinen Teil bezweifle ernstlich, ob sie meine Zeit wert ist! Du weißt, was das bedeutet.«

»Nun bitte – was bedeutet es?« fragte sie derb.

»Nun –« er lächelte dünn –»was bedeutet es, wenn du überzeugt bist, ein Ding ist deine Zeit nicht wert? Daß du es einfach beiseite legst.«

Miss Bengoughs Augen erflehten von der Decke Beistand gegen diesen unmöglichen Menschen.

»Was für ein phantastischer Unsinn!« rief sie endlich. »Als ich dich das letzte Mal sah, trieftest du förmlich von *Romilly*; in einem Tempo von vier Kapiteln pro Woche hast du gearbeitet. Wenn du nicht umgezogen wärst, so hättest du mindestens dreiviertel des Buches fertig. Was um alles in der Welt hat dich bewogen, mitten in deinem bedeutendsten Werk umzuziehen?«

Oleron versuchte, sie mit der Aufzählung aller Unbequemlichkeiten der anderen Wohnung abzuspeisen, aber sie wollte nichts davon hören. Vielleicht ahnte sie im Herzen etwas von seinem wahren Grund. Er war des Kleinleutemilieus seines bisherigen Lebens einfach sterbensmüde. Zwanzig Jahre lang hatte er es genossen – zwanzig Jahre Mansarden und Dachkammern, schmutzige möblierte Zimmer und schäbige Wohnungen. Der Lohn dafür war fern wie nur je – und wenn er es nicht war, so fragte er nicht mehr danach wie einst. Es ist sinnlos, einem Mann, der völlig erschöpft ist, zu erzählen, daß nur noch eine einzige Anstrengung von ihm verlangt wird; und daß er seinem Ziel so fern ist wie nur je, wenn er sich nicht dazu aufraffen kann ...

»Auf jeden Fall«, schloß Oleron, »bin ich hier glücklicher, als ich es lange, lange Zeit gewesen bin. Und das ist auch eine gewisse Rechtfertigung.«

»Und du arbeitest nicht«, sagte Miss Bengough spitz.

Das war das Stichwort für eine kleinliche Gereiztheit, die sich bereits in Oleron aufgestaut hatte.

»Und warum soll ich nur immer arbeiten?« fragte er.

»Um wieviel glücklicher macht es mich? Ich sage nicht, daß ich meine Arbeit nicht liebe – wenn sie getan ist! Aber ich hasse sie, während ich sie verrichte. Manchmal ist sie mir wie eine unerträgliche Last, die ich einfach abwerfen möchte. Vielleicht einmal, ein einziges Mal in vielen Wochen, kommt ein Augenblick des Erglühens, des seligen Erschauerns für mich – aber ich erinnere mich der Zeit, in der alles ein Erglühen, ein Erschauern war ... und jetzt bin ich vierundvierzig, und die Arbeit ist mir zur Plage geworden. Niemand will sie haben; ich selbst mag sie nicht mehr; und wenn ein halbwegs vernünftiger Durchschnittsmensch mich fragen würde, ob ich's nicht selbst närrisch fände, weiterzumachen – ich glaube, ich müßte ihm recht geben.«

Miss Bengoughs ehrliches, rosiges Gesicht war ernst.

»Aber du weißt doch alles – seit vielen, vielen Jahren, Paul – und hast es dir dennoch erwählt«, sagte sie leise.

»Nein – wie sollte ich's gewußt haben?« fragte er. »Ich wußte es nicht. Man hat es mir gesagt. Wenn du willst, auch mein Herz hat es mir gesagt, und ich glaubte zu wissen ... Die Jugend meint immer, daß sie weiß. Und eines Tages entdeckt man, daß man fast fünfzig ist –«

»Vierundvierzig, Paul!«

»Also vierundvierzig – und dann bemerkt man plötzlich, daß Glanz und Ruhm nicht vor einem liegen, sondern hinter einem. Ja, ich habe gewußt, und ich habe gewählt – wenn *dies* Wissen und Wählen ist – aber es ist eine teure Wahl, die man treffen muß, wenn man jung ist.«

Miss Bengough blickte zu Boden. Ohne ihn anzusehen, fragte sie: »Du bereust es doch nicht, Paul?«

»Ob ich es bereue? Auf mein Wort – seit kurzem

denke ich oft, daß ich's bereue. Denn was habe ich als Lohn bekommen?«

»Du weißt, was du bekommen kannst«, antwortete sie.

Aus dem Ton ihrer Stimme hätte er erraten müssen, was er bekommen konnte, wenn er nur den Finger rührte – sie selbst. Sie wußte, aber sie konnte es ihm nicht sagen, daß dies weitaus das Beste für ihn gewesen wäre. Und hätte er sie einmal in den letzten zehn Jahren gebeten, ihn zu heiraten, sie hätte ruhig geantwortet: »Gern – wann?« Aber er hatte nie daran gedacht.

»Was du tust, das ist richtiges Schaffen – Erschaffen«, fuhr sie gelassen fort, »ohne dich könnten wir armen Hunde nicht existieren. Du und einige wenige deinesgleichen tragen die ganze Last auf ihren Schultern.«

Einen Augenblick herrschte Schweigen. Dann merkte Oleron mit einemmal, daß dies alles ein gewöhnliches, vulgäres Murren gegen das Schicksal sei. Es war nicht seine Art. Plötzlich stand er auf und fing an, Tassen und Teller zusammenzustellen.

»Es tut mir leid, daß du mich gerade in dieser Laune getroffen hast«, sagte er verlegen lachend, »nein, nein, ich trage das Geschirr hinaus. Und dann gehen wir zusammen spazieren, wenn du Lust hast.«

Er brachte das Tablett in die Küche; dann führte er Miss Bengough durch seine Wohnung. Sie sagte wenig. In der Küche fragte sie, was das für ein altes, verschossenes Stück Fries war, das Mrs. Barrett als Kissen auf ihren hölzernen Stuhl gelegt hatte.

»Das? Ich wäre froh, wenn du mir sagen könntest, was es ist«, erwiderte Oleron, während er den Stoff entfaltete; dann erzählte er ihr, wie er ihn im Wandschrank gefunden hatte.

»Ich glaube, ich weiß, was es ist«, sagte Miss Bengough.

»Man hat es benützt, um eine Harfe darin einzuschlagen, ehe man sie in ihren Kasten stellte.«

»Weiß der Himmel, das war's bestimmt!« sagte Oleron. »Ich wußte nicht, was ich daraus machen sollte.«

Sie beendeten den Gang durch die Wohnung und kamen wieder ins Wohnzimmer. »Und wer lebt sonst im Haus?« fragte sie.

»Ich glaube, ab und zu schläft ein Vagabund im Keller. Sonst niemand.«

»Hmmm ... wenn du magst, sag' ich dir, was ich darüber denke.«

»Freilich mag ich.«

»Du wirst hier niemals arbeiten.«

»Oh?« fragte Oleron spontan. »Und warum nicht?«

»Hier wirst du *Romilly* nie zu Ende schreiben. Warum, weiß ich nicht – aber es ist so. Du wirst ausziehen müssen, wenn du mit dem Buch weiterkommen willst.«

Er sann einen Augenblick nach, dann sagte er:

»Ist das nicht ein bißchen – voreingenommen, Elsie?«

»Es ist sogar absolut lächerlich. Als Argument hat es weder Hand noch Fuß. Aber es ist so«, sagte sie, wieder mit den Hutnadeln im Mund.

Oleron griff nach seinem Hut und Mantel. Er lachte.

»Ich kann nur hoffen, daß du total im Irrtum bist«, sagte er, »denn ich komme ernstlich in Verlegenheit, wenn *Romilly* nicht im Herbst erscheint.«

IV

Als Oleron an diesem Abend vor seinem Kamin saß, dachte er über Elsies Prognose nach, daß Schwierigkeiten bei seiner Arbeit vor ihm lagen; er kam zu dem Schluß, daß es viel besser gewesen wäre, sie hätte ihre Weisheit für sich behalten. Kein Mensch arbeitet besser, wenn sein Vertrauen im Keim erstickt wird, und von Schwierigkeiten sprechen heißt in gewissem Sinn Schwierigkeiten schaffen. Solche Reden sind an sich schon eine Abschrekkung, die andere Entmutigungen nach sich zieht, bis genau das Ereignis, vor dem sie warnen wollten, mit großer Wahrscheinlichkeit eintritt. Er verwünschte Elsie geradezu – denn jetzt war ein feindlicher Einfluß gegen die Vollendung von *Romilly* geboren.

Und auf irgendeine unlogische, dogmatische Art – wie sie Frauen oft an sich haben – hatte sie diesen feindlichen Einfluß auf seine neue Behausung ausgedehnt. Gab es jemals etwas so Lächerliches: »Hier wirst du *Romilly* nie zu Ende schreiben!« Warum nicht? War es ihre Vorstellung vom Luxus, der die Tat in der Wurzel erstickt und den Menschen so indolent macht, daß er das Rennen aufgibt? Dieses Heim war gerade recht – es war sogar absolut reizend – aber es war durchaus nicht demoralisierend oder dergleichen. Nein; diesmal hatte Elsie weit daneben geschossen ...

Er verschob seinen Sessel ein wenig, um den ganzen Raum zu übersehen, der im Schein des Feuers tatsächlich lächelte; auch Oleron lächelte, als müsse er Mitleid zeigen mit einer verleumdeten Wohnung. Sogar der kleine Mangel – die fehlenden bunten Farben – war in dem sanften Licht nicht zu bemerken. Die zugezogenen roten Chintzgardinen (sie hatten ein Blumen- und Gittermuster mit Körbchen und Hirtenpfeifen) fielen in langen ruhigen Falten auf die Fensterbänke; die Reihen der Buchrücken in den alten Regalen schimmerten hell; die letzte Spur von Blässe war mit dem Tageslicht verschwunden. Und wenn er ganz ehrlich sein wollte: es war Elsie selbst gewesen, die nicht so ganz am Platze zu sein schien ...

Er war betroffen über diese Entdeckung und fing an, darüber nachzudenken. Ja, der Raum hatte ganz automatisch Elsie einen schlechten Dienst geleistet. Er hatte sie in feiner, aber unmißverständlicher Art eingestuft, hatte entgegengesetzte Qualitäten festgelegt. Gut, wenn man, um zu argumentieren, zugab, daß das Zimmer, in dem Oleron jetzt saß, als charakteristisches Merkmal eine gewisse Sparsamkeit, einen gewissen Mangel an Vitalität zeigte – um so schlimmer für Miss Bengough; ihr Fehler lag im Überfluß, in einem allgemeinen ›Zuviel‹. Und wenn man abstrakte Eigenschaften einander gegenüberstellen mußte, so neigte Oleron zweifellos zum strengeren, herberen Geschmack ...

Ja, hier hatte er wirklich eine entscheidende Feststellung gemacht – erstaunlich, daß er es nicht früher getan hatte; er stellte sich Miss Bengough genau vor, wie sie am Nachmittag gekommen war – groß, stattlich, feuchtrosa; immer strömte sie das gewisse Etwas übervoller Blüten aus. Und schon fand er das ein wenig herabsetzend für sie; er erkannte sogar, daß er gleich etwas Derartiges empfunden hatte und daß seine Haltung ihr gegenüber bereits bei ihrem Besuch die eines kritischen Beobachters gewesen war. Ihr Mechanismus war etwas zu offensichtlich; ihre schmelzende Feuchtigkeit war das Ergebnis eines analysierbaren Prozesses; und dahinter lauerte ein undeutlicher Schatten, ein Sinnbild der Sterblichkeit. Er hatte in den zehn Jahren ihrer vertrauten Freundschaft nie einen Augenblick daran gedacht, sie zu heiraten; dennoch verspürte er zum erstenmal eine gewisse Dankbarkeit, daß er es nicht getan hatte ...

Aber plötzlich schoß ihm das Blut ins Gesicht – wie konnte er so an seine Freundin denken! Elsie Bengough, mit der er Wochen und Wochen jeden Nachmittag verbracht hatte – sie, die gute Kameradin, auf deren Beistand er gerechnet hätte, wenn ihn die ganze Welt im Stiche ließe – sie, deren Treue zu ihm niemals schwanken würde, solange sie atmete, das wußte er – diese Elsie auch nur in Gedanken so zu sezieren! Er war ein Undankbarer, ein Unwürdiger ... wäre sie in diesem Augenblick dagewesen, so hätte er sich vor ihr gedemütigt.

Er saß zehn Minuten oder länger und starrte ins Feuer, während die Schamröte langsam aus seinen Wangen wich. Draußen und drinnen war alles still, bis auf ein winziges musikalisches Geräusch, das aus der Küche kam – das Tropfen des Wassers aus einem nicht ganz zugedrehten Hahn in den darunterstehenden Kessel. Mechanisch begann er mit den Fingern den Takt der fallenden Tropfen zu klopfen, und die kleine regelmäßige Bewegung beschleunigte offenbar das Schwinden der Schamröte aus seinem Gesicht. Er wurde wieder kühl, und als er seine Überlegungen erneut aufnahm, begann er ganz unbewußt genau auf demselben Punkt ...

Es war nicht nur der blühende Überfluß ihrer Erscheinung, bei dem seine Kritik einsetzte; er war sich auch des großen Unterschiedes zwischen seinem und ihrem Geist bewußt. Er empfand jetzt keine Dankbarkeit dafür, daß ihre Naturen bis zu einem gewissen Punkt kameradschaftlich Seite an Seite gelaufen waren; ihn interessierte lediglich, was nach diesem Punkt kommen mußte. Ihre Intellekte divergierten; das ließ sich nicht leugnen; und wenn er nun zurückblickte, so neigte er zu dem Zweifel, ob jemals eine echte Übereinstimmung bestanden hatte. Gewiß, er hatte ihr vorgelesen, was er geschrieben hatte, und sie hatte scheinbar verständnisvoll und sachlich darüber gesprochen. Aber was kann ein Mensch tun, der angenommen hat, ein anderer sehe ebenso wie er sieht, und der plötzlich durch etwas gehemmt wird, das alles Vorhergegangene fälscht und entwertet? Jetzt zweifelte er an allem... Einen Augenblick lang ging es ihm durch den Sinn, daß jeder, der von einem Freund mehr verlangt, als dieser geben kann, Gefahr läuft, diesen Freund zu verlieren; aber er schob diesen Gedanken beiseite.

Wieder hörte er auf, nachzudenken, und wieder bewegte er die Finger im Takt des leisen Tropfens des Wasserhahns...

Und nun – er nahm die Kette wieder auf – wenn diese Dinge auf Elsie Bengough zutrafen, so stimmten sie auch für dieses Phantasiegeschöpf, dessen Prototyp sie war – *Romilly Bishop.* Und da er von *Romilly* sagen durfte, was er von Elsie nicht ohne Erröten sagen durfte, ließ er seinen Gedanken freie Zügel. In dem lächelnden, feuerbeleuchteten Zimmer, zur Begleitung der leise fallenden Tropfen.

Er durfte nicht länger daran zweifeln: er haßte die Hauptgestalt seines Romans. Schon als er ihr Äußeres beschrieb, hatte sie seine Sinne überwältigt – sie war grobfaserig, grellfarbig, allzu üppig. In dem Augenblick, als er diesen Gedanken formulierte, wurde er wahr; so hatte Gulliver die Hofdamen von Brobdingnag geschildert; und es paßte auf sie – geistig und seelisch war sie beschränkt, gewöhnlich, unempfindlich. Das Modell (er schloß einen Moment die Augen), das Modell kam zum Vorschein, in fünfzehn vulgären, lauten Kapiteln, in einem Maß, daß er, ohne den Grund zu erkennen, einfach unfähig gewesen war, das sechzehnte anzufangen. Erstaunlich, daß ihm dies erst jetzt aufging!

Und dies sollte seine Beatrice, seine Vision gewesen sein?! Als Elsie hatte sie in den Glutofen seiner Phantasie eingehen müssen, herauskommen sollte sie aber als die Frau, die sich alle Männer ersehnen! Ihre Gedanken hatten eine Auslese seiner schönsten Gedanken sein sollen, ihre Gestalt die Gestalt seiner teuersten Träume, die Szene, auf der sie sich bewegte, die denkbar gewählteste. Er hatte lange genug gegrübelt, ehe er den Versuch machte; und eines Tages hatte sie sich in ihm geregt, wie ein Kind in der Mutter, und er hatte zu schreiben begonnen und Kapitel um Kapitel niedergeschrieben ...

Und diese fünfzehn kitschigen Kapitel waren alles, was er geschaffen hatte!

Wieder saß er still, nur die Finger taktmäßig bewegend ... Dann ermannte er sich.

Sie mußte verschwinden. Die ganzen fünfzehn Kapitel *Romilly*.. Das war erledigt. Denn was in seinem Geist ihren Platz einnehmen sollte, war ein unbeschriebenes Blatt; aber eins nach dem andern; kein Mensch darf ungestraft den falschen Kurs einschlagen, weil er den richtigen nicht sofort erkennt. Wenn etwas Besseres kommen sollte, so würde es kommen; inzwischen aber –

Er erhob sich, holte die fünfzehn Kapitel und las sie noch einmal durch, ehe er sie ins Feuer werfen wollte.

Aber statt sie ins Feuer zu werfen, ließ er sie aus der Hand fallen. Das Tropfen des Wasserhahns wurde ihm wieder bewußt. Es hatte eine klingende Tonfolge von vier oder fünf Noten, die es unregelmäßig anschlug, und es war töricht süß und singbar. Im Geist sah Oleron, wie sich jeder Tropfen sammelte, wie er am Rand des Wasserhahns zitterte, wie er ›Plink-plank‹ herabfiel, fast unhörbar. Nach der tiefsten Note schien eine kleine Pause zu entstehen, die sich unregelmäßig wiederholte; und schon ertappte sich Oleron dabei, daß er auf die Wiederholung der Phrase wartete. Sie war wirklich hübsch ...

Aber sie machte ihn nicht gerade wach, und er schlief bei seinem Kaminfeuer ein.

Als er aufwachte, war das Feuer heruntergebrannt und die Flammen der Kerzen leckten schon am Rand der Sheffieldleuchter. Schläfrig stand er auf, gähnte, machte seine allabendliche Runde an den Türschlössern und Fensterriegeln und ging in sein Schlafzimmer. Bald war er fest eingeschlafen.

Aber am nächsten Morgen folgte eine merkwürdige kleine Fortsetzung. Mrs. Barrett klopfte gewöhnlich nicht an seine Tür, sondern an die Holzwand, vor der Olerons Bett stand; dann erhob er sich, zog seinen Morgenrock an und ließ sie ein. Als er das an jenem Morgen tat, war er sich nicht bewußt, daß er dabei ein paar Töne summte. Aber Mrs. Barrett blieb, die Hand auf dem Türknopf, stehen, mit halbabgewendetem, lächelndem Gesicht.

»Lieber Gott!« rief sie mit ihrer hohen Stimme. »Das ist aber eine sehr alte Weise, Mr. Oleron. Die hab' ich vierzig Jahre nicht gehört!«

»Was für eine Weise?« fragte Oleron.

»Nun, eben die, die Sie gerade summten, Mr. Oleron.«

Olerons Daumen steckte in einem Brief, den er aufmachen wollte. Er zog ihn nicht heraus.

»*Ich* habe etwas gesummt? ... Singen Sie's, Mrs. Barrett.«

Mrs. Barrett zierte sich.

»Ich habe keine Singstimme, Mr. Oleron. Anna Pugh war die Sängerin in unserer Familie. Aber das Lied ist sehr alt, und es heißt ›Die lockende Schöne‹.«

»Versuchen Sie doch, es zu singen«, sagte Oleron, den Daumen noch im Briefumschlag; und Mrs. Barrett summte mit vielem Kichern und sehr verwirrt die kleine Weise.

»Man sagt, es wurde zur Harfe gesungen, Mr. Oleron, und es ist sehr alt«, schloß sie.

»Und das hätte ich gesummt?«

»Freilich, das haben Sie. Ich würde Ihnen doch keine Lügen erzählen!«

»Freilich, freilich«, sagte Oleron. »Bitte machen Sie mir mein Frühstück.« Er öffnete endlich seinen Brief. Aber der kleine Zwischenfall machte ihn betroffener, als er es sich eingestehen wollte. Die paar Töne, die er gesummt hatte, waren genau die, die er am Abend zuvor aus dem Tropfen des Wasserhahns herausgehört hatte.

V

Noch sonderbarer als der Zufall, daß das gewöhnliche Tropfen eines Wasserhahns einer tatsächlich existierenden Melodie so nahe kam, war ein weiteres Resultat davon – es hatte nämlich in Oleron ein abnorm feines Gehör für andere Geräusche des alten Hauses ausgelöst. Man behauptet, die Stille würde am deutlichsten und wirkungsvollsten, wenn sie durch einen winzigen Laut unterbrochen wird; nun, um die Wahrheit zu sagen – das Haus war nie vollkommen still. Vielleicht arbeitete die milde Frühlingsluft an seinem starren alten Holz; vielleicht war es Olerons Kaminfeuer, bei dessen Wärme sich die morschen Balken dehnten, auf jeden Fall bohrte und wühlte eine ganze Schar von Insekten in den Dielen und Paneelen. Oleron brauchte nur ruhig in seinem Sessel zu sitzen und ein oder zwei Minuten zu warten, um die Veränderung der hörbaren Umwelt zu erleben, die ein Mann erfährt, der die sommerlichen Wälder für still und regungslos hält und plötzlich mit geschärftem Ohr das Knistern und Surren einer Myriade von Insekten vernimmt.

Er mußte lächeln, wenn er daran dachte, wie eigenwillig die Menschen einen Unterschied zwischen ›lebenden‹ und ›toten‹ Dingen machten. Hier sprach ein ganzes Haus zu ihm – nicht nur durch leicht erkennbare Geräusche wie das Huschen einer Maus, das Bröckeln des

Gipses hinter der Täfelung und das Knistern der Kassetten bei der Wärmeausstrahlung seines Feuers; nein, auch die Tragbalken drückten sich mit müdem Ächzen in ihre alten Fugen; lebende Geschöpfe tickten in der Wand; Zapfen krachten, Bretter stöhnten; bei einem kaum spürbaren Lüftchen regten sich die Schiebefenster und pochten ganz leise an ihre Rahmen. Hätte er nur die Sprache des Hauses verstanden! Nun, ob es in diesem Sinn ein Leben hatte oder nicht, in jedem Fall hatte es eine gewinnende Persönlichkeit! Er brauchte nur eine Stunde lang weiter über diese Dinge zu grübeln, als sich auch schon der Gedanke in ihm festsetzte: wie sein eigener Körper in freundschaftlicher Beziehung zu seiner Seele stand, so mußte auch seine Behausung durch gewisse Ausdehnungen oder Verminderungen auf phantastische Weise in eine Beziehung zu ihm selbst kommen. Ein wenig belustigt malte er sich aus, er könne sich so mit der Wohnung identifizieren, daß ein späterer Mieter, der sie in Besitz nahm, sie in gewissem Sinn für eine Spukwohnung halten könnte. Es wäre kein schlechter Scherz, wenn er, ein völlig harmloser Schriftsteller, dessen Seele keine andere Last bedrückte als der Gedanke an einen Roman, den er umschreiben mußte – wenn er sich allmählich zum künftigen Gespenst entwickeln würde!

Jedoch im gleichen Maß, wie er immer mehr mit der Wohnung verwuchs, begann Elsie Bengough, die sie zuerst lediglich nicht reizvoll gefunden hatte, einen immer deutlicheren Widerwillen dagegen zu zeigen. Sie hatte auch keinerlei Hemmungen, offen über ihre Abneigung zu sprechen.

»Sie gehört einfach nicht in unsere Zeit«, sagte sie entschieden, »und für dich ist sie geradezu Gift. Du neigst nur allzusehr dazu, deinen Kontakt mit den tatsächlichen Dingen zu verlieren und in Apathie zu versinken; gerade du gehörtest in eine Wohnung mit Zementböden und Patentgasmesser und einem Aufzug für Lieferanten. Das beste, was dir geschehen könnte, wäre eine Stellung, in der du dich rühren und Hand in Hand mit deinen Mitmenschen arbeiten müßtest. Was meinst du: wenn ich dir eine Stellung verschaffen könnte – sagen wir, zwei oder drei Tage wöchentlich, so daß dir noch eine Menge Zeit für deine eigene Arbeit bliebe – würdest du sie annehmen?«

Irgendwie verärgerte es Oleron ein wenig, auf diese Art diagnostiziert zu werden. Er dankte Miss Bengough, aber ohne zu lächeln: »Danke sehr – aber ich glaube es nicht. Schließlich muß jeder von uns sein eigenes Leben leben«, konnte er sich nicht enthalten hinzuzufügen.

»Sein eigenes Leben leben! ... Wie lange ist es her, daß du einmal aus warst, Paul?«

»Ungefähr zwei Stunden.«

»Ich meine nicht, um Briefmarken zu kaufen oder einen Brief einzustecken – wie lange ist es her, daß du einen ordentlichen Spaziergang gemacht hast?«

»Oh ... ich glaube ziemlich lange. Ich weiß es nicht.«

»Seit ich das letztemal hier war?«

»Ich bin nicht viel ausgegangen.«

»Und hat *Romilly* bessere Fortschritte gemacht, weil du dich eingesperrt hast?«

»Ich glaube ja. Ich habe die Grundlagen dafür geschaffen. Mit dem richtigen Schreiben werde ich gleich anfangen.«

Anscheinend hatte Miss Bengough ihren Streit über die erste *Romilly* vergessen. Sie runzelte die Stirn, wandte sich halb ab und sah dann schnell wieder zu ihm hin.

»Ach – also hast du noch immer diese lächerliche Idee im Kopf?«

»Wenn du damit meinst«, sagte Oleron sehr langsam,

»daß ich die alte *Romilly* verworfen habe und an einer neuen arbeite, so hast du recht. Diese Idee habe ich noch immer im Kopf.«

Sie war betroffen über die Unfreundlichkeit in seinem Ton; aber sie war eine Kämpfernatur. Gerade seine absurde Empfindlichkeit machte sie hart. Sie gab einen ungeduldigen Laut von sich.

»Wo ist die alte?« fragte sie dann plötzlich.

»Warum?«

»Ich möchte sie sehen. Ich möchte dich auf manches darin aufmerksam machen. Ich möchte dich wieder zur Vernunft bringen – wenn du nicht von allen guten Geistern verlassen bist!«

Diesmal war er es, der den Rücken kehrte. Als er sich wieder umdrehte, sprach er freundlicher.

»Es hat keinen Sinn, Elsie. Ich bin verantwortlich für den Weg, den ich gehe – und du mußt mich ihn gehen lassen, selbst wenn er dir verkehrt scheint. Glaube mir, ich tue nichts Gedankenloses... Das Manuskript? Ich wollte es schon verbrennen, aber das unterließ ich dann. Wenn du es durchaus sehen willst – es ist in der Fensterbank dort.«

Miss Bengough trat rasch zur Fensterbank und hob den Deckel. Plötzlich schrie sie auf und legte den Handrücken an den Mund. Sie sagte über die Schulter:

»Diese Nägel hättest du einschlagen müssen, Paul!«

Er kam zu ihr.

»Was ist denn? Was gibt's?« fragte er. »Ich habe doch alle Nägel eingeklopft – oder vielmehr herausgezogen!«

»Du hast genug dringelassen, die einen tüchtig kratzen können!« antwortete sie und zeigte ihm ihre Hand. Vom oberen Handgelenk bis zum Knöchel ihres kleinen Fingers lief eine rasch schwellende rote Wunde.

»Um Gottes willen!« rief Oleron ... »hier, komm ins Badezimmer, wir müssen sie gründlich auswaschen – «

Er schob sie ins Badezimmer, drehte das warme Wasser auf und wusch und badete die häßliche Schramme. Dann ließ er, noch immer die Hand haltend, das kalte Wasser darüber laufen und murmelte erstaunt und bestürzt: »Lieber Gott, wie konnte das bloß passieren? Soviel ich weiß, habe ich doch alle Nägel ... ist dir das Wasser nicht zu kalt? Tut es sehr weh? Ich begreife nicht, wie um alles in der Welt ... so, das genügt sicher ...«

»Nein. Noch ein Weilchen. Ich kann's aushalten«, sagte sie leise, mit geschlossenen Augen ...

Gleich darauf führte er sie ins Wohnzimmer zurück und verband die Hand mit einem seiner Taschentücher; aber sein Gesicht war noch immer erstaunt und betroffen. Er hatte einen halben Tag damit verbracht, die drei Fensterbänke zu öffnen und verwendbar zu machen, und er konnte nicht begreifen, wieso er einen anderthalb Zoll langen rostigen Nagel im Holz gelassen hatte ... Er hatte selbst die Deckel aller drei Fensterbänke ein paar Dutzend Mal aufgeklappt und hatte nie einen Nagel gesehen ... aber nun war er da ...

»Nun, jetzt soll er jedenfalls heraus!« murmelte er und ging, um eine Zange zu holen. Und wirklich, diesmal machte er reinen Tisch.

Elsie Bengough war in einen Sessel gesunken, ihr Gesicht war ziemlich weiß; aber in der gesunden Hand hielt sie das Manuskript von *Romilly*. Für sie war *Romilly* noch nicht erledigt. Sie nahm sofort wieder ihren Angriff auf.

»O Paul – es wäre der größte Fehler, den du jemals, *jemals* gemacht hast, wenn du dieses Manuskript nicht veröffentlichst!«

Er ließ den Kopf hängen, völlig uninteressiert. Er konnte den Zwischenfall mit dem Nagel nicht aus dem Sinn bringen, und im Augenblick kam *Romilly* in seinen Gedanken an zweiter Stelle. Aber sie war beharrlich. Und als er endlich antwortete, sprach er fast, als wolle er sie für etwas um Verzeihung bitten.

»Was kann ich dazu sagen, Elsie? Ich kann nur hoffen, daß du siehst, wie recht ich habe, wenn du die zweite Version liest. Und wenn du sie dann trotz alledem nicht magst, nun ja ...« er machte eine hoffnungslose Geste. »Siehst du nicht, daß ich mich von meinem eigenen Licht führen lassen muß?«

Sie schwieg.

»Komm, Elsie«, sagte er sanft. »Wir sind bisher so gut miteinander gefahren; laß uns nicht darüber uneins werden.«

Er hatte die letzten Worte kaum ausgesprochen, als er sie auch schon bereute. Sie hatte mit geschlossenen Augen ihre verletzte Hand gehalten, aber ihre Lippen und ihre Lider zitterten ebenso wie ihre Stimme, als sie sagte:

»Ich muß es dir offen sagen, Paul – du bist so sehr verändert!«

»Still, Elsie, still«, murmelte er besänftigend. »Du hast einen Schock gehabt. Du mußt dich ein Weilchen ausruhen. Wie sollte ich verändert sein?«

»Das weiß ich nicht – aber du *bist* es. Du bist nicht mehr du selbst – seit du hierhergezogen bist. Ich wünschte, du hättest dieses Haus niemals gesehen. Es hat deine Arbeit lahmgelegt, es hat dich zu einem Menschen gemacht, den ich kaum kenne, und es flößt mir solche Angst um dich ein ... oh, wie es jetzt in meiner Hand zu pochen anfängt!«

»Armes Kind!« sagte er leise. »Soll ich dich zu einem Arzt bringen, der sie richtig verbindet?«

»Nein, nein – es wird gleich gut sein – ich werde sie hochhalten –«

Sie legte den Ellbogen auf die Lehne ihres Sessels, und die verbundene Hand ruhte leicht auf seiner Schulter.

Bei dieser Berührung regte sich plötzlich eine ganz neue Angst in ihm. Bei ihren Wanderungen und Ausflügen hatte sie hundertmal ihre Hand in seinen Arm geschoben wie in den Arm eines Bruders, und er hatte die vertrauliche kleine Geste entgegengenommen, wie es ein Bruder getan hätte. Nun aber kamen ihm zum erstenmal eine Reihe erschreckender Fragen in den Sinn. Sie hatte noch immer die Augen geschlossen, den Kopf ein wenig pathetisch nach hinten sinken lassen, und auf ihren halbgeöffneten Lippen war ein verlorenes, unaussprechliches Lächeln. Mit einem Schlag erkannte er die Wahrheit. Guter Gott! ... Und er hatte es niemals geahnt!

Und seltsamer als alles andere: nun, da er sah, daß sie in ihrer Liebe zu ihm aufging, regte sich in ihm etwas – nicht Bedauern oder Demut oder Niedergeschlagenheit, nein, etwas, das er vergebens zu bekämpfen versuchte – etwas ganz Sonderbares, Neues – hätte er es analysiert, so hätte er es Verdrossenheit, Gereiztheit, Verärgerung und Unfreundlichkeit genannt. Diese plötzliche egoistische Regung übermannte ihn, bevor er sich dessen bewußt wurde. Um ein Haar hätte er sie in Worte gekleidet. Was tat sie überhaupt hier? Warum war sie nicht bei ihrer eigenen Arbeit? Warum redete sie in die seine hinein? Wer hatte ihr die Vormundschaft über ihn zugesprochen, von der sie jetzt seit kurzem so energisch Gebrauch machte? »Verändert?« Sie war es, die sich verändert hatte, nicht er ...

Als sie jedoch die Augen öffnete, hatte er seine Gereiztheit so weit überwunden, daß er zwar zurückhaltend, aber freundlich zu ihr sagen konnte:

»Ich wünschte, du ließest dich von mir zu einem Arzt bringen.«

»Nein, Paul, ich danke dir. Ich werde jetzt gehen. Wenn ich eine Behandlung brauche, gehe ich zum Arzt. So, nimm die Linke, bitte ... adieu.«

Er versuchte nicht, sie zurückzuhalten. Er ging mit ihr bis zum Fuß der Treppe. Auf halbem Wege der schmalen Einfahrt wandte sie sich um.

»Es ist recht weit für mich hierher«, sagte sie. »Bevor ich das nächste Mal komme, werde ich dir eine Karte schreiben, damit ich dich auch antreffe.« An der Pforte wandte sie sich noch einmal um: »Ziehe hier aus, Paul«, sagte sie mit einem traurigen Blick. »Irgendwie ist alles verkehrt an diesem Haus.« Dann war sie gegangen.

Oleron kehrte in sein Zimmer zurück. Er ging geradewegs hinüber zu der Fensterbank. Er öffnete den Deckel und stand lange und sah darauf hinab, dann schloß er ihn und wandte sich ab.

»Das ist ziemlich unheimlich«, sagte er leise. »Es ist einfach unmöglich, daß ich diesen Nagel nicht entfernt hätte ...«

VI

Oleron wußte recht gut, was Elsie gemeint hatte, als sie sagte, sie würde ihren nächsten Besuch durch eine Postkarte anmelden. Auch sie hatte bemerkt, daß er endlich, endlich wußte ... wußte und sie nicht haben wollte. Daher empfand er einen kläglichen, mitleidigen Schmerz, als sie in der nächsten Woche wiederkam und unangemeldet an seine Tür klopfte. Sie sprach von der Treppe aus – sie wolle gar nicht bleiben, sagte sie; er mußte sie nötigen, wenigstens hereinzukommen.

Als Entschuldigung für ihren Besuch gab sie an, sie habe von einer günstigen Nachfrage nach Kurzgeschichten gehört, die er vielleicht vernünftigerweise ausnützen könne. Er dankte ihr. Dann, als das Geschäftliche besprochen war, schien es ihr eilig, wieder wegzukommen. Oleron versuchte nicht, sie aufzuhalten; selbst er hatte den Vorwand mit den Kurzgeschichten durchschaut; er geleitete sie die Treppe hinunter.

Aber Elsie Bengough hatte in diesem Haus kein Glück. Sie erlitt einen zweiten Unfall. Als sie auf der Hälfte der Treppe war, gab es ein scharfes Krachen von splitterndem Holz, und sie unterdrückte einen lauten Schrei. Oleron wußte, daß das Holz alt war, aber er selbst war so häufig ohne einen Unfall die Treppe hinauf- und hinuntergestiegen ...

Elsie war mit dem Fuß durch eine Stufe gebrochen. Erschrocken sprang er an ihre Seite.

»Lieber Himmel ... ach, du armes Mädchen!«

Sie lachte hysterisch.

»Es ist mein Gewicht – ich weiß ja, ich werde zu dick ...«

»Halte still – laß mich erst einmal die Splitter entfernen«, murmelte er zwischen den Zähnen.

Aber sie fuhr fort, zu lachen und zu weinen – es sei ihr Gewicht, sie würde eben zu dick ...

Er kniete sich auf das angebrochene Brett. Es war nicht leicht, ihren Fuß herauszuziehen, und ihr zerrissener Stiefel zeigte ihm, wie sehr ihr Fuß und das Fußgelenk abgeschürft sein mußten.

»Guter Gott – guter Gott ...« murmelte er immer wieder.

»Ich werde bald zu allem und allem zu schwer sein«, sagte sie lachend und weinend. Aber sie lehnte es ab, wieder mit ihm hinaufzukommen, um die Verletzung zu untersuchen.

»Nein, laß mich gehen – bitte laß mich schnell gehen ... ich bin ... ich bin hier unerwünscht!«

Bei ihren Worten, daß sie unerwünscht sei, senkte er den Kopf, als habe sie ihm einen Schlag versetzt. »Elsie!« stöhnte er gebrochen und erschreckt.

Aber auch sie machte eine schnelle Geste, als stieße sie etwas heftig zur Seite.

»Ach Paul, nicht *so* ... nicht, daß *du* ... natürlich in gewissem Sinne meine ich das auch ... ach, du weißt schon, was ich meine! ... Aber wenn das andere nicht sein kann, erspare mir wenigstens dies! Ich – ich ... wäre gar nicht gekommen, aber – aber ach, ich habe mir solche Mühe gegeben, wegzubleiben!«

Es war unerträglich, herzzerreißend; aber was konnte er tun? Was konnte er sagen? Er liebte sie nicht ...

»Laß mich gehen – ich bin unerwünscht ... laß mich das wegbringen, was von mir übrig ist ...«

»Liebe Elsie – du weißt, wie teuer du mir bist – «

Aber wieder machte sie die Geste heftiger Abwehr.

»Nein, nein, das nicht – ich will nichts Geringeres – laß mir ein bißchen Stolz – «

»Elsie, ich möchte meinen Hut und Mantel holen und dich zu einem Arzt bringen«, sagte er mühsam.

Aber sie lehnte es ab. Sie lehnte sogar ab, sich von seinem Arm stützen zu lassen. Sie lachte unsicher.

»Es tut mir leid, daß ich deine Treppe zerbrochen habe, Paul ... und du wirst selbst hingehen und dich um die Kurzgeschichten kümmern, nicht wahr?«

Er stöhnte. »Also, wenn du nicht zum Arzt willst, geh doch wenigstens über den Platz und lasse Mrs. Barrett nachsehen ... ach, da geht Barrett gerade vorbei – «

Der Langnasige spähte neugierig in die Einfahrt, aber als Oleron ihn anrufen wollte, schlich er wortlos weiter. Elsie schien nichts anderes im Sinn zu haben, als möglichst schnell fortzukommen, und versprach ihm schließlich, gleich zu einem Arzt zu gehen, bestand aber darauf, es allein zu tun.

»Adieu, Paul!« sagte sie.

Und Oleron sah ihr nach, bis sie an den hackmesserartigen Wohnungsschildern vorbei war, als fürchte er, eins von ihnen könne ihr auf den Kopf fallen und sie verletzen.

An diesem Abend aß er nichts. Es ging ihm zuviel durch den Kopf. Er wanderte in seiner Wohnung von Zimmer zu Zimmer, als wolle er Elsie Bengoughs unterdrücktem Weinen entkommen, das ihn verfolgte. »Ich bin hier unerwünscht – biete mir nichts Geringeres an – laß mich das wegbringen, was von mir übrig ist ...«

Ach, könnte er sich nur einreden, daß er sie liebte!

Er ging hin und her, bis es dämmerte, dann zündete er sich, ohne Licht zu machen, das Feuer im Kamin an und warf sich in einen Sessel.

Arme, arme Elsie ...

Doch sogar während ihm das Herz ihretwegen weh tat, war es ganz außer Frage. Wenn er nur gewußt hätte! Wenn er nur seine normale Beobachtungsgabe gebraucht hätte! Aber diese Spaziergänge, dieses geschwisterliche Arm in Arm ... oh, was war er für ein Narr gewesen! Nun, jetzt war es zu spät. Jetzt war es an ihr, zu handeln, nicht an ihm – zu handeln, indem sie einfach wegblieb. Er würde ihr helfen, so gut er konnte. Er würde sich in ihrer Gegenwart nicht setzen ... wenn sie kam, würde er sie wieder hinauskomplimentieren, so schnell es ging ... arme, arme Elsie!

Das Zimmer wurde dunkel; das Feuer starb; er blieb sitzen und zuckte nur von Zeit zu Zeit zusammen, wenn ihre gequälte Stimme ihm wieder in den Ohren klang.

Und plötzlich, er wußte nicht warum, merkte er, daß er sich in einem neuen Sinn um sie ängstigte – daß er sich um ihre persönliche Sicherheit sorgte. Er hatte die schreckliche Vorstellung, daß sie sich vielleicht eben jetzt an einem Ufer über ein dunkles Wasser beugte, daß sie vielleicht eben jetzt den Haken an einer Tür betrachtete ... Frauen sind zu solchen Dingen fähig, das wußte er ... Und dann gäbe es eine Untersuchung, und man würde ihn heranziehen, um sie zu identifizieren und würde ihn fragen, wie sie zu einer schlecht verheilten Wunde an der Hand und einer häßlichen Abschürfung am Fußknöchel gekommen war. Barrett würde sagen, er habe sie das Haus verlassen sehen ...

Dann merkte er, wie morbid seine Gedanken waren. Mit einer Willensanstrengung schob er sie beiseite und saß eine Weile still und lauschte nur auf das schwache Knistern und Ticken und Pochen in seiner getäfelten Wand ...

Hätte er sie bloß heiraten können! ... Aber das konnte er nicht. Immer wieder tauchte ihr Gesicht vor ihm auf, wie er es auf der Treppe gesehen hatte, schmerzverzogen und verweint. Häßlich – ja, direkt schwammig. Wenn, wie man sagte, Tränen die Waffen der Frau sind, so sind es Waffen, die sich gegen sie selbst kehren ... und gar Selbstmord ...

Und plötzlich ertappte er sich dabei, daß er ihre beiden Unfälle unter die Lupe nahm. Er *konnte* den rostigen Nagel nicht im Holz gelassen haben; er hatte sich sogar extra Werkzeug aus der Küche geholt; und er war überzeugt, daß das Holz der Stufe, die sie durchgetreten hatte, so fest war wie das aller anderen. Es war unerklärlich. Wenn diese Dinge geschehen konnten, so konnte weiß Gott was geschehen. Es war kein Balken und kein Pfosten im Haus, der nicht unerwartet fallen, keine Diele, die nicht zusammenkrachen, kein Nagel, der nicht zu einem Dolch werden konnte. Die ganze Wohnung war lebendig –

sogar jetzt; und als er so im Dunkeln saß, hörte er eine solche Unmenge von Geräuschen, als sei das ganze Haus ein einziges großes Mikrophon ...

Es war ihm kaum bewußt, daß er eine lange Zeit so gesessen und diese Geräusche belauscht und dabei versucht hatte, aus jedem Krachen oder Klopfen die materielle Ursache abzuleiten. Aber eins war dabei – auch dies war nur halb in sein Bewußtsein gedrungen – nach dessen Herkunft er nicht gesucht hatte. Es hatte erst zuletzt angefangen, vor ein paar Minuten; jetzt kam es wieder – eine Art von ganz leisem, fegendem Rascheln, in das sich ein beinahe unhörbares Knistern mischte. Ein paar Sekunden fesselte es Olerons Aufmerksamkeit; dann kehrten seine schweren Gedanken zu Elsie Bengough zurück.

In diesem Augenblick war er näher daran, sie zu lieben, als je zuvor. Er dachte daran, daß manchen Männern die Geliebte nur teurer wurde durch die kleinen Makel der Sterblichkeit, die uns daran gemahnen, daß wir nur Wanderer auf dieser Erde sind, mit einem nicht allzu fernen gemeinsamen Schicksal, das für die kurze Spanne, die uns bleibt, alles entwertet – bis auf die Liebe. Unterdrücktes Schluchzen, klägliche Tränen, von Krankheit geschlagene Körper, Herzen und Seelen, die durch die Reibung mit der Welt verhärtet sind – wären diese Dinge ein Hindernis für die Liebe, wie wenig Liebe würde es unter den Menschen geben! In diesem Sinn liebte er Elsie Bengough. Was durch ihr Glück niemals in ihm erweckt worden war, das regte sich jetzt leise durch ihr Leid ...

Plötzlich brachen diese Gedanken ab. Sein Ohr registrierte wieder dieses weiche, fortgesetzte Geräusch – ein langes Wischen mit einem noch leiseren Knistern. Immer wieder dasselbe, mit sonderbarer Beharrlichkeit, Dringlichkeit... es wurde ein wenig rascher, wenn er sich ganz darauf konzentrierte ... und vielleicht sogar ein wenig lauter ...

Mit einemmal fuhr er hoch und saß kerzengerade in einem Sessel, aufs äußerste gespannt. Das seidige Rascheln kam wieder; er versuchte festzustellen, an was es ihn erinnerte ...

Im nächsten Augenblick sprang er auf, angstvoll und tödlich erschrocken. Sein Sessel hing einen Augenblick in der Luft, dann fiel er um, das Kamingitter klirrte. Es gab nur ein Geräusch in der Welt, das diesem ähnelte, das ihn so jäh aufgejagt hatte ...

Als es wieder kam, tastete Oleron in die leere Luft in seinem Rücken und wich dann langsam zurück, bis er an der Wand lehnte.

»Gott im Himmel!« stammelte er mit bleichen Lippen. Das Geräusch hatte aufgehört.

Im nächsten Augenblick schrie er auf, hoch, gellend.

»Was ist das? Was ist dort? *Wer* ist dort?«

Ein huschender Laut ließ seine Knie wanken – aber nein, das war eine Maus, das wußte er. Das war nichts, vor dem sich sein Magen zusammenkrampfte, das sein Hirn nicht fassen wollte. Aber das andere, das auf der Welt nicht seinesgleichen hatte, war jetzt völlig verstummt; noch einmal erhob er die Stimme ...

Er rief und rief und rief; und dann packte ihn neues Entsetzen: das Unheimliche der eigenen Stimme. Er wagte keinen Laut mehr. Seine zitternden Hände fuhren in die Taschen, ein Streichholz suchend, fanden aber keins. Hatte er nicht welche auf den Kaminsims gelegt?

Er tastete sich zum Kamin, um den kleinen Vorsprung der Mauer herum, ohne einen Zoll von der Wand abzuweichen. Dann fand seine Hand den Sims, suchte ihn ab, und eine Schachtel mit Zündhölzern fiel zu Boden. Er konnte sie im letzten Feuerglimmen noch gerade sehen, aber seine Finger vermochten sie erst zu greifen, nachdem er sie an das Kamingitter geschoben hatte.

Nun stand er auf und strich ein Hölzchen an.

Das Zimmer war wie sonst. Er strich ein zweites an. Auf dem Tisch stand eine Kerze. Er entzündete sie, eine Sekunde sank die Flamme, dann brannte sie klar, Wieder sah er sich um.

Es war nichts da.

Es war nichts da; aber es war etwas dagewesen – es war vielleicht noch etwas da. Hatte er nicht noch unlängst gelächelt bei dem Gedanken, daß er sich durch Verschmelzung mit diesem schönen Raum zu einem zukünftigen Gespenst entwickeln könnte? Freilich hatte er nicht daran gedacht, *daß ein ähnliches Aufgehen, eine ähnliche Verschmelzung auch in der Vergangenheit stattgefunden haben mochte.* Jetzt aber stand er unausweichbar vor dieser bedenklichen Unmöglichkeit. Es gab etwas, das beharrlich an diesem Hause festhielt; es hatte noch einen andern Bewohner als ihn selbst; und dieser Bewohner – *wer* es auch war, *was* es auch war, hatte Olerons Seele in Grauen versetzt durch ein Geräusch, wie es entstand, wenn eine Frau ihr Haar bürstete.

XII

Ohne recht zu wissen, wie er bis hierher gelangt war, machte Oleron einen langen Schritt über das lose Brett, das er provisorisch über Elsies durchgetretene Stufe gelegt hatte. Er hatte keinen Hut auf und stieg die Treppe hinunter. Erst später erinnerte er sich undeutlich daran, daß er die Kerze brennend auf dem Tisch gelassen und die Tür nur eine Spalte geöffnet hatte, durch die er eben schlüpfen konnte... ja, und dann hatte er sich seitlings hinausgedrückt und die Tür leise hinter sich geschlossen. Am Fuß der Treppe erwartete ihn ein neuer Schreck. Etwas kam aus dem unbewohnten Keller heraufgesaust und verschwand durch die Tür. Es war nur eine Katze, aber Oleron schluchzte auf wie ein Kind.

Er ging durch die Pforte und blieb einen Augenblick unter den Tafeln stehen, zupfte dümmlich an seiner Lippe und sah zu dem Lichtschimmer hinter dem einen seiner roten Vorhänge hinauf. Dann ging er stolpernd über den Platz, sah aber noch immer über seine Schulter zurück. Um die Ecke war eine kleine Kneipe; Oleron hatte sie nie betreten; jetzt ging er hinein; er wollte einen Schilling neben die Kasse legen, verfehlte die Theke aber um ein paar Zoll.

»B – B – Bran – Brandy!« sagte er und bückte sich, um die Münze aufzuheben. Er war ganz allein in der kleinen, mit Sägespänen ausgestreuten Bar; die übrigen Gäste – Kutscher und Arbeiter und kleine Händler aus der Nachbarschaft – waren in dem dahinterliegenden Zimmer, auf der anderen Seite des Raums, in dem sich die weißhaarige Wirtin zwischen ihren Fässern und Flaschen hin- und herbewegte. Oleron setzte sich auf einen Holzstuhl mit gelöchertem Sitz, trank die Hälfte seines Brandys, fand dann, er könne ihn ebensogut ganz trinken wie ausgießen, und leerte das Glas.

Dann begann er zu grübeln, welcher von den Männern, deren Stimmen er hinter dem Schankraum hörte, morgen seine Sachen abholen würde. Inzwischen bestellte er einen zweiten Brandy.

Denn er beabsichtigte nicht, in das Zimmer zurückzukehren, in dem jetzt die Kerze brannte. O nein! Er hätte jetzt nicht einmal den Eingang und die Treppe mit der gebrochenen Stufe sehen können – und bestimmt nicht jenen weißen, faszinierenden Raum. Er würde zunächst zu seiner alten Lebensweise zurückkehren, zum getrennten Arbeits- und Schlafzimmer; er würde zu seiner alten Wirtin gehen – am besten gleich, sobald er seinen Brandy ausgetrunken hatte – und sehen, ob sie ihn nicht über Nacht unterbringen konnte. Jetzt war sein Glas leer ...

Er erhob sich, ließ es nachfüllen und setzte sich wieder.

Und wenn jemand nach dem Grund fragte, weshalb er schon wieder umzog? Oh, es gab Gründe genug – Gründe genug! Nägel, die sich von selbst wieder ins Holz bohrten und menschliche Hände verletzten, Stufen, die durchbrachen, wenn man darauf trat, Frauen, die in eine Männerwohnung kamen und nachts ihr Haar bürsteten ... das waren Gründe genug! Er war gereizt und streitlustig. Er hatte die Wohnung für sich allein gemietet, nicht für unsichtbare Frauen, die sich dort das Haar bürsteten; das sollte auch dieser Bursche, dieser Rechtsanwalt in Lincoln's Inn zu hören bekommen, in den allernächsten Stunden. Es war unverschämt, andere Leute mit solchen Verträgen hineinzulegen.

Eine Glaswand trennte den Raum, in dem Oleron saß, von dem, in welchem die weißhaarige Wirtin arbeitete, aber sie hörte sieben oder acht Zoll über der Theke auf. Als Oleron den Blick hob, sah er Gesichter, die ihn durch die Trennwand beobachteten. Die Gesichter verschwanden, als er hinsah.

Er setzte sich in eine Ecke, wo er aus dem anderen Raum nicht zu sehen war. Aber jetzt war er ganz in der Nähe der weißhaarigen Wirtin.

Sie kannte ihn vom Sehen – zweifellos hatte sie ihn schon bemerkt, wenn er vorüberging; sie sagte ein paar Worte über das Wetter. Oleron wußte nicht, was er antwortete, aber es genügte als Veranlassung zu der zweiten Bemerkung, daß der Winter besonders schlecht für Influenza gewesen sei, daß es aber jetzt so aussähe, als stünde endlich der Frühling vor der Tür ... Sogar dieser winzige Kontakt mit dem Alltäglichen gab Oleron ein wenig Kraft; er verscheuchte gewaltsam den müßigen aufsteigenden Gedanken, ob die Wirtin wohl jeden Abend ihr Haar bürstete – und wenn sie es tat, ob es dann auch so leise elektrisch knisterte. Unsinn! Und schon fühlte Oleron sich wohler ...

Bei dem nächsten Glas Brandy war er ganz und gar dafür, in seine Wohnung zurückzukehren. Nicht zurück? O nein, im Gegenteil! Sollten sie nur sehen, daß er sich nicht so einfach aus einer solchen Behausung vertreiben ließ! Allmählich fragte er sich aber, warum er eigentlich etwas für ihn so Ungewöhnlichs tat – ohne Hut und Brandy trinkend in einer solchen Kneipe zu sitzen. Wie, wenn er der weißhaarigen Wirtin die ganze Geschichte erzählte – daß ein Gast sich die Hand an einem Nagel zerkratzt und später sogar noch das Pech gehabt hatte, mit dem Fuß durch eine morsche Stufe zu brechen, und daß er selbst in einem alten Haus voller Knarren und Knacken und Geflüster ein winziges Geräusch gehört hatte, das ihm das Blut in den Adern erstarren ließ – lieber Gott, was würde sie von ihm denken! Daß er verrückt sei – was sonst? Pah! Die Wahrheit, der Kernpunkt des Ganzen war, daß er nicht genug gearbeitet hatte, um sich in Atem zu halten. Er hatte seine Tage verträumt, hatte sich lauter Unsinn über eine neue *Romilly* in den Kopf gesetzt (als ob die alte nicht gut genug wäre!) – und nun wunderte er sich, daß der Teufel von einem leeren Kopf Besitz ergriff!

Ja, er wollte zurückkehren. Er würde zunächst einen Spaziergang in der frischen Luft machen – er war in letzter Zeit viel zuwenig gegangen! – und dann würde er sich energisch aufraffen und das sechzehnte Kapitel in Angriff nehmen (war er tatsächlich so närrisch gewesen, an die Vernichtung von fünfzehn Kapiteln zu denken?!), und in Zukunft würde er nicht vergessen, daß er Verpflichtungen gegen seine Mitmenschen und in der Welt eine Aufgabe hatte! Das war, kurz zusammengefaßt, die Situation!

Er leerte sein Brandyglas und ging hinaus.

Er war schon einige Zeit gegangen, ehe ihm klar wurde, daß dies alles noch eine andere Beziehung hatte als die auf ihn selbst. Zuerst hatte die frische Luft die Wirkung des Brandys, den er getrunken, nur noch erhöht, aber nachher wurde sein Kopf klarer, als er den ganzen Tag hindurch gewesen war. Und je klarer er dachte, um so geringer wurde seine prahlerische Selbstsicherheit und um so fester seine Überzeugung, daß trotz aller möglichen Erklärungen etwas übrig blieb, das sich nicht wegerklären ließ. Seine Hysterie der vergangenen Stunden war vergangen, er wurde immer ruhiger – aber die beunruhigende Überzeugung blieb. Jetzt war er von einer tiefen Angst erfüllt – der Angst um Elsie.

Denn etwas in seiner Behausung bedrohte ihre Sicherheit. Ihre beiden Unfälle an sich hätten ihn vielleicht nicht so davon überzeugt – aber sie selbst hatte gesagt: »*Ich bin hier nicht erwünscht*« ... und sie hatte behauptet, daß etwas an dem Haus verkehrt sei. Sie hatte es gespürt, ehe er es gesehen hatte. Nun gut – eins ergab sich einwandfrei daraus: wenn es tatsächlich so war, so mußte er sie fernhalten, und zwar aus einem ganz anderen Grund als aus jenem, der Oleron so verwirrt und beschämt hatte. Zum Glück hatte sie selbst die Absicht ausgesprochen, sich fernzuhalten, und er mußte nur Sorge tragen, daß sie diese Absicht nicht änderte. Das war seine Pflicht.

Und er mußte nun um so mehr einsehen, daß sein erster Impuls, keinen Fuß mehr in dieses Haus zu setzen, lächerlich war. So etwas tat man einfach nicht. Wenn Elsie einigermaßen in Sicherheit war, verbot ihm die einfachste Selbstachtung, sich von einem Schatten hinauswerfen zu lassen, von einer Gefahr verdrängt zu werden, bloß weil sie eine Gefahr war ... Er mußte doch irgendwo wohnen, und er würde dort wohnen. Er mußte zurück.

Er überwand das unklare Angstgefühl, das diese Entscheidung begleitete, und kehrte kurzentschlossen um. Sollte es anwachsen, so konnte er ja immerhin noch ein Glas Brandy trinken ...

Aber als er in die kurze Gasse einbog, die zum Platz führte, war es zu spät für Brandy. Die kleine Kneipe war noch erleuchtet, aber geschlossen, und ein paar Männer standen schwatzend an der Bordschwelle. Oleron bemerkte, daß sie plötzlich schwiegen, als er vorbeiging, und er bemerkte auch, daß der langnasige Barrett, dem er ein paar Schritte weiter begegnete, seinen Gruß nicht erwiderte. Er bog durch die zerbrochene Pforte, zögerte nur einen Augenblick in der Einfahrt und stieg dann wieder seine Treppe hinauf.

In dem Sheffieldleuchter brannte nur noch ein Stümpchen, und Oleron steckte keine neue Kerze auf. Wohlüberlegt zwang er sich, den Leuchter zu nehmen und die Runde durch seine fünf Räume zu machen, ehe er schlafen ging. Erst als er aus der Küche wieder in die kleine Diele kam, merkte er, daß ein Brief auf dem Boden lag. Er trug ihn ins Wohnzimmer und betrachtete den Umschlag, ehe er ihn öffnete.

Er war nicht abgestempelt und offenbar einfach durch die Tür gesteckt. Die Handschrift war ungeschickt, und der Brief war vom Anfang bis zum Ende ohne Komma und ohne Absatz. Oleron las die erste Zeile, dann die Unterschrift und schließlich den Inhalt.

Er war von Barrett und enthielt die Mitteilung an Oleron, daß Barrett ihm dankbar wäre, wenn er sich nach einer andern Hilfe zur Bereitung seines Frühstücks und zum Säubern seiner Wohnung umsehen würde. Der Stachel kam am Ende, im Postskriptum, das aus einem Bibeltext bestand und einen Hinweis darstellte, der sich nur auf Elsie Bengough beziehen konnte ...

Olerons Stirn verdüsterte sich stärker denn je. So! Das war es also! Gut, sehr gut – morgen würde er den Mann zurechtweisen. Übrigens schien dies nur ein Grund mehr, Elsie fernzuhalten ...

Dann brach seine zurückgedämmte Wut aus.

Die schmutzige Phantasie dieses Burschen! Der Teufel selbst hätte an dem, was jemals zwischen Elsie und ihm vorgegangen war, nichts zum Grinsen gefunden ... aber dieser elende Schnüffler mußte sie bespitzeln und beklatschen! ...

Oleron knüllte das Papier zusammen und hielt es an die Kerzenflamme, und dann zermalmte er mit dem Absatz noch die Asche.

Dennoch hatte der Brief einem nützlichen Zweck gedient: er hatte in Oleron eine gesunde Wut entfacht, die wirkungsvoll alle bleichen Schatten vertrieb. Aber als Abschluß dieses sonderbaren Tages kam noch eine andere bestürzende Entdeckung: als er sich entkleidete, warf er zufällig einen Blick auf sein Bett. Die Decken waren ein wenig eingedrückt, gerade, als wenn jemand darauf gelegen hätte.

Oleron konnte sich nicht erinnern, daß er sich im Lauf des Tages einmal hingelegt hätte – zunächst hätte er kurzerhand behauptet, daß dies ausgeschlossen sei; aber schließlich ... war er wirklich ganz sicher? Sein Unwille über Elsie, wahrscheinlich auch die letzte Nachwirkung des Brandys schlossen weitere Grübeleien aus; er löschte die Kerze, legte sich nieder und fiel sogleich in einen tiefen und traumlosen Schlaf, der fast zwölf Stunden anhielt, zumal der Morgenbesuch von Mrs. Barrett ausfiel.

VIII

Einem Menschen, der sich vor der inneren Stimme hütet, die ihm anzeigt, daß Zwielicht und Gefahr über seiner Seele schweben, wird der Schrecken als etwas Bedrohliches erscheinen, gegen das er sein Herz augenblicklich wappnen muß, wenn nicht eine Verschiebung im ganzen Bereich und jedem Maßstab seiner Natur stattfinden soll. Zu seinem Glück braucht er nicht lange nach Schutzmitteln zu suchen. Aus den unmittelbaren und kleinen und allgemeinen und momentanen Dingen des Lebens, aus Bräuchen und Gewohnheiten und Moden und Sitten baut er sich Festungen gegen die Mächte der Finsternis. Er ist es sogar zufrieden, daß er nicht nur den Schrecken, sondern auch die Freude zweckdienlich in der Kategorie der absoluten Dinge unterbringen kann; und den größten Verrat begeht er durch das Niederreißen jener Begriffe und Grenzen, das nicht nur für einen Menschen, sondern für das Seelenheil aller ein tödlicher Schlag ist.

Oleron begann in seinem eigenen Ich diesen Verrat zu begehen. Er fing damit an, daß er das Unerklärbare, das Schreckliche immer vertraulicher behandelte. Er tat es unmerklich, unbewußt, durch eine Nichtachtung der Dinge, die Elsie Bengough ihm angeraten hatte; ja, er betrachtete ihre Warnungen jetzt als eine Unverschämtheit. Noch vor zwei Monaten hätte ihm die Bezeichnung ›Spukhaus‹, auf sein entzückendes, die Gedanken verwirrendes Heim angewendet, das Mark in den Knochen gefrieren lassen; jetzt war seine Empfindungsskala so herabgesunken, daß er fragen konnte: »Was spukt?«, ohne daß ihm bewußt wurde, daß das Grauenhafte, wenn es sich als relativ erweist, viel von seiner Wesenheit verliert. Er versetzte die Grenzen. Nebel und Verworrenheit hüllten ihn immer mehr ein.

Er war sich am stärksten nur eines Gefühls bewußt: einer nimmersatten Neugier. Er wollte *wissen.* Er war entschlossen, zu wissen. Nichts anderes als das Wissen konnte ihn befriedigen. Und er fing an, listig Mittel zu ersinnen, durch die er zu diesem Wissen gelangen könnte.

Er hätte sich die Mühe sparen können. Es war die denkbar einfachste Sache der Welt. Wie er früher beim Schreiben Augenblicke gekannt hatte, in denen seine Gedanken wie von selbst aufstiegen und sich in Worten verkörperten, die einfach unabänderlich waren, so stellte er sich jetzt Fragen, die sich selbst beantworteten, im Augenblick, da er sie aufwarf. Es war etwas Heiter-Erhebendes in dem schnellen, leichten Vorgang. Seit jenen Tagen, da er das Schreiben täglich als etwas Frisches, als ein Entzücken empfunden, hatte er nicht solche Freude an seiner eigenen Kraft verspürt. Es war beinahe, als sei ihm der Kurs vorgeschrieben, den er steuern mußte.

Als erstes mußte er natürlich das Problem genau bestimmen. Er definierte es in mathematischen Begriffen. Vorausgesetzt, daß er die Wohnung nicht für sich allein hatte; vorausgesetzt, daß das alte Haus seinen Geist unsagbar eingenommen und festgehalten hatte; vorausgesetzt, daß durch den gemeinsamen Nenner dieser Räume der unbekannte Mitbewohner in einer gewissen Beziehung zu ihm selbst stand: was ergab sich daraus? Eindeutig: daß er sich der Natur dieses Unbekannten vergewissern mußte.

Und wie? Gewöhnlich wäre das nicht ganz einfach gewesen, aber für Oleron war es jetzt glasklar. Der Schlüssel lag *natürlich* in seinem halbgeschriebenen Roman – genauer in den beiden *Romillys*, der alten und der geplanten neuen Heldin.

Vor sehr kurzer Zeit noch hätte sich Oleron für verrückt gehalten, wenn er solchen Gedanken freies Spiel gelassen hätte; jetzt akzeptierte er die schwindelerregende These ohne Wimperzucken.

Er ging daran, die beiden *Romillys* genau zu erforschen.

Von diesem Augenblick an ging das Problem mit Riesenschritten vorwärts. Rasch überdachte er noch einmal die Geschichte der *Romilly* der ersten fünfzehn Kapitel; er erinnerte sich deutlich, daß er sie unzulänglich gefunden hatte, als er sich am ersten Morgen in der neuen Wohnung an die Arbeit begab. Weitere Beweise seiner Abneigung kamen ihm in den Sinn, die seine wunderliche Forschung bestätigten; jener Abend, an dem er um ein Haar das ganze Manuskript ins Feuer geworfen hätte; und am nächsten Morgen hatte er begonnen, eine neue *Romilly* zu ersinnen. Das war der Morgen gewesen, an dem Mrs. Barrett gehört hatte, wie er die kleine Melodie der Wassertropfen vom Abend zuvor gesummt und sie ihm gesagt hatte, er singe die Weise eines Liedchens, das er noch nie gehört hatte, und das ›Die lockende Schöne‹ hieß ... Die lockende Schöne! ...

Beinahe pausenlos dachte er weiter:

Nachdem er die erste *Romilly* endgültig verworfen, hatte sich die zweite sofort an ihren Platz gedrängt, um in seinem Hirn Gestalt anzunehmen. Rückwärtsblickend bildete er sich sogar ein, es habe etwas Leidenschaftliches, ja beinahe Haßvolles in diese Verdrängung hineingespielt, und mehr als einmal habe ein gelegentlicher Gedanke, den er dem verworfenen Geschöpf seiner Phantasie schenkte, die Verdrängerin beleidigt. Es war erstaunlich, wie glaubhaft Oleron diese ziemlich unfaßbare Vorstellung fand.

Daß aber eine fast mörderische Bosheit sich auf den armen sterblichen Prototyp seiner Phantasiegestalt erstrekken sollte ...

Obwohl er jetzt an eine Gefühlsskala gewöhnt war, in der das Schreckliche untersucht und befühlt und hin und her gewendet werden konnte, brachte diese Folgerung dennoch ein entsetztes »Großer Gott!« auf Olerons Lippen.

Das Wiedereindringen des Prototyps der ersten *Romilly* war ein Faktor, der für den Augenblick dem Forschen nach der Natur seines Problems ein Ende setzte; der bloße Gedanke an Elsie war verhängnisvoll für alles Abstrakte. Weiterhin durfte er auch nicht an Barretts Brief denken, geschweige denn an die kleine darauffolgende Szene, ohne zu erröten und die Stirn zu runzeln. Denn er hatte – ob es klug war oder nicht – die Auseinandersetzung sofort erzwungen. Er war am Morgen mit großen Schritten über den Platz gegangen und hatte Barrett an dessen eigener Türschwelle gestellt. Als er kurz darauf zurückkam, konnte er sich der Einsicht nicht verschließen, daß er alles nur schlimmer gemacht hatte. Der Mann war ausgewichen. Er hatte sich weder durch Herausforderung noch durch Drohungen zu mehr als zu einem gemurmelten wirren Mischmasch von Worten hinreißen lassen – »Gewisse Dinge ... Mrs. Barrett ... ehrbares Haus ... wem die Mütze paßt ... Vorgänge, die ich nicht näher bezeichnen will ...« kehrten darin immer wieder. »Nicht, daß ich jemand beschuldigen will«, schloß er.

»Beschuldigen!« hatte Oleron gerufen.

»Ich habe meine eigenen Ansichten, und sicher haben Sie die Ihren –«

»Ansichten – meine!« hatte Oleron wütend ausgerufen, aber sofort die Stimme gesenkt, als Köpfe an den offenen

Fenstern um den Platz erschienen. »Hören Sie zu, lieber Mann: Sie haben eine ungesunde Phantasie, wofür Sie wahrscheinlich nichts können – aber eine Zunge, für die Sie verantwortlich sind, dafür werde ich sorgen. Wenn Sie auch nur ein Sterbenswort von dem wiederholen ...«

Nun polterte Barrett los: »Ich lasse mir nicht auf meiner eigenen Schwelle von irgend jemand sagen, daß –«

»Sie werden sich's sagen lassen, und ich werde es sagen!«

»Vergessen Sie nicht, daß ein Gott dort oben ist, der gesagt hat –«

»Sie sind ein ordinäres Lästermaul!«

Und so ging es weiter, häßlich, wie es begonnen hatte. Oleron war wütend in sein Haus zurückgekehrt und hatte fortan, wenn er aus dem Fenster schaute, häufig zu den verschiedensten Zeiten Barretts Gesicht gesehen, wenn er durch die Fensterläden lugte oder durch die Gardinenritzen spähte, als versuche er, sich in Besitz von Gott weiß welchen Beweismitteln zu bringen, für den Fall, daß man es von ihm verlangen würde.

Dieser unglückliche Zwischenfall brachte gewisse kleine Unstimmigkeiten in Olerons häusliche Ordnung. Barretts Zunge – das schloß er daraus – war nicht müßig gewesen; er wurde von den Bewohnern des dreieckigen Platzes schief angesehen; er hielt es für besser, seine Einkäufe, wenigstens bis er einen Ersatz für Mrs. Barrett bekam, in einer etwas entfernteren Gegend zu machen, statt in den kleinen Läden der unmittelbaren Nachbarschaft. Im übrigen war es ihm nichts Neues, seinen Haushalt selbst zu besorgen, er brauchte nur seine Junggesellengewohnheiten wieder aufzunehmen.

Zudem steckte er tief in gewissen ziemlich dunklen Forschungen, bei denen er lieber nicht gestört werden wollte.

Eines Mittags schaute er ein wenig müde aus dem Fenster; er fühlte sich nicht recht wohl und war froh, daß er wahrscheinlich nicht aus dem Haus zu gehen brauchte; plötzlich sah er Elsie Bengough quer über den Platz auf sein Haus zukommen. Das Wetter war umgeschlagen; es war ein rauher, böig windiger Tag; sie mußte sich gegen den Wind stemmen, der ihre weiten Röcke aufbauschte, so daß sie noch üppiger aussah, während ihr Schleier hinter ihr herwehte.

Oleron handelte instinktiv und augenblicklich. Er nahm seinen Hut, lief zur Tür und war mit ein paar Sätzen die Treppe hinuntergesprungen, da ihn eine Art Panik ergriffen hatte. Er mußte sie daran hindern, den Fuß in die Wohnung zu setzen. Während er die Einfahrt entlangeilte, war er sich bewußt, daß seine Augen zum Rand des Daches wanderten, als ziehe sie dort etwas an. Er wußte nicht, ob nicht ein Dachziegel durch Zufall hinunterfallen mochte ...

Er traf sie an der Pforte und sprach sie mit sonderbarer Geläufigkeit an: »Elsie! Das ist aber wirklich zu dumm ... ich bin gerade dringend abberufen worden! Ich fürchte, ich kann daran nichts ändern, und du wirst mich für ein ungastliches Untier halten!« Er sprudelte es heraus, wie es ihm gerade auf die Lippen kam.

Sie fragte, ob er nach der Stadt ginge.

»Ja, ja ... nach der Stadt«, erwiderte er. »Ich muß unbedingt zu – zu Chambers. Du kennst doch Chambers, nicht wahr? Ein großer, dicker Mann, mit dem du mich schon gesehen hast ... ich hätte eigentlich gestern hingehen müssen, und ...« (jetzt kam ihm ein glänzender Einfall) »und er muß heute nachmittag verreisen. Nach Brighton – er hat es mir heute morgen geschrieben.«

Er nahm ihren Arm und führte sie zurück auf den

Platz. Sie mußte ihn daran erinnern, daß der Weg zur Stadt in der entgegengesetzten Richtung lag.

»Natürlich – wie dumm von mir!« Er lachte ein wenig zu laut. »Ich bin so dran gewöhnt, mit dir den andern Weg einzuschlagen ... natürlich, zum Bus müssen wir ... willst du mitkommen? Es tut mir so schrecklich leid, daß es gerade heute ...«

Sie bogen in die Straße, die zur Endstation des Bus führte.

Diesmal merkte man Elsie nichts davon an, daß sie innere Kämpfe durchgemacht hatte. Und wenn sie in seiner Art etwas Ungewohntes spürte, so machte sie keine Bemerkung darüber; da er sie so gelassen sah, fing er an, zwischen den Pausen etwas bedächtiger zu sprechen. Als sie zur Endstation des Bus kamen, hätte niemand, der den blassen Mann ohne Mantel und das stattliche Mädchen mit dem weiten Rock an seiner Seite sah, vermutet, daß einer der beiden am liebsten vor Dankbarkeit auf die Knie gesunken wäre, weil er meinte, den andern aus einer wilden, unausdenkbaren Gefahr errettet zu haben.

Sie stiegen auf das Dach des Busses. Oleron behauptete, sein Mantel würde ihm gar nicht fehlen, denn der Tag sei bedrückend schwül. Sie setzten sich auf eine der vorderen Bänke.

Jetzt, da ihm diese Begegnung aufgezwungen war, hatte er ihr noch etwas anderes zu sagen, was große Anforderungen an seinen Takt stellte. Es hatte ihm schon lange auf der Seele gelegen, und es war ganz besonders schwer in Worte zu fassen ... Er wälzte den Gedanken hin und her, dann erinnerte er sich, wie erfolgreich seine Geschichte von dem plötzlichen Besuch in der Stadt gewesen war, und er zerschnitt den Knoten seiner Schwierigkeiten mit einer neuen Lüge.

»Ich denke daran, für einige Zeit zu verreisen, Elsie«, sagte er.

»So?« Dann schwieg sie.

»Irgendwohin – zur Abwechslung. Ich brauche eine Abwechslung. Ich glaube, ich werde schon morgen fahren. Oder übermorgen ... aber nein, ich glaube, morgen.«

»Ja«, erwiderte sie.

»Ich weiß noch nicht, wie lange ich wegbleiben werde«, fuhr er fort, »aber ich lasse dich's wissen, sobald ich zurück bin.«

»Ja, laß es mich nur wissen«, antwortete sie gelassen.

Diese Gelassenheit war an ihr etwas Verdächtiges. Er wurde unsicher. »Du fragst mich ja gar nicht, wohin ich fahre«, sagte er mit einem etwas schwerfälligen Versuch zu scherzen.

»Ich weiß es«, sagte sie.

Er war betroffen. »Wie ... du weißt es?«

»Ja. Du verreist überhaupt nicht«, entgegnete sie.

Er fand kein Wort. Es dauerte fast eine Minute, bis sie fortfuhr – mit derselben ruhigen Stimme, mit der sie von Anfang an gesprochen hatte.

»Du verreist überhaupt nicht. Und du mußt auch heute morgen nicht zur Stadt. Du bist bloß herausgekommen, weil ich auftauchte; Paul, du brauchst dich nicht zu benehmen, als wenn wir Fremde wären.«

Ein schwaches Rot stieg in seine Wangen. Er bemerkte, daß der Wind ihr Gesicht gerötet hatte wie frischen Rhabarber. Er fand noch immer keine Worte.

»Du *solltest* verreisen, natürlich!« fuhr sie fort. »Ich weiß nicht, ob du oft in den Spiegel siehst, aber du siehst ziemlich erschreckend aus. Es haben sich schon verschiedene Leute heute morgen nach dir umgedreht. Es wäre also natürlich, wenn du verreisen würdest. Aber du willst nicht, und ich weiß auch, warum.«

Er zitterte, hustete ein wenig, und dann brach er sein Schweigen.

»Also – wenn du es weißt, hat es keinen Sinn, dieses Gespräch fortzusetzen«, sagte er kurz.

»Für mich vielleicht nicht, aber für dich hätte es Sinn«, antwortete sie. »Soll ich dir sagen, was ich weiß?«

»Nein«, sagte er, die Stimme ein wenig erhebend.

»Nein?« fragte sie und richtete die runden Augen mit ernstem Blick auf ihn.

»Nein.«

Wieder verlor er die Geduld mit ihr; wieder war er sich seines Kraftaufwandes bewußt. Ihre Ergebenheit und Treue und Liebe quälten ihn; sie demütigte ihn und sich selbst damit. Es wäre freilich schlimm gewesen, wenn er ihr jemals in Wort oder Tat Ursache gegeben hätte, sich so an ihn zu hängen ... aber ... das war das Ärgste dieser Art Lebensführung für eine Frau. Frauen wie sie, die im Beruf standen, die ständig in den Büros kommen und gehen, machten immer (ob sie es merkten oder nicht) die Kameradschaft zu einem Deckmantel für etwas anderes. Sie akzeptierten die unkonventionelle Beziehung, sie bewegten sich frei, wie es die Männer tun, und die Männer richteten sich ehrlich danach, wie sich die Frauen selbst einschätzten – und letzten Endes stellt sich heraus, daß doch alles ganz anders war und daß auch diese Frauen sich einfach verliebten. Kein Wunder, daß man in den Läden, auf den Plätzen und in den Wirtshäusern darüber klatschte! In gewissem Sinn hatten die Klatschmäuler recht. Unabhängig waren diese Frauen, aber nicht produktiv; unter Verzicht auf mancherlei weibliche Liebenswürdigkeit, und dennoch mit dem ganzen Hunger, mit allen Nöten des Weibes; geistig überspitzt, aber nicht klug. Oleron war dessen überdrüssig.

Und es war an der Zeit, daß er es ihr offen sagte.

»Ich nehme an«, sagte er zitternd und sah zwischen seinen Knien zu Boden, »ich nehme an, die wirkliche Schwierigkeit im Leben der berufstätigen Frau ist die, daß sie genötigt ist, zu führen – die erste Stimme zu spielen.«

Er war nicht sicher, in welchem Sinn sie die lahme Verallgemeinerung auffaßte; sie erwiderte nur: »Wahrscheinlich ja.«

»Es ist nicht zu ändern«, fuhr er fort, »aber sie opfert dabei sehr vieles.«

Sie stimmte zu. Sehr vieles, ja. Und nach einer kleinen Pause fügte sie hinzu: »Was denn zum Beispiel?«

»Sie mag allmählich eine ganz neue Stellung erobern – aber heutzutage ist sie in einer falschen Position.«

Das sei sehr wahrscheinlich, erwiderte sie; sie habe es noch nicht lange in diesem Licht betrachtet ...

»Und«, fuhr er verzweifelt fort, »sie *muß* einfach darunter leiden. Ihre harmlosesten Handlungen werden mißverstanden; man schiebt ihr Motive unter, an die sie gar nicht gedacht hat; und zuletzt kommt es – « er zögerte ein paar Sekunden, dann packte er den Stier bei den Hörnern – »zuletzt kommt es zu schiefen Blicken und höhnischem Grinsen.«

Sie hörte seine Rede vollkommen gelassen an. Sie zitterte nur ein wenig, als sie den Namen nannte.

»Barrett?«

Sein Schweigen erzählte ihr den Rest.

Jedes weitere Wort, das zu sagen war, mußte jetzt von ihr kommen. Es kam, als der Bus hielt und neue Fahrgäste die Treppe heraufstiegen.

»Es ist besser, wenn du hier aussteigst und zurückgehst, Paul«, sagte sie. »Ich verstehe dich vollkommen – vollkommen. Es ist nicht Barrett. Du wärst durchaus imstande, mit Barrett fertig zu werden. Es ist nur bequem für dich, zu sagen, es sei Barrett. Ich weiß, was es ist... aber du sagtest ja, ich dürfte es nicht aussprechen. Nun gut. Aber ehe du gehst, möchte ich dir noch sagen, warum ich heute morgen gekommen bin.«

Mit matter Stimme fragte er danach. Wieder sah sie fest geradeaus, als sie erwiderte:

»Ich bin gekommen, um dich zu einer Initiative zu zwingen. Die Dinge dürfen nicht so weiterlaufen, wie sie gelaufen sind, das weißt du. Und nun ist alles aus.«

»Alles aus«, wiederholte er stumpf.

»Alles aus. Ich bitte dich, dich als völlig frei zu betrachten, was mich betrifft. Ich mache nur einen Vorbehalt.«

Er hatte kaum den Mut, zu fragen, welchen Vorbehalt sie meine.

»Wenn nur *ich dich* brauche«, sagte sie, »so verschwende bitte keinen Gedanken daran; das ist unwichtig; deshalb würde ich mich dir nicht nähern.« Sie senkte die Stimme. »Aber wenn *du mich* brauchst, Paul – ich werde es wissen, ob du mich brauchst, und *du wirst mich brauchen* – dann komme ich, koste es, was es wolle. Verstehst du das?«

Er konnte nur seufzen.

»So, das ist abgemacht«, schloß sie. »Und ich glaube, das ist alles. Geh jetzt zurück. Ich würde dir raten, zu Fuß zu gehen, denn du zitterst ja – lebe wohl.«

Sie reichte ihm ihre kalte Hand, und er stieg aus. Er wandte sich am Rand des Bürgersteigs um, als der Bus wieder anfuhr. Zum erstenmal in den langen Jahren, seit sie sich kannten, hatte sie sich von ihm getrennt, ohne zu lächeln und ohne mit ihrem langen Arm zu winken.

IX

Er stand an der Bordschwelle, todunglücklich, und blickte ihr nach, solange sie noch zu sehen war; aber fast im selben Augenblick, als sie verschwand, spürte er, wie sich die Last von seiner Seele löste. Sie hatte ihm die Freiheit geschenkt; freilich, in gewissem Sinne hatte er ja die Freiheit nie aufgegeben ... aber jetzt war keine Zeit für Haarspaltereien; er war frei, zu handeln, und vor ihm war freie Bahn! Dies Gefühl der Leichtigkeit ergriff rasch von ihm Besitz; schon begann er, sich dieser Freiheit positiv zu freuen; und ehe er noch den halben Weg nach Hause zurückgelegt hatte, wußte er schon, was er jetzt tun mußte.

Der Pfarrer des Sprengels, in dem sein Haus lag, lebte etwa zehn Minuten vom Platz entfernt. Zu ihm lenkte Oleron jetzt seine Schritte. Es war unbedingt notwendig, daß er alles erfahren mußte, was es zu erfahren gab über dieses alte Haus mit den Versicherungs-Insignien und den schiefen Tafeln mit der Aufschrift ›Zu vermieten‹ – und der Pfarrer war fraglos der Mann, der ihm die beste Auskunft geben konnte. Wenn auch diese letzte Vorarbeit geleistet war, dann ... aha! Oleron lachte verstohlen – dann durfte er mit Fug und Recht erwarten, daß sich gewisse Dinge ereigneten!

Aber er bekam weniger zu hören, als er gehofft hatte. Das Haus sei alt, sagte der Pfarrer ... nun ja, um das zu erfahren, brauchte Oleron keinen Pfarrer; es hatte den Ruf, daß es darin spuke (Oleron spitzte die Ohren) – aber es gab nur wenige alte Häuser, über die nicht beim unwissenden Volk solche Gerüchte umliefen; und der beklagenswerte Verfall des Glaubens in der Welt, meinte der Pfarrer, sei nicht dazu angetan, solchen Aberglauben zu zerstreuen. Im übrigen sprach er in begütigendem

Ton, wie man eben spricht, wenn man einer zu klaren Antwort ausweicht, weil man nicht weiß, wie sie von dem Fragesteller aufgenommen wird. Oleron lächelte, als er dies bemerkte.

»Sie brauchen keine Rücksicht auf meine Nerven zu nehmen«, sagte er. »Wie lange hat dieses Haus leer gestanden?«

»Zehn oder zwölf Jahre ungefähr, glaube ich«, antwortete der Geistliche.

»Und der letzte Mieter – haben Sie ihn gekannt? Ihn – oder sie?« Oleron spürte, wie seine Nerven zuckten, als er dem Pfarrer diese Alternative bot.

»Ihn«, lautete die Antwort. »Einen Mann. Und wenn ich mich recht erinnere, hieß er Madley; ein Künstler. Er lebte ungewöhnlich zurückgezogen; er verließ das Haus nur selten, und – « der Pfarrer zögerte, dann fuhr er in einem Anfall von Offenherzigkeit rasch fort: »Da Sie anscheinend wegen dieser Information gekommen sind, und da es mir besser scheint, daß die Wahrheit ausgesprochen wird, als daß verstümmelte Versionen umlaufen, will ich Ihnen lieber offen sagen, daß dieser Madley dort unter ziemlich ungewöhnlichen Umständen gestorben ist. Man hat mir mitgeteilt, daß man beim post mortem nicht eine Spur von Nahrung in seinem Magen gefunden hat, obwohl er keineswegs mittellos war. Und sein Körper war völlig verbraucht und ausgezehrt. Man sprach von Selbstmord, aber Sie werden mir recht geben, daß freiwilliges Verhungern zumindest eine ungewöhnliche Form von Selbstmord wäre. Das Urteil des Leichenbeschauers ließ diese Frage offen.«

»Ach!« sagte Oleron ... »Und gibt es vielleicht eine umfassende Geschichte dieses Kirchensprengels?«

»Nein. Nur einzelne Abschnitte. Ich selbst habe eine Anzahl von Aufzeichnungen seiner rein kirchlichen Geschichte gemacht, auch verschiedene Auszüge, die ich Ihnen mit Vergnügen zeigen würde, wenn Sie Interesse daran haben; aber der Sprengel ist groß, und ich habe nur einen Hilfsgeistlichen, daher ist meine Muße, wie Sie sicher verstehen, beschränkt...«

Die Ausdehnung des Sprengels und der Mangel an Hilfsgeistlichen füllten die nächsten Minuten. Oleron dankte dem Pfarrer, verabschiedete sich und ging langsam nach Hause.

Er hatte seine Gründe, langsam zu gehen; er kehrte sogar noch zweimal einige Schritte vor seiner Eingangspforte um und machte noch einen Umweg von etwa zwanzig Minuten. Er hatte ein äußerst empfindliches Stück Arbeit vor sich; es erforderte die größte geistige Konzentration; es war nicht mehr und nicht weniger als die Aufgabe, seinen Geist möglichst in jenen Zustand der Unvoreingenommenheit und Aufnahmefähigkeit zurückzuversetzen, in dem er gewesen war, als er nach beendetem Umzug seine Räume betrachtet und sich hingesetzt hatte, um das sechzehnte Kapitel seiner ersten *Romilly* anzufangen.

Denn wenn er jetzt diesen ersten Eindruck wiederherstellen konnte, dann durfte er auf mehr hoffen. Früher hatte er allerlei geistigen Schutt und Plunder mit sich herumgetragen. Ehe der Einfluß dieser Räume überhaupt auf ihn wirken konnte, hatte er die Schlaffheit dieser trüben Kapitel zu überwinden. Noch hatten sich keine Resultate gezeigt. Der Prozeß war der einer langsamen Sättigung gewesen, eines Aufladens, eines bis zum Rande Gefülltwerdens. Aber jetzt war er leicht, unbeladen, endlich frei von beiden, jener ersten Romilly und ihrem Prototyp.

Jetzt war er frei für die Unbekannte, die Spröde, Eifersüchtige, Bezaubernde – für die lockende Schöne! ...

Um halb zwei Uhr nachmittags steckte er den Schlüssel in das Yaleschloß, trat ein und schloß die Tür hinter sich ...

Der phantastische Versuch war sofort und erstaunlich erfolgreich! Er hätte jubeln mögen vor Triumph, als er das Zimmer betrat; es war, als habe er sich hinein *gerettet*. Wieder war er sich, wie in den Tagen, da seine Arbeit täglich Frische und Wunder und Verheißung für ihn war, der neuen Leichtigkeit, Beherrschung, Heiterkeit und Freiheit bewußt. Die Luft des Zimmers schien mehr Oxygen zu enthalten. Als habe sogar sein Gewicht sich verändert, kam ihm sein eigener Schritt leichter vor. Die Blumen in den Schalen, die schönen Maße der wiesenblumenfarbigen Paneele und Ornamente, der glänzende Fußboden, die hohe mit Sternchen geschmückte Decke – alles lachte ihm ein Willkommen zu. Und Oleron erwiderte das Lachen und sagte laut und schmeichelnd: »Oh, du bist schön, schön, schön!«

Dann legte er sich auf seinen Diwan.

Er verbrachte den Nachmittag, wie ein Genesender ihn verbracht haben würde – in köstlicher Leere, dann und wann wie im Schlaf lächelnd, immer wieder mit schläfrigem, zufriedenem Blick seine zauberhafte Umgebung betrachtend. So lag er, bis die Dunkelheit kam, und mit der Dunkelheit die nächtlichen Geräusche des alten Hauses.

Aber wenn er auf irgendein besonderes Geschehen wartete, so wartete er vergeblich.

Und ebenso vergeblich wartete er am nächsten Morgen, während er nicht mehr ganz mühelos Geist und Sinne empfänglich hielt wie den glatten Spiegel eines ganz stillen Sees. Nichts geschah, was die Fläche hätte bewegen können. Was es auch sein mochte, das er so geduldig umwarb – es war offenbar ebenso scheu wie anspruchsvoll.

Endlich, am dritten Tage, verstand er es. Ein fein scherzhafter, verschmitzter Ausdruck trat in seine Augen und er kicherte.

»Oho! Oho! ... Nun, wenn der Wind aus dieser Ecke weht, muß ich überlegen, was dabei zu tun ist. Was gibt es noch? ... Nein, ich werde Elsie nicht rufen lassen. Wir brauchen keine Walze, um den Schmetterling zu zerbrechen; solche Wege gehen wir nicht, mein Schmetterling ...«

Er stand sinnend da, knetete sein hageres Kinn und warf einen Blick zur Seite. Plötzlich ging er durch die Diele, nahm seinen Hut und begab sich hinaus.

»Meine Schöne ist kokett, glaube ich. Nun, wir wollen sehen, wie ein bißchen Vernachlässigung auf sie wirkt.« Er lachte verstohlen und stieg die Treppe hinab.

Er suchte die nächste Bahnstation, nahm einen Zug und verbrachte den Rest des Tages auf dem Land. O ja! Oleron meinte, er sei durchaus der Mann, mit lokkenden Schönen fertig zu werden, die ihn reizten und sich dann hinter Scheuheit und Zurückhaltung versteckten!

Erst um elf Uhr abends kehrte er zurück.

»Nun, meine lockende Schöne«, murmelte er, während er die Einfahrt entlangging und den Schlüssel in seiner Tasche suchte ...

Drinnen in seiner Wohnung war er völlig gelassen, absolut ungezwungen, aufs äußerste bemüht, sich nicht zu verraten. Als wolle er andeuten, daß er sogleich zu Bett gehen würde, zündete er nur eine einzige Kerze an, und während er seine allabendliche Runde machte, heuchelte er sogar ein herzhaftes Gähnen. Er ging zuerst in die Küche. Es war Vollmond, und das Mondlicht – fast pfauenblau im Gegensatz zu seiner rötlichen Kerzenflamme – lag strahlenförmig auf dem Boden. Der Fenstervorhang war nicht zugezogen, und er konnte den Widerschein der Kerze und undeutlich sogar sein eigenes Gesicht in der Fensterscheibe sehen, während er umherging. Die Tür des Puderkabinetts stand ein wenig offen, und er schloß sie, bevor er sich, um seine Stiefel auszuziehen, auf den Stuhl setzte, wo das Kissen aus der zusammengefalteten Harfendecke lag. Aus der Küche ging er ins Badezimmer. Dort war ein anderer blauer Mondstrahl über den Fenstersims gekrochen und lag über den Wasserrohren an der Wand. Er ging auch in sein selten benutztes Arbeitszimmer, blieb dort einen Augenblick stehen und sah hinaus auf die silbernen Dächer über dem Platz. Dann ging er geradewegs durch sein Wohnzimmer. Seine unbeschuhten Füße machten kein Geräusch; er trat ins Schlafzimmer und stellte die Kerze auf der Kommode ab. In seinem Gesicht war nichts anderes zu lesen als Müdigkeit. Er war niemals listiger oder wacher gewesen.

Der kleine Kamin seines Schlafzimmers war gegenüber der Kommode, auf der ein Spiegel stand; den übrigen Raum nahmen sein Bett und das Fenster ein. Oleron zog den Vorhang zu, legte das Jackett ab und bückte sich dann, um die Hausschuhe unter dem Bett hervorzuziehen.

Er hätte keinen Grund angeben können für seine Überzeugung, daß die Offenbarung, die zwei Tage lang ausgeblieben war, nun unmittelbar bevorstand; er zweifelte keine Sekunde daran. Und obwohl er nicht die blasseste Ahnung hatte, welche Gestalt sie annehmen würde, verspürte er keine Furcht. Sie konnte überraschend sein, vielleicht auch erschreckend – aber mehr nicht; und darauf war er vorbereitet; seine Gefühlsskala war herabgedrückt. Seine Hand fuhr unter dem Bett hin und her, die Hausschuhe suchend.

Aber trotz all seiner Vorsicht und Methode und Gefaßtheit tat sein Herz ganz plötzlich einen Sprung und setzte dann aus; es war schrecklich. Seine Hand hatte die Schuhe gefunden, aber er war noch auf den Knien – sonst wäre er umgefallen. Das Bett war sehr niedrig; das Tasten nach den Schuhen war Ursache genug, den Kopf nach einer Seite zu wenden; und er war beherrscht genug, in dieser Stellung zu bleiben, bis er wenigstens einen Teil seiner Fassung wiedergefunden hatte. Als er gleich danach aufstand, hing ein Tropfen Blut an seiner Unterlippe, wo er mit den Zähnen darauf gebissen hatte, und die Uhr war aus seiner Tasche gesprungen und baumelte am Ende ihres kurzen Lederriemchens.

Aber ehe die Uhr noch ausgeschwungen hatte, war Oleron schon wieder er selbst.

In der Mitte des Kaminsimses stand ein Bild, ein Porträt seiner Großmutter; er stellte sich vor dieses Bild, so daß er im Glas die stete Kerzenflamme sehen konnte, die hinter ihm auf der Kommode brannte. Im Glas des Bildes sah er auch die kleinen Lichtreflexe auf den Kanten und Facetten der Gegenstände, die neben dem Spiegel und der Kerze lagen. Aber er konnte noch mehr sehen. Dies Funkeln und die Spiegelungen und Widerspiegelungen veränderten ihren Ort nicht; aber ein Lichtschein war da, der sich bewegte. Er war matter als die anderen, und er bewegte sich in der Luft auf und ab. Es war der Widerschein der Kerze auf Olerons schwarzem Vulkanitkamm, und jede Abwärtsbewegung war von einem seidigen, raschelnden Knistern begleitet.

Während Oleron im Bild seiner Großmutter beobachtete, was geschah, hörte er nicht auf, seine Rolle zu spielen. Er griff nach seiner baumelnden Uhr und zog sie langsam auf; dann begann er, seine Taschen zu leeren, und die Münzen, die er herausholte, methodisch in kleinen Reihen auf den Kaminsims zu legen. Das leise, streichende elektrische Geräusch erfüllte das ganze Schlafzimmer, und hätte Oleron seinen Beobachtungsposten ein wenig geändert, so hätte er das matte Aufglänzen des sich bewegenden Kamms soweit verschieben können, daß es den Kopf auf dem Bild fast genau umrissen hätte.

Von einem andern Kopf, dessen Umrissen es hätte folgen können, war nichts zu sehen.

Oleron beendete das Ausräumen seiner Taschen; dann versteckte er sich hinter einem weiteren simulierten Gähnen und drehte sich plötzlich um, weniger einen Entschluß ausführend, als weil ihn eine verzehrende Neugier fast überwältigte. Von dem, was da gekämmt wurde, war immer noch nichts zu sehen, aber der Kamm bewegte sich weiter. Er hatte ein wenig den Winkel verändert und war etwas nach links gerückt; er bewegte sich in ziemlich regelmäßigem Schwung von einem Punkt etwa ein Meter sechzig über dem Boden in fast senkrechter Richtung zu einem andern Punkt, der wenige Zentimeter unter dem oberen Rand der Kommode lag.

Oleron fuhr fort, bewunderswert zu schauspielern. Er ging zu seinem kleinen Waschständer in der Ecke, goß Wasser in das Becken und fing an, sich die Hände zu waschen. Er zog die Weste aus und setzte seine Vorbereitungen zum Schlafengehen fort. Das Kämmen hörte nicht auf, und er blieb einen Augenblick nachdenklich stehen. Wieder blinzelte er mit den Augen. Seine nächste Geste war überwältigend listig ...

»Hmmm ... ich glaube, ich werde noch ein Viertelstündchen lesen«, sagte er laut.

Dann ging er aus dem Zimmer.

Er blieb ein paar Minuten fort; als er zurückkehrte, war der Raum plötzlich still. Er sah nach der Kommode – der Kamm lag da, zwischen dem Kragen, den er abgenommen hatte, und einem Paar Handschuhen. Ohne Zögern streckte Oleron die Hand aus und nahm ihn auf. Es war ein gewöhnlicher Achtzehnpenny-Kamm, aus einem Stand in der Drogerie gekauft, aus einer Substanz von unbedingt spezifischem Gewicht, ebensowenig einer Rebellion gegen die Naturgesetze fähig, durch die er vorhanden war, wie die Welten und Gestirne fähig sind, von ihrer Bahn abzuweichen. Oleron legte ihn wieder hin. Dann blickte er auf das Bündel Papier, das er in der Hand hielt. Er war hinausgegangen, um sich die ersten fünfzehn Kapitel der ursprünglichen *Romilly* zu holen.

»Hmmm«, murmelte er, während er das Manuskript in einen Sessel warf ... »Genau was ich dachte ... Sie ist blindwütend und mörderisch eifersüchtig.«

In der Nacht danach, und in der nächsten Nacht, und viele Tage und Nächte lang – so viele, daß er anfing, sie nicht mehr zu zählen – setzte Oleron seine Suche nach der unbekannten Mitbewohnerin seines Heims fort – liebedienerisch, schmeichelnd, nichtachtend, drohend, bettelnd – verzehrt von einer unstillbaren Neugier und ohne zu merken, daß sein Leben nur noch eine alles verschlingende Leidenschaft und Sucht geworden war.

X

Die Zeit verlief, und es fügte sich so, daß nur wenige Menschen außer dem Briefträger Olerons Treppe heraufstiegen. Und da Leute, die wenig Briefe schreiben, auch wenig Briefe bekommen, wurden selbst die Schritte des Postboten so selten, daß sie kaum noch ein- oder zweimal in der Woche zu hören waren. Es kam ein Brief von Olerons Verleger mit der Frage, wann er das Manuskript des nächsten Buches erwarten dürfte; er verzögerte die Antwort einige Tage lang, und schließlich vergaß er sie. Es kam ein zweiter Brief, den er ebenfalls nicht beantwortete. Er erhielt keinen dritten.

Das Wetter wurde hell und warm. Die Ligusterbüsche zwischen den hackmesserartigen Vermietungstafeln blühten, und in den Straßen, wo Oleron einkaufte, waren die Bordschwellen mit den Körben der Blumenverkäuferinnen gesäumt. Oleron kaufte täglich Blumen; das Zimmer schrie förmlich nach Blumen, frischen, täglich neuen; und Oleron geizte nicht. Dennoch wurde ihm die Notwendigkeit, täglich auszugehen, um Blumen zu kaufen, immer lästiger, und jedesmal, wenn er heimkam, fühlte er sich mehr und mehr erleichtert. Er begann zu merken, daß seine Gefühlsskala wiederum eine kleine Veränderung erlitten hatte – eine Veränderung, die keine Wiederherstellung ihrer früheren Fähigkeit war, sondern eine Ausweitung und Verbreiterung, die noch einmal Terror einschloß. Sie ließ das Grauen in einer völlig neuen Form zu. *Lux orco, tenebrae Jovi.* Der Name dieses Terrors war Agoraphobie. Oleron hatte begonnen, die Luft und den freien Raum zu fürchten, und das Entsetzen, das seinen ungeschützten Rücken anspringen konnte.

Sofort ersann er eine Methode, seine Lebensmittel und seine Blumen täglich an seiner Tür abliefern zu lassen. Er rieb sich die Hände, als er auf diesen Ausweg verfallen war. So war es besser! Nun konnte er nach Belieben ein- und ausgehen oder zu Hause bleiben!

Nun, er hatte nicht lange zu wählen ... es wurde ihm zum Vergnügen, sich einzumauern.

Aber er war nicht glücklich – oder, wenn er es war, so nahm sein Glück eine ungewöhnliche Wendung. Er rieb sich auf – unbefriedigt; er hätte manchmal weinen mögen aus lauter Schwäche und Elend. Dennoch war ihm unklar bewußt, daß er seine Traurigkeit nicht für alle lärmende Freude der Welt da draußen vertauscht haben würde. Und Lärm ... ja, Lärm ... es war der viele Lärm, der ihm jetzt das größte Unbehagen verursachte. Es gab kaum etwas Unerträglicheres als diese neu entstandene Furcht, die ihn bei seinen seltenen Ausgängen veranlaßte, dicht an den Wänden entlangzugehen und freundliche Stützen und Geländer nicht loszulassen. Sogar in seiner Wohnung ging er leise in Hausschuhen, und manchmal stand er sekundenlang still, daß kein Laut die Stille unterbrach, die ihm an sich ein solches Entzücken bereitete. Der Sonntag war für ihn der unerträglichste Tag geworden; denn seit das Wetter so schön war, sammelten sich unter seinen Fenstern jeden Sonntag auf dem Platz die Mitglieder der Sekte, welcher der Langnasige angehörte. Sie kamen mit einer großen Trommel und lärmenden Blechinstrumenten; Männer und Frauen erhoben ihre gequälten Stimmen und rangen mit ihrem Gott. Und Barrett selbst betete mit aufgehobenem Gesicht, geschlossenen Augen und zuckenden Brauen, daß der Ton seiner Stimme in das Ohr aller Ungläubigen dringen möge – und wirklich, in Olerons Ohr drang er! Eines Tages sprang Oleron inmitten einer dieser Rhapsodien ans Fenster und schlug die Läden zu, und hörte dabei seinen eigenen Namen, der Anlaß eines neuen Gebetsergusses wurde.

Und manchmal stand Oleron ganz still in seinem Zimmer und rief leise *»Romilly!«*, ohne jedoch eine Antwort zu erwarten; und dann horchte er; aber noch öfter nahm sein Flüstern kaum die Form eines Namens an.

Besonders eine Stelle in seiner Behausung begann er mit ständig zunehmender Beharrlichkeit immer wieder aufzusuchen. Es war die Öffnung seiner Schlafzimmertür. Er hatte eines Tages entdeckt, daß er, wenn er alle Türen in seiner Wohnung aufmachte (immer mit Ausnahme der Eingangstür, die er nur ungern öffnete) und sich auf diesen einen Platz stellte, tatsächlich in größerem oder geringerem Ausmaß alle seine fünf Räume übersehen konnte, ohne sich vom Fleck zu rühren. Er überblickte das ganze Wohnzimmer, fast das ganze Schlafzimmer bis auf die Wand, die hinter der offenen Tür lag, und Teile der Küche, des Bads und seines selten benutzten Studierzimmers. Er stand häufig auf diesem Platz, atemlos, den Finger an den Lippen. Eines Tages ertappte er sich an dieser Stelle plötzlich bei dem Gedanken, ob wohl dieser Madley, von dem der Pfarrer gesprochen hatte, jemals die strategische Bedeutung seines Schlafzimmereingangs entdeckt hatte.

Überdies verursachte ihm das Licht viel größeres Unbehagen als die Dunkelheit. Direktes Sonnenlicht, das in jedes seiner Zimmer fiel, wenn die Sonne ihre tägliche Runde um das Haus machte, stach in sein Hirn wie eine Flamme, und selbst gedämpftes Licht empfand er als dumpfen, betäubenden Schmerz. Er begann zu den aufeinanderfolgenden Tagesstunden seine roten Vorhänge einen nach dem andern zuzuziehen. Er machte zu diesem Zweck kurze, waghalsige Exkursionen; aber er achtete immer ängstlich darauf, sich den Rückzug offen zu halten, falls er ihn einmal brauchen würde. Bald war das Zuziehen der Vorhänge eine methodische tägliche Übung geworden, und wenn er seine Runde gemacht hatte, lagen seine Zimmer im blutroten Dämmerlicht einer photographischen Dunkelkammer.

Als er eines Tages gerade sein kleines Studierzimmer verdunkelte und vorsichtig rückwärts hinausging, brach er mit einemmal in leises Lachen aus.

»Da hätten wir Mr. Barrett geprellt!« sagte er. Und die Enttäuschung Barretts bereitete ihm eine Stunde ungetrübter Heiterkeit.

Jedoch an einem andern Tag, bald danach, versetzte

ihn etwas so in Schrecken, daß er ebenfalls eine volle Stunde lang zitterte. Er hatte die Gardinenschnur in der Hand, um das Fenster über der Sitzbank zu verdunkeln, in der er die Harfenhülle gefunden hatte, und stand mit guter Rückendeckung in der Fensternische, als er plötzlich den Zipfel eines weiß-schwarz karierten Rockes um die Ecke verschwinden sah. Er war seiner Sache nicht ganz sicher, er hätte zum Fenster der andern Wand laufen müssen, das schon verdunkelt war, und bis dahin war der Rock bestimmt außer Sicht ... aber er war beinahe überzeugt, daß es Elsie war. In scherzhafter Spannung horchte er, ob er nicht ihren Schritt auf der Treppe hörte ...

Aber er vernahm keinen Schritt, und nach ein paar Minuten atmete er erleichtert auf.

»Beim Jupiter, das hätte mich entsetzlich kompromittiert!« murmelte er zwischen den Zähnen.

Er konnte sich nicht beruhigen und sagte immer wieder: »Entsetzlich kompromittierend ... nein, das ließe sich keine Frau gefallen ... keine, aber auch *keine* Frau ... oh, es wäre blamabel gewesen ... blamabel ...«

Jedoch, er war nicht glücklich. Er hätte keine Ursache nennen können für die Weinkrämpfe, die ihn von Zeit zu Zeit befielen. Sie kamen und gingen wie die launische Beleuchtung der Wolken, die draußen über den Platz zogen; nun ja, wenn er auch nicht glücklich war, so war er doch vielleicht auch nicht unglücklich. Bevor er unglücklich sein konnte, hätte sich ihm etwas entziehen müssen ... aber es war ihm auch nichts gewährt worden. Er wartete in seinem blumenüberladenen, entsetzlich bezaubernden Zimmer mit den cremeweißen Wänden, die jetzt durch die roten Vorhänge blutigrot angehaucht waren .. er wartete auf die Gewährung.

Er achtete gar nicht darauf, daß sein kleines Kapital rapide zusammenschmolz und daß er aufgehört hatte zu arbeiten. Aufgehört zu arbeiten? Nein, das stimmte nicht... Wer da vielleicht meinte, Oleron habe aufgehört zu arbeiten, der verstand herzlich wenig davon! Tatsächlich fing er jetzt erst mit seiner Arbeit an. Er bereitete gewissermaßen die Arbeit vor... ein solches Werk... eine solche Heldin, die sich jetzt im Schoß seiner Muse entwickelte... wenn nur erst die Prüfungszeit verheerenden Wartens vorbei wäre, dann würde die Welt schon sehen... Natürlich *konnten* die Menschen sie nicht kennen, diese schöne Geliebte Olerons, solange er selbst sie nicht kannte. So liebliche, leuchtende Gestalten entwirft man nicht wie etwas Alltägliches. Der Mann, dem es vergönnt ist, sie zu zeigen, muß brennende Tränen weinen, wie Oleron, muß geschwellt sein von eitlen, vermessenen Hoffnungen, wie Oleron, muß wie Oleron den launenhaften, schönen, spöttischen, entgleitenden, begierigen Geist verfolgen, der immer entweichend dafür sorgt, daß die Jagd nicht erlahmt. Man mußte Oleron Zeit lassen, diese Jägerin ein wenig länger zu jagen... eines Tages würde er sie strahlend und ächzend in seinen Armen halten... O nein, wer da meinte, Oleron habe aufgehört zu arbeiten, der war meilenweit von der Wahrheit entfernt!

Und wenn alles andere von Oleron abfiel, er ließ es leichten Herzens gehen. Das tun wir alle, wenn unsere Schöne winkt... Ganz zu Anfang winken wir auch, wir geloben uns, die launische Dame zu zähmen, wir vernachlässigen sie einen Tag lang, wir kehren ihre eigenen eifersüchtigen Listen gegen sie, wir spotten und wir übersehen sie, wenn sie kommt und schmeichelt. Vielleicht lauert in uns allen die ganze Zeit hindurch ein herzloser Kobold, der sich niemals narren läßt. Aber am Ende hört das alles auf. Sie winkt, sie lockt, und alles andere ist versunken...

Oeron blieb auf seinem strategischen Posten im Rahmen seiner Schlafzimmertür und beobachtete und wartete und lächelte, den Finger an der Lippe. Es war Minnedienst, seine Anbetung, sein Verlöbnis – es war alles, was er jemals von Liebe gewußt hatte. Und wenn er manchmal merkte – was ab und zu geschah – daß er den toten Madley haßte, wenn er wünschte, dieser Mensch hätte nie gelebt, so war auch dies, das fühlte er, ein willkommener Minnedienst...

Aber während er sich solchermaßen für die Hochzeit vorbereitete und immer trübsinniger und immer gereizter wurde, weil die Braut ihm kein Zeichen gab, machte er eine Entdeckung, die er bereits vor Wochen hätte machen müssen.

Er kam durch einen Gedanken an den toten Madley darauf. Seit jener Nacht, da er in seiner Unerfahrenheit meinte, ein wenig gutgespielte Nichtachtung würde die schöne Lockende auf die Knie zwingen, und ihre eigene Eifersucht dazu benutzt hatte, sie zu vertreiben, hatte er keinen Blick mehr auf die verschmähten fünfzehn Kapitel von *Romilly* geworfen. Er hatte sie in die Fensterbank zurückgeworfen und ihr Vorhandensein völlig vergessen. Jetzt aber erinnerte ihn seine Eifersucht auf Madley an ihre Eifersucht, an das verlassene Vorbild in Fleisch und Blut, und er mußte an sie denken ... Was für ein Narr war er gewesen! Hatte er wirklich erwartet, die sehnsüchtig Gesuchte würde sich verkörpern, solange noch ein Beweis seiner geteilten Treue bestand? Sie, deren wilde Leidenschaft so stark und so grausam war, daß sie ohne Zögern zweimal versucht hatte, ihre Rivalin zu vernichten? Was für ein Narr war er gewesen!

Nun, wenn dies das ganze Opfer, die ganze Bürgschaft war, die sie verlangte, so sollte sie ihren Willen haben – o ja, und so schnell wie möglich!

Er nahm das Manuskript aus der Fensterbank und trug es zum Kamin. Er ließ jetzt das Feuer im Kamin nicht ausgehen; die Wärme holte die letzte Spur von Blumenduft heraus, der schwer in der Luft seines Zimmers hing. Er wußte nicht, wie spät es war. Er hatte seine Uhr längst ablaufen lassen – sie schien ihm ein zu widersinniger Zeitmesser für die ungeheuerlichen Dinge, die er jetzt erlebte; aber er wußte, daß es spät war. Er nahm das *Romilly*-Manuskript und kniete sich vor das Feuer.

Aber er hatte die Schnur noch nicht aufgeknotet, mit der die Bogenzusammengehalten waren, als er plötzlich auffuhr, den Kopf über die Schulter wandte und angespannt horchte. Es war kein lautes Geräusch, das er gehört hatte – es war tatsächlich nicht mehr als ein leises Pochen, zwei- oder dreimal wiederholt – aber es erfüllte Oleron mit Unruhe. Sein Gesicht verdüsterte sich, als es wiederkam.

Dann hörte er draußen auf dem Treppenabsatz eine Stimme.

»Paul! ... Paul!«

Es war Elsies Stimme.

»Paul! ... Ich weiß, du bist zu Hause ... ich möchte dich sprechen...«

Er fluchte unterdrückt, blieb aber vollkommen still. Er hatte nicht die Absicht, sie hereinzulassen.

»Paul! ... Du bist in Not ... ich glaube, du bist in Gefahr ... komm doch wenigstens zur Tür! ...«

Oleron erstickte ein leises Lachen. Irgendwie belustigte es ihn, daß sie, die selbst so gefährdet war, *ihn* vor einer Gefahr warnen sollte! ... Nun, wenn sie gefährdet war, so geschah es ihr recht; sie wußte ja alles darüber, oder hatte wenigstens gesagt, sie wisse es ...

»Paul! ... Paul! ...«

»Paul! ... Paul! ...« äffte er heimlich nach ...

»Oh, Paul, es ist so *entsetzlich!...*«

Entsetzlich war es? dachte Oleron. Dann mochte sie doch weggehen...

»Ich will dir nur helfen, Paul... ich habe nicht versprochen, wegzubleiben, wenn du mich brauchst...«

Er war unempfindlich gegen das jämmerliche Schluchzen, das ihre leisen Worte unterbrach. Der Teufel sollte diese Frau holen! Mußte er hinausschreien, daß sie sich wegscheren und niemals wiederkommen solle? Nein... mochte sie rufen und klopfen und schluchzen; sie brauchte nicht zu denken, daß ihr Weinen ihn bewegte... Es reizte ihn so, daß er die Zähne zusammenbiß und die Faust nach ihr schüttelte. Das war alles. Mochte sie weinen!

»*Paul!... Paul!...*«

Mit zusammengepreßten Zähnen ließ er das erste Blatt von *Romilly* ins Feuer fallen. Dann folgte das übrige, Seite um Seite.

Das Rufen hinter der Tür ging noch viele Minuten weiter, dann brach es plötzlich ab. Er hörte das Geräusch von Füßen, die langsam die Treppe hinunterstiegen. Er wartete auf den Lärm eines Sturzes oder das Krachen eines vom oberen Geländer herabfallenden Holzstückes, auf einen Schrei... aber nichts dergleichen geschah. Sie war verschont worden. Offenbar hatte die Nebenbuhlerin ihr erlaubt, gedemütigt und geschlagen fortzuschleichen. Oleron hörte ihre Schritte unter dem Fenster. Dann war sie gegangen.

Er warf das letzte Blatt ins Feuer, dann erhob er sich leise lachend. Er sah sich zärtlich in seinem Zimmer um.

»Sie hat Glück gehabt, daß sie so davongekommen ist«, bemerkte er. »Hätte ich ihr auch nur ein Wort, einen Blick geschenkt, so wäre es ihr schlecht gegangen! Was für Teufel doch diese Frauen sind! ... Aber nein, so etwas dürfte ich nicht sagen: eine von ihnen hat Großmut, hat Nachsicht gezeigt ...«

Wer hat Nachsicht gezeigt? Was war verziehen worden? Ah, Oleron wußte es besser. Zweifellos war Verachtung die Triebfeder gewesen, aber auch das war gleichgültig: dieses überlästige Geschöpf war mit heiler Haut davongekommen. Ja, sie hatte Glück gehabt! Oleron hoffte, daß sie es wußte ...

Und jetzt endlich, endlich mußte sein Lohn kommen!

Oleron durchquerte das Zimmer. Alle Türen waren offen; seine Augen leuchteten, als er an seinen alten Platz im Türrahmen ging.

Daß er so ein Narr gewesen war, das Manuskript nicht eher zu vernichten! ...

Wie konnte er in einem Haus voller Schatten seinen eigenen Schatten sehen? Wie konnte er in einem Haus voller Geräusche die Aufforderung hören, die gleich an ihn ergehen würde? Oh, Oleron war klug. Er würde sie hören. Der Raum war erfüllt vom Gaukelspiel gedämpfter Lichter. Da war der Vorhang neben seinem Arm, durch den das Licht der Straßenlaterne einen matten Strahl warf; da war der grünblaue Mondenschein durch die Küchentür zu sehen; da glomm eine düstere Feuerglut unter der Asche des verbrannten Manuskripts; da schimmerten die Tulpen und Ranunkeln und Narzissen in den Schalen und Vasen – aber dies alles konnte ihn nicht so täuschen, so verwirren, daß er seinen eigenen Standpunkt, sein Ich nicht erkannt hätte! Denn er war es gewesen und nicht sie, der die Schattenhochzeit verhindert hatte; er senkte einen Augenblick in stummem Schuldbekenntnis den Kopf; dann heftete er die Augen wieder auf den trügerischen, verwirrenden Schimmer. Er hätte ihren Namen gerufen, wenn er ihn nur gewußt hätte ...

aber er würde nicht von ihr verlangen, daß sie auch nur den Namen mit der andern gemeinsam hatte ...

Sein eigenes Gesicht im Rahmen der Tür schimmerte weiß wie die Narzissen im Dunkeln ...

Ein Schatten, hell wie ein Vlies, schien in der Küche Gestalt anzunehmen. Vor kurzem hätte Oleron gesagt, es sei eine Wolke über den unsichtbaren Mond gezogen. Das schwache Licht auf dem Vorhang neben seinem Arm wurde matter. Vor kurzem hätte Oleron vermutet, der Laternenanzünder, der seine Runde machte, habe die Lampe heruntergeschraubt. Das Feuer brach zusammen, es blieb nur das schwarze, verkohlte Papier; eine Blume fiel aus einer Vase und lag kaum erkennbar auf dem Teppich; alles war still; und dann bewegte sich ein verirrter Luftzug durch das alte Haus und strich an Olerons Gesicht vorbei ...

Plötzlich neigte er den Kopf und zog sich ein wenig vom Türpfosten zurück. Der wandernde Luftzug bewegte die Tür ganz leicht in ihren Angeln. Oleron zitterte heftig, blieb noch eine Sekunde stehen, dann legte er die Hand von außen an den Türknopf, zog die Tür leise zu, setzte sich auf den nächsten Stuhl und wartete, wie jemand wartet, bis sein Name aufgerufen wird, um zu einer wichtigen, hohen und ganz geheimen Audienz vorgeladen zu werden ...

XI

Man weiß nicht, ob es ein menschliches Erbarmen für die Anämie der Seele gibt. Wenn der Grundton des Lebens abgesunken, wenn der Geist so verschoben und verkehrt ist, daß ihm alles entsetzlich scheint, was einmal süß und irdisch an der Tagesordnung war, dann hört die menschliche Beziehung auf. Die gesunde Seele wendet sich erschrocken ab, damit nicht nur sie selbst, sondern auch ihr gesunder Verstand nicht leidet. Wir sind keine Götter. Wir können keine Teufel austreiben, wir müssen uns um unserer selbst willen hüten, daß die Teufel sich nicht unserer bemächtigen.

Ja, wir müssen uns hüten, selbst wenn die Liebe uns so erfüllt, daß wir uns halbe Götter dünken. Wir würden vergebens von Ehre und Pflicht sprechen. Der Brief, der durch die dunkle Tür geworfen wird, bleibt unbeachtet dort liegen – und auch wenn er in einem kurzen Augenblick zwischen zwei unbeschreiblichen Bewußtseinsübungen bemerkt wird, so wird er liegenbleiben und vergessen werden; das Telegramm kann nicht ausgehändigt werden, und der pfeifende Bote kann beim Weggehen nicht wissen, daß jemand mit zitternden Fingern die zugezogene Gardine einen Zollbreit beiseite schiebt und dann angstvoll wieder schließt. Nein – laßt den Elenden selbst mit seinem Schatten ringen. Laßt ihn, wenn er so wahnsinnig ist, den Sukkubus umschlingen, in die Arme nehmen, ihm schmeicheln und ihn ans Herz drücken; laßt ihn allein in einem Haus, in das keine frische Himmelsluft dringt, wo kein heller Sonnenstrahl in das trübe Zwielicht fällt. Laßt den Verlorenen verloren sein! Die Menschheit hat andere Aufgaben.

Die Handschrift auf den Briefen, die Oleron eines Tages im Juni auf dem Boden hinter seiner Tür fand, als er sich geräuschlos in die Küche stahl, um einen Armvoll fauler, verwesender Blumen aus seinem Zimmer zu entfernen – diese Handschrift bedeutete ihm nichts weiter als eine matte Erinnerung aus einem unklaren, fernen Traum. Und als der Telegrafenbote an die Tür hämmerte, nur ein paar Fuß weit weg von dem Bett, in dem er lag, da hatte Oleron mit den Zähnen geknirscht und sich die Ohren zugestopft. Er hatte sich vorgestellt, wie der Bursche draußen stand, genau auf der anderen Seite der Wand, zwischen den Lebensmittelpaketen und den Haufen toter und sterbender Blumen. Denn damit war der ganze Vorplatz bedeckt. Die Händler hatten befürchtet, daß etwas bei dem Lieferungsauftrag nicht stimmte, und hatten nichts mehr gebracht. Drinnen im dunklen roten Licht wurden die Blumen braun und fielen aus und verkamen, wo sie lagen.

Nach und nach versickerte Olerons Lebenskraft. Das Verderben hatte sich daran geheftet. Die ständige Abzapfung entkräftete ihn so, daß er ganze Stunden dalag und leer auf die rötliche Decke blickte und wehrlos duldete, daß alle möglichen Einbildungen von selbst kamen und ihr Spiel mit ihm trieben. Selbst seine stärksten Erinnerungen hatten keinen rechten Halt mehr in seinem Bewußtsein. Zuweilen marterte ihn eine flüchtige Halberinnerung an einen Roman, den er schreiben wollte – einen Roman, den er unbedingt schreiben mußte, um nach einiger Zeit wieder zu verschwinden; und manchmal stiegen ganze Romane wie durch Zauberkraft in ihm auf. Dann wieder waren seine Erinnerungen völlig ungereimt und lächerlich alltäglich – Erinnerungen an Mansarden, die er bewohnt, an Zimmer, in denen er Obdach gefunden hatte, und an ähnliche Nichtigkeiten. Seinerzeit hatte Oleron viel mit solchen Dingen zu tun gehabt, aber das war jetzt alles vorbei. Endlich hatte er ein Heim gefunden, das er auf keinen Fall verlassen wollte, bis man ihn hinaustrug. Manche Leute hätten diese Räume vielleicht ein wenig bleichsüchtig gefunden, oder hätten gemeint, daß der Hauch lang toter, morbider Dinge ein wenig zu stark in ihnen hing, als daß ein lebendiger Mann sich darin einsperren dürfe; aber ach, dieses Haus war so unwiderstehlich, hatte so viel eigene Macht, war ein solcher Bundesgenosse, daß er Schauplatz unsagbarer Entzückungen wurde, wenn man einmal aufgehört hatte, sich gegen seinen erbarmungslosen Willen zu sträuben. Ein Roman? Nun, über diese Wohnung müßte man einen Roman schreiben! Wieviel wäre darüber zu schreiben, wenn man alledem nur auf den Grund kommen könnte! Sicherlich waren diese Räume schon gemalt worden, von einem Mann namens Madley, der hier gewohnt hatte... aber Oleron hatte Madley nicht gekannt – er hätte ihm bestimmt mißfallen – hätte er doch lieber anderswo gewohnt... nein, wirklich, er konnte den Kerl nicht ausstehen... er haßte ihn, diesen Madley! (Aha, das war kein schlechter Witz!) Er bezweifelte ernstlich, ob dieser Mensch das Leben geführt hatte, das er hätte führen sollen: Oleron hatte manchmal nicht übel Lust, den langnasigen Wächter fremder Moral, der gegenüber wohnte, darauf aufmerksam zu machen – aber wahrscheinlich wußte er längst Bescheid und hatte mit seinen albernen Gebeten denselben Wirbel um ihn gemacht. Darin war er groß. Richtig, Oleron hatte ja selbst eine Szene mit ihm gehabt – um dies oder jenes – um das eine oder andere Mädchen... Elsie Bengough hieß sie, das wußte er noch...

Diese Elsie Bengough bereitete ihm Augenblicke tiefen Unbehagens. Genauer: er war weniger beunruhigt ihretwegen, als über die Dinge, die sie tat. Da war in erster Linie die Art, wie sie sich beharrlich in seine Gedanken drängte; nun, wenn er wach genug war, konnte er sie jedesmal schnell wieder wegschicken, sobald sie in Erscheinung trat. Leider war sie nicht nur eine langweilige Schwätzerin – das war sie immer gewesen – aber das hatte jetzt seinen Höhepunkt erreicht, wenn ihre bloße Gegenwart in seinem Hirn ihn feindselig hinderte, sich gewisser Erlebnisse restlos zu freuen... Sie hatte keinen Takt! Wirklich, sie hätte doch wissen müssen, daß man nicht jederzeit zu Hause war für die Gedanken anderer Leute! Sie hätte ihm aus bloßer Höflichkeit gewisse Zeiten ungestört überlassen müssen. Wie konnte sie so haarsträubend unwissend sein, nicht zu erkennen – und anscheinend erkannte sie es tatsächlich nicht! – daß es Stunden gab, in denen die Adern eines Mannes voll Feuer und tollkühner Kraft sind, in denen ... nun ja, in denen er das gute Recht hatte, die Leute so zu behandeln, wie er diesen Spitzel Barrett behandelt hatte ... das heißt, sie einfach auszuschließen! Aber nein, immer wieder tauchte sie auf; er dachte an sie, und schon war alles verdorben. Lichte erhabene Gewebe – darunter sogar auch die herrlichen, zauberhaften Romane, von denen er träumte, wurden dunkel und grau und verschwanden völlig, wenn sie sich eindrängte. Es war, als wenn ein Nebel plötzlich einen helleuchtenden Stern auslöschte, als wenn in der Schwelle einer goldenen Pforte, die auf Oleron wartete, plötzlich ein Abgrund gähnte, als wenn ein fledermausartiger Schatten das aufsteigende Tageslicht wieder in Finsternis und Dunkel verkehrte ... Deshalb bemühte sich Oleron, sogar den keimenden Gedanken an sie zu ersticken.

Dennoch kam der Tag, an dem sich diese Frau, diese Elsie Bengough, mit keiner Gewalt unterdrücken ließ. Oleron hätte nicht genau sagen können, wann dies geschehen war; er wußte nur durch den Schimmer der Straßenlampen auf seinem Vorhang, daß es irgendwann in der Nacht war und daß sie sich längere Zeit nicht gezeigt hatte.

Nichts hatte ihm vorher ihr Kommen angekündigt; sie kam einfach – sie war da. Und so sehr er sich auch quälte, er konnte den Gedanken an sie, die Vorstellung ihres Gesichts nicht abschütteln. Sie suchte ihn heim ... sie verfolgte ihn ...

Aber daß sie gerade in diesem Augenblick, diesem einen Augenblick kommen mußte – es war unglaublich! Oleron konnte sich nicht denken, daß ... *sie* ... dies dulden würde! Tatsächlich dem Triumph der Nebenbuhlerin zuzusehen ... guter Gott! Es war ungeheuerlich! Takt – Zurückhaltung – nun, sie hatte nie eine übermäßige Menge davon besessen; aber er hätte ihr niemals zugetraut, daß sie ...... Oh, es gab keine Worte dafür! Ungeheuerlich! Ungeheuerlich! Beabsichtigte sie wirklich, weiterhin ... guter Gott ... zuzusehen?! ...

Oleron fühlte, wie ihm das Blut vor Wut gegen Elsie bis in die Haarwurzeln stieg.

»Zur Hölle mit ihr!« würgte er heraus ...

Aber im nächsten Augenblick verwandelte sich seine Hitze und Wut in den kalten Schweiß lauernder Furcht. Von Entsetzen gepackt suchte er zu begreifen, was er getan hatte. Denn obwohl er nicht wußte, was er getan hatte – eins wußte er doch: er hatte etwas getan, etwas Verhängnisvolles, Unwiderrufliches, Vernichtendes. Er war zornig gewesen – aber er hatte nicht diese flammende Wut verspürt, die plötzlich das Zwielicht seines Bewußtseins mit einem grellweißen, höllischen Licht überflutete. Dieses grauenhafte Aufflammen war nicht sein Werk – dieser offene Spalt funkelnder, sengender Hölle war ihm fremd, fremd ... Er hatte die Hand eines Kindes erhoben, um einen schwächlichen Schlag zu führen; aber *diese andere, furchtbare Hand*, die zurückfuhr, um mörderisch auf dieselbe Stelle einzuschlagen – wem gehörte sie? Hatte *er* sie in Bewegung gesetzt? Hatte *er* den Funken erzeugt, der die ganze gespeicherte Kraft dieses grauenhaften, erbarmungslosen Ortes zur Entladung gebracht hatte? Er wußte es nicht. Er wußte nur, daß dieser armselige kleine Zündfunke herausgesprungen war, daß ... oh, es war unmöglich! ... ein langer Kuß (wie sollte er es anders definieren?) sich auf seinen Lippen in ein Zähneknirschen, ein Zurückweichen verwandelt hatte und daß er aus purem Mitleid mit Elsies hoffnungsloser Lage eine Warnung hatte herausschreien müssen – eine Warnung vor jener Gefahr, von der er noch vor kurzem gedacht hatte, sie möge sich selbst davor hüten ... sich selbst davor hüten ...

»*Hüte dich!*« hatte er laut geschrien ...

Der Umschwung kam unmittelbar. Als sei eine langsame, kalte, große Woge über ihn hereingebrochen, kam er zu der Erkenntnis, daß der Nebel und das Grauen, die ihn so lange eingehüllt hatten, von ihm gewichen waren, daß er Paul Oleron und daß er krank, nackt, hilflos und unaussprechlich verlassen und allein war. Seine Sinne gehorchten ihm wieder, und er wußte, daß es ein entsetzlicher Alptraum gewesen sein mußte, aus dem er so zitternd und schweißgebadet erwachte.

Ja, er war es selbst, Paul Oleron, ein müde gewordener Schriftsteller, schon über den Gipfel seines besten Werks hinaus, der jetzt mit leeren Händen langsam bergab glitt. Er hatte das Ziel seines Lebens verfehlt. Er hatte zuviel versucht, hatte seine Kräfte überschätzt – er war ein Versager ... ein Versager ...

Mit dem einen Wort kam alles über ihn, alles war restlos in diesem einen Wort enthalten: dazu gehörte keine logische Gedankenkette; er war ein Versager; er hatte versagt ...

Und er hatte das Glück nicht nur einmal verpaßt, sondern doppelt. Er hatte die Freuden der Welt versäumt, welche die Menschen lieben, und er hatte den leuchtenden Lohn nicht erreicht, für den sie auf die Annehmlichkeiten des Lebens verzichten, den Preis, den zu ergreifen, zu halten und triumphierend wie ein Banner zu tragen die einzige Rechtfertigung des tollkühnen Abenteurers ist, der den großen Wurf wagt. Es gab keinen zweiten Versuch. Das Schicksal kennt kein Morgen. Olerons ›Morgen‹ hieß, sich wieder an eine Arbeit zu setzen, die keinen Gewinn brachte, eine Pfuscherarbeit, die niemand haben wollte ... und dies jeden Morgen von neuem, so viele ›Morgen‹ ihm noch beschieden sein mochten ...

Hier lag er nun, schwach, jedoch klar seine Lage überdenkend ...

Und da der ganze Versuch fehlgeschlagen war, lohnte es sich kaum, zu erwägen, ob er noch dies und jenes aus dem allgemeinen Schiffbruch retten konnte. Aus dem halbvollendeten Roman würde nie etwas Rechtes werden. Er hatte beabsichtigt, ihn im Herbst erscheinen zu lassen; er hatte sich vertraglich dazu verpflichtet: nun, das war gleichgültig. Lieber seinem Verleger eine Buße zahlen, als die Tage, die ihm noch blieben, zu vergeuden. Er war verbraucht. Das Alter war nicht mehr fern. Für den Rest seiner Reise wählte er am besten die Pfade der Weisheit und der Trauer ...

Hätte er doch anders gewählt: die Frau, das Kind, den getreuen Freund am heimischen Herd ... mochten jene, die es danach gelüstete, einem *ignis fatuus* folgen! ...

Inzwischen fing er an, sich den Kopf zu zerbrechen, warum sein Zimmer so überwältigend nach verwesenden Pflanzen roch, warum seine Hand, die zufällig in der Dunkelheit über sein Gesicht strich, in einen Bart griff.

»Ungewöhnlich, höchst ungewöhnlich«, murmelte er für sich.

»Bin ich krank gewesen? Bin ich jetzt krank? Und wenn ich krank bin – warum hat man mich allein gelassen? ... Seltsam!«

Er meinte einen Laut aus der Küche oder dem Badezimmer zu hören. Er hob sich ein wenig von seinem Kissen auf und lauschte ... Ach, er war also nicht allein! Es wäre auch wirklich zu seltsam gewesen, wenn man ihn in einer Krankheit allein gelassen hätte... allein? Oh, gewiß nicht! Man hätte sich schon um ihn gekümmert. Man hätte ihn in seiner Krankheit nicht allein, nicht sich selbst überlassen. Und wenn alle andern ihn vergessen hätten, so hätte Elsie Bengough, diese beste aller Kameradinnen, ihn nie enttäuscht ... die gute Seele, Gott segne sie!

Aber plötzlich klang ein kurzer, erstickter, wilder Schrei:

»*Paul!*«

Er kam aus der Küche.

Und im selben Augenblick fiel es Oleron ein, daß er vor zwei, drei, fünf... er wußte nicht wie vielen Minuten, ein anderes Geräusch gehört und gar nicht beachtet hatte – aber plötzlich hatte es seine Aufmerksamkeit auf sich gezogen, hatte den Weg in sein Bewußtsein errungen. Es war das leise Klirren von Metall auf Metall gewesen ... genau das Geräusch, das Oleron machte, wenn er den Schlüssel ins Schloß steckte.

»Hallo ... wer ist da?« rief er scharf.

Keine Antwort.

Er rief wieder: »Hallo ... Wer ist da? ... Wer ist da?«

Diesmal war er überzeugt, daß er Geräusche in der Küche hörte, weiche, schwere Geräusche.

»Das ist doch alles zu sonderbar«, stieß er hervor. »Bei Gott, und ich bin schwach wie eine junge Katze ... Hallo dort! Es hat mich doch jemand gerufen ... oder? Elsie, bist du's? ...«

Dann fing er an, mit der Hand an die Wand neben seinem Bett zu schlagen. »Elsie! ... Elsie! ... Du hast mich gerufen, nicht wahr?... Bitte, komm her ... wer es auch ist ...«

Wieder ein Geräusch – eine Tür wurde geschlossen. Dann Stille. Oleron wurde sehr unruhig.

»Es kann eine Pflegerin sein«, murmelte er. »Natürlich, Elsie hat mir eine Pflegerin holen müssen. Sie ist hiergeblieben, die gute Seele, solange sie Zeit hatte, und dann hat sie eine Pflegerin hergeschickt ... aber die Stimme war Elsies Stimme so schrecklich ähnlich ... Elsie, oder wer's auch ist ... Ich begreife das Ganze nicht ... Ich muß hinausgehen und selbst nachschauen, um was es sich handelt ...«

Er streckte ein Bein aus dem Bett. Als er spürte, wie schwach er war, griff er mit der Hand nach der Mauer, um sich zu stützen.

Aber bevor er das andere Bein herausstreckte, hielt er inne und überlegte, an seinem neuentdeckten Bart zupfend. Er fragte sich mit einemmal, ob er denn *wagen* dürfe, in die Küche zu gehen. Es war so ein schrecklich langer Weg. Kein Mensch konnte wissen, was für grauenhafte Dinge ihn aus dem Dunkel anspringen und sich auf seine Schultern hocken würden, wenn er so weit ging ... und wenn man den übermächtigen Drang verspürt, wieder ins Bett zu gehen, so sollte man die Warnung beachten und ihr gehorchen. Außerdem – weshalb sollte er hinausgehen? Wonach wollte er sehen? Wenn es wieder dieses dumme Ding, diese Bengough war – mochte sie sich selbst beschützen; Oleron wollte nicht, daß unheimliche Dinge sich auf seinem wehrlosen Rücken festklammerten wegen eines solchen Störenfrieds wie *sie* es war! ... Wenn sie hereingekommen war, mochte sie wieder hinausfinden – und je eher, um so besser für sie! Oleron konnte sich nicht damit befassen, wirklich nicht. Er hatte seine Arbeit zu tun. Morgen mußte er darangehen, einen Roman zu schreiben ... einen Roman mit einer

Heldin, die so lieblich, so launenhaft, so anbetungswürdig, eifersüchtig, schlecht, schön, betörend und durch und durch so böse war, daß die Menschen staunen sollten. Oh ... und jetzt kam *sie* her zu ihm. Er merkte es an der Veränderung der Luft im Raum – sie war ganz anders, wenn *sie* sich ihm näherte; und das prickelnde Wonnegefühl, das sich in ihm zu regen begann – das verspürte er nur, wenn *sie* ihm winkte, ihm winkte ...

Er ließ die Wand los und fiel zurück in sein Bett, als – es war unausdenkbar! – als die andere Hälfte jenes Kusses, den ein Zähneknirschen unterbrochen hatte, sich jetzt auf seine Lippen senkte (wie konnte er es sonst ausdrükken?) und ihm fast den Atem raubte ...

XII

Im hellen Junilicht drängten sich die Menschen auf dem Platz und sahen hinauf zu den Fenstern des alten Hauses mit den altertümlichen Tafeln des Häusermaklers, die wie hölzerne Hackmesser über den Zaunplatten hingen. Zwei Polizisten standen an der zerbrochenen Pforte der schmalen Einfahrt und hielten die Menge zurück. Die Frauen standen hinter den Männern, reckten dann und wann die Hälse, um die zugezogenen roten Vorhänge des alten Hauses aus einem andern Gesichtswinkel zu sehen, und flüsterten untereinander. Die Kinder waren in den Häusern hinter verschlossenen Türen.

Ein langnasiger Mann hatte eine kleine Gruppe um sich versammelt; er erzählte immer wieder dieselbe Geschichte. Ein anderer Mann, klein und dick, mit ängstlichen Augen, versuchte die Zuhörerschaft des Langnasigen an sich zu ziehen durch eine Geschichte, in der ein Schlüssel eine Rolle spielte.

»... und ich hatte eine Offenbarung, daß genau am Nachmittag etwas geschehen war«, sagte der Langnasige. »Ich stand da, wo jetzt Wachtmeister Saunders... das heißt, ich ging meiner Arbeit nach, als sie herauskamen. Mir konnten sie nichts vormachen, o nein, *mir* nicht! Ich habe ihr Gesicht gesehen – «

»Wie sah sie aus, Mr. Barrett?« fragte ein Mann.

»Wie jene Sünderin, zu der unser Herr sagte: ›Weib, zeihet dich ein Mann der Sünde?‹ – weiß wie Papier – nein, nein, da gab es keinen Irrtum! Na, und da gehe ich also direkt zu Mrs. Barrett, und ich sage: ›Jane‹, sage ich, ›dies muß aufhören, und zwar sofort. Wir sind berufen, Übles zu verhüten‹, sage ich, ›und jetzt muß Schluß damit sein! Soll er sich anderswo eine Putzfrau suchen!‹ Und sie sagte zu mir: ›John‹, sagte sie, ›es sind viereinhalb Schilling die Woche‹ –jawohl, das waren ihre Worte. ›Jane‹, sage ich, ›und wenn es viereinhalbtausend Pfund wären – Schluß damit!‹ Und von dem Tage an hat sie keinen Fuß mehr hinter diese Pforte gesetzt.«

Ein kurzes Schweigen folgte. Dann fragte jemand unsicher: »Hat Mrs. Barrett jemals ... jemals etwas *gesehen?*«

Barrett wandte sich mit strenger Miene zu dem Sprecher.

»Was Mrs. Barrett gesehen hat und was sie nicht gesehen hat, soll niemals über diese Lippen kommen. Denn es stehet geschrieben: ›Hüte deine Zunge, daß sie nichts Übles rede ...‹ «

Dann sagte ein anderer:

»Er war ziemlich blau an dem Abend in der Schenke – stimmt's nicht, Jim?«

»Jawoll, und er hatte nich wenig ...«

»Na ja, er war's nicht gewöhnt – konnte nicht viel vertragen. Er war ganz allein in der Bar ...«

»Jawoll, ganz alleine ... wir sprachen noch darüber.«

Der dicke Mann mit den furchtsamen Augen machte einen neuen Versuch. »Sie hat mir'n Schlüssel abgeluchst – sie hatte die Nummer davon ... Sie kam Dienstagabend in meinen Laden ...«

Niemand beachtete ihn.

»Haltet lieber die Klappe«, bemerkte ein schwerfälliger Arbeiter brummend, »sie ist noch nicht gefunden worden. Hier kommen die Inspektoren – jetzt werden wir mehr erfahren.«

Zwei Inspektoren waren herangekommen und sprachen mit dem Polizisten, der die Pforte bewachte. Der kleine Dicke rannte eifrig zu ihnen hin und sagte, daß sie den Schlüssel bei ihm gekauft hatte. »Ich erinnere mich an die Nummer, weil's drei Einser und drei Dreier waren – 111333!« rief er aufgeregt.

Der eine Inspektor schob ihn beiseite.

»Ist niemand hineingekommen?« fragte er einen Polizisten.

»Nein, Sir.«

»Dann kommen Sie jetzt mit uns, Brackley. Sie, Smith, halten hier Wache. Eine Abteilung ist unterwegs hierher.«

Die beiden Inspektoren und der Wachtmeister gingen die Einfahrt hinunter und traten ins Haus. Sie stiegen die breite, geschnitzte Treppe hinauf.

»Sieht nicht aus, als wenn er kürzlich viel ausgegangen wäre«, murmelte der eine Inspektor, als er mit dem Fuß einen Haufen toter Blätter und Papiere beiseite schob, die vor Olerons Tür lagen. »Ich glaube, wir brauchen nicht zu klopfen ... schlagen Sie eine Scheibe ein, Brackley.«

Die Tür hatte zwei verglaste Füllungen; das Glas splitterte, Brackley steckte die Hand durch das Loch, das er mit seinem Ellbogen gemacht hatte, und zog den Riegel zurück.

»Pfui Teufel...« würgte einer der Inspektoren heraus, als sie eintraten. »Laßt Licht und Luft herein... rasch... das stinkt ja wie in einer Leichenkammer...«

Die Menschenansammlung draußen sah, wie die roten Vorhänge aufgezogen und die Fenster des alten Hauses aufgerissen wurden.

»So ist's besser«, sagte der Inspektor; er streckte den Kopf aus dem Fenster und holte tief Luft. »Das da drüben scheint das Schlafzimmer zu sein... wollen Sie hineingehen, Simms, während ich die übrigen Räume ansehe?«

Sie hatten auch die Schlafzimmervorhänge aufgezogen, und der wachsbleiche, abgezehrte Mann auf dem Bett hielt seine Hand wie eine Scheuklappe vor die Augen gegen die quälende Lichtfülle. Er konnte nur glauben, daß sein Gehör ihm einen Streich spielte... denn da waren zwei Polizisten in seinem Zimmer, beugten sich über ihn und fragten, wo ›sie‹ wäre. Oleron schüttelte den Kopf.

»Diese Frau... Elsie Bengough heißt sie... hören Sie? Wo ist sie? ... Es hat keinen Zweck, Brackley; lassen Sie ihn aufstehen. Seien Sie vorsichtig mit ihm; ich glaube, jetzt muß *ich* erst mal den Kopf aus dem Fenster stecken...«

Der andere Inspektor hatte Olerons Studierzimmer durchsucht und hatte nichts gefunden; jetzt war er in der Küche und stieß eine knöcheltiefe Masse verdorbener Blumen, die den Boden bedeckten, mit dem Fuß beiseite. Das Küchenfenster hatte keinen Vorhang, es war überschattet von der Brandmauer des gegenüberliegenden Hauses. Anscheinend war die Küche leer.

Aber als der Inspektor die toten Blumen beiseite schob,

bemerkte er eine schleifende Spur, die er nicht gemacht hatte, und die zu einem Schrank in der Ecke lief. Im oberen Teil der Schranktür befand sich eine viereckige Lücke, die so aussah, als wenn das Verschlußbrett auf einer Schiene liefe. Die Tür war ebenfalls geschlossen.

Der Inspektor trat heran, legte die Hand an den kleinen Knopf und schob das bewegliche Brett zurück.

Dann trat er unwillkürlich einen Schritt zurück.

Von der hölzernen Öffnung eingerahmt und ein wenig vorwärts fallend, bis es sich wieder im Rahmen verklemmte, hing etwas, was einem großen klumpigen Plumpudding glich, in einem Plumpuddingbeutel von verblichenem bräunlichrotem Fries.

»Oh!« sagte der Inspektor.

Um das Schiebebrett wieder zu schließen, hätte er den Puddingbeutel mit der Hand zurückschieben müssen; irgendwie war es zu widerlich, ihn zu berühren. Statt dessen drehte er am Knopf des Schrankes. Dahinter war etwas Schweres, so schwer, daß er, nachdem er die Tür einen Spalt geöffnet und hineingespäht hatte, die Schulter dagegenstemmen mußte, um sie wieder zu schließen. Als er sie zudrückte, blieb ein paar Zoll über dem Boden in der Türspalte etwas hängen – ein dreieckiger Fetzen von einem weißschwarz karierten Rock.

Er ging in die kleine Diele.

»Gefunden!« rief er.

Sie steckten Oleron in seine Kleider. Er benützte die Hände noch als Scheuklappen, und sein Hirn war sehr verwirrt. Hier ging eine ganze Reihe von Dingen vor, die er nicht begriff. Er begriff nicht die häßliche Unmenge toter Blumen, die überall zu sein schienen; er begriff nicht, warum in seinem Zimmer Polizeibeamte waren; er begriff nicht, warum einer von ihnen nach einem vierrädrigen Wagen und einer Bahre schickte; und er begriff ganz und gar nicht, was für einen schweren Gegenstand sie offenbar aus der Küche schafften ... aus seiner Küche ...

»Was gibt es denn? «murmelte er schläfrig.

Dann hörte er draußen auf dem Platz Menschenstimmen und einen vierrädrigen Wagen, der vor dem Haus hielt. Wieder stand ein Polizeibeamter dicht neben ihm, und Oleron wunderte sich, warum der Mann, als er ihm etwas zuflüsterte, eine ganze Suada losließ ... irgend etwas mit ›Aussage‹ und ›als Beweis gegen Sie gebraucht‹. Sie hatten ihn auf die Füße gestellt und führten ihn zur Tür ...

Nein, Oleron konnte das alles gar nicht begreifen.

Sie führten ihn die Treppe hinunter und durch die Einfahrt. Oleron hörte verwirrte, zornige Ausrufe; er begriff, daß eine Anzahl von Leuten irgend jemanden lynchen wollte. Dann fing sich seine Aufmerksamkeit an einem kleinen dicken Mann mit furchtsamen Augen, der offenbar eine Aussage machte, die ein Polizeibeamter in seinem Dienstbuch niederschrieb.

»Ich habe ihn mit ihr gesehen ... sie waren oft zusammen ... sie kam in meinen Laden und sagte, es sei für ihn ... ich dachte natürlich, es wäre alles in Ordnung ... 111333 war die Nummer«, sagte er.

Die Leute schienen sehr aufgebracht zu sein; viele Polizisten hielten sie zurück. Aber einer der Inspektoren hatte eine Stimme, die Oleron ganz milde und freundlich vorkam. Er befahl jemandem, er solle jemand anderen in das zweirädrige Cab setzen, ehe irgend etwas herausgebracht würde; und Oleron bemerkte, daß ein vierrädriger Wagen an der Pforte vorfuhr. Anscheinend sollte er selbst hineingebracht werden. Aber sie hoben ihn in das Cab, und er sah, daß der Inspektor sich, während sie ihn hochhoben, zwischen ihn und irgend etwas stellte, das hinter dem Cab stand: aber er war nicht rasch genug, um Oleron daran zu hindern, daß er eine zugedeckte Bahre erkannte. Die zornigen Stimmen schwollen an wie ein Meer, und etwas Hartes wie ein Stein schlug gegen die Rückseite des Cabs. Und der Inspektor, der nach Oleron einstieg, stellte sich mit dem Rücken gegen das Fenster an der Seite, wo die vielen Leute waren. Die Tür, durch die man Oleron hineingehoben hatte, blieb offen, anscheinend bis der zweite Inspektor kam. Und durch die Öffnung warf Oleron einen Blick auf die hackmesserartigen Vermietungstafeln zwischen den Ligusterbüschen. ›Zu vermieten‹, las er, und auf dem einen: ›Schlüssel in Nummer sechs‹ . . .

Plötzlich verstummten die wütenden Stimmen. Man vernahm schlürfende Schritte, die durch die Einfahrt kamen, und an der Tür des Cabs erschien der zweite Inspektor.

»Fahren Sie zu!« sagte er zum Kutscher.

Er stieg ein, schloß die Tür hinter sich und verdeckte mit seinem Rücken das zweite Fenster. Oleron schlummerte friedlich zwischen den beiden Inspektoren. Das Cab fuhr quer über den Platz, das andere Fahrzeug fuhr bergan. Es war der Weg, der zum Leichenhaus führte.

RUDYARD KIPLING

›Sie‹

Quer durch die halbe Grafschaft lockte mich jede Aussicht zu einer neuen, jede Hügelspitze zur nächsten, und da ich, um solcher Lockung zu folgen, nur einen Hebel zu stellen brauchte, ließ ich die Grafschaft unter meinen Rädern dahinsausen. Die mit Knabenkraut bestandenen Wiesen des Ostens wichen dem Thymian, der Steineiche und den graugrünen Gräsern der Downs, des hügligen Küstenvorlandes; diese wiederum dem reichen Kornland und den Feigenbäumen der tiefergelegenen Küste, wo zur Linken fünfzehn Meilen lang die brandende Flut die Fahrt begleitet. Als ich mich endlich durch eine Wirrnis von Wäldern und runden Hügeln landeinwärts wandte, war ich ganz von dem mir bekannten Wegzeichen abgekommen. Jenseits jenes Weilers, der für die Hauptstadt der Vereinigten Staaten Pate gestanden hat, geriet ich in versteckte verschlafene Dörfchen, wo Bienen, anscheinend das einzig Wache hier, in achtzig Fuß hohen Linden summten, die sich über graue Normannenkirchen neigten; verwunschene Bäche rannen unter Steinbrücken, einst für einen lebhafteren Verkehr gebaut, als er sie je wieder belästigen wird. Scheunen standen da, einst für den Zehnt bestimmt, größer als die dazugehörigen Kirchen, und eine alte Schmiede, die laut verkündete, daß sie einst eine Halle der Tempelritter gewesen sei. Zigeuner fand ich auf einem Gemeindeanger, wo an einem Stück alter Römerstraße Stechginster, Farren und Heidekraut um die Herrschaft kämpften; und ein wenig weiterhin störte ich einen roten Fuchs auf, der sich im vollen Sonnenschein wie ein Hund auf dem Rücken wälzte.

Als sich die bewaldeten Hügel um mich zusammenschlossen, stand ich im Wagen auf, um mich nach der großen gewölbten Kuppe zurechtzufinden, die auf fünfzig Meilen in die Runde das Orientierungszeichen für die Downs ist. Für meine Annahme, daß ich nach der Lage der Gegend auf eine nach Westen führende Straße, die an ihrem Fuß vorbeizöge, gelangen würde, konnte ich infolge der verwirrenden Schleier der Wälder keine Bestätigung finden. Eine scharfe Kurve tauchte mich zuerst in einen von klarem Sonnenschein erfüllten grünen Einschnitt, dann in einen düstern Tunnel, in dem die welken Blätter des vergangenen Jahres raschelnd um meine Räder tanzten. Hohes Haselnußgesträuch schloß sich über meinem Kopfe; es war zum mindesten seit zwei Generationen nicht beschnitten worden, und kein Axthieb hatte den moosbedeckten Eichen und Buchen geholfen, darüber emporzuwachsen. Hier verwandelte sich die Straße sichtlich in einen überwucherten alten Reitweg, auf dessen braunsamtenem Teppich verblühte Primelbüschel wie Jade glänzten und ein paar kränkliche weißgestielte Glockenblumen einander zunickten. Da es abschüssig genug war, stellte ich den Motor ab und glitt so über die zusammengewirbelten Blätter dahin, jeden Augenblick darauf gefaßt, einem Förster zu begegnen; aber ich hörte nur den fernen Schrei eines Hähers, der gegen die Stille im Dämmerlicht unter den Bäumen ankämpfte.

Der Pfad senkte sich tiefer. Ich war schon im Begriffe, umzukehren und im zweiten Gang zurückzufahren, ehe ich noch in irgendeinem Tümpel landete, da sah ich Sonnenschein durch das Gewirr über meinem Kopfe und ließ die Bremse nach.

Ich zog sie jedoch sofort wieder an; indes mir die Sonne übers Gesicht fiel, fuhren die Vorderräder meines Wagens auf eine große stille Rasenfläche, auf der zehn Fuß hohe Reiter mit eingelegten Lanzen und ungeheure Pfauen und Ehrenjungfrauen mit runden, glatten Köpfen standen – blauschwarz und glänzend – lauter beschnittene Eiben. Jenseits des Rasens, den die Heere der Wälder von drei Seiten umdrängten, stand ein altes Haus aus flechtenüberwuchertem, verwittertem Stein, mit von Pfeilern geteilten Fenstern und rosenrotem Ziegeldach.

Ebenso rosenrote Mauern flankierten es im Halbkreis und schlossen so den Rasen auf der vierten Seite ab; an ihrem Fuße wuchs eine mannshohe Buchsbaumhecke. Tauben saßen auf dem Dache um die schlanken Ziegelkamine und ich sah flüchtig den Umriß eines achteckigen Taubenhauses hinter der schirmenden Mauer.

So hielt ich hier – die grüne Lanze eines Reiters lag auf meiner Brust – gepackt von der außerordentlichen Schönheit dieses Juwels in solcher Fassung.

Wenn ich nicht als Eindringling hinausgeworfen werde oder dieser Ritter nicht auf mich lossprengt, dachte ich, so müssen zum mindesten Shakespeare und Königin Elisabeth durch die halboffene Gartentür dort kommen und mich zum Tee einladen.

Ein Kind zeigte sich an einem Fenster oben und mir schien, als winke das kleine Ding mir freundlich mit der Hand zu. Aber das galt einem Gefährten, denn eben zeigte sich noch ein zweites vergnügtes Gesicht. Dann hörte ich ein Gelächter von den Eibenpfauen her und als ich mich umwandte, um mich zu vergewissern (bis jetzt hatte ich nur das Haus betrachtet), sah ich hinter einer Hecke einen Springbrunnen seinen Silberstrahl gegen die Sonne schleudern. Die Tauben auf dem Dach gurrten zu dem murmelnden Wasser hinab, doch zwischen diesem Zwiegetön fing ich das glückliche Gekicher eines Kindes auf, das anscheinend gerade in irgendeinen harmlosen Unfug vertieft war.

Die Gartentür aus schwerer Eiche, in die dicke Mauer eingelassen, öffnete sich weiter; eine Frau in einem großen Gartenhut setzte langsam ihren Fuß auf die von der Zeit ausgehöhlte steinerne Stufe und schritt ebenso langsam über den Rasen. Ich wollte schon eine Entschuldigung beginnen, da hob sie den Kopf und ich sah, daß sie blind war.

»Ich habe Sie gehört«, sagte sie. »Ist das nicht ein Automobil?«

»Ich fürchte, ich habe mich in der Straße geirrt. Ich hätte schon weiter oben umkehren müssen. Ich ahnte nicht –« fing ich an.

»Aber ich freue mich doch sehr. Sonderbar, daß ein Automobil in den Garten kommt. Es wird ihnen solche Freude machen –« Sie wandte sich mit einer Bewegung, als ob sie um sich her schaute.

»Haben Sie vielleicht – haben Sie jemanden gesehen?«

»Ich konnte mit niemandem sprechen, aber die Kinder schienen von weitem Interesse zu zeigen.«

»Welche?«

»Ich sah eben jetzt zwei oben an einem Fenster und glaube einen kleinen Kerl da unten gehört zu haben.«

Ihr Gesicht heiterte sich auf und sie rief: »Oh, Sie Glücklicher! Ich höre sie, natürlich, aber das ist auch alles. Sie haben sie gesehen *und* gehört?«

»Ja. Und wenn ich etwas von Kindern verstehe, so hat das eine dort beim Springbrunnen gerade einen großartigen Spaß. Durchgebrannt, nehme ich an.«

»Sie lieben Kinder?«

Ich nannte ihr ein oder zwei Gründe, warum ich ihnen nicht völlig abgeneigt sei.

»Natürlich, natürlich«, sagte sie. »Dann verstehen Sie auch. Dann werden Sie es auch nicht für töricht halten, daß ich Sie bitte, ein- oder zweimal mit Ihrem Wagen durch den Garten zu fahren, aber ganz langsam. Ich bin sicher, daß es ihnen Freude machen wird, ihn anzuschauen. Sie sehen so wenig, die armen Dinger. Man versucht ja, ihnen das Leben vergnüglich zu machen, aber« – sie streckte ihre Hände gegen die Wälder aus – »wir sind hier so außer der Welt.«

»Sehr gerne«, sagte ich. »Aber ich kann Ihnen doch nicht das Gras zuschanden fahren!«

Sie wandte ihr Gesicht nach rechts und erwiderte: »Einen Augenblick! Wir sind hier bei dem Südtor, nicht wahr? Hinter den Pfauen dort ist ein gepflasterter Weg, wir nennen ihn den Pfauenweg. Sie können ihn von hier aus nicht sehen, sagt man mir, aber wenn Sie dicht am Waldsaum entlangfahren, können Sie beim ersten Pfau wenden und auf den gepflasterten Weg kommen.«

Es war eine Entweihung, dieses träumende Haus durch das Knattern des Motors zu wecken, aber ich wandte doch den Wagen, um von dem Rasen wegzukommen, streifte am Waldsaum hin und fuhr in den steingepflasterten breiten Weg ein, wo der Springbrunnen wie ein Sternsaphir lag.

Sie rief: »Darf ich mitfahren? Nein, bitte helfen Sie mir nicht – sie werden sich noch mehr freuen, wenn sie mich sehen.«

Sie tastete sich leicht zu der Stirnseite des Wagens und, mit einem Fuß auf dem Trittbrett, rief sie aus: »Kinder, o Kinder, schaut her und seht, was geschehen wird.«

Diese Stimme in ihrer Süße, unter der Sehnsucht verborgen lag, hätte verlorene Seelen aus dem Abgrund gelockt, und so war ich nicht überrascht, von den Eiben her ein Jauchzen antworten zu hören. Es war wohl das Kind beim Brunnen, aber es floh bei unserm Nahen und ließ ein kleines Boot auf dem Wasser zurück. Ich sah seine blaue Bluse zwischen den stillen Reitern aufleuchten.

Sehr gemächlich fuhren wir die ganze Länge des Weges hin und auf ihre Bitte auch wieder zurück. Diesmal hatte das Kind seine Angst überwunden, aber es blieb doch zweifelnd von ferne stehen.

Ich sagte: »Der kleine Kerl beobachtet uns. Ich möchte wissen, ob er nicht gerne mitfahren würde.«

»Sie sind noch sehr scheu. Sehr scheu. Wie glücklich Sie sind, daß Sie sie sehen können. Horchen wir!«

Ich stellte plötzlich die Maschine ab und die tiefe feuchte Stille, schwer vom Geruche des Buchses, hüllte uns ein. Irgendwoher vernahm ich das Klappern einer Schere, mit der ein Gärtner schnitt, das Murmeln von Bienen und gebrochenen Stimmen, die vielleicht die der Tauben waren.

»Oh, wie unfreundlich von ihnen...« sagte sie gequält.

»Vielleicht fürchten sie sich nur vor dem Motor. Das kleine Fräulein am Fenster schaut außerordentlich interessiert her.«

»Ja?« Sie hob den Kopf. »Es war unrecht von mir, das zu sagen. Sie haben mich wirklich lieb. Daß sie einen liebhaben, ist das einzige, was das Leben lebenswert macht, finden Sie nicht? Ich wage es nicht, daran zu denken, was dieser Ort ohne sie wäre. Übrigens, ist es schön hier?«

»Ich glaube, es ist der schönste Ort, den ich je gesehen habe.«

»Das sagen alle Leute. Ich kann es natürlich fühlen, aber es ist doch nicht dasselbe.«

»So haben Sie nie –« begann ich, verstummte aber verlegen.

»Solange ich mich erinnern kann, nicht. Es geschah, als ich erst ein paar Monate alt war, hat man mir erzählt. Und doch muß ich irgendwelche Erinnerungen haben, wie könnte ich sonst von Farben träumen? Ich sehe in meinen Träumen Licht und Farben, aber die Kinder sehe ich nie. Ich höre sie nur, genau so, wie wenn ich wach bin.«

»Es ist schwer, Gesichter im Traum zu sehen. Manche Menschen können es, aber den meisten von uns ist es nicht gegeben«, fuhr ich fort und blickte zu dem Fenster auf, wo das Kind ganz unverhohlen stand.

Sie sagte: »Ich habe das auch gehört. Und man hat mir erzählt, daß man nie das Gesicht eines Toten im Traum sieht. Ist das wahr?«

»Ich glaube ja, wenn ich es mir jetzt so recht überlege.«

»Aber wie ist es bei Ihnen – bei Ihnen selbst?« Die blinden Augen wandten sich zu mir.

»Ich habe niemals im Traum die Gesichter meiner Toten gesehen«, antwortete ich.

»Dann muß es ebenso arg sein, als blind zu sein.«

Die Sonne war hinter die Wälder gesunken, und die langen Schatten überwanden einen der hochmütigen Ritter um den andern. Ich sah, wie das Licht an der Spitze einer glänzenden Blätterlanze erlosch und all das mannhaft harte Grün sich in sanftes Schwarz verwandelte. Das Haus fand sich mit dem Erlöschen wieder eines Tages ab, wie es sich schon mit dem von hunderttausend Tagen abgefunden hatte, und schien sich ruhig noch tiefer in die Schatten einzuschmiegen.

»Haben Sie es sich jemals sehr gewünscht?« fragte sie nach einem Schweigen.

»Manchmal sehr«, erwiderte ich. Das Kind hatte das Fenster verlassen, als sich die Schatten darüber schlossen.

»Ach, ich auch, aber ich glaube, es ist uns nicht gewährt ... Wo wohnen Sie?«

»Ganz auf der andern Seite der Grafschaft, sechzig und noch mehr Meilen entfernt, und ich muß jetzt zurückfahren. Ich habe meine große Lampe nicht mit.«

»Aber es ist doch noch nicht dunkel, ich kann das fühlen.«

»Ich fürchte, bis ich nach Hause komme,wird es dunkel sein. Könnten Sie mir jemanden mitgeben, der mich auf die richtige Straße bringt? Ich habe mich gänzlich verirrt.«

»Ich werde Madden mit Ihnen bis zur Straßenkreuzung schicken. Ich wundere mich nicht, daß Sie sich verirrt haben, wir liegen so weit ab von der Welt. Ich will Sie zur Front des Hauses führen, aber nicht wahr, Sie fahren langsam, bis Sie außerhalb des Besitzes sind. Halten Sie diese Bitte für albern?«

»Ich verspreche Ihnen, so zu fahren«, sagte ich und ließ den Wagen den gepflasterten Weg hinuntergleiten.

Wir umfuhren den linken Flügel des Hauses, dessen sorgfältig gegossene bleierne Dachrinne zu betrachten allein eine Tagreise gelohnt hätte; kamen durch ein großes, rosenüberwachsenes Tor in der roten Mauer und gelangten so zur Hauptfassade des Hauses, die an Schönheit und Stattlichkeit noch die Rückseite und die andern Fronten, die ich gesehen hatte, übertraf.

»Ist es sehr schön?« fragte sie nachdenklich, als sie mein Entzücken vernahm. »Und die Bleifiguren mögen Sie auch? Da hinten ist der alte Azaleengarten. Man sagt, daß dieser Ort für Kinder geschaffen worden sein muß. Bitte, helfen Sie mir heraus. Ich würde gerne mit Ihnen bis zum Kreuzweg fahren, aber ich darf *sie* doch nicht verlassen. Sind Sie es, Madden? Bitte, zeigen Sie dem Herrn den Weg zur Straßenkreuzung. Er hat seinen Weg verloren – aber er hat sie gesehen.«

Ein Diener erschien geräuschlos an der Haustür, diesem Wunder aus alter Eiche, und glitt weg, um seinen Hut zu holen. Sie stand da und blickte mich mit den weit offenen blauen Augen an, in denen keine Sehkraft war, und ich sah zum erstenmal, daß sie schön war.

»Denken Sie daran! Wenn Sie sie liebhaben, werden Sie wiederkommen!« sagte sie ruhig und verschwand in dem Haus.

Der Diener im Wagen sprach kein Wort, bis wir fast am Tore des Besitzes angelangt waren. Eine blaue Bluse leuchtete in einem Gebüsch auf, und ich wich in großem Bogen aus, damit mich nicht der Teufel, der einem kleine spielende Buben gern vor die Räder treibt, zum Kindesmörder mache.

»Entschuldigen Sie, Herr«, fragte der Diener plötzlich, »aber warum haben Sie das getan?«

»Wegen des Kindes dort.«

»Wegen unseres jungen Herrn in Blau?«

»Natürlich.«

»Er treibt sich reichlich viel herum. Haben Sie ihn beim Springbrunnen gesehen, Herr?«

»O ja, mehrmals. Biegen wir hier ein?«

»Ja, Herr. Und haben Sie sie zufällig auch oben im Hause gesehen?«

»An dem Fenster oben? Ja.«

»War das, bevor meine Dame herauskam, um mit Ihnen zu sprechen, Herr?«

»Ein wenig vorher. Warum wollen Sie das wissen?«

Er schwieg eine Weile: »Nur um mich zu vergewissern, daß *sie* den Wagen gesehn haben, Herr. Denn wenn Kinder so herumlaufen – obwohl Sie sicher besonders vorsichtig fahren, Herr – kann doch ein Unglück geschehen. Das ist alles, Herr. Hier ist die Straßenkreuzung. Sie können von hier aus Ihren Weg nicht verfehlen. Danke, Herr, aber das ist bei uns nicht Sitte, nicht bei uns –«

»Entschuldigen Sie«, sagte ich und tat das Silbergeld wieder weg.

»Oh, in der Regel ist das ganz richtig bei den andern Leuten. Guten Abend, Herr.«

Er zog sich in den gepanzerten Turm seiner Kaste zurück und ging fort. Offenbar ein um die Ehre des Hauses besorgter Diener. Das Interesse für die Kleinen war wohl dem Umweg über ein Kindermädchen zu danken.

Als ich endlich jenseits der Wegweiser an der Kreuzung war, blickte ich zurück, aber die gedrängten Hügel griffen so eifersüchtig ineinander, daß ich nicht sehen konnte, wo das Haus gestanden hatte. Als ich in einem an der Straße gelegenen Häuschen danach fragte, gab mir die dicke Frau, die dort allerhand Süßigkeiten feilhielt, zu verstehen, daß Leute mit Automobilen wenig Daseinsberechtigung hätten, noch weniger »überall herumzuschwätzen wie Fuhrleute«. Offenbar keine sehr umgängliche Einwohnerschaft hier!

Als ich abends meine Route auf der Karte nachlas, wurde ich nicht viel klüger. Hawkins Old Farm schien der amtliche Name des Ortes zu sein, aber das alte, sonst so ausführliche Grafschaftslexikon gab darüber keine Auskunft. Das Herrenhaus dieser Gegend hieß Hodnington Hall, aus der Zeit Georgs, mit Verschönerungen aus der frühen Viktorianischen Epoche, wie dies ein abscheulicher Stahlstich bezeugte. Ich trug meine schwierige Angelegenheit einem alteingesessenen Nachbarn vor, und er gab mir den Namen einer Familie an, der mir jedoch keine Aufklärung brachte.

Einen Monat oder noch später fuhr ich wieder diese Strecke; vielleicht auch, daß mein Automobil aus eigener Laune diese Richtung eingeschlagen hatte. Es lief über die unfruchtbaren Downs, wand sich durch das Labyrinth der Feldwege unter den Hügeln, zog durch die hochragenden Wälder, undurchdringlich in ihrem vollen Laub, kam bei der Kreuzung, an der mich der Diener verlassen hatte, heraus und hatte kurz nachher eine geringfügige Panne, die mich zwang, auf einer kleinen grasigen Lichtung, die in das sommerlich stille Haselgebüsch einschnitt, anzuhalten. Soviel ich mit Hilfe des Sonnenstandes und einer Generalstabskarte feststellen konnte, führte diese Straße den Wald entlang, den ich das erstemal von oben her erforscht hatte. Ich machte ein mächtig ernsthaftes Geschäft aus meiner Reparatur und breitete meine Reparaturwerkzeuge, Schraubenzieher, die Pumpe und vieles andere säuberlich als glitzernde Auslage auf eine Decke aus. Es war so recht eine Kinderfalle, denn an einem solchen Tage konnten nach meiner Meinung die Kleinen nicht weit sein. Als ich meine Arbeit unterbrach und horchte, war der Wald so erfüllt von den Geräuschen des Sommers (obwohl sich die Vögel schon gepaart hatten), daß ich sie zuerst nicht von den Tritten kleiner Füße, die sich vorsichtig über die welken Blätter heranstahlen, unterscheiden konnte. Ich ließ meine Sirene verlockend ertönen, aber die Füße flohen und ich bereute es, denn für ein Kind ist ein plötzlicher Lärm ein wirklicher Schrecken. Ich muß etwa eine halbe Stunde am Werk gewesen sein, da hörte ich im Wald die Stimme der blinden Frau rufen: »Kinder, o Kinder, wo seid ihr?«, und nur langsam schloß sich die Stille wieder über dem Wohlklang dieses Rufes. Sie kam auf mich zu, tastete sich an den Baumstämmen heran und mir schien, als klammere sich ein Kind an ihren Rock, das jedoch rasch wie ein Kaninchen im Laubwerk verschwand, als sie sich näherte.

Sie sagte: »Sind Sie es, von der andern Seite der Grafschaft?«

»Ja, ich bin's, von der andern Seite der Grafschaft.«

»Warum kamen Sie dann nicht durch die oberen Wälder? *Sie* waren gerade dort.«

»Sie waren vor einigen Minuten hier. Ich nehme an, sie wußten, daß mein Wagen Schaden genommen hatte, und kamen, um sich den Spaß anzusehn.«

»Hoffentlich ist's nichts Ernsthaftes! Wie können Automobile denn Schaden nehmen?«

»Auf fünfzig verschiedene Arten. Meines hat sich die einundfünfzigste ausgesucht.«

Sie lachte, glücklich über den kleinen Scherz, ihr entzückendes, gurrendes Lachen und schob den Hut zurück. »Lassen Sie mich hören!«

»Einen Augenblick!« rief ich, »ich gebe Ihnen ein Kissen.«

Sie setzte den Fuß auf die Decke, auf der viele Ersatzteile lagen, und bückte sich eifrig danach: »Was für wundervolle Dinge!« Ihre Hände, mit deren Hilfe sie sah, leuchteten im Licht der Sonnenflecken. »Da ist eine Schachtel – noch eine Schachtel! Warum haben Sie diese wie zum Verkaufenspielen geordnet?«

»Ich gestehe jetzt, daß ich sie hergelegt habe, um *sie* anzulocken. Ich benötige in Wirklichkeit nicht die Hälfte dieser Dinge.«

»Wie lieb von Ihnen! Ich hörte Ihre Sirene bis in den oberen Wald. Sie sagen, daß *sie* vorher hier waren?«

»Ich bin dessen ganz sicher. Warum sind sie aber so scheu? Dieser kleine Kerl in Blau, der jetzt eben mit Ihnen war, hätte sich doch ein Herz fassen sollen. Er hat mich wie ein Indianer belauert.«

Sie sagte: »Ihre Sirene muß schuld daran gewesen sein. Ich hörte eines von ihnen angstvoll an mir vorbeilaufen, als ich herunterkam. Sie sind scheu, sogar mit mir so scheu.« Sie wandte den Kopf über die Schulter und rief wieder: »Kinder o Kinder, schaut und seht!«

»Sie werden wohl fortgegangen sein, um sich mit ihren eigenen Angelegenheiten zu beschäftigen«, warf ich ein, denn hinter uns vernahm ich das Flüstern leiser Stimmen, zuweilen von dem plötzlichen quiekenden Kichern kleiner Kinder unterbrochen. Ich machte mich wieder an meine Reparatur, und sie lehnte sich vor, das Kinn in die Hand gestützt, und lauschte aufmerksam.

»Wie viele sind es denn?« fragte ich endlich. Meine Arbeit war beendigt, aber das war doch kein Grund, schon abzufahren.

Sie runzelte in Gedanken ein wenig die Stirn. »Ich weiß es nicht ganz genau«, sagte sie schlicht. »Manchmal mehr, manchmal weniger. Sie kommen und bleiben bei mir, weil ich sie liebe, wissen Sie.«

»Das muß sehr lustig sein«, sagte ich und legte einen Schraubenzieher an seinen Platz. Während ich das sagte, merkte ich, wie nichtssagend meine Antwort war.

»Sie – Sie lachen mich doch nicht aus?« rief sie. »Ich habe keine eigenen Kinder. Ich war nie verheiratet. Die Leute lachen mich manchmal ihretwegen aus, weil – weil –«

»Weil sie Barbaren sind«, ergänzte ich. »Darüber muß man sich nicht ärgern. Die Sorte Leute lachen über alles, was nicht ihr eigenes feistes Leben angeht.«

»Ich weiß es nicht. Wie sollte ich auch? Ich lasse mich nur nicht gern ihretwegen auslachen. Es tut weh; und wenn man nicht sehen kann ... Ich möchte nicht gern töricht erscheinen« – ihr Kinn zitterte wie bei einem Kinde, als sie sprach – »aber wir Blinden haben nur *eine*

Haut, glaube ich. Alle äußeren Dinge treffen uns direkt in die Seele. Mit Ihnen ist das ganz anders. Sie haben so einen guten Schutz in Ihren Augen. Sie können sich vorsehen, bevor Sie jemand wirklich in Ihrer Seele verletzen kann. Die Menschen vergessen das bei uns.«

Ich schwieg und überdachte dieses unerschöpfliche Thema – die nicht nur ererbte, sondern auch vorsorglich angedrillte Brutalität der christlichen Völker, mit der verglichen das verachtete Heidentum eines Negers von der Westküste rein und zartfühlend ist. Dieser Gedanke führte mich tief in mein Innerstes hinein.

»Tun Sie das nicht«, sagte sie plötzlich und schlug die Hände vors Gesicht.

»Was?«

Sie machte eine Gebärde mit der Hand. »Das! Es ist – ganz purpurn und schwarz. Nicht! Diese Farbe tut weh.«

»Herrgott, wieso wissen Sie etwas von Farben?« rief ich aus, denn das war mir wirklich eine Offenbarung.

»Farben als Farben? «fragte sie.

»Nein, diese Farben, die Sie eben sahen.«

Sie lachte: »Das wissen Sie ebensogut wie ich, sonst hätten Sie nicht diese Frage gestellt. Die gibt es gar nicht auf der Welt. Sie waren in Ihnen – als Sie so böse wurden.«

»Meinen Sie einen mattpurpurnen Fleck, wie Portwein mit Tinte gemischt?«

»Ich habe nie Tinte oder Portwein gesehen – aber die Farben sind nicht gemischt. Sie sind getrennt – ganz getrennt.«

»Meinen Sie schwarze Streifen und Kerben quer über den Purpur?«

Sie nickte: »Ja, wenn sie so sind« – sie bewegte ihren Finger im Zickzack – »aber sie ist mehr rot als purpurn, diese böse Farbe.«

»Und welches sind die Farben an der Spitze des – dessen, was Sie sehen?«

Sie beugte sich langsam vor und zeichnete auf die Dekke die Umrisse des Eis*.

»Ich sehe sie so«, sagte sie und zeigte mit einem Grashalm. »Weiß, Grün, Gelb, Rot, Purpur und wenn jemand schlecht oder böse ist – wie Sie es jetzt eben waren – Schwarz quer durch das Rot.«

»Wer erzählteIhnen davon – zu Anfang?« fragte ich.

»Von den Farben? Niemand. Als ich klein war, pflegte ich nach den Farben von Tischdecken, Vorhängen und Teppichen zu fragen, wissen Sie, weil einige Farben mich schmerzten, andere mich glücklich machten. Man nannte sie mir. Und als ich älter wurde, begann ich die Menschen auf diese Weise zu sehen.« Wieder zeichnete sie den Umriß des Eis, wie es nur wenigen von uns zu sehen gegeben ist.

»Ganz von selbst?« wiederholte ich.

»Ganz von selbst. Es war ja niemand anders da. Ich fand erst später heraus, daß andere Leute die Farben nicht sahen.«

Sie lehnte an einem Baumstamme, flocht und löste Grashalme, die sie gedankenlos gepflückt hatte. Die Kinder im Walde waren näher herangekommen. Aus dem Augenwinkel hinspähend, sah ich, daß sie wie Eichhörnchen miteinander spielten.

»Jetzt bin ich sicher, daß Sie mich nie auslachen werden«, fuhr sie nach langem Schweigen fort. »Auch *sie* nicht.«

»Um Gottes willen, nein!« rief ich, aus meinen Gedankengängen aufgerüttelt. »Ein Mann, der ein Kind auslacht – wenn das Kind nicht selbst mitlacht – ist ein Ungläubiger.«

* Das heißt des Eis als mystisch-symbolischer Form.

»Ich meinte das natürlich nicht so. Sie würden Kinder nie auslachen – aber ich dachte – ich dachte früher – daß Sie vielleicht über sie lachen könnten. Deswegen bitte ich Sie jetzt um Entschuldigung. Worüber lachen Sie jetzt?«

Ich hatte keinen Laut von mir gegeben, aber sie wußte.

»Daß Sie mich um Entschuldigung bitten! Wenn Sie Ihre Pflicht als Stütze des Staates und als Gutsbesitzerin hätten erfüllen wollen, hätten Sie mich wegen unbefugten Eindringens gerichtlich belangen müssen, als ich damals durch Ihre Wälder fuhrwerkte. Es war schändlich von mir, unentschuldbar.«

Sie sah mich – den Kopf an den Baumstamm gelehnt – lang und unverwandt an, diese Frau, die die Seele nackt sehen konnte.

»Wie sonderbar!« flüsterte sie. »Sehr sonderbar.«

»Warum, was habe ich getan?«

»Sie begreifen nicht – und doch haben Sie das von den Farben begriffen. Verstehen Sie denn nicht?«

Sie sprach mit einer durch nichts gerechtfertigten Leidenschaft, und ich betrachtete sie verwirrt, als sie sich erhob. Die Kinder hatten sich in einem Rudel hinter einem Brombeerstrauch versammelt. Ein zartes Köpfchen beugte sich über ein kleineres und die Haltung der kleinen Schultern ließ mich erkennen, daß Finger an die Lippen gelegt wurden. Auch sie hatten irgendein ungeheures Kindergeheimnis; nur ich allein fand mich hoffnungslos in der Irre, hier, mitten im hellen Sonnenschein.

»Nein«, sagte ich und schüttelte den Kopf, als könnten es die toten Augen wahrnehmen, »was es auch sei, ich verstehe es noch nicht. Vielleicht werde ich es später verstehen – wenn Sie mir erlauben wiederzukommen.«

Sie antwortete: »Sie werden wiederkommen. Sie werden sicher wiederkommen und im Walde gehen.«

»Vielleicht werden mich die Kinder mit der Zeit schon

so gut kennen, daß sie mir die Gunst gewähren, mit ihnen zu spielen. Sie wissen ja, wie Kinder sind.«

»Es ist keine Gunst, sondern ein Recht«, erwiderte sie.

Während ich nachsann, was sie meinen könne, tauchte um die Biegung der Straße eine Frau auf, aufgelöst, mit flatternden Haaren, puterrot im Gesicht, fast vergehend vor Angst. Es war meine unwirsche dicke Freundin aus dem Laden mit den Süßigkeiten. Die Blinde hörte sie und trat vor: »Was ist geschehen, Frau Madehurst?«

Das Weib warf sich die Schürze über den Kopf, sie kroch buchstäblich im Staube, sie rief, ihr Enkelkind sei todkrank, der Arzt des Ortes sei fischen gegangen, Jenny, die Mutter, sei mit ihrem Wissen am Ende, und so weiter mit Geschrei und Wiederholungen.

»Wo wohnt der nächste Arzt?« fragte ich in ihre Ausbrüche hinein.

»Madden wird es Ihnen sagen. Fahren Sie zu meinem Haus und nehmen Sie ihn mit. Ich werde mich der Frau annehmen. Machen Sie rasch!«

Sie führte die dicke Frau, sie halb stützend, in den Schatten. Zwei Minuten später ließ ich alle Trompeten von Jericho vor der Front des Hauses Wunderschön erschallen, und Madden, der in der Speisekammer war, zeigte sich der Krise gewachsen als ein Diener und ein Mann.

Eine Viertelstunde unerlaubt schneller Fahrt, fünf Meilen weit, verhalf uns zu einem Arzt. Innerhalb einer weiteren Viertelstunde hatten wir ihn, der sich für Automobile sehr interessierte, vor der Tür des Süßigkeitenladens abgesetzt und stellten uns am Straßenrand auf, seinen Urteilsspruch abzuwarten.

»Nützliche Dinger, diese Autos«, sagte Madden, jetzt ganz Mann und nicht mehr Diener. »Hätte ich eins gehabt, als meine Kleine krank wurde, wäre sie nicht gestorben.«

»Was war es denn?« fragte ich.

»Diphterie. Meine Frau war nicht da. Niemand wußte, was tun. Ich fuhr mit einem Mietwagen acht Meilen weit um einen Arzt. Als wir zurückkamen, war sie erstickt. Dieses Auto hätte sie gerettet. Sie wäre jetzt fast zehn Jahre alt.«

Ich sagte: »Das tut mir aber leid. Aus dem, was Sie mir neulich auf der Fahrt zur Straßenkreuzung erzählten, sah ich, daß Sie Kinder recht gern haben.«

»Haben Sie *sie* heute morgen wieder gesehn, Herr?«

»Ja, aber sie *fürchten* sich vor dem Automobil. Keines wollte näher als zwanzig Meter an mich heran.«

Er betrachtete mich aufmerksam, wie ein Späher einen Fremden betrachtet, nicht wie ein Diener seine Augen zu einem von Gott über ihn gesetzten Höheren erheben soll.

»Ich möchte wissen, warum«, sagte er mit einem tiefen Atemzuge.

Wir warteten weiter. Ein leichter Wind von der See her wanderte die langen Linien der Wälder auf und nieder, und die vom Sommer schon weißlich bestaubten Gräser am Wegesrand hoben und senkten sich in blassen Wellen. Eine Frau kam aus einem dem Laden benachbarten Häuschen heraus, wischte sich den Seifenschaum von den Armen und sagte vergnügt:

»Ich hab' im Hinterhof gehorcht. Er sagt, dem Arthur geht's unerklärlich schlecht. Haben Sie ihn eben quieken gehört? Unerklärlich schlecht geht's ihm. Ich mein', jetzt kommt die Jenny an die Reihe, nächste Woche in den Wald zu gehen, Herr Madden.«

»Sie entschuldigen schon, Herr«, sagte er zu mir und wandte sich dann höflich an die Frau:

»Sie verlieren Ihren Rock.«

Die stutzte, knickste und eilte fort.

Ich fragte: »Was meinte sie damit: in den Wald gehen?«

»Das muß eine hier gebräuchliche Redensart sein. Ich selbst bin aus Norfolk«, sagte Madden. »Recht freches Pack gibt es in dieser Grafschaft. Sie hielt Sie für einen Chauffeur, Herr.«

Der Doktor kam aus dem Häuschen, gefolgt von einer schmutzigen, schlampigen Dirne, die sich an seinen Arm klammerte, als könnte er für sie mit dem Tode einen Pakt schließen. Sie jammerte: »Die Art Kinder haben wir doch genauso gern wie eheliche. Genauso gern, ganz genauso. Und unser lieber Herrgott tät sich genauso freuen, wenn Sie eins von denen retten, Herr Doktor. Nehmen Sie ihn mir nicht weg – Fräulein Florence wird Ihnen dasselbe sagen. Verlassen Sie ihn nicht, Herr Doktor!«

»Ich weiß, ich weiß«, sagte der Mann, »aber er wird jetzt eine Weile still sein. Wir werden so schnell wie möglich eine Pflegerin und die Medizin holen.«

Er gab mir ein Zeichen, mit dem Wagen vorzufahren. Ich bemühte mich, von dem,was vorging, nichts zu sehen, aber ich sah das mit Pusteln bedeckte Gesicht des Mädchens vor Kummer wie gefroren, und ich fühlte, wie sich die ringlose Hand an meine Knie klammerte, als wir abfuhren. Der Arzt hatte Humor, denn er forderte, wie ich mich erinnere, meinen Wagen im Namen Äskulaps an und nützte ihn und mich ohne Gnade aus. Erst brachten wir Frau Madehurst und die Blinde zu dem kranken Kinde, sie sollten es bis zur Ankunft der Pflegerin betreuen. Dann brachen wir in eine nette Stadt der Grafschaft ein, um die Rezepte machen zu lassen (der Arzt hatte zerebrospinale Meningitis festgestellt). Im Grafschafts-Krankenhaus, das von erschrecktem Marktvieh umlagert war, erhielten wir die Auskunft, daß uns im Augenblick keine Pflegerin zur Verfügung gestellt werden könne, und so rasten wir weiter durch die Grafschaft. Wir parlamentierten mit mehreren Besitzern großer Häuser – Magnatenschlösser hinter überwölbten Zufahrten – ihre großknochigen Frauen verließen den Teetisch und kamen herbei, den dringenden Worten des Doktors zu lauschen. Endlich gab eine weißhaarige alte Dame – sie saß unter einer Libanonzeder, von einem Hofstaat prachtvoller, dem Automobil äußerst feindlich gesinnter Barsois umgeben – dem Doktor eine geschriebene Order, die er wie aus den Händen einer Prinzessin entgegennahm. Mit äußerster Geschwindigkeit fuhren wir viele Meilen weit durch einen Park zu einem französischen Nonnenkloster, wo wir gegen das Schreiben eine blasse zitternde Schwester in Tausch erhielten. Sie kniete im Wageninnern und betete ihren Rosenkranz, bis wir sie, auf Abkürzungswegen, die der Doktor angab, vor dem Süßwarenladen absetzten. Es war ein langer Nachmittag, voll von verrückten Ereignissen, die wie der Staub unter unsern Rädern auftauchten und schwanden, Ausschnitte aus fernen und unbegreiflichen Leben, die wir gleichsam in rechtem Winkel durchschnitten und durchrast hatten; und ich kam erschöpft in der Dämmerung nach Hause, träumte von Rindern, die krachend mit den Hörnern aneinander stießen, von rundäugigen Nonnen, die durch einen Gräbergarten wandelten, von heiteren Gesellschaften am Teetisch unter schattigen Bäumen, von den karbolduftenden, graugestrichenen Gängen des Grafschafts-Krankenhauses, von Schritten scheuer Kinder im Wald und von den Händen, die meine Knie umklammert hatten, als sich das Automobil in Gang setzte.

Ich hatte die Absicht gehabt, nach ein oder zwei Tagen wiederzukommen, aber es gefiel dem Schicksal, mich unter mannigfachen Vorwänden von dieser Seite der Grafschaft fernzuhalten, bis der Holunder und die wilde Rose schon Früchte trugen. Endlich zog ein strahlender, vom Südwest klargefegter Tag herauf, der die Hügel fast greifbar nahe rückte – ein Tag unsteter Lüfte und hoher dünner Wolken. Ohne mein eigenes Zutun war ich frei und lenkte den Wagen zum drittenmal auf die bekannte Straße. Als ich den Kamm der Downs erreichte, merkte ich, wie die milde Luft sich verwandelte und in der Sonne flimmrig wurde, und als ich auf das Meer hinunterblickte, sah ich, wie in diesem Augenblicke das Blau des Kanals erst die Farbe von poliertem Silber, dann die von mattem Stahl und endlich die von schmutzigem Zinn annahm. Ein beladenes Kohlenschiff, das sich bis jetzt dicht an der Küste gehalten hatte, steuerte in tieferes Wasser hinaus, und quer durch einen kupferfarbenen leichten Nebel sah ich ein Segel nach dem andern auf den Booten der verankerten Fischerflottille aufsteigen. In einer tiefen Senkung hinter mir hatte sich ein wirbelnder Wind erhoben, dröhnte durch die schützenden Eichen und spann hoch oben in den Lüften das erste Muster aus trockenen herbstlichen Blättern. Als ich die Küstenstraße erreichte, zog der Nebel von der See her wie Rauch über die Ziegeleien, und vom Sturme erzählte die Flut allen Molen jenseits Ushant. In einer knappen Stunde war das sommerliche England in eisigem Grau verschwunden. Wieder waren wir das unzugängliche Eiland des Nordens; alle Schiffe der Welt brüllten vor unsern gefahrdrohenden Toren und in ihre Schreie hinein erklang das Pfeifen verschreckter Möwen. Meine Mütze tropfte von Feuchtigkeit, auf der Decke sammelten sich kleine Pfützen, die dann in Bächlein abliefen, und meine Lippen waren salzig bereift.

Im Lande war der immer dichter werdende Nebel unter den Bäumen ganz durchtränkt von herbstlichem Geruche, und aus dem langsamen Tropfen wurde ein starker Regenschauer. Dennoch blickten die späten Blumen – Malven waren es am Wegrande, Skabiosen auf den Wiesen und Dahlien in den Gärten – im Nebel freundlich drein, und fern vom Hauche der See zeigte sich kaum noch ein Zeichen von Verfall im Laube. Noch standen in den Dörfern alle Haustüren offen, und barhäuptige, barfüßige Kinder saßen auf den feuchten Türstufen und riefen dem Fremden nach.

Ich faßte mir Mut, einen Besuch in dem Süßwarenladen zu machen. Frau Madehurst empfing mich mit den gastfreundlichen Tränen einer dicken Frau. Sie erzählte, Jennys Kind sei zwei Tage nach der Ankunft der Nonne gestorben. Nach ihrem Gefühl war es doch so am besten, wenn auch Versicherungsgesellschaften aus Gründen, die zu verstehen nicht ihre Sache war, nicht gerne solch verirrte Leben versicherten. »Nicht als ob Jenny nicht an Arthur gehangen hätte, genau so, wie wenn er ganz richtig am Ende des ersten Jahres gekommen wäre – wie Jenny selbst.« Dank Fräulein Florence war das Kind mit einem Pomp begraben worden, der nach Frau Madehursts Meinung die kleine Unregelmäßigkeit seiner Geburt mehr als wettgemacht hatte. Sie beschrieb den Sarg, innen und außen, den gläsernen Leichenwagen und die Grabeinfassung aus Immergrün.

»Aber wie geht es der Mutter?« fragte ich.

»Jenny? Na, sie wird schon drüber wegkommen. Ich hab' das auch schon mit einem oder zweien von den meinigen mitgemacht. Sie wird drüber wegkommen! Sie geht jetzt im Wald.«

»Bei diesem Wetter?«

Frau Madehurst schaute mich über den Ladentisch mit zugekniffenen Augen an. »Ich weiß nicht, aber es öffnet einem sozusagen das Herz. Ja, es öffnet einem das Herz. Gebären und Verlieren kommt mit der Zeit auf eins heraus, pflegen wir zu sagen.«

Nun sind ja alte Frauen viel weiser als alle Väter, und dieser letzte Orakelspruch machte mich so tief nachdenklich, daß ich fast eine Frau und ein Kind an der Waldecke bei dem Tor des Hauses Wunderschön überfahren hätte.

»Schreckliches Wetter!« rief ich, langsam in die Kurve gehend.

»Nicht so arg«, antwortete sie in friedlichem Tone aus dem Nebel heraus. »Meines ist daran gewöhnt. Sie werden Ihres drinnen finden, mein' ich.«

Im Hause empfing mich Madden mit der Höflichkeit, die sein Beruf erforderte, und fragte freundlich nach dem Befinden des Automobils, das er unter Dach zu bringen versprach.

Ich wartete in einer stillen nußbraunen Halle, die mit letzten Blumen freundlich geschmückt und von einem prächtigen Holzfeuer durchwärmt war. Dieser Raum mußte auf Menschen guten Einfluß haben und ihnen großen Frieden geben. (Männer und Frauen mögen manchmal mit vieler Mühe eine glaubhafte Lüge zustande bringen; das Haus jedoch, ihr Tempel, kann nur die Wahrheit über seine Bewohner aussagen.) Der Karren und die Puppe eines Kindes lagen auf dem schwarzweißen Boden, dessen Teppich zurückgeschlagen war. Ich merkte, daß die Kinder eben erst davongeeilt waren, höchstwahrscheinlich, um sich auf den vielen Absätzen der großen eisenbeschlagenen Treppe, die gerade aus der Halle emporstieg, zu verstecken oder um hinter den geschnitzten Löwen und Rosen der obern Galerie hervorzulugen und mich zu belauern.

Dann hörte ich ihre Stimme über mir, sie sang, wie nur Blinde singen können – aus ganzer Seele: »Hinter Blumengartentoren . . .«

Der ganze Frühsommer stand in diesem Gesange wieder in mir auf.

»Hinter Blumengartentoren
Segne Gott uns den Gewinn . . .

Aber was wir hier verloren,
Segne Gott zu tieferem Sinn.«

Sie unterschlug die fünfte störende Zeile und wiederholte:

»... segne Gott zu tieferem Sinn.«

Sie lehnte sich über die Galerie. Ihre verschränkten Hände hoben sich perlenweiß von dem Eichenholz ab.

»Sind Sie es, von der andern Seite der Grafschaft?« rief sie.

»Ja, ich von der andern Seite der Grafschaft«, antwortete ich lachend.

»Wieviel Zeit ist vergangen, ehe Sie wiederkehren mußten!« Sie lief die Stufen herab, ihre Hand berührte leicht das breite Geländer. »Es sind schon zwei Monate und vier Tage her. Der Sommer ist vorbei!«

»Ich dachte, früher zu kommen, aber das Schicksal wollte es nicht.«

»Ich wußte es. Bitte, nehmen Sie sich des Feuers an! Man will mich nicht damit umgehen lassen; aber ich kann fühlen, daß es sich schlecht benimmt. Bitte schüren Sie nach!«

Ich suchte auf beiden Seiten des tief eingebauten Kamins und fand schließlich einen halbverkohlten Pfahl, mit dem ich ein schwarzes Scheit in die Flammen zurückschob.

»Es darf Tag und Nacht nicht ausgehen«, sagte sie erklärend, »für den Fall, daß jemand mit kalten Füßen hereinkommt, wissen Sie.«

»Es ist im Haus sogar noch schöner als draußen«, murmelte ich. Das rote Licht ergoß sich die von der Zeit polierte schwärzliche Täfelung entlang aufwärts, bis auch die Tudor-Rosen und Löwen auf der Galerie farbig und bewegt erschienen. Ein alter konvexer Spiegel, von einem Adler gekrönt, sammelte das Bild in sein geheimnisvolles Herz, verzerrte abermals die verzerrten Schatten und bog die Linien der Galerie in die Krümmungen eines Schiffsleibes zurecht. Der Tag ging in einem Sturm zu Ende, der den Nebel in eine zerfetzte jagende Wolke verwandelte. Durch das von Pfeilern geteilte breite Fenster ohne Vorhänge konnte ich sehen, wie die tapferen Eiben-Ritter gegen den Wind, der sie mit Legionen welker Blätter berannte, auslegten und sich deckten.

»Ja, es muß schön sein«, sagte sie. »Möchten Sie das Haus ansehen? Oben ist noch Licht genug.«

Ich folgte ihr über die gerade Treppe, die breit genug war, daß ein Wagen hätte auf ihr fahren können, auf die Galerie, auf die sich die kleinen gekehlten elisabethanischen Türen öffneten.

»Fühlen Sie, wie tief die Klinken angebracht worden sind wegen der Kinder.«

Sie öffnete eine kleine Türe nach innen.

»Übrigens, wo sind sie denn?« fragte ich. »Ich habe sie heute nicht einmal gehört.«

Sie antwortete nicht gleich, dann erwiderte sie sanft: »Ich kann sie ja nur hören. Das ist eines ihrer Zimmer, alles ist bereit, wie Sie sehen.«

Sie wies in einen Raum mit schwerer Täfelung. Da standen kleine niedere Tische und Kindersessel, ein Puppenhaus, die Vorderwand halb hochgeklappt, ihm gegenüber ein großes scheckiges Schaukelpferd, von dessen gepolstertem Sattel ein Kind leicht auf die breite Fensterbank klettern konnte, von der aus man den Garten überblickte. Ein Kindergewehr lag neben einer vergoldeten hölzernen Kanone in einer Ecke.

Ich flüsterte: »Sicher sind sie eben erst weggelaufen.« Im Zwielicht knackte eine vorsichtig geöffnete Türe. Ich hörte das Rascheln eines Kleidchens und das Trippeln kleiner Füße – rascher kleiner Füße in einem Zimmer nebenan.

»Ich habe sie gehört!« rief sie triumphierend. »Hören Sie sie auch? Kinder, o Kinder, wo seid ihr?«

Die Stimme erfüllte den Raum, der sie liebend bis zum letzten vollkommenen Ton festhielt, aber kein Jauchzen erklang als Antwort wie damals im Garten. Wir eilten aus einem Zimmer in das nächste – alle Räume hatten Eichendielen – hier eine Stufe hinauf, dort drei Stufen hinunter, durch ein Gewirr von Gängen, immer genarrt von dem Wild, das wir verfolgten. Ebensogut hätte man versuchen können, in einem offenen Kaninchengehege mit einem einzigen Frettchen zu jagen. Da gab es ungezählte Vertiefungen in den Mauern und nun schon dunkle, tief eingeschnittene Fensternischen, aus denen sie hinter uns aufspringen konnten, sowie nie benutzte Kamine, die sechs Fuß tief in das Mauerwerk eingebaut waren, und das Gewirr der ineinandergehenden Zimmer. Vor allem half ihnen das Zwielicht bei diesem Spiel. Ein- oder zweimal hörte ich das fröhliche Kichern der Entschlüpfenden, ein- oder zweimal sah ich die Silhouette eines Kinderkleides gegen ein nun schon dunkelndes Fenster am Ende eines Ganges, aber wir kehrten mit leeren Händen in die Galerie zurück. Hier stellte eben eine Frau in mittlerem Alter eine Lampe in die dazu bestimmteNische.

»Nein, ich habe sie heute abend auch nicht gesehen, Fräulein Florence«, hörte ich sie sagen, »aber Turpin ist da und sagt, er möchte mit Ihnen wegen seines Stalles sprechen.«

»So? Da muß mich aber Turpin sehr dringend sprechen wollen. Rufen Sie ihn in die Halle, Frau Madden!«

Ich blickte in die Halle hinab, die nun von dem trüben Feuer erleuchtet war, und endlich sah ich *sie*, tief im Schatten. Sie waren wohl hinuntergeschlüpft, während wir in den Gängen waren, und glaubten sich nun gut versteckt hinter einem alten vergoldeten ledernen Ofenschirme. Nach den Gesetzen des Kindes war ich durch meine fruchtlose Jagd so gut wie bekannt mit ihnen geworden, aber da ich mich dabei so sehr hatte anstrengen müssen, beschloß ich, sie zu zwingen, endlich selber herauszukommen, und zwar durch den einfachen Kniff, den Kinder gar nicht leiden mögen: sie scheinbar nicht zu bemerken. Sie lagen ganz dicht aneinandergedrückt in einem kleinen Häufchen, kaum mehr als Schatten, außer wenn ein rasches Aufleuchten des Feuers einen Umriß verriet.

Sie sagte: »Und jetzt werden wir Tee trinken. Ich glaube, ich hätte Ihnen das sofort anbieten sollen, aber man verlernt hier seine guten Manieren, wenn man so allein lebt und für – hm – etwas seltsam gehalten wird.« Mit anmutigem Spott fügte sie hinzu: »Möchten Sie eine Lampe, um beim Essen zu sehen?«

»Ich finde den Feuerschein viel schöner.« Wir stiegen in das wunderbare Halbdunkel hinab, und Madden brachte Tee.

Ich wählte mir einen Sessel in der Nähe des Schirms, bereit, die Kinder zu überraschen oder von ihnen überrascht zu werden, je nachdem es das Spiel eben mit sich bringen würde, und mit Erlaubnis der Hausherrin, da ein Herd immer heilig ist, beugte ich mich vor und spielte mit dem Feuer.

»Woher bekommen Sie diese schönen kurzen Scheite?« fragte ich nachlässig. »Ach, sie sind ja eingekerbt.«

»Natürlich«, sagte sie, »da ich weder schreiben noch lesen kann, bin ich gezwungen, wieder auf die alte englische Kerbenzählung für meine Rechnungen zurückzukommen. Geben Sie mir eines, und ich werde Ihnen sagen, was es bedeutet.«

Ich reichte ihr ein fußlanges Haselholzscheit, und sie fuhr mit dem Daumen über die Kerben:

»Das ist die Milchablieferung der Farm, die das Haus

versorgt, vom April letzten Jahres, in Gallonen angegeben«, sagte sie. »Ich weiß nicht, was ich ohne die Scheite getan hätte. Einer meiner alten Förster hat mich das System gelehrt. Es ist bei niemandem mehr gebräuchlich, nur meine Pächter halten sich daran. Einer von ihnen kommt jetzt, um mit mir zu sprechen. Oh, das macht nichts. Er hat hier außerhalb der Geschäftsstunden nichts zu suchen. Er ist ein habsüchtiger unwissender Mann – sehr habsüchtig – sonst würde er nicht nach Anbruch der Dunkelheit noch herkommen.«

»Sie haben also viel Grundbesitz.«

»In eigener Verwaltung nur etwa zweihundert Tagewerk, Gott sei Dank. Die andern sechshundert sind alle an Pächter vergeben, die meine Verwandten schon vor mir gekannt haben, nur dieser Turpin ist ein ganz neuer Mann – und ein wahrer Straßenräuber.«

»Aber sind Sie sicher, daß ich nicht –«

»Gewiß nicht. Sie haben das Recht dazu. Er hat keine Kinder.«

»Ach, die Kinder«, sagte ich und schob den niedern Sessel zurück, bis er fast den Schirm, der sie verbarg, berührte. «Ich bin neugierig, ob sie meinetwegen herauskommen werden.«

Draußen vor der niedern dunklen Seitentür wurde das Gemurmel von Stimmen hörbar, die Stimme Maddens und eine etwas tiefere, und ein rothaariger Riese in Segeltuchgamaschen, der unverkennbare Typus eines Landpächters, stolperte herein oder wurde hereingeschoben.

Sie sagte: »Kommen Sie zum Feuer, Turpin.«

»Ja, bitte sehr, Fräulein. Ich kann – ich kann ebensogut bei der Türe stehenbleiben.« Während er sprach, umklammerte er die Klinke wie ein verschrecktes Kind. Mit einem Male erkannte ich, daß er von einer ihn fast überwältigenden Furcht besessen war.

»Also?«

»Wegen des neuen Stalles für das Jungvieh – das ist alles. Wenn die ersten Herbststürme kommen ... aber ich will ein andermal wiederkommen, Fräulein.« Seine Zähne klapperten nicht minder als die Türklinke.

»Ich denke, nein«, erwiderte sie gemessen. »Der neue Stall – so! Was hat Ihnen mein Verwalter am Fünfzehnten geschrieben?«

»Ich dachte, wenn ich vielleicht mit Ihnen sprechen dürfte, von Mensch zu Mensch sozusagen ... Aber – «

Seine vor Grauen weitaufgerissenen Augen durchirrten jede Ecke des Raumes. Er öffnete halb die Tür, durch die er eingetreten war, aber ich sah, daß sie wieder fest von außen geschlossen wurde.

»Er schrieb, was ich ihm aufgetragen hatte«, fuhr sie fort. »Sie haben schon zu viele. Dunnetts Farm reichte nie für mehr als fünfzig Ochsen – nicht einmal zu Wrights Zeiten. Und er fütterte mit Ölkuchen. Sie haben siebenundsechzig Stück und füttern nicht mit Ölkuchen. Sie haben in dieser Hinsicht den Pachtvertrag verletzt. Sie treiben Raubbau auf der Farm.«

»Ich – ich kriege nächste Woche etwas künstlichen Dünger – Superphosphat. Ich habe eine Wagenladung schon so gut wie bestellt. Ich werde morgen deswegen zur Station hinuntergehen. Dann darf ich kommen und mit Ihnen bei Tag sprechen, Fräulein, von Mensch zu Mensch sozusagen ... Der Herr geht doch nicht weg, nicht wahr?« Er kreischte fast.

Ich hatte nur den Sessel noch ein wenig weiter zurückgeschoben und nach hinten gegriffen, um auf das Leder des Schirmes zu klopfen; aber er fuhr hoch wie eine Ratte.

»Nein. Bitte, hören Sie mir zu, Turpin.« Sie drehte sich im Sessel um und wandte ihm, der mit dem Rücken an die

Tür gelehnt stand, ihr Gesicht zu. Es war ein langgehegter, schmutziger kleiner Plan, den sie ihm auf den Kopf zusagte – dieses sein Gesuch um die Errichtung eines neues Kuhstalls auf Kosten seiner Grundherrin, um im nächsten Jahre den Pachtschilling von dem beiseitegebrachten und zu Geld gemachten Dünger bezahlen zu können, nachdem er, wie sie unumwunden feststellte, die reichen Weiden bis zum Weißbluten ausgebeutet hatte. Ich konnte nicht umhin, die Stärke seiner Habgier zu bewundern, der zuliebe er jeglichem Schrecken die Stirne zu bieten wagte, auch diesem, der ihm nun den kalten Schweiß auf die Stirn trieb.

Ich hörte auf, gegen das Leder zu klopfen – ich war in der Tat eben dabei, die Kosten des Stalles zu berechnen – da fühlte ich meine hängende Hand erfaßt und sanft zwischen den weichen Händen eines Kindes umgewendet. So hatte ich schließlich doch triumphiert. Ein Augenblick, und ich würde mich umdrehen und endlich Bekanntschaft schließen mit diesen schnellfüßigen Wanderern ... Aber da fiel ein kleiner hauchender Kuß mitten in meine Handfläche – eine Gabe, wie ich sie, ach, dereinst so oft erhalten, dargebracht in der Erwartung, daß die Finger sich darum schließen sollten. Die zutrauliche, ein wenig vorwurfsvolle Mahnung eines wartenden Kindes, das nicht gewohnt ist, vernachlässigt zu werden, selbst wenn die Erwachsenen beschäftigt sind – kleines Fragment einer Zeichensprache, mir so vertraut vor langer Zeit.

Da *wußte* ich. Und es war, als hätte ich es vom ersten Tag an gewußt, an dem ich quer über den Rasen zu dem hohen Fenster hinaufgeblickt hatte. Ich hörte eine Tür sich schließen. Die Frau wandte sich schweigend mir zu, und ich fühlte, daß auch sie wußte.

Wie viele Zeit danach verging, weiß ich nicht. Vom

Fallen eines Scheites aufgeschreckt, erhob ich mich mechanisch, um es zurückzulegen. Dann kehrte ich an meinen Platz in den Sessel neben dem Schirm zurück.

»Jetzt verstehen Sie«, flüsterte sie durch die gedrängten Schatten.

»Ja, jetzt verstehe ich. Ich danke Ihnen.«

»Ich – ich höre sie nur.« Sie neigte den Kopf in ihre Hände. »Ich habe kein Recht, wissen Sie. Ich habe keines geboren noch verloren, weder geboren noch verloren.«

»Dann seien Sie sehr froh«, sagte ich, denn meine Seele war in mir aufgerissen.

»Verzeihen Sie mir!« Sie war still, und ich kehrte zu meiner Freude und zu meinem Kummer zurück.

»Es war, weil ich sie so liebte«, sagte sie endlich mit gebrochener Stimme. »Das war's, warum es so kam, schon von Anfang an, schon sogar ehe ich wußte, daß *sie* – *sie* alles sein werden, was ich je besitzen sollte. Und ich liebte sie so.«

Sie breitete ihre Arme nach den Schatten aus und nach den Schatten im Schatten.

»Sie kamen, weil ich sie liebte – weil ich sie brauchte. Ich – ich muß sie herbeigelockt haben, glauben Sie, daß dies unrecht war?«

»Nein – nein.«

»Ich – ich gebe zu, daß das Spielzeug und alle diese Sachen Unsinn waren – aber ich haßte leere Zimmer so sehr, als ich selbst noch klein war.« Sie zeigte auf die Galerie. »Und die Gänge sind alle leer ... Und wie hätte ich je die geschlossene Gartentür ertragen sollen? Nehmen Sie an ...«

»Reden Sie nicht, ich beschwöre Sie, reden Sie nicht!« rief ich. Im Zwielicht rann kalter Regen in stürmischen Böen nieder und klopfte an die bleigefaßten Fenster.

»Und ebenso ist's mit dem Feuer, das ich die ganze Nacht brennen lasse. Ich finde das nicht so töricht. Und Sie?«

Ich blickte auf den breiten Ziegelkamin, und durch Tränen, glaube ich, sah ich, daß keinerlei eisenes Gerät darauf oder in der Nähe lag*, und neigte den Kopf.

»Ich tat das alles und manches andere noch, um sie zutraulich zu machen. Dann kamen sie. Ich hörte sie, aber ich wußte nicht, daß sie nicht mein waren von Rechts wegen, bis Frau Madden mir sagte –«

»Die Frau des Dieners? Was sagte sie?«

»Eines von ihnen – ich hörte es – sah sie. Und sie wußte: ihres! Nicht für mich! Ich wußte es zuerst nicht. Vielleicht war ich eifersüchtig. Später begann ich zu verstehen, daß es nur war, weil ich sie liebte, nicht weil... Ach, man muß gebären oder verlieren«, sagte sie kläglich. »Es gibt nichts anderes – und doch lieben sie mich. Sie müssen! Nicht wahr?«

Kein Geräusch war in dem Raum außer den Stimmen der leckenden Flammen, doch wir beide lauschten aufmerksam, und sie wenigstens fand in dem, was sie hörte, Trost. Sie faßte sich und erhob sich halb. Ich saß still in meinem Sessel bei dem Ofenschirm.

»Halten Sie mich nicht für erbärmlich, weil ich so um mich jammere, aber – ich bin ganz im Dunkel, wissen Sie, und Sie können sehen.«

In Wahrheit, ich konnte sehen und was ich sah, bestärkte mich in meinem Entschluß, obwohl es war, als rissen sich Leib und Seele voneinander. Dennoch wollte ich eine kleine Weile noch bleiben, da es das letzte Mal war.

* Nach altem, noch heute im ländlichen England bestehenden Glauben verscheucht Eisen die Geister – würde hier also die Geister der toten Kinder verscheucht haben – auch des Dichters eigenes Töchterchen, das er eben am vertrauten Kuß in seine Hand erkannt hat.

»Sie glauben also, es sei unrecht?« rief sie schrill, obgleich ich nichts gesagt hatte.

»Nein. Nicht für Sie. Tausendmal nein. Für Sie ist es recht... Ich bin Ihnen dankbar über alle Worte hinaus. Für mich wäre es unrecht. Nur für mich...«

»Warum?« sagte sie, fuhr aber mit der Hand über ihr Gesicht, wie sie es bei unserm zweiten Zusammentreffen im Walde getan hatte. »Oh! Ich verstehe«, fuhr sie fort, schlicht wie ein Kind. »Für Sie wäre es unrecht.« Dann mit einem kleinen innerlichen Lachen: »– und erinnern Sie sich, ich nannte Sie einmal glücklich – das erste Mal. Sie, der Sie doch nie wieder herkommen dürfen!«

Sie verließ mich, damit ich noch eine kleine Weile bei dem Ofenschirm sitzen könne. Und ich hörte oben das Geräusch ihrer Schritte die Galerie entlang verhallen.

SAKI

Sredni Vashtar

Conradin war zehn Jahre alt, und der Arzt hatte die Diagnose gestellt, daß der Junge keine fünf Jahre mehr zu leben habe. Obwohl der Arzt einen schlappen und verbrauchten Eindruck machte, hatte Mrs. De Ropp, die sich für alles zuständig hielt, seine Ansicht geteilt. Mrs. De Ropp war Conradins Kusine und gleichzeitig sein Vormund; in seinen Augen verkörperte sie jene drei Fünftel dieser Welt, die notwendig, unangenehm und Wirklichkeit sind. Die restlichen zwei Fünftel, die mit den anderen in einem fortwährenden Widerstreit lagen, bestanden aus ihm selbst und aus seiner Phantasie. Conradin war überzeugt, dem ständigen Druck lästiger Notwendigkeiten eines schönen Tages erliegen zu müssen – zum Beispiel den Krankheiten, den zimperlichen Verboten und der ewigen Langeweile. Ohne seine Phantasie, die durch seine Einsamkeit zügellos geworden war, wäre er ihnen schon lange unterlegen. Auch bei größter Aufrichtigkeit hätte Mrs. De Ropp selbst in einer schwachen Stunde nicht zugegeben, daß sie Conradin nicht leiden konnte, obgleich sie manchmal vielleicht selbst spürte, daß das Vereiteln seiner Wünsche und Pläne ›um seinetwillen‹ keine besonders bedrückende Pflicht für sie war. Conradin dagegen haßte sie mit einer verzweifelten Aufrichtigkeit, die er jedoch restlos verbergen konnte. Jene wenigen Freuden, die er sich selbst ausdachte, wurden besonders gewürzt durch die Wahrscheinlichkeit, daß sie seinem Vormund alles andere als gefielen und daß wenigstens das Gebiet seiner Phantasie vor Mrs. De Ropp verschlossen war. Sie war ein unreiner Mensch, der niemals Einlaß finden würde.

Der Garten – der von verschiedenen Fenstern aus zu überblicken war, so daß sie nur eines zu öffnen brauchte, um ihm dies oder das zu verbieten oder ihn an eine Medizin zu erinnern, die sofort eingenommen werden mußte – dieser Garten war trostlos und ohne jeden Reiz für ihn. Die wenigen Obstbäume hatte man außerhalb seiner Reichweite angepflanzt, als seien es seltene Exemplare, die auch in der ödesten Dürre blühten und Früchte trügen. Vermutlich hätte sich kein Obsthändler bereit gefunden, auch nur zehn Schilling für die Jahresernte aller Bäume zusammen zu bezahlen. In einem versteckten Winkel, von verwilderten Sträuchern fast vollständig verborgen, stand jedoch ein unbenutzter Schuppen von beträchtlichen Ausmaßen, und hier hatte Conradin einen Zufluchtsort gefunden, der für ihn Spielzimmer und Kathedrale in einem war. Er hatte ihn mit unzähligen vertrauten Geistern angefüllt, die zu einem Teil aus Bruchstücken der Historie, zum anderen Teil jedoch aus seiner Phantasie stammten. Hinzu kamen außerdem noch zwei Bewohner aus Fleisch und Blut: in der einen Ecke war eine Henne untergebracht, die aussah, als habe man sie bereits gerupft, und an der Conradin mit einer Zuneigung hing, die sonst kein Ziel hatte; weiter im Hintergrund des halbdunklen Raumes stand noch eine große, unterteilte Kiste, die mit einem eisernen Gitter versperrt war. In dieser Kiste wohnte ein großes Frettchen, das ein gutmütiger Schlächterjunge samt Käfig und allem anderen hereingeschmuggelt hatte – im Tausch gegen einen lange gehüteten Silberschatz. Conradin hatte vor dem kleinen

Raubtier zwar entsetzliche Angst, aber trotzdem war es sein kostbarster Besitz. Schon die Anwesenheit des Frettchens in dieser vergitterten Kiste war eine geheime und verstohlene Freude, von der die ›Frau‹ – wie er seine Kusine für sich betitelte – nie etwas merken durfte. Und eines Tages fiel ihm, wie aus heiterem Himmel, ein wunderbarer Name ein, und von diesem Augenblick an war das Tier zu einem Gott und zu einem Glauben geworden. Die ›Frau‹ ging einmal in der Woche in die nahegelegene Kirche, um ihren Glauben auszuüben, und nahm Conradin immer mit; aber für ihn war der Gottesdienst ein fremdartiger Ritus in einem Götzentempel. Dafür verharrte er jeden Donnerstag in der dunklen, modrigen Stille des Schuppens und betete in einer mystischen, genau festgelegten Zeremonie vor der Holzkiste, in der Sredni Vashtar, das große Frettchen, hauste. Rote Blumen im Sommer und Vogelbeeren im Winter wurden vor diesem Schrein geopfert, denn Sredni Vashtar war ein Gott, der besonderen Wert auf Grausamkeit legte – im Gegensatz zu der Religion der ›Frau‹, die sich Conradins Ansicht nach weitgehend in andere Richtungen bewegte. Bei besonders großen, festlichen Ereignissen wurde geriebene Muskatnuß vor die Kiste gestreut, und ein wesentlicher Zug dieses Opfers bestand darin, daß die Muskatnuß gestohlen sein mußte. Diese festlichen Ereignisse traten in unregelmäßigen Abständen auf und dienten dazu, irgendein vergangenes Ereignis zu feiern. Einmal – als Mrs. De Ropp drei Tage lang an heftigen Zahnschmerzen litt – hatte Conradin diese Zeremonie die ganzen drei Tage hindurch abgehalten, und fast war er davon überzeugt gewesen, daß Sredni Vashtar persönlich die Zahnschmerzen verursacht hatte. Hätte die Erkrankung jedoch nur einen Tag länger gedauert, wäre der Vorrat an Muskatnüssen erschöpft gewesen.

Die Henne wurde jedoch nie in den Kult um Sredni Vashtar einbezogen. Schon vor langer Zeit hatte Conradin beschlossen, daß sie ein Wiedertäufer sei. Er hatte zwar nicht die geringste Ahnung, was ein Wiedertäufer sein könnte, aber im stillen hoffte er, daß es etwas Mutiges und nicht sehr Anständiges sei. Mrs. De Ropp aber war in seinen Augen der Fels des Anstands, und daher verabscheute er sie auch.

Nach einiger Zeit fiel Conradins Vormund auf, daß der Junge auffallend oft im Schuppen beschäftigt war. Es tut ihm nicht gut, dort bei jedem Wind und Wetter herumzulungern, entschied sie sofort, und eines Morgens verkündete sie beim Frühstück, daß die Henne über Nacht weggebracht und verkauft würde. Mit ihren kurzsichtigen Augen sah sie Conradin dabei an und wartete auf einen wütenden oder zumindest ängstlichen Ausbruch, dem sie dann sofort mit einer Flut neuer Vorschriften und Begründungen begegnen wollte. Aber Conradin schwieg: er hatte nichts dazu zu sagen. Vielleicht hatte die Blässe seines Gesichtes sie etwas nruhig gemacht – jedenfalls gab es zum Nachmittag Toast, eine Delikatesse, die sie um seinetwillen sonst in Grund und Boden verdammte, weil sie ihm schadete. Das Toasten ›verursacht außerdem Unruhe‹, und das war in den Augen dieser Frau eine Todsünde.

»Ich hatte gedacht, du äßest gern Toast«, sagte sie betont und mit beleidigter Miene, als sie merkte, daß er nichts anrührte.

»Nur manchmal«, erwiderte Conradin.

Am gleichen Abend noch wurde bei der Anbetung des Kistengottes eine Neuerung eingeführt. Bisher hatte Conradin immer nur Loblieder gesungen; jetzt bat er um etwas.

»Du mußt das eine für mich tun, Sredni Vashtar!«

Was es war, wurde nicht ausgesprochen. Da Sredni Vashtar jedoch ein Gott war, konnte man annehmen, daß er es auch so wüßte. Und als Conradin zur anderen, jetzt leeren Ecke hinüberblickte und dabei ein Schluchzen unterdrücken mußte, fand er wieder in jene Welt zurück, die er so haßte.

Nacht für Nacht, in der vollkommenen Finsternis seines Schlafzimmers, und Abend für Abend, im Halbdunkel des Schuppens, betete Conradin: »Du mußt das eine für mich tun, Sredni Vashtar!«

Mrs. De Ropp merkte, daß seine Besuche im Schuppen nicht aufgehört hatten; und eines Tages ging sie noch einmal hinüber, um selbst genau nachzusehen.

»Was hältst du in dem Schuppen versteckt, den du jetzt auch noch abgeschlossen hast?« fragte sie später. »Ich glaube beinahe, daß es Meerschweinchen sind. Aber ich werde schon dafür sorgen, daß sie wegkommen – alle!«

Conradin preßte die Lippen fest aufeinander; die ›Frau‹ durchsuchte jedoch sein Schlafzimmer, bis sie den sorgfältig versteckten Schlüssel fand, und marschierte dann zum Schuppen, um auch ihn gründlich zu durchsuchen. Es war ein kalter Nachmittag, und Conradin war aufgetragen worden, im Hause zu bleiben. Von dem einen Fenster des Speisezimmers aus konnte er – an den Sträuchern vorbei – gerade noch die Tür des Schuppens sehen. Die Frau ging gerade in den Schuppen hinein, und dann stellte er sich vor, wie sie die Tür der heiligen Kiste öffnete und mit ihren kurzsichtigen Augen in das Stroh starrte, in dem sein Gott verborgen war, vielleicht würde sie in ihrer dummen Ungeduld sogar mit den Händen hineingreifen. Und zum letztenmal sprach Conradin seine große Bitte aus – aber im Grunde glaubte er selbst nicht, daß sie erfüllt würde. Er wußte genau, daß die Frau gleich mit ihrem schmollenden Lächeln wieder herauskommen würde, das er nicht leiden konnte, und daß kurze Zeit später der Gärtner seinen wunderbaren Gott wegkarren würde – der dann kein Gott mehr, sondern nur noch ein einfaches braunes Frettchen in einer Kiste sein würde. Und er wußte auch, daß die ›Frau‹ bei jeder Gelegenheit genauso triumphieren würde wie heute und daß er unter ihrer entsetzlichen, bedrückenden und überlegenen Klugheit immer kränker werden würde, bis der Tag käme, an dem ihm nichts mehr wichtig war und der Arzt recht behalten hätte. In diesem Schmerz über seine Niederlage fing er an, das Loblied seines gefährlichen Idols laut und herausfordernd zu singen:

»Sredni Vashtar ging fort:
seine Gedanken waren blutrote Gedanken,
und seine Zähne waren weiß;
seine Feinde flehten um Gnade,
er aber brachte den Tod –
Sredni Vashtar, der Schöne!«

Plötzlich verstummte er, und er trat noch näher an das Fenster. Die Schuppentür stand immer noch genauso weit offen wie vorher, und langsam verstrichen die Minuten. Es waren sehr lange Minuten – aber trotzdem vergingen sie. Er sah die Stare, die in kleinen Gruppen über den Rasen spazierten und hin und wieder kurz aufflogen; er zählte sie immer wieder und ließ doch die Schuppentür nicht aus den Augen. Mit verdrossenem Gesicht kam eines der Mädchen in das Speisezimmer, um den Teetisch zu decken, und immer noch stand Conradin am Fenster und starrte hinaus. Ganz langsam schlich sich die Hoffnung in sein Herz, und dann leuchteten auf einmal seine Augen triumphierend auf – diese Augen, an denen man bisher nur die sehnsuchtsvolle Geduld des Unterlegenen kannte. Ganz leise sang er das Lied von Sieg und Tod vor sich hin. Schließlich wurde seine Ausdauer belohnt: durch die offene Schuppentür kam ein langes, niedriges, gelbbraunes Raubtier, das in das verdämmernde Tageslicht blinzelte; das Fell an Kopf und Brust zeigte dunkle, feuchte Flecken. Conradin sank in die Knie. Das große Frettchen aber glitt zu dem kleinen Bach am Ende des Gartens, trank, überquerte den Bach dann über den kleinen Holzsteg und verschwand zwischen den Büschen. Damit war Sredni Vashtar fort.

»Der Tee ist fertig«, sagte das Mädchen mit dem verdrossenen Gesicht. »Wo ist die gnädige Frau?«

»Sie ist vorhin zum Schuppen gegangen«, antwortete Conradin.

Und als das Mädchen hinausgegangen war, um ihrer Herrin Bescheid zu sagen, holte Conradin den Toaströster aus dem Büfett und fing an, eine Scheibe Brot zu rösten. Dann bestrich er sie dick mit Butter und biß herzhaft hinein; dabei lauschte er jedoch auch auf den schnellen Wechsel von Unruhe und Stille jenseits der geschlossenen Tür: das laute, dumme Schreien des Mädchens, das Durcheinander von erstaunten Ausrufen aus der Küche, das schnelle Laufen und dann im Garten der Hilferuf, und ganz zuletzt das entsetzte Schluchzen und die schleppenden Schritte, mit denen eine schwere Last ins Haus gebracht wurde.

»Und wer sagt es dem armen Kind? Ich kann es nicht – um nichts auf der Welt kann ich es!« rief eine schrille Stimme. Während sie sich draußen immer noch darüber stritten, bestrich Conradin den zweiten Toast mit Butter.

RALPH HALE MOTTRAM

Verlorene Vergangenheit

Als Mr. Burnish in Easthampton aus dem Bahnhof trat, fragte er sich, warum er sich eigentlich die Mühe gemacht hatte, in dieses rückständige alte Nest hinauszufahren. Es entsprach sonst nicht seiner Art, sich über eine seiner Reisen zu ärgern. In den letzten zwanzig Jahren hatte er in seiner Karriere stetige Fortschritte von Erfolg zu Erfolg verbuchen können, und er rechnete fest mit seiner Beförderung zum Generaldirektor für dieses Gebiet; darüber hinaus war er entschlossen, sich noch vor seinem Abgang in den Ruhestand in den englischen Vorstand der Vereinigten Ölgesellschaften emporzuarbeiten. Jedenfalls konnte er sich im Augenblick nicht darüber klarwerden, ob ihn nun eine Verdauungsstörung plagte – jenem Teil seines Organismus hatte er mit hastigen und unterbrochenen Mahlzeiten übel mitgespielt – oder ob der Wind der Ostküste, den er schon seit etlichen Jahren nicht mehr gewohnt war, an seinem gegenwärtigen Zustand schuld hatte. Es gab wohl kaum jemanden, der weniger Zeit für Selbstbetrachtungen verschwendete als er, und während er sich zwischen den schmutzigen, windgepeitschten Pfützen des Bahnhofsvorplatzes seinen Weg suchte, empfand er lediglich einen unbestimmten und unverhohlenen Groll über den Tag, das Wetter und seine augenblickliche Aufgabe. Nur zu bereitwillig hatte er dieses Gefühl vorhin in Haß gegen das Bahnhofspersonal umgemünzt – diese langsamen Tölpel, die sich bewegten, als stolperten sie immer noch über die Furchen der umliegenden Felder. Kein Taxi. So viele Jahre war er nicht mehr in Easthampton gewesen, daß er es nicht für möglich gehalten hatte, immer noch kein Taxi zu finden, wenn es nicht vorbestellt war. Unabhängige Schweinebande! – die Kerle würden aufwachen müssen, wenn sie in London oder irgendeiner anderen Großstadt zu arbeiten hätten. Aber sie waren weit davon entfernt, das zu erkennen, und hatten ihn bei seinem Zornesausbruch nur verständnislos angestarrt. Schließlich hatte er ihnen klarmachen können, daß sein Koffer zum ›Old George‹ gebracht werden mußte. Glücklicherweise hatte er dort von seiner Sekretärin ein Zimmer telephonisch vorbestellen lassen; vielleicht würde man ihm sonst sagen, es sei nichts frei. Er wollte erst einmal zum hiesigen Depot seiner Firma gehen und die Leute dort aufrütteln. Das wollte er! Es war nicht weit, und als er dort ankam, war seine schlechte Laune noch keineswegs besser geworden.

Diese Niederlassung stellte alles andere als eine Empfehlung für einen großen, weltweiten Konzern wie die Vereinigten Ölgesellschaften dar. Übrigens war das auch einer der Gründe, weswegen er an diesem Tage herausgefahren war. Die Firma konnte sich jetzt Ausgaben leisten, an die man in ihren ersten Jahren nicht einmal gedacht haben würde. Wie überall, hatte sie auch in Easthampton mit einer ›Agentur‹ begonnen, die von irgendeinem Kleinkrämer in seiner Freizeit vewaltet wurde. Dann mußte sich die Gesellschaft ein Lager zulegen, und der damalige Kleinkrämer – es mußte so um 1900 gewesen sein – hatte natürlich ein Gebäude an der Bahnhofsallee gewählt. Mr. Burnish war ›mit allen Wassern gewaschen‹, wie er sich manchmal ausdrückte; es gab keinen Kniff, den er nicht kannte. Der erste Agent, wer es auch gewesen sein mochte, hatte das Lager in der Bahnhofsallee eingerichtet, weil es dort nicht viel kostete. Easthampton war eine jener altmodischen Kleinstädte, die die Eisenbahn möglichst weit von sich abhielten; selbst heute noch war die Straße vom Bahnhof zur Stadt nur mit einstöckigen Büro- und Geschäftshäusern gesäumt und führte über einen Durchbruch, der in den vierziger Jahren des vorigen Jahrhunderts offensichtlich irgend jemandes Hinterhof gewesen war, ohne Übergang in die alte Hauptstraße Bishopgate. Und so abgelegen war Easthampton immer noch, daß es die allerletzte Verteilungsstelle in Mr. Burnishs Gebiet darstellte, die noch nicht neue Räumlichkeiten erhalten hatte, modern eingerichtet und mit all jener Reklame ins Rennen gebracht worden war, die Mr. Burnish so voller Eifer predigte und praktizierte und die, wie er stets unwidersprochen betonte, so viel dazu beigetragen hatte, die Vereinigten Ölgesellschaften an der Spitze aller Wettbewerber zu halten.

Als er die Niederlassung erreichte, die sich allein durch ihre rotgoldenen Firmenschilder von ihrer Umgebung abhob, empfand Mr. Burnish mehr denn je, daß die Zeit gekommen war, das alles hinwegzufegen. Es gab der Firma jenen billigen und unangenehmen Anstrich, als ob sie mehr durch Reklame als auf Grund inneren Wertes existierte; Mr. Burnish wußte, daß derlei längst überlebt war, und selbst das Königshaus hatte die Geschäftswelt dringend ermahnt, dies Gebaren über Bord zu werfen. Mr. Burnish war seiner Zeit stets ein wenig voraus. Er wußte, daß persönliche Tüchtigkeit und der Charakter eines Unternehmens das lärmende Feilschen und Handeln früherer Tage ausgestochen hatten, und daß die Öffentlichkeit, wenn sie auch in zunehmendem Maße von Benzin fortbewegt und von Öl geschmiert wurde, diese Errungenschaften bei Bedarf zur Hand haben, die Reklame dafür aber nicht über die Landschaft verstreut wissen wollte, die ihrer nicht bedurfte. Auch paßte es ihm gerade in seine Laune, irgend etwas zu ändern. Zerstörung würde seine Gefühle besänftigen. Mit dem Fuß schob er die Tür auf.

Der Vorraum war klein und stickig, ein Ölofen brannte. Eine grünlich-blau gestrichene Wand, in der sich ein Schiebefenster für Auskünfte befand, trennte das innere Büro ab; aber Mr. Burnish trat sofort durch die gegenüberliegende Tür ein und stand vor einem lang aufgeschossenen jungen Burschen mit einer dicken, hängenden Unterlippe, dem das Haar in die Stirn fiel. Der Anblick dieses Dieners der Gesellschaft trug nicht dazu bei, Mr. Burnish, der kräftig, untersetzt und gesund aussah, zu beschwichtigen. Er musterte den Burschen scharf, und der Junge musterte ihn, von dem Kniff in seinem Hut bis zu den blanken Schuhspitzen, die aus seinen Gamaschen hervorstachen.

»Geschäftsführer da?« fragte Mr. Burnish.

»Nee«, antwortete der Junge breit.

»Wo ist er?«

»Fortgegangen.«

Mr. Burnish schnaubte vor Ärger.

»Wo ist er hingegangen?«

»Macht seine Runde.«

Mr. Burnish blickte dem Jungen fest in die Augen, auf jene Art, für die er berühmt war, und die sich schon so oft als erfolgreich erwiesen hatte. Doch der Junge sah Mr. Burnish nur fragend und mit offenem Munde an.

»Du kennst mich nicht?«

»Nee!«

»Bald wirst du es!« explodierte Mr. Burnish und schlug im Hinausgehen beide Türen laut hinter sich zu.

Er marschierte weiter die Bahnhofsallee hinunter und

dann die Bishopgate entlang bis zum ›George‹, wobei seine Füße das Pflaster wütend bearbeiteten. Im Hotel angekommen nahm er fast dankbar zur Kenntnis, daß man seinen Koffer bereits auf sein Zimmer gestellt hatte. Um auch nicht eine Minute zu verlieren, ging er sofort in den Rauchsalon hinter der Bar, bestellte einen doppelten Whisky und bat um das Telephonbuch. Beides wurde sogleich gebracht und half Mr. Burnish aus seiner grundlosen Gereiztheit zu seiner meist überwiegenden guten Laune zurück. Überdies schmeichelte ihn die Tatsache, daß er nun als gemachter Mann in dieses selbe Easthampton zurückgekehrt war, in dem er, J. G. Burnish, als Kind armer Leute auf Kosten einer wohltätigen Stiftung erzogen worden und aus dem er fortgelaufen war, sobald er als Herangewachsener die gewaltigen Wälle von Privilegien und Gewohnheiten erkannt hatte, die seinem Vorwärtsdrängen im Wege standen und überklettert werden mußten, bevor er zu irgendeiner Bedeutung in jener abgelegenen Provinzhauptstadt von East Anglia aufsteigen konnte. Während er seinen Whisky schlürfte, die Seiten im Telephonbuch umblätterte und die Namen der Häuseragenten durchsah, lächelte er. Von diesem selben Hotel aus hatte er manchmal für ein Threepence-Stück Botengänge für Geschäftsleute gemacht.

Da stand schon, was er suchte: Stangrooms, die Grundstücksmakler. Die trugen ihre Köpfe ziemlich hoch. Er würde ihnen den Auftrag erteilen. Er bestellte einen zweiten Whisky, läutete sie an, stellte sich als J. G. Burnish, Vereinigte Ölgesellschaften, vor und beschrieb das gewünschte Grundstück, wie es ihm vorschwebte.

Sie schienen seine Gedanken zu erraten, nannten ihm ein Grundstück am Fluß und wollten ihm eine Karte zur Besichtigung hinüberschicken. Er schüttete seinen zweiten Whisky hinunter und ging nach oben, um sich zu waschen. Es war ihm nicht nach Tee zumute. Aber nicht die Interessen der Firma lagen zuoberst in seinem Sinn. Er war damit beschäftigt, den Stempel J. G. Burnish fest diesem Ort aufzuprägen, der seine ersten Versuche gesehen hatte, sich im Lebenskampf zu behaupten. Nach dem Waschen war seine Stimmung etwas abgeflaut. Die Einladungskarte zur Besichtigung wartete bereits auf ihn. Er legte Mantel und Hut an und schritt hinaus in den Märznachmittag. Für seinen Zweck würde das späte Tageslicht genügen. Aber irgend etwas, so kam es ihm jetzt vor, stimmte nicht ganz, irgend etwas fehlte. Es war alles ein wenig zu glatt gegangen. Das Mädchen im Rauchsalon hatte ihn durch ein Schiebefenster bedient; er hatte ihr Gesicht nicht gesehen. Die Telephonistin, die die Verbindung herstellte, war nur eine Stimme. Der Angestellte bei Stangrooms war wieder nur eine Stimme – eine ziemlich unverschämte, meinte er jetzt: »Aber ja, Sir, wir haben genau das, was Sie wünschen!« Geradeso, wie die Telephonistin Stangrooms Nummer mit spöttisch fragendem Unterton wiederholt hatte. Natürlich, es war alles in Ordnung; ein gut organisiertes, modernes Geschäft mußte mit genau jener geschäftstüchtigen Höflichkeit geführt werden. Doch in Mr. Burnishs Weste steckte ein Mann, der sich seiner Firma noch nicht völlig ergeben hatte, den es immer noch in erster Linie nach Beute und Triumph gelüstete. Jener Mann beschwerte sich jetzt – würde am liebsten alle jene unsichtbaren Diener um seine siegreichen Füße kriechen und scharwenzeln sehen, würde den hochnäsigen alten Stangroom, in all seiner beruflichen Erhabenheit, am liebsten die Hände reiben sehen und sagen hören: »Hier herum bitte, Mr. Burnish, diesen Weg bitte, Sir, wenn es Ihnen recht ist!«

Statt dessen ging er jetzt ganz allein seines Wegs, als ob überhaupt nichts Bemerkenswertes an ihm sei!

Nur wenige Schritte über die alte Bishopgate brachten ihn in die altertümliche Straße mit dem Namen Riverside. Das war eine breite Handelsstraße, die noch aus den Tagen stammte, bevor die Eisenbahn den Güterverkehr auf den Flüssen gedrosselt hatte. Damals hatten die Besitzer von Mälzereien und Manufakturen sich hier große, geräumige Wohnhäuser mit Warenlagern und Höfen gebaut, die bis an den Fluß herabreichten, wie es eben die Leute zu jener Zeit taten, als man noch über oder unmittelbar neben seinem Geschäft zu wohnen pflegte. Mr. Burnish sah sie noch in Gedanken diese Gegend bewohnen, erinnerte sich an mehr als eine Abfuhr, die er hier in seiner Jugendzeit von säuerlichen alten Herren mit steifen Zylinderhüten erhalten hatte. Jetzt war dieser Ortsteil praktisch verlassen, die großen alten Häuser in Stapelplätze oder Warenlager umgewandelt, die Gärten zu Parkplätzen für Lastkraftwagen gemacht oder mit Kisten vollgestellt und Papierabfällen übersät. Natürlich war hier um diese Tageszeit keine Menschenseele anzutreffen, und Mr. Burnish mußte einen Augenblick suchen, bevor er die Nummer dreizehn finden konnte, die auf seiner Karte angegeben war. Ärger und Whisky, im Verein mit jenem Mann in Mr. Burnishs Weste, machten sich in einem gewaltigen Schwingen des Türklopfers Luft. Keine Klingel! Und diese solide, großflächige alte Hausfront! Zwei Schiebefenster befanden sich zu jeder Seite des von Säulen getragenen Vorbaus, links und rechts von jedem dieser beiden Paare ein Flügelfenster, und in der Mitte, unter dem Vorbau, war die Tür. Das Ganze wurde von bemoosten alten Steinpfosten verteidigt, zwischen denen sich rostige, halbzerfallene Ketten spannten. Mr. Burnish reizte dies alles nur noch mehr. Er würde es ihnen schon zeigen, sagte er zu sich selbst! Hätte ihn jemand in diesem Moment ernsthaft ins Gebet genommen, wem er es wohl zeigen wolle, hätte er ihn mit dieser Frage in Verlegenheit gebracht. Die längst überwunden geglaubte Vergangenheit und etwas, das er nicht überwinden konnte, starrten auf seine geschäftige, rundliche Gestalt herab, und Mr. Burnish starrte zurück. Was für eine Masse von Ziegeln und Mörtel! Was das wohl gekostet haben mochte! Und was da alles repariert werden mußte! Nichts geschah. Niemand reagierte auf sein Klopfen. Und das Tageslicht ließ auch schon zu wünschen übrig. Keine Menschenseele zu sehen! Mr. Burnish trat einen Schritt von den Stufen zum Aufgang zurück und musterte die oberen Stockwerke. Über den Fenstern des Erdgeschosses zog sich ein steinerner Sims entlang. Darüber lagen die Fenster des ersten Stockwerks – ein großes über der Tür, zwei zu jeder Seite, ein alleinstehendes jeweils dahinter an beiden Enden der Vorderfront. Über diesem befand sich wieder ein Steinsims und kleinere, rechteckige Fenster. Mr. Burnish war kein Architekturkenner. Sein Aufstieg war so rasch erfolgt, daß er ständig auf dem Sprung hatte sein müssen, alle jene Umgangsformen kennenzulernen und zu befolgen, die für jenen Lebenskreis, in den er eingedrungen war, unerläßlich zu sein schienen. Die Front des alten Hauses schien ihm pflegebedürftig zu sein. Ihre stattliche Weitläufigkeit gab ihm genau das Gefühl, vor einer jener leeren Gesten zu stehen, die gelangweilte Leute zu machen Zeit haben, deren Lebensunterhalt von anderen verdient wird. Niedergeschlagen ließ er seinen Blick fallen und sah, daß sich die Tür für ihn geöffnet hatte. Seine Karte in der ausgestreckten Hand haltend trat er ein und schaute sich forschend um. Die Tür schloß sich hinter ihm.

Obwohl der Nachmittag sich dem Ende zuneigte, fiel noch ausreichend Licht durch den Glasfächer über der Tür und durch zwei große Glasfenster über der gewaltigen Treppe, der er sich gegenübersah. Er blickte nach der Person, die ihn eingelassen hatte: sehr alt, sehr eulenhaft; einen Augenblick glaubte er, daß sie ihn anstarrte.

»Guten Tag. Hier ist die Karte von Stangrooms. Ich möchte mir gern das Gebäude ansehen.«

Anstatt die ihr hingehaltene Karte anzunehmen, drehte die Person sich um, und er legte sie auf einen großen, schweren alten Sessel zu seiner Rechten. Fast hätte er auch seinen Hut dazugelegt, entschied sich aber dann anders. Sein winziges Zögern hatte der Hausbesorgerin genügend Zeit gelassen, sich so weit von ihm zu entfernen, daß er sie gerade noch unter der Treppe verschwinden sehen konnte. Er eilte hinterher und rief dabei: »Hallo – warten Sie!«

Unter der großen Treppe führten mehrere steile Stufen hinab, und Mr. Burnish hätte gern gewußt, warum man ihn da hinunterführte. Aber bevor er die Alte erreichen konnte, war er am Ende der Stufen angelangt und blickte umher. Er befand sich im Keller. Durch vergitterte Fenster zur Straße hin fiel genügend Licht, daß er das auf schweren Pfeilern ruhende Ziegelgewölbe erkennen konnte. Unbezahlbar. Absolut feuersicher. Ein idealer Lagerraum. Das war eben typisch für ihn, auf Anhieb instinktiv das Richtige zu finden! Wie er von den Baukosten der Gesellschaft wußte, würde man ein kleines Vermögen brauchen, heute so ein Haus zu bauen. Hier war es – konnte von der Straße aus beliefert werden, ein Aufzug an der Rückseite diente zum Entladen. Perfekt! Eine kräftige, offenstehende Holztür zog ihn an. Er schritt hindurch. Doppelt perfekt! Dieser zweite Keller war noch einmal so groß wie der erste. Ein fast unglaubliches Glück. Aber was bedeuteten all diese Nischen in der Ziegelwand mit den schweren Eisengestellen? Beinahe hätte er gefragt. Doch gleich biß er sich fast die Zunge ab, weil er drauf und dran gewesen war, eine solche Bildungslücke zu zeigen. Wein, natürlich. Mr. Burnish nickte beifällig. Er mochte persönlich keinen Wein, konnte einfach keinen Geschmack daran finden. Er hatte eine Vorliebe für Malz geerbt, aber nicht die geringste für Trauben. Unglücklicherweise standen die letzteren aber in einem Ansehen, das dem ersteren fehlte. Mit einem Lächeln dachte er daran, daß die Leute früher Wein zu begehren pflegten,wie sie heutzutage Benzin brauchten. Er würde dafür sorgen, daß sie es erhielten. Mittlerweile hatte er seine Führerin ganz aus den Augen verloren.

Er ging rasch zurück in den ersten Keller, sah sie gerade noch die Stufen hinauf verchwinden und eilte hinterher. Er war sehr mit dem Gesehenen zufrieden, aber seine angeborene Vorsicht verließ ihn nicht. Außerdem ... man konnte nie wissen ... in so abgelegenen Orten wie Easthampton! Er wollte fragen, auf welchen Preis das Gebäude taxiert war. Als seine Führerin sich in der mit Fliesen ausgelegten Halle nach links wandte, beschleunigte er seine Schritte und trat in einen hohen, rechteckigen Raum, der von zwei Schiebefenstern erhellt wurde. Die Wände waren über einer umlaufenden Handleiste in große, oben von Rundbögen abgeschlossene Paneele unterteilt, die Zwischenräume von Girlanden und Figuren in Flachrelief geschmückt, über denen sich eine betonte Kranzleiste hinzog. Mr. Burnish, immer noch sehr beeindruckt, überlegte und rechnete. Für ein Büro ganz gut geeignet, wenn man all diese ›Überspanntheiten‹ – wie er in Gedanken den Wandschmuck nannte – beseitigte. Er nahm an, daß es nur Holz sei und man es ohne besondere Umstände abreißen lassen konnte. Er blieb stehen, um mit dem Finger anzutippen. Gips, hart wie Stein. Er mußte weitereilen. Seine Führerin war nicht mehr zu sehen. In einer Ecke befand sich eine weitere Tür, die auf einen mit Steinplatten ausgelegten Gang führte, der hinter der Halle zur anderen Seite hinüberlief. Am jenseitigen Ende erspähte er die Alte. Im Vorbeigehen warf er einen Blick in eine Küche, groß wie eine Scheune, und betrat dann einen zweiten hohen, rechteckigen Raum der gleichen Art, wie er ihn gerade verlassen hatte, offensichtlich das Gegenstück dazu, aber mit einer anderen Wanddekoration. Nun, die Farbe war in Ordnung. Ein helles Grau. Der andere war lila gehalten. Solange sich keine abscheulichen Tapeten an den Wänden befanden ...!

Die andere Tür dieses Raumes führte natürlich in die Halle zurück. Es war naheliegend, jetzt nach oben zu gehen. Offensichtlich hatte diese Person, die das Haus besorgte, das bereits getan. Mr. Burnish hätte sich über sie geärgert, wenn die Art, wie sie ihn herumführte, nicht zufällig so sehr seinen eigenen Wünschen entgegengekommen wäre. Er wollte sehen, und nicht durch Reden abgelenkt werden. Er wußte genau, worauf es ihm ankam. Niemand konnte ihm da etwas vormachen. Während er jetzt auf dem weitläufigen Treppenabsatz des ersten Stockwerks stand und sich umsah, fiel sein Blick auf die Decke. Die Ecken waren von kleinen, gewölbten Schilden ausgefüllt, so daß eine weite, kreisförmige Fläche in der Mitte verblieb, die eine bilderreiche Darstellung in Flachrelief enthielt. Irgendein heidnischer Gott in klassischem Gewand verfolgte über jene Gipsfläche ein weibliches Wesen, dessen fließende Schleier zwischen Wolken und Kupidos ausliefen. Der Gott war von Trabanten umgeben – wie man diese Gestalten wohl nannte. Mr. Burnish hatte einmal etwas darüber gehört, aber da er wenig Interesse oder auch Verständnis für derlei Dinge besaß, hatte er sich nur die unterschiedlichen Merkmale von heidnischen und christlichen Heiligenbildern eingeprägt, um nicht bei Gelegenheit als Dummkopf zu gelten, wovor er sich am meisten fürchtete. Aber diese eigentümliche

Gruppe – er mußte den Kopf zum Betrachten so weit zurücklegen, daß der Kragen in seine Nackenfalten schnitt – belustigte ihn; diese in Eierkuchenfarbe getunkte Verfolgungsszene erinnerte ihn in gewisser Weise an die Art, wie er der Hausbesorgerin durch dieses Gebäude nachlief. Fast hätte er gekichert. Doch er war viel zu beschäftigt, als daß sein Gefühl für Humor sich entfalten konnte. Er dachte bereits daran, daß eine derartige Dekoration unpassend sein würde. Man konnte nicht gut seine Angestellten, Stenotypistinnen und Kunden unter Darstellungen der Nacktheit herumlaufen lassen – laut sagte er: »Nein!«

Sein »Nein!« tönte so voll aus jenem bebilderten Verlies zurück, daß es ihn mit einem Ruck wieder in die Gegenwart versetzte. Er schritt weiter und prüfte die leeren Räume zu beiden Seiten. Die an der Rückseite gelegenen Zimmer des ersten Stockwerkes gaben den Blick auf einen weitläufigen Garten frei; sie waren nicht so groß wie die unteren Räume, aber schmuckreicher. Hier war einer mit einer alten Tapete, ausgeblichen und stellenweise abgelöst, die ein chinesisches Muster in Gold zeigte. Dem Erkerfenster nach zu urteilen mußte es so etwas wie ein zweites Wohnzimmer dargestellt haben. Die anderen erwiesen sich als Schlafzimmer, von denen jeweils zwei durch eine Tür miteinander verbunden waren, die aus dem größeren in das kleinere führte. Eines dieser kleineren Zimmer war von seltener Eleganz, so daß selbst Mr. Burnish die müßige, feingliedrige Dame förmlich spüren konnte, die es einst bewohnt haben mochte; denn er fand nichts so erstrebenswert wie Ritterlichkeit gegenüber Damen.

Sein Interesse war jetzt jedoch nur noch oberflächlich. Er begann daran zu zweifeln, ob es möglich sein würde, dies Gebäude den Erfordernissen der Gesellschaft anzupassen. Das Erdgeschoß war schon in Ordnung, aber was darüber lag, fand er viel zu groß – die reinste Raumverschwendung. Sollte man es ganz abreißen oder einen Teil stehenlassen? Im Augenblick sah er noch nicht, wie man das bewerkstelligen konnte. Er versuchte, es sich mit hübschen Glasabteilungen vorzustellen, einem Telephon in der Mitte dieser Wandtäfelung, Ventilatoren dort in den Fenstern, Schwingtüren anstelle jener großen, schweren alten Holztüren – und verspürte noch größere Zweifel als vorher. Er schritt weiter und gelangte am Ende des Korridors zu dem bisher sonderbarsten Raum, mit den breitesten Fensterbänken, die er je gesehen hatte, mit vergitterten Fenstern und einer Tapete voller Kinderreime. Ah! Ein Kinderzimmer. Er hatte nie so etwas gekannt, konnte sich kein Bild von einem Zustand machen, in dem Kindheit mit so viel Einsamkeit gleichzusetzen war. Seine eigene Kindheit hatte er in den Straßen und Gassen verbracht, wo er gelernt hatte, allem aus dem Wege zu gehen, was größer oder stärker war als er selbst. Aber dieses Zimmer, dazu eine gewisse Majestät des Ganzen, die sogar er nicht übersehen konnte, sowie der auffallende Mangel an sanitären Einrichtungen, ließen ihn zu einer ungewöhnlich abstrakten Schlußfolgerung kommen: dieses Haus war einfach ein Stück verlorene Vergangenheit. Es gehörte zu einer Zeit, als die Leute noch in Ruhe speisen und trinken, sich Kinder und Dienstboten leisten konnten. Und dies mußte unzweifelhaft ein besonders großer Haushalt gewesen sein. Die Erbauer und Bewohner dieses Hauses hatten offensichtlich nichts von Hygienevorschriften, Rechnungsprüfern, Schätzpreisen oder Versicherungen gewußt. Sie und ihre Zeit waren längst vergangen. Dieser Besitz hier war herrenlos wie eine auf der Straße verlorene Geldbörse. Aber es begann dunkel zu werden – er hatte genug gesehen. Wo war jenes alte Weib geblieben? Er wollte ihr eine halbe Krone geben, denn er wußte sich zu benehmen. Daß sie nicht hinuntergegangen war, hätte er beschwören können; demnach mußte sie hinaufgestiegen sein.

»Das genügt mir, vielen Dank!« rief er laut und merkte überrascht, daß der Klang seiner eigenen Stimme ihn erschreckte. Dort ging eine Treppe nach oben! Natürlich – die Alte war sicher eine Kerze holen gegangen. Er griff nach dem Geländer und begann hinaufzusteigen. Die Treppe mündete auf einen langen Korridor, heller als unten, und die Türen aller Zimmer standen offen. Kleine Dienstbotenzimmer, dem Anschein nach. Was für eine Menge! Man mochte wirklich am liebsten das erste Stockwerk herausschneiden und dieses hier auf das Erdgeschoß setzen. Es böte reichlich Raum für einen Verwalter, ja selbst für einen Direktor nebst Personal. Er schlenderte durch den Korridor. Niemand rührte sich – nicht das geringste Lebenszeichen. Sie mußte wohl über eine andere Treppe hinabgestiegen sein. Am Ende des Ganges befanden sich zwei solide, niedrige Türen. Überraschend, wie man hier an der Bauweise ablesen konnte, daß man nach dem Ersteigen einer Treppe in der Rangordnung der Gesellschaft eine Stufe tiefer angelangt war. Hier fand sich keine Eleganz, nur solides Gebrauchswerk. Er öffnete die ihm nächste Tür, und zu seinem Schrecken trat er durch sie hinaus auf die flache Bleieinfassung, die das Dach umgab. Entsetzlich gefährlich! Er trat einen Schritt zurück, schloß die Tür wieder und öffnete die andere. Sehr steile, dunkle Treppen führten direkt nach unten. Vorsichtig stieg er hinab. Jetzt ein Treppenabsatz, und dann weiter hinunter, noch dunkler, bis er durch einen offenen Türbogen trat und seine Füße über Steinboden scharrten. Er befand sich in der Küche. Große, leere alte Scheune. Das war wahrscheinlich die Tür zur Halle. Abgeschlossen. Hier hindurch also. Spülküche, massiver Steinausguß, gummigefaßt. Speiseschrank, gewaltige Steinplatten. Wozu eigentlich? Ah! – Wild. Das hier war anscheinend so etwas wie ein Lieferanteneingang. Während er sich vortastete, stieß seine Hand gegen einen Türknopf. Der Knopf ließ sich drehen, und Mr. Burnish stand im Freien. Er trat ein Stück vor, um zu sehen, aus welchem Teil des Hauses er gekommen war, und die Tür fiel hinter ihm ins Schloß und schnappte ein. Auch gut, würde die alte Jungfer eben um ihr Trinkgeld kommen; warum hatte sie sich auch so wenig um ihn gekümmert. Er stand in einer engen Gasse zwischen zwei hohen Mauern und wandte sich nach links. Plötzlich endeten die Mauern, und er blieb zu Tode erschrocken stehen. Vier Fuß unter ihm, ölig im Zwielicht schimmernd, floß träge der Fluß. Er kehrte um, und der Schweiß brach ihm aus, während er denselben Weg zurückging. Plötzlich kam ihm zum Bewußtsein, daß seine Stimme und seine Schritte die einzigen Geräusche waren, die er seit dem Betreten des Hauses Nummer dreizehn gehört hatte. Zum ersten Mal kam ihm die Nummer unheimlich vor. Am beklemmendsten aber war diese Gasse, in der er sich nicht zurechtfinden konnte – im Herzen der Stadt, in der er geboren war.

Mühsam keuchend eilte er bergauf, fest davon überzeugt, daß etwas Unheildrohendes ihn verfolgte. Jene Tür zu dem flachen Bleidach, dann die halsbrecherische Treppenstufe und jetzt dieses unbewehrte, steile Flußufer – waren das nicht genug Versuche, ihn umzubringen? Die schemenhafte Hausbesorgerin kam ihm vor wie ein Köder und die Figuren an der Decke wie ein warnendes Possenspiel.

Der Weg bog um eine Ecke, und durch einen niedrigen Torbogen gelangte Mr. Burnish in die Mariner's Row. Zwanzig Schritte weiter war er in der Bishopgate. Wieder zwischen den Läden, unter dem blendenden Licht der Straßenlaternen, inmitten des lärmenden Verkehrs, entschlüpfte ihm ein Seufzer der Erleichterung. Als er in die Mariner's Row zurückblickte, konnte er um alles in der Welt nicht sagen, woher er gekommen war.

Nachdem er zum Hotel zurückgehastet war, fand er dort, wie erwartet, den örtlichen Geschäftsführer, der unterwürfig seiner harrte. Mr. Burnish war restlos erledigt und hätte Whisky vorgezogen, aber der Geschäftsführer offerierte Champagner, und Mr. Burnish fühlte sich verpflichtet anzunehmen. Sie aßen zusammen, und Mr. Burnish verbreitete sich weitläufig über das Gebäude, das er besichtigt hatte.

Als er am nächsten Morgen mit allen Symptomen einer Grippe aufwachte, konnte er sich an nicht viel mehr erinnern, als daß er zuletzt Portwein getrunken hatte. Mehrere Tage mußte er auf seinem Zimmer bleiben. Als er wieder aufstehen konnte, schickte er als erstes nach dem Geschäftsführer, um zu hören, wie weit die Dinge wegen des neuen Geschäftsgebäudes gediehen waren. Zu seinem Erstaunen lautete die Antwort: »Ich kann es nicht finden. Sie sagten doch, Riverside Nummer dreizehn?«

»Ja, da bin ich gewesen. Was meinen Sie damit?«

»Es gibt keine Nummer dreizehn!«

»Unsinn! Was sagen Stangrooms?«

»Ein solches Grundstück führen sie nicht in ihren Büchern. Sie haben Ihnen nie eine Karte geschickt und scheinen Sie überhaupt nicht zu kennen.«

Mr. Burnish kochte, ging selbst nachsehen, verfing sich in zum Trocknen ausgehängter Wäsche, ärgerte sich mit spottenden Kindern in Seitengassen der Mariner's Row herum und wäre fast zu Stangrooms gegangen, wenn ihm nicht der Gedanke an den Blick des alten Stangroom so unangenehm gewesen wäre. Schließlich gab er es auf und nahm ein ausgedientes Kino – alles andere als sein

Traum – dessen Umbau sehr teuer zu stehen kommen würde. Doch etwas anderes konnte er in dieser Sache nicht unternehmen. Er hatte drei Tage verloren. Noch nie war ihm so etwas passiert! –

Während er die Bäume und Kirchtürme hinter sich ließ, die in der Stadt seiner Geburt noch fast so zahlreich waren wie Straßenbahnen und Fabrikschornsteine, dachte er über das seltsame Geschehen nach. Er getraute sich nicht, es einer Menschenseele zu erzählen, denn mehr als alles andere in der Welt fürchtete er, ausgelacht zu werden. Und auslachen würde man ihn! Er konnte sich an jede Einzelheit jenes Hauses, das es nicht gab, erinnern. Und während er im Geiste noch einmal alles an sich vorüberziehen ließ, kam es ihm so vor, als ob bereits jemand über ihn lachte. Dabei wußte er überhaupt nicht, womit er das verdient hatte. Doch dann schoß ihm, während er sich schon wieder mit der Gegenwart beschäftigte, eine plötzliche Erleuchtung durch den Kopf: ›Verlorene Vergangenheit‹ hatte er beim Anblick jenes alten Hauses gedacht. Beim Henker, das war's!

MARTIN ARMSTRONG

Der Pfeifenraucher

Gewöhnlich macht es mir nichts aus, im Regen spazierenzugehen – aber bei dieser Gelegenheit goß es in Strömen, und ich hatte noch zehn Meilen vor mir. Deshalb blieb ich beim ersten Hause stehen. Es lag etwa eine Meile vor dem Dorf, das ich vor mir sah. Ich spähte über den Gartenzaun. Nun, es sah nicht sehr verheißungsvoll aus, denn ich wußte sofort, daß es leer stand. Alle Fenster waren geschlossen, keins hatte ein Rouleau oder eine Gardine; durch das eine, im Erdgeschoß, sah ich kahle Wände, einen leeren Kaminsims und eine tote Feuerstelle. Auch der Garten war verwildert, die Beete mit Unkraut bedeckt. Ohne den Zaun, die Überreste gerader Wege und die Fliederbüsche, die in voller Blüte standen und Wasserströme auf das Gras schütteten, wenn der Wind sie bewegte, hätte man nicht gewußt, daß man einen Garten vor sich hatte.

Man kann sich vorstellen, wie überrascht ich war, als ein Mann langsam aus dem Fliedergebüsch heraustrat und auf dem Weg auf mich zukam. Ich fand es nicht nur verwunderlich, daß er hier war, sondern noch seltsamer, daß er bei diesem Regenguß ziellos, barhäuptig und ohne Mantel umherstreifte. Er war ziemlich dick und wie ein Geistlicher gekleidet, grauhaarig und kahl, und sein Äußeres hatte etwas von jener aufdringlichen Überintensität, die man auf den Porträts von William Blake findet. Mir fiel sofort auf, daß seine Arme wie lahm zu beiden Seiten herabhingen. Von seinen Kleidern und (was noch befremdlicher wirkte) von seinem Gesicht strömte das Wasser herunter – aber er schien den Regen überhaupt nicht zu bemerken! Nun, ich merkte ihn um so mehr. Das Wasser fing an, mir durch das Haar in den Nacken zu rieseln, und ich fragte:

»Entschuldigen Sie, Sir – darf ich hineinkommen und bei Ihnen Obdach suchen?«

Er schrak zusammen und sah mich verwirrt an. »Obdach!« wiederholte er.

»Ja«, antwortete ich, »zum Schutz vor dem Regen.«

»Ach, vor dem Regen. Ja, Sir, selbstverständlich – bitte treten Sie ein.«

Ich öffnete die Gartentür und folgte ihm den Weg entlang zur Haustür, wo er mit einer leichten Verbeugung beiseite trat, um mich vorangehen zu lassen. »Ich fürchte, Sie werden es nicht sehr behaglich finden«, sagte er, als wir in der Diele waren. »Immerhin – kommen Sie nur, Sir – hier herein, erste Tür links.«

Das Zimmer war groß und hatte ein fünfteiliges Erkerfenster; es war leer bis auf einen Bohlentisch mit Bank und einen kleineren Tisch in einer Ecke neben dem Fenster mit einer Lampe darauf.

»Bitte setzen Sie sich, Sir«, sagte er und wies mit einer zweiten kleinen Verbeugung auf die Bank. In seiner Art und seiner Sprache war eine gewisse altmodische Höflichkeit. Er selbst setzte sich nicht, sondern ging zum Fenster und sah, dort stehend, in den verregneten Garten hinaus; seine Arme hingen noch immer träg an seinen Seiten hinab.

»Offenbar ist Ihnen der Regen nicht so unangenehm wie mir, Sir«, sagte ich mit dem Versuch, liebenswürdig zu sein.

Er wandte sich um, und ich hatte den Eindruck, daß er nicht den Kopf drehen konnte und daher den ganzen Körper umwenden mußte, um mich anzusehen.

»Nein, o nein«, erwiderte er. »Durchaus nicht. Tatsächlich hatte ich den Regen gar nicht bemerkt, bis Sie mich darauf aufmerksam machten.«

»Aber Sie müssen doch ganz naß sein«, sagte ich, »täten Sie nicht besser daran, sich umzukleiden?«

»Mich umzukleiden?« fragte er zurück, und sein Blick wurde forschend und irgendwie mißtrauisch.

»Ja, Ihre nassen Kleider zu wechseln.«

»Meine Kleider zu wechseln?« wiederholte er. »O nein – lieber Himmel, nein, Sir! Wenn sie naß sind, werden sie zweifellos in gegebener Zeit wieder trocknen – denn hier drin regnet es doch nicht, soviel ich sehe?«

Ich blickte ihn scharf an – nein, er fragte wirklich und erwartete meine Antwort. »Nein«, erwiderte ich, »hier drin regnet es nicht, Gott sei Dank!«

»Ich fürchte, ich kann Ihnen nichts anbieten«, sagte er höflich. »Morgens und abends kommt eine Frau aus dem Dorf – aber in der Zwischenzeit bin ich ganz hilflos.« Er öffnete und schloß seine herabhängenden Hände. »Es sei denn«, fügte er hinzu, »es macht Ihnen nichts aus, in die Küche zu gehen und sich selbst eine Tasse Tee zu bereiten, wenn Sie sich auf so etwas verstehen.«

Ich lehnte dankend ab, bat aber um die Erlaubnis, eine Zigarette rauchen zu dürfen.

»Bitte, tun Sie es«, sagte er, »ich fürchte, ich habe keine, die ich Ihnen anbieten kann. Der andere, mein Vorgänger, pflegte Zigaretten zu rauchen, aber ich bin Pfeifenraucher. »Er zog eine Pfeife und einen Tabaksbeutel aus der Tasche: es war eine Erleichterung, ihn Arme und Hände gebrauchen zu sehen.

Als wir Zigarette und Pfeife angezündet hatten,

sprach ich wieder; ich war mir ständig bewußt, daß die Verantwortung für die Unterhaltung auf mir lag; daß mein seltsamer Gastgeber, wenn ich nicht spräche, keinen Versuch machen würde, das Schweigen zu brechen ... er würde einfach am Fenster stehen bleiben und mit hängenden Armen vor sich hin oder in den Garten oder auf mich starren ...

Ich sah mich in dem kahlen Zimmer um. »Vermutlich sind Sie gerade dabei, hier einzuziehen?« sagte ich.

»Einzuziehen?« Er wandte sich halb um und heftete seinen eindringlichen, bedrückenden Blick auf mich.

»Ja, in dieses Haus einzuziehen, meinte ich.«

»O nein«, sagte er. »O lieber Himmel, nein, Sir. Ich bin mehrere Jahre hier gewesen; oder besser gesagt: ich selbst bin fast ein Jahr hier gewesen, und der andere, mein Vorgänger, hat zuvor fünf Jahre hier gelebt. Ja, es muß jetzt sieben Monate her sein, seit er fortgegangen ist. Zweifellos, Sir –« ein melancholisches, sehnsüchtiges Lächeln verwandelte unerwartet sein Gesicht – »zweifellos werden Sie mir nicht glauben – Mrs. Bellows tut es auch nicht – wenn ich Ihnen sage, daß ich nur sieben Monate hiergewesen bin – ungefähr wenigstens.«

»Wenn Sie das sagen, Sir«, entgegnete ich, »warum sollte ich es Ihnen nicht glauben?«

Er trat ein paar Schritte auf mich zu und hob seine rechte Hand. Nur zögernd nahm ich sie, eine dicke, schlaffe, kalte Hand, die mich unangenehm erschauern ließ. »Ich danke Ihnen, Sir«, sagte er, »ich danke Ihnen. Sie sind der erste, absolut der erste ...«

Ich ließ seine Hand fallen und er beendete seinen Satz nicht. Offenbar versank er ins Träumen. Dann begann er wieder: »Zweifellos wäre alles gut gewesen, wenn nur meine ... das heißt, meines Vorgängers alte Cousine ihm nicht dieses Haus hinterlassen hätte. Er war dort, wo er lebte, besser dran. Er war Geistlicher, müssen Sie wissen.« Er öffnete die Hände und wies auf sich selbst. »Dies hier sind seine Kleider.«

Wieder verfiel er ins Träumen; er schien geistig abwesend, während sein Körper in den Kleidern des Geistlichen vor mir stand. Plötzlich fragte er mich: »Glauben Sie an die Beichte?«

»An die Beichte? Sie meinen, im religiösen Sinn des Wortes?«

Er trat noch einen Schritt heran. Er berührte mich fast. Er senkte die Stimme und sah mich eindringlich an. »Ich meine es so: glauben Sie, daß es erleichternd ist, zu beichten – eine Sünde zu beichten oder ein ... ein Verbrechen?«

Was wollte er mir erzählen? Ich hätte am liebsten »Nein« gesagt, um jedes Bekenntnis dieses armen alten Mannes zu verhindern, aber er hatte so flehentlich gesprochen, daß ich es nicht übers Herz brachte, ihn zurückzustoßen. »Ja«, sagte ich, »ich glaube, daß man sich eine Last von der Seele sprechen kann, wenn man offen davon redet.«

»Sie sind so mitfühlend gewesen, Sir«, sagte er, wieder mit einer höflichen Verneigung, »daß ich mich ernstlich versucht fühle, Ihre Güte zu mißbrauchen ...!« Er hob eine seiner schweren Hände mit einer lässigen Geste und ließ sie wieder fallen. »Würden Sie die Geduld haben, mich anzuhören?«

Er stand neben mir wie eine Wachsfigur, die man dorthin gestellt hatte. Sein Bein berührte mein Knie. Seine Nähe war abstoßend ... »Wollen Sie sich nicht dorthin setzen?« sagte ich und wies auf das andere Ende der Bank, auf der ich selbst saß. »Dann kann ich Ihnen besser zuhören.«

Er drehte wieder den ganzen Körper herum und blickte

ernsthaft auf die Bank, dann setzte er sich rittlings nieder, mit dem Gesicht zu mir, ein Bein auf jeder Seite, und beugte sich vor. Er wollte schon sprechen, aber er hielt sich zurück und sah zum Fenster und zur Tür. Dann nahm er die Pfeife aus dem Mund und legte sie auf den Tisch; sein Blick kehrte zu mir zurück. »Mein Geheimnis, mein schreckliches Geheimnis«, sagte er, »ist ... daß ich ein Mörder bin.«

Begreiflicherweise entsetzten mich seine Worte – und dennoch überraschten sie mich kaum. Das äußerst Seltsame dieses Mannes hatte mich bis zu einem gewissen Ausmaß darauf vorbereitet, etwas ziemlich Schreckliches zu hören. Ich hielt den Atem an und starrte ihn an, und er starrte, ebenfalls mit Entsetzen im Blick, auf mich zurück. Anscheinend wartete er darauf, daß ich etwas sagte – aber ich konnte zunächst gar nicht sprechen. Was hätte ich auch sagen sollen, im Namen aller guten Geister? Was ich schließlich herausbrachte, war phantastisch unzulänglich. »Und das liegt Ihnen auf dem Herzen?« fragte ich.

»Das hetzt mich, das verfolgt mich«, sagte er, plötzlich die schweren, schlaffen Hände ballend, die vor ihm auf der Bank lagen. »Würden Sie wirklich die Geduld haben? ...«

Ich nickte. »Erzählen Sie mir alles.«

»Wäre es nicht um das Legat dieses Hauses gegangen«, begann er, »so wäre überhaupt nichts geschehen. Der andere, mein Vorgänger, wäre in seinem Pfarrhaus geblieben, und ich ... ich hätte den Schauplatz niemals betreten. Obwohl ich bekennen muß, daß er – mein Vorgänger – in seinem Pfarrhaus nicht glücklich war. Man begegnete ihm unfreundlich, argwöhnisch. Deshalb kam er zuerst in dieses Haus – versuchsweise, verstehen Sie. Es war ihm leer hinterlassen worden: einfach das Haus –

keine Möbel, kein Geld – und er kam und stellte einige Dinge herein – diesen Tisch, diese Bank, etwas Küchengerät, ein Klappbett oben. Er wollte es erst versuchen, sehen Sie. Es gefiel ihm, daß das Haus so abgelegen war, aber er wollte sich auch in anderer Beziehung versichern. Manche Häuser, wissen Sie, sind sicher, und manche nicht, und er wollte sichergehen, daß dies hier ein ... nun ja, ein sicheres Haus sei, ehe er einzog.« Er machte eine Pause und sagte dann sehr ernst: »Mein Freund, lassen Sie sich von mir raten: tun Sie das auch, wenn Sie beabsichtigen, in ein fremdes Haus zu ziehen; denn manche Häuser sind sehr, sehr unsicher.«

Ich nickte. »Natürlich!« sagte ich, »feuchte Wände, schlechte Wasserleitungen und dergleichen.«

Er schüttelte den Kopf. »Nein«, sagte er, »das nicht! Es ist etwas viel Ernsteres. Ich meine den *Geist* des Hauses. Spüren Sie nicht –« sein Blick wurde durchdringender denn je – »daß dies ein gefährliches Haus ist?«

Ich zuckte die Achseln. »Leere Häuser sind immer etwas unheimlich«, antwortete ich.

Er dachte über meine Worte nach. »Und haben Sie bemerkt«, fragte er schließlich, »wie unheimlich dieses hier ist?«

Nun, ich fühlte natürlich bei seiner Frage, daß das Haus unheimlich war; aber ich wußte recht gut, daß er selbst es war und die grausige Eindringlichkeit seiner Rede, die es unheimlich machten, und deshalb erwiderte ich: »Nicht unheimlicher als andere leere Häuser, Sir.«

Er sah mich ungläubig an. »Sonderbar!« sagte er. »Sonderbar, daß Sie es nicht spüren sollten. Obwohl es Tatsache ist, daß auch ... daß auch der andere, mein Vorgänger, es zuerst nicht gemerkt hat. Sogar dieses Zimmer – denn dieses Zimmer, Sir, ist das gefährliche – selbst dieses Zimmer schien ihm zuerst nicht seltsam; nein, obwohl es etwas Sonderbares hatte.«

Wäre besseres Wetter gewesen, so hätte ich das Gespräch abgebrochen und wäre gegangen, denn Sprache und Gebaren des alten Mannes bereiteten mir mehr und mehr Unbehagen. Aber es wurde nicht schön, es regnete so heftig wie zuvor und wurde zudem sehr dunkel. Offenbar stand ein Gewitter bevor.

Der alte Mann erhob sich von der Bank. »Ich glaube, jetzt kann ich es Ihnen zeigen, Sir«, sagte er, »was an diesem Raum so merkwürdig ist. Man sieht es nämlich nur im Dunkeln – aber mir scheint, es ist jetzt dunkel genug.«

Er ging zu dem kleinen Tisch in der Ecke und zündete die Lampe an. Als sie brannte und er die Milchglasglocke wieder aufgesetzt hatte, brachte er sie zu dem großen Tisch und stellte sie links neben mich. »So, jetzt setzen Sie sich gerade an den Tisch«, sagte er.

Ich tat es. Vor mir auf der andern Seite des kahlen Zimmers waren die gardinenlosen Scheiben des fünfteiligen Erkerfensters.

»Jetzt sitzen Sie so«, sagte er und legte mir seine schwere Hand auf die Schulter, »wie der andere, mein Vorgänger, bei seinen Mahlzeiten zu sitzen pflegte.«

Ich fuhr unwillkürlich hoch und konnte der Versuchung nicht widerstehen, mich umzuwenden und ihn anzublicken. Es war ein unangenehmes Gefühl, daß er da über mir, hinter mir stand, ohne daß ich ihn sehen konnte. Er schien überrascht. »Bitte, beunruhigen Sie sich nicht, Sir«, sagte er, »sondern drehen Sie sich wieder um und sagen Sie mir, was Sie sehen.«

Ich gehorchte. »Ich sehe das Fenster«, sagte ich.

»Ist das alles?«

Ich schaute scharf hin. »Nein«, sagte ich dann, »ich

sehe auch fünf Spiegelbilder von mir selbst, eins in jeder Fensterscheibe.«

»Genau das!« sagte der alte Mann, »genau das! Genau das sah der andere, wenn er einsam bei seinen Mahlzeiten saß. Er sah seine fünf anderen Ichs ... und jedes Ich saß bei seinem einsamen Mahl. Wenn er sich Wasser eingoß, gossen sich alle fünf Wasser ein; wenn er eine Zigarette anzündete, zündeten sich alle fünf eine Zigarette an.«

»Natürlich!« sagte ich. »Und das hat Ihren Freund, den Geistlichen, so gestört?«

»Den Pfarrer James Baxter«, sagte der Alte. »So hieß er nämlich. Sie dürfen es keinesfalls vergessen, mein Freund. Und wenn die Leute Sie fragen, wer hier wohnt, denken Sie daran, richtig zu antworten: der Pfarrer James Baxter. Sehen Sie, niemand weiß, daß ... daß ...!«

»Niemand weiß, was Sie mir erzählt haben. Ich verstehe.«

»Genau das!« sagte er, plötzlich die Stimme wieder senkend.

»Niemand weiß es. Keine Menschenseele. Sie sind der erste, dem ich es verraten habe.«

»Und hat Sie niemand gefragt?« forschte ich. »Ist dieser Pfarrer Baxter nicht vermißt worden?«

Er schüttelte den Kopf. »Nein!« sagte er. »Sogar Mrs. Bellows, die ihn von Anfang an versorgte, hat nicht gemerkt, was geschehen ist.«

Ich wandte mich um und sah ihn ungläubig an. »Sie hat nicht gemerkt, wollen Sie sagen ...?«

»Nicht gemerkt, daß ich nicht *er* bin. Sehen Sie«, erklärte er, »wir waren einander sehr ähnlich. Bemerkenswert ähnlich! Ich kann Ihnen ein Bild von ihm zeigen, ehe Sie weggehen, dann sehen Sie es selbst.«

Nun beschloß ich, Regen oder nicht Regen, fortzugehen; denn außer dem Regen schien mir mein Bleiben nicht sehr sinnvoll. Ich stand auf. »Nun, Sir«, sagte ich, »ich kann nur hoffen, daß Sie jetzt eine gewisse Erleichterung empfinden, nachdem Sie sich von Ihrem ... Geheimnis befreit haben.«

Der alte Herr wurde ganz aufgeregt. Er rang die schlaffen Hände. »O nein – Sie dürfen noch nicht gehen. Sie haben ja noch nicht die Hälfte gehört, wie es geschehen ist. Ich hatte gehofft, Sir – Sie sind so freundlich gewesen – daß Sie die Geduld und die Güte hätten, mich anzuhören.«

Ich setzte mich wieder auf die Bank. »Aber natürlich«, bemerkte ich, »wenn Sie noch mehr zu sagen haben ...«

»Ich hatte Ihnen doch gerade erzählt, nicht wahr«, fuhr der alte Herr fort, »daß ich ... daß der andere ... daß mein Vorgänger bei seinen Mahlzeiten hier zu sitzen pflegte und zusah, wie seine fünf anderen Ichs ihn nachäfften? Wenn er seine Zigarette anzündete, sah er die fünf anderen sich gleichzeitig die Zigaretten anzünden –«

»Selbstverständlich«, schaltete ich ein.

»Ja, selbstverständlich«, sagte der alte Knabe. »Es war alles ganz natürlich, genau wie Sie sagen. Vollkommen natürlich bis zu dem einen Abend; einem entsetzlichen Abend.« Er hielt inne und sah mich wieder mit angstvollen Augen an.

»Nun – und dann?« fragte ich.

»Dann geschah etwas Furchtbares ... etwas Schreckliches. Als er – mein Vorgänger – seine Zigarette angezündet hatte und die andern Fünf beobachtete, wie er es immer tat, sah er, daß einer von ihnen, der ganz links, sich auch etwas angezündet hatte – aber keine Zigarette, sondern eine Pfeife!«

Ich fing an zu lachen. »Aber hören Sie, Sir ...«

Der alte Herr rang aufgeregt die Hände. »Es ist komisch, ich weiß«, sagte er, »aber es ist auch schrecklich. Was hätten Sie gedacht, wenn Sie es leibhaftig vor sich gesehen hätten? Hätten Sie es nicht auch schrecklich gefunden? Wären Sie nicht entsetzt gewesen?«

»Ja«, sagte ich, »wenn es tatsächlich so gewesen wäre. Wenn ich wirklich etwas Derartiges gesehen hätte, so hätte ich's natürlich auch schrecklich gefunden.«

»Nun«, sagte der Alte, »es *ist* tatsächlich geschehen! Ein Irrtum war nicht möglich. Es war entsetzlich – grauenhaft!« In seiner Stimme lag soviel Grauen, als hätte er es wirklich selbst gesehen.

»Aber mein lieber Herr«, sagte ich zu ihm, »Sie haben es doch nur von diesem Mr... Mr. Baxter gehört!«

Er starrte mich an, seine Augen funkelten vor Überraschung. »Ich *weiß*, daß es geschehen ist«, sagte er. »Ich weiß es so sicher, als wenn *ich* es gesehen hätte. Hören Sie nur zu: so ging es weiter, fünf Tage lang: an fünf aufeinanderfolgenden Abenden wartete mein Vorgänger in Todesangst darauf, daß es wieder in Ordnung käme.«

»Aber warum ist er nicht weggegangen? Warum hat er das Haus nicht einfach verlassen?« fragte ich.

»Er *durfte* nicht«, sagte der alte Herr mühsam flüsternd. »Er durfte nicht gehen. Er mußte bleiben und sich vergewissern, daß alles von selbst in Ordnung käme.«

»Nun und – geschah es nicht?«

»In der sechsten Nacht«, sagte der alte Herr mit angehaltenem Atem, »war das erste Spiegelbild – dasjenige, das zuerst den Gehorsam verweigert hatte, verschwunden.«

»Verschwunden?«

»Ja – vom Fenster verschwunden. Mein Vorgänger saß da und stierte auf die leere Fensterscheibe, und die andern Vier stierten ebenso entsetzt ins Zimmer. Er blickte von der leeren Scheibe zu ihnen hin, und sie blickten auf ihn zurück – oder auf etwas hinter ihm, Entsetzen in den Augen. Dann begann er zu würgen, zu würgen«, stöhnte der Alte, selbst fast erstickend, »zu würgen, denn um seine Kehle lagen Hände, hatten sie gepackt, drückten sie zu ...«

»Sie meinen, es waren die Hände dieses Fünften?« fragte ich, und nur meine Achtung vor der Furcht des alten Herrn hinderte mich, zynisch zu lächeln.

»Ja«, zischte er, und streckte seine dicken, schweren Hände aus. Er stierte mich mit wildem Blick an. »Ja. *Meine Hände!*«

Zum ersten Mal war ich wirklich tief erschrocken. Wir sahen uns sprachlos an, er keuchte und stöhnte noch immer. Dann sagte ich, so ruhig ich konnte: »Ich verstehe. Sie waren also das fünfte Spiegelbild?«

Er wies auf seine Pfeife auf dem Tisch. »Ja«, ächzte er, »ich, der Pfeifenraucher.«

Ich stand auf; mein Impuls war, zur Tür zu eilen. Aber ein Skrupel hielt mich noch zurück, ein Gefühl, daß es unmenschlich wäre, ihn allein zu lassen, eine Beute seiner fürchterlichen Phantasie; und mit der unklaren Idee, ihn wieder zur Vernunft zu bringen, seine gequälte Seele zu erleichtern, fragte ich:

»Und was haben Sie mit dem Toten gemacht?«

Er rang nach Luft, ein Schauder verzerrte sein Gesicht, er ballte seine beiden ausgestreckten Hände und schlug sich krampfhaft an die Brust.

»*Ich*«, schrie er mit gequälter Stimme, »*ich* bin der Tote!«

EVELYN WAUGH

Der Mann, der Dickens liebte

Obgleich Mr. Todd seit fast sechzig Jahren im Amazonasgebiet lebte, war sich niemand außer ein paar Pie-Wie-Familien seiner Existenz bewußt. Sein Haus stand in einer kleinen Savanne. Eine jener kleinen Strecken von Sand und Gras, wie sie in dieser Gegend gelegentlich vorkommen, ungefähr drei Meilen breit und rings vom Urwald umgeben.

Der Fluß, der sie bewässerte, war auf keiner Landkarte eingetragen; er war von Stromschnellen durchsetzt, immer gefährlich und in den meisten Jahreszeiten unschiffbar. Er vereinigte sich mit dem oberen Lauf des Stromes, in dem Dr. Messinger verunglückt war. Außer Mr. Todd hatte keiner der Einwohner des Gebiets jemals von den Regierungen Brasiliens oder Niederländisch-Guyanas gehört, die aber beide von Zeit zu Zeit seinen Besitz beanspruchten.

Mr. Todds Haus war größer als die Häuser seiner Nachbarn, doch im gleichen Stil – ein Palmblätterdach, brusthohe Mauern aus Lehm und Flechtwerk und ein gewachsener Boden. Er besaß ungefähr ein Dutzend Stück des dürftigen Viehs, das auf der Savanne graste, eine Maniok-Pflanzung, einige Bananen- und Mangobäume, einen Hund und – ein Unikum in dieser Gegend – einen einläufigen Hinterlader. Die wenigen Waren, die er von der Außenwelt bezog, erreichten ihn, nachdem sie eine lange Reihe von Händlern durchlaufen hatten, von Hand zu Hand gewandert und in einem Dutzend Sprachen vertauscht worden waren. Sein Besitz lag am äußersten Ende eines der längsten Fäden des Handelsnetzes, das sich von Manaos bis in die fernsten Tiefen des Waldes spinnt.

Eines Tages, als sich Mr. Todd damit beschäftigte, Patronen zu laden, kam ein Pie-Wie-Mann mit der Nachricht zu ihm, ein weißer einsamer und sehr kranker Mann nähere sich durch den Wald. Er schloß die Patrone, lud sein Gewehr damit, tat die fertiggestellte Munition in seine Tasche und begab sich in die angegebene Richtung.

Der Mann war schon aus dem Busch getreten, als Mr. Todd ihn erreichte, und saß auf der Erde, offensichtlich in sehr schlechter Verfassung. Er besaß weder Hut noch Schuhe, seine Kleider waren so zerrissen, daß sie nur noch durch die Feuchtigkeit des Leibes an ihm klebten; seine Füße waren wund und stark geschwollen, jede bloße Stelle seiner Haut war von Insektenstichen und Fledermausbissen verletzt, seine Augen blickten wild vom Fieber. Er sprach im Delirium zu sich selbst, hörte aber auf, als Todd sich näherte und ihn auf englisch ansprach.

»Sie sind der erste Mensch, der seit Tagen mit mir spricht«, sagte Tony. »Die anderen halten niemals an. Sie radeln immer vorüber. ... Ich bin müde. ... Zuerst war Brenda bei mir, doch die Spielmaus erschreckte sie, und sie nahm das Kanu und fuhr fort. Sie versprach, am Abend wiederzukommen, aber sie tat es nicht. Wahrscheinlich besucht sie einige ihrer neuen Freunde in Brasilien. ... Sie haben sie nicht zufällig gesehen?«

»Sie sind der erste Fremde, den ich seit langem gesehen habe.«

»Als sie fortging, trug sie einen Zylinder. Sie hätten

sie nicht übersehen können.« Dann begann er mit einem, der unsichtbar neben Mr. Todd stand, zu sprechen.

»Sehen Sie das Haus da drüben? Glauben Sie, daß Sie bis dorthin laufen können? Wenn nicht, so werde ich ein paar Indianer schicken, die Sie tragen können.«

Tony schielte nach Mr. Todds Hütte.

»Architektur im Einklang mit dem Lokalcharakter«, stellte er fest, »durchweg Eingeborenen-Material verwendet. Lassen Sie es Mrs. Beaver nicht sehen, sonst wird sie es mit verchromten Metallplatten belegen.«

»Versuchen Sie zu gehen!« Mr. Todd zerrte Tony auf die Füße und stützte ihn mit starkem Arm.

»Ich werde Ihr Rad besteigen. Das waren doch Sie, der gerade an mir vorübergeradelt ist, nicht wahr? ... nur daß Ihr Bart eine andere Farbe hatte. Seiner war grün ... grün wie Mäuse.«

Mr. Todd führte Tony über die Grashügel auf sein Haus zu.

»Es ist gar nicht weit. Wenn wir dort sind, werde ich Ihnen etwas geben, das Ihnen guttun wird.«

»Sehr freundlich von Ihnen ... Scheußliche Sache für einen Mann, wenn seine Frau mit dem Kanu davonfährt. Es ist sehr lange her. Nichts zu essen seitdem.« Bald darauf: »Hören Sie, Sie sind doch Engländer? Ich auch. Ich heiße Last.«

»Nun, Mr. Last, machen Sie sich keine Sorgen mehr. Sie sind krank und haben eine schwierige Reise hinter sich. Ich werde für Sie sorgen.«

Tony sah sich um. »Seid ihr alle englisch?«

»Ja, alle.«

»Dies brünette Mädchen heiratete einen Mohren. ... Es ist ein Glück, daß ich euch alle getroffen habe. Ich nehme an, ihr seid eine Art Radfahrverein?«

»Ja.«

»Na, ich bin zu müde zum Radeln, habe es nie sehr gemocht. Sie sollten sich Motorräder anschaffen, viel schneller und geräuschvoller. Wollen wir nicht halten?«

»Nein, Sie müssen bis zum Haus mitkommen. Es ist nicht mehr weit.«

»Na, schön ... Es wird wohl schwierig sein, hier Benzin zu bekommen?«

Sie gingen sehr langsam, erreichten aber schließlich doch das Haus.

»Legen Sie sich dort in die Hängematte.«

»Das hat Messinger auch gesagt. Er ist in John Beaver verliebt.«

»Ich werde Ihnen etwas bringen.«

»Sehr gütig. So mein gewöhnliches Frühstück ... Kaffee, Toast, Obst. Und die Zeitungen. Wenn Lady Brenda schon geweckt ist, möchte ich es bei ihr haben.«

Mr. Todd ging in ein Hinterzimmer des Hauses und zog unter einem Haufen von Fellen einen Blechkanister hervor. Er enthielt eine Mischung von Blättern und Rinden. Er nahm eine Handvoll davon und ging hinaus zum Feuer. Als er zurückkam, saß sein Gast aufgerichtet rittlings auf seiner Hängematte und sprach ärgerlich.

»... Sie würden viel besser verstehen, und es wäre auch höflicher, Sie ständen still, während ich meine Ansprache halte, als immer im Kreis herumzuwandern. Es ist zu Ihrem eigenen Besten, wenn ich Ihnen sage ... Ich weiß, daß Sie mit meiner Frau befreundet sind und mich deshalb nicht anhören wollen. Aber nehmen Sie sich in acht! Sie wird nichts Grausames sagen, sie wird die Stimme nicht erheben, es werden keine harten Worte fallen. Sie hofft, ihr werdet nachher ebenso große Freunde sein, wie vorher. Aber sie wird Sie verlassen. Sie wird bei Nacht leise fortgehen. Sie wird ihre Hängematte nehmen und ihre Mehlration ... Hören Sie mich an! Ich weiß, daß ich nicht klug bin, aber das ist kein Grund, um alle Höflichkeit zu vergessen. Wir wollen auf die zarteste Weise töten. Ich werde Ihnen sagen, was ich im Walde gelernt habe, da, wo die Zeit anders ist. Es gibt keine Stadt. Mrs. Beaver hat sie mit verchromten Platten belegt und sie in Appartements aufgeteilt. Drei Pfund die Woche und jedes mit eigenem Badezimmer, sehr geeignet für die niederen Formen der Liebe. Und Polly wird dort sein. Sie und Mrs. Beaver unter den gestürzten Zinnen.«

Mr. Todd legte eine Hand hinter Tonys Kopf und hielt ihm das Kräutergebräu in einer Kalebasse hin. Tony nippte daran und wandte den Kopf ab.

»Ekelhafte Medizin«, sagte er und begann zu weinen.

Mr. Todd blieb mit der Kalebasse bei ihm stehen. Bald darauf trank Tony wieder ein wenig davon und verzog das Gesicht, die Bitterkeit ließ ihn leicht erschauern. Mr. Todd blieb bei ihm stehen, bis das Gemisch ausgetrunken war; dann goß er die letzten Tropfen auf den Lehmboden. Tony legte sich in die Hängematte zurück und schluchzte leise. Bald verfiel er in einen tiefen Schlaf.

Tonys Genesung ging langsam vor sich. Zuerst wechselten Tage klaren Denkens mit Delirien ab, dann fiel seine Temperatur, und er war bei Bewußtsein, selbst auf dem Höhepunkt seiner Krankheit. Die Fiebertage wurden seltener und wiederholten sich schließlich nach dem Gesetz der Tropen mit langen, verhältnismäßig gesunden Zwischenzeiten. Mr. Todd gab ihm regelmäßig seine Kräutermittel ein.

»Es schmeckt schlecht«, klagte Tony, »aber es hilft.«

»Im Walde gibt es Mittel für alles«, sagte Mr. Todd, »zum Heilen wie zum Krankmachen. Meine Mutter war Indianerin und hat mich viele gelehrt. Andere habe ich von Zeit zu Zeit von meinen Frauen gelernt. Es gibt

Pflanzen, die heilen, und solche; die Fieber geben, manche, die töten und wahnsinnig machen, andere, die Schlangen fernhalten und Fische berauschen, so daß man sie mit Händen greifen kann wie Früchte von einem Baum. Es gibt Medizinen, die selbst ich nicht kenne. Man sagt, man könne Tote, wenn sie schon angefangen haben zu stinken, wieder zum Leben bringen. Aber ich habe das noch nicht gesehen.«

»Aber Sie sind doch bestimmt Engländer?«

»Mein Vater war es – wenigstens aus Barbados. Er kam als Missionar nach Guyana. Er war mit einer weißen Frau verheiratet, doch ließ er sie in Guyana zurück und ging Gold suchen. Dann nahm er meine Mutter. Die Pie-Wie-Weiber sind häßlich, aber treu. Ich habe viele gehabt. Die meisten Männer und Frauen hier in der Savanne sind meine Kinder. Deswegen gehorchen sie deswegen, und weil ich einen Hinterlader habe. Mein Vater ist sehr alt geworden. Er war ein gebildeter Mann. Können Sie lesen?«

»Ja, natürlich.«

»Nicht jedermann hat dies Glück. Ich kann es nicht.«

Tony lachte entschuldigend. »Aber ich nehme an, daß Sie hier nicht viel Gelegenheit dazu haben.«

»O doch, das ist es ja gerade. Ich besitze sehr viele Bücher. Ich werde sie Ihnen zeigen, wenn es Ihnen besser geht. Bis vor fünf Jahren war hier ein Engländer – das heißt nur ein Schwarzer, aber er war in Georgetown sehr gut erzogen worden. Er starb. Er pflegte mir jeden Tag vorzulesen, bis er starb. Sie werden mir vorlesen, wenn es Ihnen besser geht.«

»Es wird mir ein Vergnügen sein.«

»Ja, Sie werden mir vorlesen«, wiederholte Mr. Todd und nickte über seiner Kalebasse.

In den ersten Tagen seiner Rekonvaleszenz führte Tony nur wenig Gespräche mit seinem Gastgeber; er lag in seiner Hängematte und starrte nach dem Palmblätterdach und dachte an Brenda. Die Tage, jeder genau zwölf Stunden lang, vergingen, ohne sich voneinander zu unterscheiden. Mr. Todd zog sich bei Sonnenuntergang zum Schlaf zurück und ließ bei Tony eine kleine brennende Lampe zurück – ein handgedrehter Docht in einem Topf voll Rindertalg – um die Vampire fernzuhalten.

Als Tony das Haus zum ersten Male verließ, nahm ihn Mr. Todd zu einem kurzen Gang durch die Farm mit.

»Ich will Ihnen das Grab des Schwarzen zeigen«, sagte er und führte ihn zu einem Hügel zwischen den Mangobäumen.

»Er war sehr freundlich. Jeden Nachmittag las er mir zwei Stunden vor, bis zu seinem Tode. Ich glaube, ich werde ein Kreuz aufstellen – zum Gedächtnis an seinen Tod und an Ihre Ankunft – ein hübscher Gedanke. Glauben Sie an Gott?«

»Ja, vermutlich. Ich habe wirklich nie viel darüber nachgedacht.«

»Ich habe sehr viel darüber nachgedacht, und ich weiß es noch immer nicht ... aber Dickens schon.«

»Wahrscheinlich.«

»O ja, es wird in allen seinen Werken deutlich. Sie werden es sehen.«

An diesem Nachmittag begann Mr. Todd ein Kopfstück für des Negers Grab zu machen. Mit einem großen Schabhobel bearbeitete er ein Holz von solcher Härte, daß es wie ein Metall knirschte und klang.

Endlich, als Tony fünf oder sechs Nächte hintereinander fieberfrei verbracht hatte, sagte Mr. Todd: »Ich glaube, jetzt geht es Ihnen gut genug, um die Bücher anzusehen.«

An dem einen Ende der Hütte war eine Art Dachgeschoß: eine schlichte Plattform, welche in die Dachbalken eingebaut war. Mr. Todd lehnte eine Leiter daran und stieg hinauf. Tony folgte, noch unsicher nach seiner Krankheit. Mr. Todd setzte sich auf die Plattform, und Tony stand auf der obersten Leitersprosse und schaute hinüber. Es lag ein Haufen kleiner Bündel dort, durch Lumpen, Palmblätter und ungegerbte Häute zusammengehalten.

»Es war sehr schwierig, Würmer und Ameisen fernzuhalten. Zwei von den Büchern sind fast vollständig zerstört. Aber die Indianer bereiten ein Öl, das ganz brauchbar ist.«

Er wickelte das zunächstliegende Paket aus und zog ein in Kalbsleder gebundenes Buch hervor. Es war eine frühe amerikanische Ausgabe von ›Bleak House‹.

»Es ist gleichgültig, mit welchem wir anfangen.«

»Lieben Sie Dickens?«

»Nun, natürlich! Mehr als lieben, viel mehr! Sehen Sie, es sind die einzigen Bücher, die ich je gehört habe. Mein Vater pflegte sie zu lesen und später der Schwarze ... und jetzt Sie. Ich habe sie alle mehrmals gehört, aber ich werde ihrer nie müde. Es gibt immer Neues zu lernen und zu bemerken; so viel Charaktere, so viele Szenenwechsel, so viele Wörter ... Ich besitze alle Werke von Dickens, außer jenen zwei, die die Ameisen zerfressen haben. Es nimmt eine lange Zeit in Anspruch, sie alle zu lesen – mehr als zwei Jahre.«

»Nun«, meinte Tony leichthin, »dann dauert es länger als mein Besuch.«

»Ach, das hoffe ich nicht. Es ist herrlich, wieder anzufangen. Ich glaube, ich entdecke jedesmal wieder etwas Erfreuliches und Bewunderungswürdiges.«

Sie nahmen den ersten Band von ›Bleak House‹ mit

herunter, und an diesem Nachmittag hielt Tony seine erste Vorlesung.

Er hatte immer gern laut vorgelesen und in den ersten Jahren seiner Ehe mehrere Bücher auf diese Weise mit Brenda geteilt, bis sie eines Tages in einem Anfall von Aufrichtigkeit gestand, es sei eine Tortur für sie. Er hatte John Andrew vorgelesen, an späten Winternachmittagen, wenn das Kind vor dem Kamin im Kinderzimmer zu Abend aß. Aber Mr. Todd war als Hörer etwas Einzigartiges.

Der alte Mann saß Tony gegenüber rittlings auf seiner Hängematte, durchbohrte ihn mit den Augen und folgte den Worten mit lautlosen Lippenbewegungen. Oft, wenn eine neue Figur auftrat, bat er: »Wiederholen Sie den Namen, ich habe ihn vergessen«, oder »ja, ja, ich erinnere mich ihrer gut. Sie stirbt dann. Arme Frau.«

Er unterbrach häufig durch Fragen, aber nicht, wie Tony sich vorgestellt hatte, wegen der Vorkommnisse in der Erzählung – solche Dinge wie das Verfahren am Gericht des Lordkanzlers oder die gesellschaftlichen Bräuche der Zeit; die waren ihm, obgleich sie unverständlich sein mußten, völlig gleichgültig – sondern immer über die Charaktere. »Und warum sagt sie das? Meint sie das wirklich? Wird sie ohnmächtig, weil es ihr zu heiß am Feuer ist, oder wegen des Schreibens?« Er belachte alle Scherze laut, auch manche Stellen, die Tony gar nicht komisch vorkamen, und verlangte sie ein paarmal wiederholt zu hören. Später, als sie von den Leiden der Ausgewiesenen in ›Tom-all-alone‹ lasen, liefen ihm die Tränen über den Bart. Seine Bemerkungen über das Buch waren gewöhnlich sehr schlicht. »Ich glaube, Dedlock ist ein sehr stolzer Mann«, oder »Mrs. Jellyby sorgt nicht genug für ihre Kinder.«

Tony machte das Vorlesen fast ebensoviel Vergnügen wie Mr. Todd.

Am Ende des ersten Tages sagte der alte Mann: »Sie lesen sehr schön und mit einer viel besseren Aussprache als der Schwarze. Sie erklären auch besser. Es ist fast, als sei mein Vater zurückgekehrt.« Und immmer am Ende der Sitzung dankte er seinem Gast auf das artigste. »Ich habe es sehr genossen. Es war ein sehr quälendes Kapitel. Jedoch, wenn ich mich recht erinnere, wird alles gut enden.«

Beim zweiten Bande allerdings begann die Neuheit, als welche das Entzücken des alten Mannes wirkte, an Reiz zu verlieren, und Tony fühlte sich gekräftigt genug, um ruhelos zu werden. Mehr als einmal versuchte er, das Thema seiner Abreise zu berühren, und fragte nach Kanus und Regenzeiten und der Möglichkeit, Führer zu finden. Doch Mr. Todd schien nicht zu hören und schenkte seinen Andeutungen keine Aufmerksamkeit.

Eines Tages – die noch verbleibenden Seiten von ›Bleak House‹ durchblätternd – sagte Tony: »Wir haben noch eine ganze Menge vor uns. Ich hoffe, ich werde fertig damit, bevor ich gehe.«

»O ja«, antwortete Mr. Todd. »Beunruhigen Sie sich nicht. Sie werden es noch beenden, mein Freund.«

Zum ersten Male bemerkte Tony etwas Bedrohliches im Gebaren seines Gastgebers. Am Abend beim Essen – eine schlichte, aus Maismehl und getrocknetem Rindfleisch bestehende Mahlzeit, die kurz vor Sonnenuntergang eingenommen wurde – erneuerte Tony das Thema.

»Mr. Todd, es wird jetzt Zeit, daran zu denken, daß ich in die Zivilisation zurück muß. Ich habe Ihre Gastfreundschaft schon zu lange in Anspruch genommen.«

Mr. Todd beugte sich über seinen Teller, zerkaute mehrere Mundvoll Mehlspeise und sagte nichts.

»Wie schnell, glauben Sie, kann ich ein Boot bekommen?... Ich fragte, wie schnell ich, Ihrer Ansicht nach, ein Boot bekommen kann? Ich erkenne alle Ihre Freundlichkeit mir gegenüber mehr an, als ich es auszudrücken vermag, aber...«

»Mein Freund, alle Freundlichkeit, die ich gezeigt haben kann, ist reichlich durch Ihr Vorlesen von Dickens zurückgezahlt. Wir wollen das Thema nicht wieder berühren.«

»Nun, ich freue mich, daß es Ihnen Vergnügen gemacht hat. Das hat es mir auch. Aber ich muß wirklich daran denken, zurückzukehren...«

»Ja«, sagte Mr. Todd. »So war der Schwarze auch. Er dachte die ganze Zeit daran. Aber er starb hier...«

Am nächsten Tage fing Tony wieder zweimal davon an, aber sein Gastgeber machte Ausflüchte. Schließlich sagte Tony: »Entschuldigen Sie, Mr. Todd, aber ich muß wirklich darauf bestehen. Wann kann ich ein Boot bekommen?«

»Es gibt kein Boot.«

»Nun, die Indianer können eines bauen.«

»Sie müssen Regen abwarten. Jetzt ist nicht genug Wasser im Fluß.«

»Wie lange wird es dauern?«

»Einen Monat... zwei Monate...«

Sie waren mit ›Bleak House‹ fertig und näherten sich dem Ende von ›Dombey and Son‹, als der Regen kam.

»Jetzt ist es Zeit, Vorbereitungen für die Reise zu treffen.«

»Ach, das ist unmöglich. Die Indianer werden in der Regenzeit kein Boot bauen – aus Aberglauben.«

»Das hätten Sie mir sagen können.«

»Habe ich es nicht erwähnt? Dann vergaß ich es.«

Am nächsten Morgen, als sein Gastgeber beschäftigt

war, ging Tony allein aus und wanderte mit möglichst harmloser Miene über die Savanne auf die Indianerhütten zu. In einer Türöffnung saßen vier oder fünf Pie-Wie. Sie schauten nicht auf, als er näher kam. Er sprach sie mit den wenigen Worten Macuchi an, die er während der Reise aufgelesen hatte, doch kein Zeichen verriet, ob sie ihn verstanden oder nicht. Da zeichnete er die Skizze eines Kanus auf den Boden, machte ein paar Bewegungen der Schreinerei, zeigte von ihnen auf sich, machte die Geste des Gebens und kratzte die Umrisse eines Gewehrs, eines Hutes und anderer erkennbarer Tauschwaren neben die Kanuzeichnung in den Sand. Eine der Frauen kicherte, doch keine gab das leiseste Zeichen des Verstehens, so daß er unbefriedigt fortging.

Beim Mittagessen sagte Mr. Todd: »Mr. Last, die Indianer erzählen mir, Sie hätten versucht, mit ihnen zu reden. Es ist einfacher, wenn Sie Ihre Wünsche durch mich sagen lassen. Es ist Ihnen doch klar – nicht wahr? – daß sie nichts ohne meine Erlaubnis tun würden? Sie betrachten mich, und vielfach mit Recht, als ihren Vater.«

»Ja, ich fragte sie in der Tat wegen eines Kanus.«

»Das gaben sie mir zu verstehen ... und jetzt, wo Sie mit Ihrer Mahlzeit zu Ende sind, könnten wir ein neues Kapitel lesen. Das Buch fesselt mich.«

Sie beendeten ›Dombey and Son‹. Fast ein Jahr war vergangen, seit Tony England verlassen hatte, und seine düsteren Vorahnungen von einer ewigen Verbannung wurden plötzlich akut, als er zwischen den Seiten von ›Martin Chuzzlewit‹ ein hastig mit Bleistift geschriebenes Dokument fand.

Im Jahre 1919

Ich, James Todd aus Brasilien, schwöre Barnabas Washington aus Georgetown, daß ich, wenn er dieses Buch, nämlich Martin Chuzzlewit, beendet hat, ihn zurückkehren lassen werde, sobald es fertig ist.

Es folgte ein dickes Bleistift-X, und danach:

Mr. Todd machte dieses Zeichen.

gez. Barnabas Washington.

»Mr. Todd«, sprach Tony, »ich muß ganz offen reden. Sie haben mir das Leben gerettet, und wenn ich in die Zivilisation zurückkehre, so werde ich Sie, soweit mir das irgend möglich ist, dafür belohnen. Ich werde Ihnen alles geben, was Sie vernünftigerweise erwarten können. Jetzt aber halten Sie mich gegen meinen Willen zurück. Ich verlange, freigegeben zu werden.«

»Aber, mein Freund, was hält Sie zurück? Sie sind unter keinem Zwang. Gehen Sie, wann Sie mögen!»

»Sie wissen sehr genau, daß ich ohne Ihre Hilfe hier nicht fortkomme.«

»In diesem Falle müssen Sie einem alten Manne willfahren. Lesen Sie wieder ein Kapitel vor.«

»Mr. Todd, ich schwöre auf was Sie wollen, daß ich, sobald ich in Manaos bin, jemanden zu meiner Vertretung finden werde. Ich werde einen Mann bezahlen, der Ihnen den ganzen Tag vorlesen wird.«

»Aber ich brauche keinen anderen. Sie lesen gut.«

»Ich habe zum letzten Male gelesen.«

»Ich hoffe nicht«, antwortete Mr. Todd sehr höflich.

Abends aber erschien bloß *ein* Teller trockenen Fleisches und Maismehles, und Mr. Todd aß allein. Tony lag wortlos da und starrte das Palmdach an.

Am nächsten Tag wurde wieder ein einziger Teller vor Mr. Todd gestellt, doch während er aß, lag seine Flinte gespannt auf seinen Knien. Tony nahm das Vorlesen von ›Martin Chuzzlewit‹ wieder auf, wo sie stehengeblieben waren.

Wochen vergingen hoffnungslos. Sie lasen ›Nicholas Nickleby‹ und ›Little Dorrit‹ und ›Oliver Twist‹. Dann kam ein Fremder in die Savanne, ein Mischling und ein Mitglied jenes einsamen Ordens von Männern, die ein Leben lang durch die Wälder ziehen, kleine Flüsse entdecken, Kies Unze für Unze durchsieben, einen kleinen Ledersack mit Goldstaub füllen und dann – so endete es fast unausbleiblich – vor Entbehrung und Hunger sterben, um den Hals fünfhundert Dollar Goldwertes gehängt. Mr. Todd ärgerte die Ankunft dieses Mannes, er gab ihm Maismehl und ›tasso‹ und schickte ihn innerhalb der ersten Stunden seines Erscheinens wieder auf die Reise. Doch in dieser Stunde hatte Tony Zeit, seinen Namen auf ein Papier zu kritzeln, und dieses dem Mann in die Hand zu drücken.

Von nun an erfüllte ihn Hoffnung. Die Tage folgten sich in unabänderlichem Gleichmaß: Kaffee bei Sonnenaufgang, ein tatenloser Vormittag, während Mr. Todd zwecklos nach den Geschäften der Farm sah. Maismehl und ›tasso‹ mittags, Maismehl und ›tasso‹ und manchmal Obst zum Nachtmahl, Schweigen von Sonnenuntergang bis zur Dämmerung, mit dem kleinen Docht, der im Rindertalg glühte, und über dem Kopf, kaum sichtbar, das Palmblätterdach. Aber Tony lebte in ruhiger, vertrauender Erwartung.

Irgendwann, dieses Jahr oder das nächste, würde der Goldsucher mit der Nachricht von seiner Entdeckung in ein brasilianisches Dorf kommen. Die Mißgeschicke der Messinger-Expedition konnten nicht unbeachtet geblieben sein. Tony konnte sich die Überschriften der Tageszeitungen vorstellen. Wahrscheinlich durchforschten jetzt noch Trupps auf der Suche nach ihm die Gegend, die er durchquert hatte. Jeden Tag konnten englische Stimmen über die Savanne hallen und ein Dutzend freudebringender

Kundschafter durch den Busch brechen. Selbst während des Lesens, wenn seine Lippen mechanisch den gedruckten Zeilen folgten, wandten sich seine Gedanken ab von seinem eifrigen, verrückten Gegenüber, und er begann sich selbst die Einzelheiten seiner Heimkehr auszumalen – die allmählichen Wiederbegegnungen mit der Zivilisation (in Manaos rasierte er sich, kaufte neue Anzüge, telegrafierte nach Geld, erhielt Glückwunschdepeschen; dann erfreuten ihn die gemächliche Reise flußabwärts nach Belem und der große Dampfer nach Europa; er genoß den guten Burgunder, das frische Fleisch und die jungen Gemüse; seine Begegnung mit Brenda machte ihn verlegen, und er war nicht sicher, wie er sie anreden sollte ... ›Liebling, du bist weit länger geblieben als du sagtest. Ich dachte wirklich, du seist verloren ...‹) Und dann unterbrach Mr. Todd: »Würden Sie mir bitte diese Stelle wiederholen? Gerade sie macht mir besondere Freude.«

Die Wochen vergingen ... kein Anzeichen einer Befreiung kam ... aber Tony hielt den Tag aus in der Hoffnung dessen, was das Morgen bringen konnte. Er empfand sogar eine leichte Welle der Herzlichkeit für seinen Gefängniswärter und war daher ganz bereit, sich ihm anzuschließen, als dieser eines Abends, nach einer langen Beratung mit einem indianischen Nachbarn, vorschlug, ein Fest zu feiern, und erklärte: »Es ist heute ein Festtag, und sie haben ›Piwari‹ bereitet. Vielleicht werden Sie es nicht mögen, aber Sie sollten es versuchen. Wir gehen heute abend zu dieses Mannes Haus hinüber.«

Infolgedessen schlossen sie sich nach dem Nachtmahl einer Indianergesellschaft an, die sich um das Feuer einer der Hütten, auf der anderen Seite der Savanne, versammelt hatte. Sie sangen monotone apathische Weisen und ließen eine große Kalebasse von Mund zu Mund gehen. Für Tony und Mr. Todd wurden zwei besondere Schalen hereingebracht, und sie durften sich auf Hängematten setzen.

»Sie müssen hintereinander austrinken. Das ist hier Brauch.«

Tony goß die dunkle Flüssigkeit hinunter und versuchte, sie nicht zu schmecken. Aber sie war nicht einmal unangenehm ... hart und lehmig am Gaumen, wie die meisten brasilianischen Getränke, doch mit einem Aroma von Honig und braunem Brot. Er lehnte sich in die Hängematte zurück und fühlte sich ungewöhnlich zufrieden. Vielleicht lagerte in genau diesem Augenblick der Suchtrupp nur ein paar Wegstunden von ihnen entfernt. Inzwischen war ihm warm und schläfrig zumute. Die Kadenzen des Liedes stiegen und fielen unablässig, wie eine Liturgie. Eine neue Kalebasse wurde ihm gebracht, und er gab sie geleert zurück. Er lag der Länge nach ausgestreckt und beobachtete, als die Pie-Wie zu tanzen begannen, das Spiel der Schatten auf dem Palmdach. Dann schloß er die Augen, dachte an England und schlief ein. – –

Er erwachte – noch immer in der Indianerhütte – mit dem Eindruck, über die gewohnte Stunde hinaus geschlafen zu haben. Durch die Stellung der Sonne wußte er, daß es später Nachmittag war. Außer ihm war niemand zugegen. Er schaute nach seiner Uhr und bemerkte mit Erstaunen, daß sie sich nicht an seinem Handgelenk befand. Er hatte sie wohl im Hause gelassen, bevor er zu dem Fest ging.

›Ich muß gestern abend betrunken gewesen sein‹, überlegte er. ›Heimtückisches Getränk das.‹ Er hatte Kopfweh und befürchtete die Wiederkehr des Fiebers. Als er die Füße auf den Boden setzte, merkte er, daß er nur mit Schwierigkeiten stehen konnte. Sein Gang war unsicher und sein Geist verwirrt, genau wie in den ersten

Wochen seiner Rekonvaleszenz. Auf dem Wege über die Savanne mußte er mehrmals halten, seine Augen schließen und tief Atem holen. Als er das Haus erreichte, fand er Mr. Todd darin sitzend vor.

»Ach, mein Freund, Sie kommen heute nachmittag spät zum Lesen. Es ist kaum noch eine halbe Stunde hell. Wie fühlen Sie sich?«

»Scheußlich. Es war ein ekelhaftes Getränk.«

»Ich werde Ihnen etwas geben, damit Sie sich besser fühlen. Der Wald hat Mittel für alles: um einen wach zu machen und um einen einzuschläfern.«

»Haben Sie meine Uhr irgendwo gesehen?«

»Vermissen Sie sie?«

»Ja. Hören Sie, so lange habe ich noch nie geschlafen!«

»Nicht, seit Sie ein kleines Kind waren. Wissen Sie, wie lang? Zwei Tage.«

»Unsinn, das kann ich doch gar nicht.«

»Doch, wirklich! Es ist sehr lang. Schade! Weil Sie auf diese Weise unsere Gäste verpaßt haben.«

»Gäste?«

»Wieso? Ja. Es war ganz lustig, während Sie schliefen. Drei Männer von der Außenwelt, Engländer. Es war schade, daß Sie sie verpaßt haben. Auch schade für jene, denn sie wünschten ganz besonders, Sie zu sehen. Aber was konnte ich machen? Sie schliefen so fest. Die Herren waren sehr weit gereist, um Sie zu finden, und somit – ich denke, es wird Ihnen recht sein, da Sie sie nicht selbst begrüßen konnten – gab ich ihnen Ihre Uhr als kleines Andenken mit. Sie wollten etwas nach England zurückbringen, denn es ist eine Belohnung für Nachrichten über Sie ausgesetzt worden. Sie waren sehr erfreut darüber. Und sie haben ein paar Fotografien von dem kleinen Kreuz, das ich als Erinnerung an Ihr Kommen aufgestellt habe, aufgenommen. Auch darüber waren sie sehr erfreut.

Sie waren überhaupt sehr leicht zu erfreuen. Aber ich glaube nicht, daß sie uns wieder besuchen werden, unser Leben hier ist so still. Kein Vergnügen außer Lesen ... Ich glaube nicht, daß wir jemals wieder Besucher haben werden ... nun, nun, ich werde Medizin holen, damit Sie sich besser fühlen. Ihr Kopf schmerzt, nicht wahr? Heute werden wir auf Dickens verzichten ... aber morgen und übermorgen und überübermorgen ... wir wollen ›Little Dorrit‹ noch einmal lesen. In dem Buch sind Stellen, die ich nie hören kann, ohne versucht zu sein, zu schluchzen.«

WILLIAM FRYER HARVEY

Augusthitze

Penistone Road, Clapham,
20. August 190–

Ich glaube, daß ich den bemerkenswertesten Tag in meinem Leben hinter mir habe; ich möchte daher die Ereignisse so deutlich wie möglich zu Papier bringen, solange sie mir noch frisch im Gedächtnis haften.

Zu Beginn möchte ich mich vorstellen: mein Name ist James Clarence Withencroft.

Ich bin vierzig Jahre alt, völlig gesund und nie einen Tag krank gewesen.

Von Beruf bin ich Künstler; nicht sehr erfolgreich, aber ich verdiene genug Geld mit meinen Zeichnungen, um meine notwendigen Bedürfnisse zu befriedigen.

Meine einzige nahe Verwandte, eine Schwester, starb vor fünf Jahren, so daß ich jetzt niemandem verpflichtet bin.

Heute morgen habe ich um neun Uhr gefrühstückt, und nachdem ich einen Blick in die Morgenzeitung geworfen hatte, zündete ich meine Pfeife an und ließ meine Gedanken schweifen, in der Hoffnung, vielleicht auf ein Thema für meinen Zeichenstift zu stoßen.

Obwohl Tür und Fenster offen standen, lastete im Zimmer drückende Hitze, sind ich war gerade zu der Erkenntnis gekommen, daß der kühlste und angenehmste Ort in der Nachbarschaft das Schwimmbecken der öffentlichen Badeanstalt sei, als der Einfall kam.

Ich begann zu zeichnen. So sehr war ich bei der Sache, daß ich mein Mittagessen nicht anrührte und erst zu arbeiten aufhörte, als die Uhr von St. Jude vier schlug.

Für eine eilige Skizze war das Resultat, dessen glaubte ich mich sicher, das beste, was ich je geleistet hatte.

Die Zeichnung zeigte einen Verbrecher in der Anklagebank, unmittelbar nachdem der Richter die Strafe verkündet hatte. Der Mann war fett – enorm fett. Das Fleisch hing in Rollen um sein Kinn und in Falten um seinen mächtigen, kurzen Hals. Er war bartlos (vielleicht sollte ich sagen, daß er sich zuletzt vor ein paar Tagen rasiert haben mußte) und fast kahlköpfig. Er stand in der Anklagebank und blickte starr vor sich hin, während seine kurzen Finger schwerfällig das Geländer umklammerten. Das Gefühl, das sein Gesichtsausdruck vermittelte, war nicht so sehr Entsetzen als vielmehr völliger, gänzlicher Zusammenbruch.

Nicht die geringste Kraft schien in dem Manne zu stekken, um diesen Fleischberg aufrecht zu halten.

Ich rollte die Skizze auf und steckte sie in die Tasche, ohne richtig zu wissen, warum. Dann verließ ich das Haus mit dem seltenen Glücksgefühl, welches das Wissen um eine gut geleistete Arbeit verleiht.

Ich glaube, daß ich mich mit der Absicht auf den Weg machte, bei Trenton vorzusprechen; denn ich erinnere mich, daß ich die Lytton Street entlang und dann rechts in die Gilchrist Road gegangen bin, bis zum Fuße des Hügels, wo die Männer an der neuen Straßenbahnlinie arbeiten.

Von diesem Augenblick an erinnere ich mich nur sehr verschwommen daran, welche Richtung ich einschlug.

Nur eines war mir stets voll bewußt: die furchtbare Hitze, die in fast greifbaren Wogen von dem staubigen Asphalt aufstieg. Ich sehnte mich nach dem Gewitter, das die gewaltigen, tief über dem westlichen Horizont hängenden kupferfarbenen Wolkenbänke verhießen.

Ich muß wohl über neun Kilometer weit gegangen sein, als ein kleiner Junge mich mit der Frage nach der Uhrzeit aus meiner Versunkenheit aufstörte.

Es war zwanzig Minuten vor sieben.

Als der Junge mich verließ, begann ich meine Umgebung zu mustern. Ich befand mich vor einer Pforte, die in den Hof einer Werkstatt führte, der von einem Streifen durstiger Erde mit Blumen – purpurnen Levkojen und scharlachroten Geranien – umgeben war. Über dem Eingang hing eine Tafel mit der Inschrift:

CHS. ATKINSON, STEINMETZ
GEDENKSTEINE
AUSFÜHRUNG IN ENGLISCHEM UND
ITALIENISCHEM MARMOR

Aus dem Hof ertönte ein fröhliches Pfeifen, der Schall von Hammerschlägen und der kalte Klang von Stahl gegen Stein.

Ein plötzlicher Impuls ließ mich eintreten.

Ein Mann saß dort mit dem Rücken zu mir gekehrt und arbeitete eifrig an einer Platte sonderbar geäderten Marmors. Als er mich eintreten hörte, wandte er sich um, und ich blieb überrascht stehen.

Es war der Mann, den ich gezeichnet hatte und dessen Porträt in meiner Tasche steckte.

Er saß da, groß und massig, und der Schweiß lief ihm vom Kopfe; er wischte ihn sich mit einem rotseidenen Taschentuch ab. Aber obwohl sein Gesicht völlig der Zeichnung glich, war der Ausdruck gänzlich anders.

Lächelnd, als seien wir alte Freunde, grüßte er mich und schüttelte mir die Hand.

Ich entschuldigte mich wegen meines Eindringens.

»Draußen ist es so heiß und grell«, sagte ich. »Das hier ist wie eine Oase in der Wüste.«

»Ich weiß nicht, was eine Oase ist«, antwortete er; »aber heiß ist es gewiß, höllisch heiß. Setzen Sie sich, Sir!«

Er deutete auf das Ende des Grabsteins, an dem er gerade arbeitete, und ich setzte mich.

»Ein herrliches Stück Marmor, das Sie da bearbeiten«, sagte ich.

Er schüttelte den Kopf. »Zum Teil haben Sie schon recht«, antwortete er; »die Oberfläche hier ist so schön, wie man es sich nur wünschen kann, aber die Rückseite ist ziemlich rissig. Allerdings glaube ich kaum, daß Sie es bemerken würden. Eine wirklich gute Arbeit könnte ich mit so einem Stück Marmor jedoch nie abliefern. Ein Sommer wie dieser schadet ihm nicht; die Hitze macht ihm nichts aus. Aber warten Sie nur, bis der Winter kommt! Nichts ist so geeignet wie Frost, um die schwachen Stellen in einem Stein herauszufinden.«

»Wozu bearbeiten Sie ihn denn?« fragte ich.

Der Mann wollte sich ausschütten vor Lachen.

»Sie werden's mir kaum glauben, wenn ich Ihnen erzähle, daß er für eine Ausstellung bestimmt ist; aber es ist die Wahrheit. Künstler haben ihre Ausstellungen: also machen es auch die Krämer und Fleischer, und wir tun es ihnen nach. Die letzten kleinen Neuheiten in Grabsteinen, wissen Sie.«

Er erzählte weiter von Marmor: welche Sorten am besten Wind und Regen widerständen, und welche am leichtesten zu bearbeiten seien; dann plauderte er über seinen Garten und eine neue Nelkenart, die er gekauft hatte. Alle zwei Minuten legte er sein Werkzeug hin, wischte sich den glänzenden Schädel und verfluchte die Hitze.

Ich sprach wenig, denn ich war unruhig. Irgendwie war das Zusammentreffen mit diesem Manne unnatürlich, unheimlich.

Zuerst versuchte ich mich zu überreden, daß ich ihn schon früher gesehen hätte und sein Gesicht in irgendeinem entlegenen Winkel meines Gedächtnisses unbewußt haften geblieben sei; aber gleichzeitig war ich mir darüber klar, daß ich wenig mehr als eine plausible Selbsttäuschung probierte.

Mr. Atkinson beendete sein Werk, spuckte auf den Boden und stand mit einem Seufzer der Erleichterung auf.

»Da! Was halten Sie davon?« fragte er mit sichtlich stolzer Miene.

Die Inschrift, die ich jetzt zum erstenmal las, lautete:

GEWEIHT DEM ANDENKEN
VON
JAMES CLARENCE WITHENCROFT
GEBOREN AM 18. JANUAR 1860
ER STARB GÄNZLICH UNERWARTET
AM 20. AUGUST 190-

In der Blüte des Lebens tritt der Tod uns an

Eine Zeitlang saß ich schweigend. Dann rann ein kalter Schauer meinen Rücken hinunter. Ich fragte ihn, wo er den Namen gelesen habe.

»Oh, ich habe ihn nirgends gesehen«, erwiderte Mr. Atkinson. »Ich brauchte irgendeinen Namen und schnitt den ersten ein, der mir in den Sinn kam. Warum wollen Sie das wissen?«

»Es ist ein seltsames Zusammentreffen, denn zufällig ist das mein Name.«

Er stieß einen langen, leisen Pfiff aus.

»Und die Daten?«

»Ich kann nur für das eine bürgen, und das ist richtig.«

»Eine verrückte Geschichte!« sagte er.

Aber er hatte ja noch keine Kenntnis von dem, was ich wußte. Ich erzählte ihm von meiner Arbeit, die ich am Morgen gemacht hatte. Ich holte die Zeichnung aus meiner Tasche und zeigte sie ihm. Während er sie anschaute, änderte sich der Ausdruck seines Gesichts, bis es mehr und mehr jenem des Mannes ähnelte, den ich gezeichnet hatte.

»Und erst vorgestern habe ich zu Maria gesagt«, erzählte er, »daß es so etwas wie Gespenster nicht gibt!«

Keiner von uns beiden hat ein Gespenst gesehen, aber ich wußte, was er meinte.

»Wahrscheinlich haben Sie meinen Namen mal gehört«, sagte ich.

»Und Sie müssen mich irgendwo gesehen und dann vergessen haben! Waren Sie letztes Jahr im Juli in Clacton-on-Sea?«

Ich war nie in meinem Leben in Clacton gewesen. Eine Zeitlang standen wir schweigend. Beide blickten wir auf dasselbe: die beiden Daten auf dem Grabstein, und eines davon war richtig.

»Kommen Sie herein und essen Sie etwas Abendbrot«, sagte Mr. Atkinson.

Er hat eine fröhliche kleine Frau mit rauhen, roten Wangen, wie sie die auf dem Lande Großgewordenen haben. Ihr Mann stellte mich ihr als einen Freund und Künstler vor. Das Resultat war unglücklich, denn nachdem sie die Sardinen und die Brunnenkresse fortgeräumt hatte, holte sie eine Doré-Bibel hervor, und ich mußte fast eine halbe Stunde bei ihr sitzen und meine Bewunderung ausdrücken.

Danach ging ich hinaus und fand Atkinson auf dem Grabstein sitzend und rauchend.

Wir nahmen die Unterhaltung an der Stelle wieder auf, wo wir sie abgebrochen hatten.

»Sie müssen meine Frage entschuldigen«, sagte ich, »aber können Sie sich an irgendeine Tat erinnern, für die man Sie vor Gericht stellen könnte?«

Er schüttelte den Kopf.

»Ich bin kein Schuldenmacher, das Geschäft geht gut genug. Vor drei Jahren habe ich einem Armenpfleger zu Weihnachten ein paar Truthähne gegeben, aber das ist auch alles, woran ich mich erinnern kann. Und außerdem waren es nur kleine«, fügte er, wie in einem nachträglichen Einfall, hinzu.

Er stand auf, holte eine Kanne von der Veranda und begann die Blumen zu gießen. »Regelmäßig zweimal täglich in der trockenen Zeit«, sagte er, »und trotzdem macht die Hitze die zarteren Pflanzen manchmal noch zuschanden. Und die Farne, guter Gott! die halten es nie aus. Wo wohnen Sie?«

Ich nannte ihm meine Adresse. Wenn ich flott zuging, konnte ich in einer Stunde zu Hause sein.

»Wir wollen der Sache mal ins Gesicht sehen«, sagte er. »Es ist doch so: wenn Sie heute abend nach Hause gehen, kann Ihnen leicht ein Unfall zustoßen. Ein Wagen kann Sie überfahren, und irgendwo liegt immer eine Bananen- oder Orangenschale – von umstürzenden Leitern wollen wir gar nicht erst reden.«

Er sprach über das Unwahrscheinliche mit so eindringlichem Ernst, daß es mir noch vor sechs Stunden lächerlich erschienen wäre. Aber ich lachte nicht.

»Das beste, was wir tun können«, sagte er, »ist, daß

Sie bis Mitternacht hierbleiben. Wir wollen hinaufgehen und rauchen; vielleicht ist es drinnen kühler.«

Zu meiner Überraschung willigte ich ein.

Wir sitzen jetzt in einer langgestreckten, niedrigen Kammer unter dem vorspringenden Dach. Atkinson hat seine Frau zu Bett geschickt. Er ist damit beschäftigt, einige Werkzeuge an einem kleinen Ölstein zu schärfen, während er eine meiner Zigarren raucht.

Die Luft scheint von Gewitter geladen zu sein. Ich schreibe diese Zeilen an einem wackeligen Tisch vor dem offenen Fenster. Ein Bein ist gesprungen, und Atkinson, der anscheinend sehr geschickt mit seinen Werkzeugen umzugehen versteht, wird es reparieren, sobald er seinen Meißel geschärft hat.

Es ist jetzt kurz nach elf Uhr. In weniger als einer Stunde werde ich nicht mehr sein.

Die Hitze ist zum Ersticken.

Es reicht, um einen Mann zum Wahnsinn zu treiben.

SHIRLEY JACKSON

Die Lotterie

Der Morgen des 27. Juni war klar und sonnig, voll der frischen Wärme eines Hochsommertages; die Blumen blühten verschwenderisch, und das Gras hatte eine sattgrüne Farbe. Die Dorfbewohner begannen sich gegen zehn Uhr auf dem Platz zwischen der Post und der Bank zu versammeln. In einigen Städten gab es so viele Leute, daß die Lotterie zwei Tage dauerte und am 26. Juni begonnen werden mußte; aber in diesem Dorf, das nur etwa dreihundert Einwohner zählte, brauchte man für die ganze Lotterie nicht einmal volle zwei Stunden, so daß man um zehn Uhr vormittags anfangen und trotzdem noch so rechtzeitig fertig sein konnte, daß die Dorfbewohner nicht zu spät zum Mittagessen kamen.

Die Kinder versammelten sich natürlich als erste. Die Sommerferien hatten kürzlich begonnen, und das Gefühl der Freiheit bedrückte die meisten von ihnen; sie standen noch eine Weile in kleinen Gruppen beisammen, bevor sie zu lärmendem Spiel auseinanderliefen, und ihr Gespräch drehte sich weiterhin um das Klassenzimmer und den Lehrer, um Schulbücher und Tadel. Bobby Martin hatte sich schon seine Taschen voll Steine gestopft, und die anderen Jungen folgten bald seinem Beispiel und suchten die rundesten und glattesten Steine aus; Bobby und Harry Jones und Dickie Delacroix – die Dorfbewohner sprachen seinen Namen ›Dellacroy‹ aus – schütteten schließlich einen großen Haufen Steine in einer Ecke des Platzes auf und verteidigten ihn gegen die Raubüberfälle der anderen Jungen. Die Mädchen standen beiseite und unterhielten sich, dann und wann über die Schultern zu den Jungen hinblickend, und die ganz kleinen Kinder rollten sich im Staub oder klammerten sich an die Hände ihrer älteren Brüder oder Schwestern.

Bald kamen auch die Männer zusammen; sie musterten prüfend ihre Kinder, sprachen vom Pflanzen und vom Regen, von Traktoren und Steuern. Sie standen beisammen und hielten sich von dem Steinhaufen in der Ecke fern, ihre Witze waren leise und sie lächelten mehr, als daß sie lachten. Die Frauen, in verblichenen Hauskleidern und Pullovern, erschienen kurz nach ihren Männern. Sie begrüßten einander und tauschten hier und da ein wenig Klatsch aus, während sie zu ihren Ehemännern gingen. Danach begannen sie bald ihre Kinder zu rufen, die nur widerwillig kamen und vier- oder fünfmal gemahnt werden mußten. Bobby Martin tauchte unter der zugreifenden Hand seiner Mutter weg und rannte lachend zum Steinhaufen zurück. Sein Vater wies ihn scharf zurecht, und Bobby kam schnell wieder und nahm seinen Platz zwischen seinem Vater und seinem ältesten Bruder ein.

Die Lotterie wurde – wie auch die Volkstänze, der Teenagerklub und das Halloween*-Programm – von Mr. Summers geleitet, der genügend Zeit und Energie besaß, um sich öffentlichen Aufgaben widmen zu können. Er war ein jovialer Mann mit rundem Gesicht und führte den Kohlenhandel des Dorfes; die Leute bemitleideten ihn, denn er hatte keine Kinder, und seine Frau war eine Xanthippe. Als er mit dem schwarzen Holzkasten auf dem Platz erschien, lief ein Murmeln durch die Reihen

* Abend vor Allerheiligen (31. Oktober)

der Dorfbewohner, und er winkte und rief: »Habe mich diesmal etwas verspätet, Leute.« Mr. Graves, der Postmeister, folgte ihm mit einem dreibeinigen Hocker in der Hand. Der Hocker wurde in die Mitte des Platzes gestellt, und Mr. Summers setzte den schwarzen Kasten darauf. Die Dorfbewohner hielten den üblichen Abstand zwischen sich und dem Hocker, und als Mr. Summers sagte: »Wollen einige von euch mir helfen?«, gab es ein kurzes Zaudern, bevor zwei Männer, Mr. Martin und sein ältester Sohn, Baxter, vortraten und den Kasten auf dem Hocker festhielten, während Mr. Summers die Zettel darin durchrührte.

Das ursprüngliche Drum und Dran der Lotterie war vor sehr langer Zeit in Vergessenheit geraten; aber der schwarze Kasten, der jetzt auf dem Hocker stand, war schon in Benutzung genommen worden, bevor Old Man Warner, der älteste Mann im Ort, das Licht der Welt erblickt hatte. Mr. Summers redete oft davon, daß man einen neuen Kasten anfertigen müßte, aber keiner von den Dorfbewohnern mochte auch nur soviel Tradition verwerfen, wie sie der schwarze Kasten repräsentierte. Man erzählte sich, daß bei der Herstellung des gegenwärtigen Kastens noch ein paar Stücke des alten verwendet worden waren, den die ersten Siedler bei der Gründung des Dorfes gemacht hatten. Jedes Jahr begann Mr. Summers nach der Lotterie wieder von einem neuen Kasten zu reden, aber jedes Jahr ließ man dieses Thema langsam wieder einschlafen, ohne daß etwas geschah. Der schwarze Kasten wurde von Jahr zu Jahr schäbiger; inzwischen war er schon nicht mehr völlig schwarz, sondern an verschiedenen Stellen ausgeblichen oder fleckig und an einer Seite ziemlich gesplittert, so daß die ursprüngliche Holztönung hervortrat.

Mr. Martin und sein ältester Sohn, Baxter, hielten

den schwarzen Kasten sicher auf dem Hocker fest, bis Mr. Summers die Zettel gründlich mit der Hand durchgerührt hatte. Da so vieles von dem Ritual vergessen oder abgelegt war, hatte Mr. Summers erfolgreich dafür plädiert, Papierzettel anstelle der Holzspäne einzuführen, die Generationen lang verwendet wurden. Holzspäne, so hatte Mr. Summers argumentiert, seien früher, als das Dorf noch wenige Bewohner zählte, gut und nützlich gewesen; jetzt aber, da die Bevölkerung auf über dreihundert gestiegen sei und wahrscheinlich weiter anwachse, sei es nötig geworden, ein Material zu benutzen, das sich leichter in dem schwarzen Kasten unterbringen ließe.

Am Abend vor der Lotterie machten Mr. Summers und Mr. Graves die Papierzettel fertig und warfen sie in den Kasten, der dann im Safe von Mr. Summers' Kohlenhandlung eingeschlossen wurde, bis Mr. Summers ihn am nächsten Morgen auf den Platz mitnahm. In der übrigen Zeit wurde der Kasten manchmal hier, manchmal dort untergebracht, wie es sich gerade fügte; ein Jahr lang hatte er in Mr. Graves' Scheune gelegen, ein anderes Jahr im Keller des Postamtes, und manchmal stellte man ihn auch einfach auf ein Bord in Mr. Martins Kolonialwarenladen und vergaß ihn dort.

Es gab stets noch eine Menge Getue, bis Mr. Summers die Lotterie als eröffnet erklären konnte. Da waren Listen aufzustellen – von den Oberhäuptern der Familien, von den Oberhäuptern der Haushalte innerhalb jeder Familie, von der Zahl der Mitglieder jedes Haushalts. Und da war die ordentliche Vereidigung von Mr. Summers, als dem offiziellen Leiter der Lotterie, durch den Postmeister. In früherer Zeit, so erinnerten sich noch manche Leute, hatte der damalige Leiter der Lotterie irgend etwas vorgetragen, ein mechanisches, eintöniges Lied, das jedes Jahr pflichtgemäß heruntergeleiert wurde; einige Leute glaubten, daß der Leiter der Lotterie nur so einfach dagestanden hätte, wenn er es aufsagte oder heruntersang, andere wieder meinten, daß er wohl zwischen den Leuten umhergegangen sei; aber im Laufe der Jahre war dieser Teil des Rituals schließlich erloschen. Außerdem hatte es auch einen rituellen Gruß gegeben, den der Leiter der Lotterie jedem bei der Anrede entbieten mußte, der zum Ziehen eines Loses an den Kasten trat; aber auch dies hatte sich mit der Zeit geändert, und heute hielt man es nur noch für notwendig, daß der Leiter der Lotterie jeden ansprach, der an den Kasten trat. Mr. Summers verrichtete dieses Amt großartig; und während er so, eine Hand auf den schwarzen Kasten gestützt, ununterbrochen auf Mr. Graves und die Martins einredete, machte er in seinem blendend weißen Hemd und den blauen Nietenhosen einen ganz untadeligen und wichtigen Eindruck.

Gerade als Mr. Summers schließlich zu reden aufhörte und sich zu den versammelten Dorfbewohnern umdrehte, kam Mrs. Hutchinson eilig den Weg zum Platz herunter und mischte sich hinten unter die Menge; ihre Wolljacke hatte sie lose über die Schultern geworfen.

»Reinweg vergessen, was für'n Tag wir heut haben«, sagte sie zu Mrs. Delacroix, die ihr am nächsten stand, und beide lachten leise. »Dachte, mein Alter ist hinten und schichtet Holz auf«, fuhr Mrs. Hutchinson fort, »und dann sah ich aus dem Fenster, und die Kinder waren fort; da fiel mir ein, daß heute der 27. ist, und ich rannte los.« Sie trocknete sich die Hände an ihrer Schürze ab, und Mrs. Delacroix sagte: »Du kommst nicht zu spät. Da vorn reden sie immer noch herum.«

Mrs. Hutchinson reckte ihren Hals, um in der Menge ihren Mann und ihre Kinder zu entdecken, und erblickte sie schließlich ziemlich weit vorn. Zum Abschied klopfte sie Mrs. Delacroix auf den Arm und begann sich einen

Weg durch die Menschen zu bahnen. Die Leute traten gutmütig zur Seite, um sie vorbeizulassen; zwei oder drei sagten, gerade laut genug, daß er sie durch die Menge verstehen konnte: »Hier kommt deine Frau, Hutchinson«, und »Bill, sie hat's doch noch geschafft.« Mrs. Hutchinson erreichte ihren Mann, und Mr. Summers, der darauf gewartet hatte, sagte fröhlich: »Ich dachte schon, wir müßten ohne dich anfangen, Tessie.« Mrs. Hutchinson meinte schmunzelnd: »Hätt'st es sicher nicht gern gesehen, wenn mein Abwasch im Ausguß liegen geblieben wäre, was, Joe?« Leises Lachen lief durch die Menge, während die Leute nach Mrs. Hutchinsons Ankunft wieder auf ihre Plätze rückten.

»Also gut«, sagte Mr. Summers mit geschäftsmäßiger Stimme, »ich glaube, wir fangen gleich an, damit wir's bald hinter uns haben und wieder an die Arbeit gehen können. Fehlt noch jemand?«

»Dunbar«, riefen mehrere Leute, »Dunbar, Dunbar.«

Mr. Summers befragte seine Liste. »Clyde Dunbar«, sagte er. »Das stimmt. Hat ein Bein gebrochen, nicht wahr? Wer zieht für ihn?«

»Ich«, antwortete eine Frau, und Mr. Summers drehte sich um, damit er sie ansehen konnte. »Ehefrau zieht für ihren Mann«, verkündete Mr. Summers. »Hast du keinen erwachsenen Sohn, der das für dich tun könnte, Janey?«

Obwohl Mr. Summers und jeder im Dorfe die Antwort schon im voraus kannte, war es die Pflicht des Leiters der Lotterie, solche Fragen förmlich zu stellen. Mr. Summers wartete mit dem Ausdruck höflichen Interesses, während Mrs. Dunbar antwortete.

»Horace ist noch nicht mal sechzehn«, sagte sie bedauernd. »Dieses Jahr muß ich wohl noch für meinen Alten eintreten.«

»Richtig«, sagte Mr. Summers. Er machte eine Notiz

auf der Liste, die er in der Hand hielt. »Zieht Watsons Junge dies Jahr?« fragte er dann.

Ein lang aufgeschossener junger Bursche in der Menge hob die Hand. »Hier«, antwortete er. »Ich ziehe für meine Mutter und mich.« Er blinzelte nervös mit den Augen und zog den Kopf ein, als verschiedene Stimmen in der Menge Bemerkungen wie »Braver Bursche, Jack«, und »Bin froh, daß deine Mutter einen Mann hat, der's für sie tut« machten.

»Schön«, meinte Mr. Summers, »damit wären wir wohl soweit. Hat's Old Man Warner geschafft?«

»Hier«, antwortete eine Stimme, und Mr. Summers nickte.

Eine plötzliche Stille senkte sich über die Menge, als Mr. Summers sich räusperte und auf die Liste blickte. »Alle bereit?« rief er. »Also, ich lese jetzt die Namen – zuerst die der Familienoberhäupter – und die Männer treten vor und nehmen einen Zettel aus dem Kasten. Behaltet das Papier zusammengefaltet in der Hand, bis alle drangewesen sind. Alles klar?«

Die Leute hatten es schon so oft getan, daß sie den Anweisungen nur mit halbem Ohr lauschten, die meisten waren still, benetzten ihre Lippen, sahen sich nicht um. Dann hob Mr. Summers eine Hand hoch über den Kopf und sagte: »Adams.« Ein Mann löste sich aus der Menge und trat vor. »Hei, Steve«, grüßte ihn Mr. Summers, und Mr. Adams antwortete: »Hei, Joe.« Sie grinsten einander an, nervös und humorlos. Dann griff Mr. Adams in den schwarzen Kasten und nahm einen gefalteten Zettel heraus. Während er sich umwandte und hastig an seinen Platz in der Menge zurückging, hielt er den Zettel krampfhaft an einer Ecke fest. Ein wenig abseits von seiner Familie blieb er stehen, vermied es aber, auf das Papier in seiner Hand zu blicken.

»Allen«, las Mr. Summers. »Andrews . . . Bentham . . .«

»Es kommt einem vor, als ob überhaupt keine Zeit mehr zwischen den Lotterien liegt«, sagte Mrs. Delacroix zu Mrs. Graves in der hintersten Reihe. »Man meint, wir hätten die letzte erst vorige Woche hinter uns gebracht.«

»Die Zeit verfliegt wirklich schnell«, meinte Mrs. Graves.

»Clark . . . Delacroix . . .«

»Da geht mein Alter«, sagte Mrs. Delacroix. Sie hielt den Atem an, während ihr Mann vortrat.

»Dunbar«, las Mr. Summers, und Mrs. Dunbar trat aufrecht an den Kasten, während eine der Frauen sagte: »Nur zu, Janey«, und eine andere, »da geht sie.«

»Wir sind die nächsten«, sagte Mrs. Graves. Sie beobachtete, wie Mr. Graves von der Seite des Kastens nach vorn herumging, ernst Mr. Summers grüßte und einen Zettel aus dem Kasten wählte.

Fast überall in der Menge standen jetzt Männer mit kleinen, gefalteten Zetteln, die sie nervös in ihren großen Händen um und um drehten. Mrs. Dunbar und ihre zwei Söhne standen dicht beieinander, und Mrs. Dunbar hielt das Los.

»Harburt . . . Hutchinson . . .«

»Mach zu, Bill«, sagte Mrs. Hutchinson, und die Leute in ihrer Nähe lachten.

»Jones . . .«

»Man sagt«, wandte sich Mr. Adams an Old Man Warner, der neben ihm stand, »daß sie im Dorf oben im Norden davon reden, sie wollten die Lotterie abschaffen.«

Old Man Warner schnaubte verächtlich. »Pack von verrückten Narren«, sagte er. »Wenn man auf das junge Volk hören würde, für die ist nichts gut genug! Nächstens werden sie wieder in Höhlen leben und keiner mehr arbeiten wollen, einfach mal so eine Zeit dahinleben. Gab mal ein Sprichwort ›Im Juni Lotterie, und wird Korn fehlen nie‹. Sonst werden wir bald alle geschmorte Vogelmieren und Eicheln essen müssen. Es hat *immer* eine Lotterie gegeben«, fügte er gereizt hinzu. »Schlimm genug, wenn man zusehen muß, wie der junge Joe Summers da vorn mit jedem seine Witzchen macht.«

»Einige Orte haben die Lotterie schon abgeschafft«, sagte Mr. Adams.

»Nichts als Unglück gibt das«, entgegnete Old Man Warner standhaft. »Junges Narrenpack.«

»Martin ...« Und Bob Martin sah, wie sein Vater vortrat. »Overdyke ... Percy ...«

»Sie sollten sich mehr beeilen«, sagte Mrs. Dunbar zu dem älteren ihrer beiden Söhne. »Sie sollten sich mehr beeilen.«

»Sie sind schon fast durch«, entgegnete ihr Sohn.

»Halt dich bereit, damit du gleich zu Vater laufen und berichten kannst«, sagte Mrs. Dunbar.

Mr. Summers las laut seinen eigenen Namen, trat vor, wie es sich gehörte, und wählte einen Zettel aus dem Kasten. Dann rief er: »Warner.«

»Siebenundsiebzig Jahre habe ich an der Lotterie teilgenommen«, sagte Old Man Warner, als er durch die Menge schritt. »Siebenundsiebzig Jahre.«

»Watson ...« Der große Junge kam schüchtern nach vorn. Jemand sagte: »Sei nicht nervös, Jack«, und Mr. Summers meinte: »Laß dir Zeit, Sohn.«

»Zanini ...«

Eine lange Pause setzte ein, eine atemlose Pause, bis Mr. Summers seinen Zettel in die Höhe hielt und sagte: »Fertig, Leute.« Eine Minute lang bewegte sich niemand, und dann wurden alle Lose gleichzeitig geöffnet. Alle Frauen begannen plötzlich auf einmal zu reden: »Wer ist es? Wer hat es? Die Dunbars? Die Watsons?« Und dann: »Hutchinson hat es. Bill – Bill Hutchinson hat es.«

»Lauf und erzähl es deinem Vater«, sagte Mrs. Dunbar zu ihrem ältesten Sohn.

Die Leute begannen sich nach den Hutchinsons umzusehen. Bill Hutchinson stand ganz still und starrte auf das Papier in seiner Hand. Plötzlich schrie Tessie Hutchinson Mr. Summers an: »Du hast ihm nicht genug Zeit gelassen zum Wählen. Ich hab's gesehen. Es war nicht fair.«

»Sei kein Spielverderber, Tessie«, rief Mrs. Delacroix, und Mrs. Graves meinte: »Wir haben alle die gleiche Chance gehabt.«

»Sei still, Tessie«, sagte Bill Hutchinson.

»Also gut, Leute«, sagte Mr. Summers, »das haben wir ja schön schnell geschafft, aber nun müssen wir uns noch etwas mehr beeilen, wenn wir rechtzeitig fertig werden wollen.« Er sah in seiner nächsten Liste nach. »Bill«, fuhr er fort, »du ziehst für die Hutchinson-Familie. Hast du noch mehr Haushalte in der Familie?«

»Don und Eva sind noch da!« schrie Mrs. Hutchinson. »Sie sollen mit uns die Chance teilen!«

»Töchter ziehen mit der Familie ihres Ehemannes, Tessie«, sagte Mr. Summers freundlich. »Du weißt das doch genau so wie wir alle.«

»Es war nicht *fair*«, entgegnete Tessie.

»Du hast recht, Joe«, sagte Bill Hutchinson bedauernd. »Meine Tochter zieht mit der Familie ihres Ehemannes, das ist nur fair. Und außer den Kindern hab' ich keine Familie.«

»Soweit es die Familie betrifft, mußt du also ziehen«, erklärte Mr. Summers, »und soweit es die Haushalte betrifft, auch. Richtig?«

»Richtig«, bestätigte Bill Hutchinson.

»Wie viele Kinder, Bill?« fragte Mr. Summers der Form halber.

»Drei«, antwortete Bill Hutchinson. »Bill junior, Nancy und der kleine Dave. Und Tessie und ich.«

»Fertigmachen, also«, ordnete Mr. Summers an. »Harry, hast du ihre Zettel eingesammelt?«

Mr. Graves nickte und hielt die Zettel hoch. »Wirf sie in den Kasten«, sagte Mr. Summers. »Und nimm auch Bills Zettel und wirf ihn hinein.«

»Ich meine, wir sollten noch einmal von vorn anfangen«, sagte Mrs. Hutchinson so ruhig sie konnte. »Ich sage euch, es war nicht *fair*. Du hast ihm nicht genug Zeit zum Wählen gelassen. *Alle* haben das gesehen.«

Mr. Graves hatte die fünf Zettel genommen und warf sie in den Kasten; alle andern ließ er auf den Boden fallen, wo der leichte Wind sie faßte und forttrug.

»Hört her, alle«, sagte Mrs. Hutchinson zu den Leuten um sie herum.

»Fertig, Bill?« fragte Mr. Summers, und Bill Hutchinson warf einen schnellen Blick auf seine Frau und seine Kinder und nickte.

»Denkt dran«, erinnerte sie Mr. Summers, »nehmt die Zettel und laßt sie gefaltet, bis jeder einen gezogen hat. Harry, du hilfst dem kleinen Dave.« Mr. Graves nahm die Hand des kleinen Jungen, der willig mit ihm an den Kasten kam. »Nimm ein Papier aus dem Kasten, Davy«, sagte Mr. Summers. Davy steckte seine Hand in den Kasten und lachte. »Nimm aber nur *ein* Papier«, ermahnte ihn Mr. Summers. »Harry, halt du es für ihn.« Mr. Graves ergriff die Hand des Kindes und nahm das gefaltete Papier aus der zugepreßten Faust; er hielt es fest, während der kleine Dave neben ihm stand und verwundert zu ihm aufblickte.

»Nancy als nächste«, sagte Mr. Summers. Nancy war zwölf, und ihre Schulfreundinnen atmeten schwer, als sie vortrat, ihren Rock schwingend, und zierlich einen Zettel aus dem Kasten zog. »Bill junior«, sagte Mr. Summers, und Bill, mit rotem Gesicht und viel zu großen Füßen, warf fast den Kasten um, als er einen Zettel herausfischte. »Tessie«, sagte Mr. Summers. Einen Moment lang zögerte sie, blickte trotzig um sich, preßte dann aber die Lippen zusammen und schritt auf den Kasten zu. Sie griff hastig einen Zettel heraus und hielt ihn hinter den Rücken.

»Bill«, sagte Mr. Summers, und Bill Hutchinson langte in den Kasten, fühlte umher und brachte schließlich seine Hand mit dem Zettel zum Vorschein.

Die Menge verharrte schweigend. Ein Mädchen flüsterte: »Hoffentlich ist es nicht Nancy«, und ihr Flüstern war bis in die äußersten Reihen zu hören.

»Es ist alles nicht mehr wie früher«, sagte Old Man Warner vernehmlich. »Die Menschen sind nicht mehr so wie früher.«

»Fertig«, sagte Mr. Summers. »Öffnet die Papiere. Harry, du machst das von Klein-Dave auf.«

Mr. Graves faltete das Papier auseinander, und ein allgemeines Aufseufzen lief durch die Menge, als er es über den Kopf hielt und jedermann sehen konnte, daß es weiß war. Nancy und Bill junior öffneten ihre Zettel gleichzeitig, und beide strahlten und lachten, drehten sich zur Menge um und hielten die Zettel hoch.

»Tessie«, sagte Mr. Summers. Es gab eine Pause.

»Tessie«, sagte Mr. Summers. Es gab eine Pause. Schließlich blickte Mr. Summers Bill Hutchinson an, und Bill faltete seinen Zettel auseinander und zeigte ihn. Er war weiß.

»Es ist Tessie«, sagte Mr. Summers; seine Stimme klang belegt. »Zeig uns ihren Zettel, Bill.«

Bill Hutchinson trat zu seiner Frau und nahm ihr mit Gewalt den Zettel aus der Hand. Ein schwarzer Fleck war darauf – der schwarze Fleck, den Mr. Summers am Abend zuvor mit dem dicken Bleistift im Büro der Kohlenhandlung gemacht hatte. Bill Hutchinson hielt ihn hoch, und eine Bewegung lief durch die Menge.

»Macht euch fertig, Leute«, sagte Mr. Summers. »Wir wollen rasch zum Ende kommen.«

Wenn die Dorfbewohner auch das Ritual vergessen und den ursprünglichen schwarzen Kasten verloren hatten, so wußten sie doch noch Steine zu gebrauchen. Der Steinhaufen, den die Jungen in der Frühe zusammengetragen hatten, war bereit; und auf dem Boden, zwischen den flatternden Zetteln aus dem Kasten, lagen Steine. Mrs. Delacroix suchte sich einen so großen aus, daß sie ihn mit beiden Händen aufheben mußte; sie drehte sich zu Mrs. Dunbar um. »Komm«, sagte sie. »Beeil dich.«

Mrs. Dunbar hielt kleine Steine in beiden Händen; nach Luft schnappend, antwortete sie: »Ich kann nicht laufen. Lauf du schon voran, ich komme nach.«

Alle Kinder hatten bereits Steine, und jemand gab dem kleinen Davy Hutchinson ein paar Kiesel.

Tessie Hutchinson stand jetzt in der Mitte eines freien Platzes und streckte verzweifelt die Hände aus, als die Dorfbewohner auf sie eindrangen. »Es ist nicht fair«, sagte sie. Ein Stein traf sie seitlich an den Kopf.

»Macht zu, macht zu, alle«, rief Old Man Warner. Steve Adams war an der Spitze der Menge und Mrs. Graves neben ihm.

»Es ist nicht fair! Es ist nicht recht!« schrie Tessie Hutchinson. Und dann waren sie über ihr.

A. M. BURRAGE

Die Wachsfigur

Während die livrierten Diener die letzten Nachzügler durch die große doppelte Glastür von ›Marriners Wachsfiguren-Kabinett‹ hinausbegleiteten, saß der Manager in seinem Büro und unterhielt sich mit Raymond Hewson.

Der Manager war ziemlich jung, blond und mittelgroß. Er verstand es, sich anzuziehen, so daß er äußerst elegant, aber nicht stutzerhaft wirkte. Raymond Hewson war ein ganz anderer Typ. Sein Anzug – sicher war er gut gewesen, als er neu war, und er sah auch jetzt sorgsam gebügelt und gebürstet aus – wies bereits Anzeichen dafür auf, daß sein Besitz langsam aber sicher im Kampf mit dem Leben unterlag. Er war ein kleiner, blasser Mensch mit dünnem, wirrem Haar, und obwohl er sehr vernünftig, ja sogar nachdrücklich sprach, hatte er den etwas mißtrauischen Blick und die verteidigende Haltung eines Mannes, der an Ablehnung gewöhnt ist. Er sah so aus, wie er tatsächlich war: ein etwas über das Mittelmaß begabter Mensch, den sein Mangel an Selbstsicherheit zum Versager machte.

Der Manager sprach.

»Ihre Bitte ist mir nichts Neues«, sagte er. »Tatsächlich haben wir sie schon ziemlich vielen Leuten abgeschlagen – meistens jungen Burschen, die eine Wette eingehen wollten. Das kommt etwa dreimal in jeder Woche vor.

Wir haben nichts zu gewinnen, aber etwas zu verlieren, wenn wir jemandem erlauben, die Nacht in unserer ›Mörderhöhle‹ zuzubringen. Wenn ich einwillige, und so ein junger Esel verliert dabei den Verstand – stellen Sie sich vor, in welche Lage ich geriete! Aber Sie sind Journalist, und das ändert natürlich die Situation.«

Hewson lächelte. »Sie meinen, ein Journalist hat nicht viel Verstand zu verlieren?«

»Nein, nein«, lachte der Manager, »aber man hält ihn irgendwie für einen Menschen mit Verantwortungsgefühl. Außerdem haben wir in diesem Fall etwas zu gewinnen: Publizität und Reklame.«

»Genau!« sagte Hewson. »Und damit kommen wir vielleicht zu einem Einverständnis.«

Der Manager lachte wieder.

»Oh«, rief er, »ich weiß schon, was jetzt kommt: Sie wollen doppelt bezahlt sein – oder? Vor Jahren pflegte man zu erzählen, Madame Tussaud habe einem Mann hundert Pfund dafür geboten, allein in ihrer Schreckenskammer zu schlafen. Ich hoffe, Sie sind nicht der Meinung, daß wir ein solches Angebot gemacht hätten. Hmmm – für welche Zeitung schreiben Sie, Mr. Hewson?«

»Ich bin zur Zeit ... freier Mitarbeiter«, gestand Hewson, »ich arbeite spaltenweise für verschiedene Zeitungen. Immerhin dürfte es mir keine Schwierigkeiten machen, diese Geschichte unterzubringen. Das ›Morning-Echo‹ würde bestimmt geradezu darauf fliegen. ›Eine Nacht bei Marriners Mördern‹ – es gibt keine Zeitung, die das ablehnen würde.«

Der Manager rieb sich das Kinn.

»Ah! Und wie wollen Sie die Sache anfassen?«

»Es muß natürlich eine schauerliche Geschichte werden; schauerlich – mit einem winzigen rettenden Schuß von Humor.«

Der andere nickte und bot Hewson eine Zigarette an.

»Nun gut, Mr. Hewson«, sagte er. »Bringen Sie Ihre Geschichte beim ›Morning Echo‹ an – dann wartet hier eine Fünfpfundnote darauf, daß Sie kommen und sie abholen. Aber zunächst: es ist keine geringe Prüfung, der Sie sich da unterziehen wollen. Es wäre mir lieb, Ihrer völlig sicher zu sein – und vor allem müssen Sie sich Ihrer selbst völlig sicher sein ... Ich gestehe offen, ich selbst würde es nicht gern probieren. Ich habe diese Figuren bekleidet und unbekleidet gesehen, ich kenne die genaue Prozedur ihrer Herstellung. Ich kann in Gesellschaft da unten so unbekümmert umhergehen, als stünden ebensoviele Kegel da; aber es wäre mir scheußlich, allein dort unten bei ihnen zu schlafen.«

»Warum?« fragte Hewson.

»Ich weiß nicht. Ohne Grund eigentlich. Ich glaube nicht an Geister. Wenn ich es täte, würde ich eher erwarten, daß sie am Schauplatz ihrer Verbrechen spuken würden, oder an der Stelle, wo man sie eingescharrt hat, jedoch nicht in einem Keller, der zufällig ihr wächsernes Ebenbild beherbergt. Aber ich möchte einfach nicht die ganze Nacht da zwischen ihnen sitzen, wo sie mich scheinbar so anstarren wie – nun, wie sie es eben tun. Schließlich stellen sie den niedrigsten und schrecklichsten Typ der Menschheit dar, und – obwohl ich das nicht öffentlich sagen würde – die Leute, die sie ansehen kommen, haben meistens auch nicht die edelsten Motive. Die ganze Atmosphäre des Orts ist widerlich – und wenn Sie für Atmosphäre empfänglich sind, Mr. Hewson, warne ich Sie: Sie sehen einer höchst peinlichen Nacht entgegen.«

Das hatte Hewson schon in dem Augenblick gewußt, als ihm diese Idee kam. Ihm wurde ganz elend bei dieser Aussicht, aber er lächelte dem Manager gleichmütig zu. Er hatte eine Frau und eine Familie zu erhalten, und er hatte im vergangenen Monat von kleinen Artikelchen gelebt, die er mit seinen rapide abnehmenden Ersparnissen abrundete; hier war eine Chance, die er nicht auslassen konnte – das Honorar für eine besondere Geschichte im ›Morning Echo‹ und eine Fünfpfundnote dazu... Das bedeutete für ihn geradezu Reichtum und Luxus, eine Woche lang, und Befreiung von den ärgsten Sorgen für vierzehn Tage. Außerdem, wenn er die Geschichte gut schriebe, konnte sie ihm ein Angebot einer festen Beschäftigung einbringen.

»Missetäter – und Zeitungsleute haben einen schweren Weg«, sagte er. »Ich habe mich bereits auf eine unangenehme Nacht vorbereitet, weil Ihre Mörderhöhle keineswegs wie ein Hotelzimmer eingerichtet sein kann. Aber ich glaube nicht, daß mich Ihre Wachsfiguren sonderlich stören werden.«

»Sie sind nicht abergläubisch?«

»Kein bißchen.« Hewson lachte.

»Aber Sie sind Journalist – Sie müssen doch eine lebhafte Phantasie haben.«

»Die Zeitungsverleger, für die ich arbeite, behaupten immer, daß ich überhaupt keine habe. Einfache Tatsachen werden in unserem Beruf nicht für ausreichend gehalten, und die Zeitungen bieten ihren Lesern nicht gern Brot ohne Butter an.«

Der Manager lächelte und stand auf.

»Gut«, sagte er. »Ich glaube, jetzt sind die letzten Leute gegangen. Warten Sie einen Augenblick. Ich werde anordnen, daß die Figuren nicht zugedeckt werden, und werde den Nachtwächtern sagen, daß Sie hier sind. Dann führe ich Sie hinunter und zeige Ihnen alles.«

Er ging zum Haustelefon, sprach hinein und legte den Hörer wieder auf.

»Eine Bedingung muß ich Ihnen freilich noch stellen,

fürchte ich«, sagte er. »Ich muß Sie bitten, nicht zu rauchen. Wir hatten heute unten in der Mörderhöhle schon einen Feueralarm – ich weiß nicht, wer ihn gegeben hat – jedenfalls war er falsch. Zum Glück waren um die Zeit nur wenige Leute unten, sonst hätte es eine Panik gegeben. Und nun, wenn Sie bereit sind, können wir gehen.«

Hewson folgte dem Manager durch ein halbes Dutzend Räume, in denen die Diener damit beschäftigt waren, alle Figuren einzuhüllen – die Könige und Königinnen von England, die Generäle und hervorragenden Staatsmänner dieser und anderer Generationen, die ganze bunte Herde von Menschenwesen, deren Berühmt- oder Berüchtigtsein sie für diese Art der Unsterblichkeit geeignet machte. Einmal blieb der Manager stehen und sprach zu einem Mann in Livree; er sagte etwas über einen bequemen Lehnsessel in der Mörderhöhle.

»Das ist alles, was wir für Sie tun können, fürchte ich«, sagte er zu Hewson. »Ich hoffe nur, Sie werden dennoch ein wenig schlafen können.«

Er führte Hewson durch eine offene Barriere eine schlechtbeleuchtete Kellertreppe hinunter, die den düsteren Eindruck machte, daß sie in ein Burgverlies führe. In einem Gang unten befanden sich einige vorbereitende Schrecknisse – Werkzeuge der Inquisition, eine Streckfolter aus einer mittelalterlichen Burg, Brandeisen, Daumenschrauben und andere Erinnerungen an eine Zeit der Grausamkeit von Mensch zu Mensch. Hinter dem Gang war die Mörderhöhle.

Es war ein unsymmetrischer Raum mit gewölbter Dekke, nur matt erleuchtet durch elektrische Lampen, die hinter eingelassenen Milchglasschalen brannten. Es war absichtlich ein unheimlicher, unbehaglicher Raum – ein Raum, dessen bloße Atmosphäre den Besucher aufforderte, nur flüsternd zu sprechen. Es war etwas Kapellenartiges in der Luft – aber es war die Atmosphäre einer Kapelle, die nicht mehr frommen Zwecken diente, sondern in der man unfrommen, niedrigen Dingen huldigte.

Die Wachsfiguren der Mörder standen auf niedrigen Piedestalen mit numerierten Schildern zu ihren Füßen. Hätte man sie anderswo gesehen, ohne zu wissen, wen sie darstellten, so hätte man sie für eine langweilig-unerfreuliche Gesellschaft gehalten, besonders bemerkenswert durch die Schäbigkeit ihrer Kleidung, die einem den Wechsel der Mode selbst unter den Unmodischen vor Augen führte.

Bekannte Bösewichter aus letzter Zeit rieben ihre staubigen Schultern an denen früherer ›Berühmtheiten‹. Thurtell, der Mörder von Weir, sah in einer Schaufenstergeste erstarrt zu dem jungen Byswater hinüber. Daneben Lefroy, der arme, einfältige kleine Snob, der aus Gewinnsucht mordete, um den Gentleman spielen zu können; ein paar Meter von ihm entfernt saß Mrs. Thompson, die erotische Romantikerin, die man gehenkt hatte, um die britischen Matronen aus dem Mittelstand zu befriedigen; Charles Peace, das einzige Mitglied dieses düsteren Vereins, das unverhohlen böse aussah, grinste höhnisch über den Gang hin zu Norman Thorne hinüber. Browne und Kennedy, die beiden zuletzt Gekommenen, standen zwischen Mrs. Dyer und Patrick Mahon.

Der Manager, der Hewson herumführte, zeigte ihm die interessantesten dieser unheimlichen Berühmtheiten.

»Dies ist Crippen; Sie haben ihn sicher erkannt, eine unbedeutende kleine Bestie – sieht aus, als wenn er keinem Wurm etwas zuleide tun könnte. Und dies hier ist Armstrong. Sieht wie ein anständiger, harmloser Edelmann aus, nicht wahr? Und das ist der alte Vaquier; unverkennbar durch seinen Bart. Und dies ist natürlich –«

»Wer ist das?« fragte Hewson flüsternd und deutete auf eine andere Figur.

»Oh, den wollte ich Ihnen gerade zeigen«, sagte der Manager mit einem leichten Unterton. »Kommen Sie her, sehen Sie ihn genau an. Er ist unser Star. Er ist der einzige aus der ganzen Gesellschaft, der nicht gehenkt worden ist.«

Die Figur, auf die Hewson gezeigt hatte, war die eines kleinen, schmächtigen Mannes, nicht größer als fünf Fuß. Er trug ein kleines gewichstes Schnurrbärtchen, eine große Brille und einen Kragenmantel. In seiner Erscheinung war etwas so übertrieben Französisches, daß er Hewson an eine Bühnenkarikatur erinnerte. Er hätte nicht genau sagen können, was ihn an diesem sanften Gesicht so abstieß, aber er war einen Schritt zurückgewichen und es kostete ihn sogar in Gesellschaft des Managers eine erhebliche Anstrengung, wieder hinzusehen.

»Aber wer ist es denn?« fragte er.

»Das«, sagte der Manager, »ist Dr. Bourdette.« Hewson schüttelte unsicher den Kopf.

»Ich glaube, ich habe den Namen gehört«, sagte er, »aber ich habe vergessen, in welchem Zusammenhang.«

Der Manager lächelte.

»Wenn Sie Franzose wären, würden Sie sicher seiner erinnern«, sagte er. »Er war ziemlich lange der Schrecken von Paris. Seine Arbeit bestand darin, tagsüber die Leute zu heilen und bei Nacht Kehlen durchzuschneiden, wenn ihn gerade die Lust dazu überkam. Er mordete aus dem nackten, teuflischen Vergnügen, das ihm das Morden bereitete, und immer auf die gleiche Weise – mit einem Rasiermesser. Nach seinem letzten Verbrechen hinterließ er eine Spur, die die Polizei auf seine Fährte setzte. Ein Anhaltspunkt ergab den nächsten Anhaltspunkt, und es dauerte nicht lange, da wußte man, daß man es mit einem

Pariser Pendant zu ›Jack the Ripper‹ zu tun hatte; man besaß Beweise genug, um ihn ins Irrenhaus oder auf die Guillotine zu bringen, wegen einem Dutzend von Mordfällen.

Aber selbst dann war unser Freund noch klüger als die Polizei. Als er merkte, daß sich das Netz um ihn zuzog, verschwand er auf geheimnisvolle Weise, und seither wird er von den Behörden aller Länder gesucht. Zweifellos ist es ihm gelungen, sich selbst umzubringen, und durch irgendein Mittel, das seine Leiche unauffindbar machte. Seit er verschwunden ist, haben noch ein oder zwei Morde dieser Art stattgefunden, aber man nimmt mit Sicherheit an, daß er tot ist, und die Experten meinen, daß diese Wiederholungen das Werk eines Imitators sind. Es ist doch seltsam, nicht wahr, daß jeder berüchtigte Mörder Nachahmer findet?«

Hewson schauderte und trat von einem Fuß auf den andern.

»Er gefällt mir durchaus nicht!« gestand er. »Huuu – was für Augen hat dieser Mensch!«

»Ja, diese Figur ist ein kleines Meisterstück. Die Augen beißen einen geradezu, nicht wahr? Nun, auch das ist ausgezeichnet realistisch, denn Bourdette war außerdem Hypnotiseur, und vermutlich hypnotisierte er seine Opfer, ehe er sie beseitigte. Hätte er es nicht getan, so bliebe es unbegreiflich, wie ein so kleiner Mensch diese schauerliche Arbeit tun konnte ... man hat an keinem seiner Opfer die Spur eines Kampfes gefunden.«

»Eben dachte ich, er bewegte sich«, sagte Hewson mit stockender Stimme.

Der Manager lächelte wieder.

»Ich fürchte, Sie werden mehr als eine optische Täuschung erleben, ehe die Nacht um ist. Übrigens werde ich Sie nicht einschließen lassen. Sie können jederzeit heraufkommen, wenn Sie genug haben. Wir haben ein paar Nachtwächter im Haus, also werden Sie Gesellschaft finden. Erschrecken Sie nicht, wenn Sie sie herumgehen hören. Es tut mir leid, daß ich Ihnen keine bessere Beleuchtung stellen kann – es brennen alle Lampen. Wir halten aus begreiflichen Gründen diesen Raum so düster wie möglich. Und jetzt kommen Sie lieber noch mit mir ins Büro und trinken Sie einen Whisky, ehe Sie Ihre Nachtwache anfangen.«

Der Mann vom Nachtdienst, der den Armsessel für Hewson brachte, war ein Spaßvogel. »Wo wollen Sie ihn haben, Sir?« fragte er schmunzelnd. »So? Damit Sie ein Schwätzchen mit Crippen machen können, wenn Ihnen das Stillsitzen langweilig wird? Oder so? Da sitzt Mütterlein Dyer und macht Ihnen schöne Augen, grade als wenn sie gern ein bißchen Gesellschaft hätte! Sagen Sie nur wo, Sir.«

Hewson lächelte. Die Witzchen des Mannes gefielen ihm – wenn auch nur, weil sie wenigstens im Augenblick der ganzen Angelegenheit etwas erstrebenswert Alltägliches liehen.

»Ich suche mir schon einen Platz«, sagte er. »Schönen Dank. Zuerst muß ich herausbekommen, ob es irgendwo zieht.«

»Hier unten wohl kaum. Also – gute Nacht, Sir. Wenn Sie mich brauchen – Sie finden mich oben. Lassen Sie sich bloß von keinem von hinten beschleichen, und lassen Sie Ihren Hals nicht von ihren kalten, feuchten Fingern anrühren! Nehmen Sie sich vor der alten Madame Dyer in acht – ich glaube, sie hat ein Auge auf Sie geworfen!«

Beide lachten, und Hewson wünschte dem Mann gute Nacht. Es war leichter, als er gedacht hatte. Er schob den Armsessel – ein schweres altes Möbel, mit Plüsch bezogen – ein wenig den Mittelgang hinunter und drehte ihn absichtlich so, daß er dem Ebenbild Dr. Bourdettes den Rücken kehrte. Aus irgendwelchen unerklärlichen Gründen mißfiel ihm Dr. Bourdette sehr viel mehr als seine Gefährten. Während er sich den Sessel zurechtstellte, war er fast noch heiter, aber als die Schritte des Nachtwächters sich entfernt hatten und eine tiefe Stille sich über den Raum senkte, wurde ihm klar, daß er keine geringe Kraftprobe vor sich hatte.

Das matte, unbewegliche Licht fiel auf die Reihen von Wachsfiguren, die so unheimlich menschlich wirkten, daß das Schweigen etwas Unnatürliches und sogar Schauerliches bekam. Er vermißte das Geräusch eines Atems, das Rascheln von Kleidern, die hundert kleinen Laute, die man vernimmt, wenn eine Ansammlung von Menschen plötzlich verstummt. Aber die Luft war so tot und still wie das Wasser auf dem Grund eines stagnierenden Teiches. Nicht ein Hauch war im Raum, der einen Vorhang bewegte, in einer Draperie geraschelt oder einen Schatten zum Schwanken gebracht hätte. Das einzige, dem er eine Bewegung abschmeicheln konnte, war sein eigener Schatten, wenn er einen Arm oder ein Bein regte. Wohin das Auge blickte, war alles still; wohin sein Ohr horchte, war alles stumm. ›So muß es auf dem Meeresboden sein‹, dachte er, und überlegte, wie er diesen Satz in seinem morgigen Artikel unterbringen könnte.

Er faßte sich ein Herz und betrachtete gelassen die finsteren Gestalten. Es waren doch nur Wachsfiguren! Solange er diesen Gedanken allen anderen voranstellte, mußte alles gut gehen. Jedoch auch dieser Vorsatz schützte ihn nicht lange vor dem Unbehagen, das ihm der wächserne Blick von Dr. Bourdette bereitete, der (das wußte er ganz genau) von hinten auf ihn gerichtet war. Die Augen der kleinen französischen Wachsfigur verhöhnten und peinigten ihn, und er zuckte förmlich vor Begierde, sich umzuwenden und nachzusehen.

›Unsinn!‹ dachte er. ›Ich fange jetzt schon an, nervös zu werden! Wenn ich mich umdrehe und diesen künstlichen Popanz ansehe, wäre das schon ein Eingeständnis meiner Feigheit.‹

Dann sprach eine andere Stimme in seinem Hirn.

›Du willst dich bloß nicht umdrehen, weil du Angst hast!‹

Ein paar Sekunden stritten die beiden inneren Stimmen schweigend, und am Ende rückte Hewson seinen Stuhl ein wenig herum und sah hinter sich.

Gegen die andern Figuren in ihren steifen, unnatürlichen Posen stach der fürchterliche kleine Doktor merkwürdig und ins Auge fallend ab – vielleicht nur, weil ein unbewegter Lichtstrahl direkt auf ihn herabfiel. Hewson zuckte zurück vor dem Spottbild der Sanftmut, das ein infernalisch geschickter Künstler hier in Wachs festgehalten hatte; eine quälende Sekunde lang begegnete er dem Blick der Gestalt, dann drehte er sich wieder um und sah nach der anderen Richtung.

»Er ist bloß eine Wachsfigur, wie ihr alle!« murmelte er trotzig. »Ihr seid alle bloß Wachsfiguren!«

Sie waren bloß Wachsfiguren, gewiß. Aber Wachsfiguren bewegen sich nicht. Zwar hatte er nirgends die kleinste Bewegung gesehen, aber es kam ihm vor, als sei in den paar Augenblicken, als er sich umgesehen hatte, eine winzige Veränderung in der Gruppierung der Figuren der vordersten Reihe vor sich gegangen. Dr. Crippen zum Beispiel hatte sich anscheinend mindestens um einen Grad nach links gedreht. Nein, dachte Hewson, diese Einbildung kam daher, daß er den Sessel nicht wieder in genau dieselbe Stellung gerückt hatte. Aber auch Field und Grey ... bestimmt hatte einer von ihnen seine Hand bewegt! Hewson hielt ein paar Sekunden den Atem an, dann raffte er wieder seinen Mut zusammen, mühsam, wie ein Mann ein schweres Gewicht anhebt. Er erinnerte sich der Worte, die mehr als ein Redakteur über ihn gesagt hatte, und lachte höhnisch vor sich hin.

»Und die wollen behaupten, daß ich keine Phantasie hätte!« flüsterte er mit zusammengebissenen Zähnen.

Er nahm einen Schreibblock aus der Tasche und schrieb rasch:

»Mem. – Todesschweigen und unirdische Stille der Figuren. Wie auf dem Grund des Meeres. Hypnotische Augen – Dr. Bourdette. Figuren scheinen sich zu bewegen, wenn man nicht hinsieht.«

Er klappte den dünnen Block plötzlich über seine Finger und blickte schnell und angstvoll über seine rechte Schulter. Er hatte keine Bewegung gehört oder gesehen, aber es war, als habe ihm ein sechster Sinn etwas zugetragen. Er sah direkt in das leere Gesicht Lefroys, der ihn töricht anlächelte, als wolle er ausdrücken: »Ich war es nicht!«

Natürlich war er es nicht. Natürlich war es keiner von ihnen. Es waren lediglich seine Nerven. Oder...? Hatte sich Crippen nicht wieder gerührt, während er seine Aufmerksamkeit auf etwas anderes gerichtet hatte? Man durfte dem kleinen Kerl nicht trauen! Sobald man einmal den Blick von ihm ließ, benutzte er die Gelegenheit, um seine Stellung zu verändern. Aber das taten sie alle, sobald er nicht hinsah! Hewson erhob sich halb aus seinem Sessel. Nein, das tat nicht gut! Er wollte gehen. Er hatte nicht die Absicht, die Nacht mit einer Schar von Wachsfiguren zu verbringen, die sich bewegten, wenn er nicht hinsah...

Hewson setzte sich wieder. Nein, das war einfach feige. Feige und lächerlich. Sie *waren* doch bloß Wachsfiguren, und sie *konnten* sich nicht bewegen. Diesen Gedanken mußte er festhalten – dann würde alles gut gehen. Aber warum umgab ihn eine solche heimliche Unruhe? Ein gewisses, unbestimmbares Etwas in der Luft, das die Stille nicht ganz brach und, nach welcher Richtung er auch blickte, genau hinter die Grenze seines Gesichtsfeldes entwich ...

Er drehte sich schnell um und begegnete dem milden, aber unheilvollen Blick des Doktor Bourdette. Dann riß er unerwartet den Kopf herum und starrte direkt auf Crippen. Ha! Diesmal hätte er ihn beinahe ertappt! »Seien Sie lieber vorsichtig, Crippen ... und ihr andern alle auch! Wenn ich sehe, daß sich einer von euch bewegt, schlage ich ihn einfach kurz und klein – verstanden?!«

Nein, nein – er mußte weggehen! Er hatte bereits genug erlebt, um eine Geschichte – Unsinn, um zehn Geschichten zu schreiben, wenn es darauf ankam. Also warum sollte er nicht weggehen? Das ›Morning Echo‹ brauchte nicht zu wissen, wie lange er hiergewesen war, und würde sich nicht darum kümmern, wenn seine Geschichte nur gut war! Ja, aber der Mann vom Nachtdienst oben würde ihn auslachen. Und der Manager ... man konnte nie wissen ... vielleicht würde der Manager ihm etwas von den fünf Pfund herunterhandeln, die er so nötig brauchte. Ob Rose wohl schon schlief? Oder lag sie wach und dachte an ihn? Sie würde lachen, wenn er ihr erzählte, was er sich alles eingebildet hatte ...

Nein, jetzt ging es wirklich zu weit! Es war schlimm genug, daß die Wachsfiguren der Mörder sich bewegten, wenn man sie nicht beobachtete, aber es war unerträglich, daß sie auch noch *atmeten!* Denn jemand atmete ... Oder war es nur sein eigener Atem, der sich so anhörte, als käme er aus einiger Entfernung? Er setzte sich steif aufrecht und horchte und horchte, bis er endlich tief ausatmete. Nun also – es war sein eigener Atem gewesen ...

oder aber . . *etwas* hatte erraten, daß er mit angehaltenem Atem lauschte und hatte ebenfalls den Atem angehalten.

Hewson warf den Kopf rasch herum und sah sich mit hohlem, gehetztem Blick um. Überall begegneten seine Augen den leeren wächsernen Gesichtern, und überall spürte er, daß er um den Bruchteil einer Sekunde etwas verpaßt hatte – eine Handbewegung, das Zucken eines Fußes, das stumme Öffnen oder Zusammenpressen eines Mundes, das Flackern eines Augenlides, einen Blick menschlichen Lebens, der nun wieder erloschen war. Sie waren wie ungezogene Kinder in einer Schulklasse, sie flüsterten, rührten sich und lachten hinter dem Rücken des Lehrers, saßen aber still und unschuldig da, sobald er sie ansah.

Nein, nein, so ging es nicht weiter! Er war einfach unmöglich! Er mußte etwas Festes haben, seine Gedanken auf etwas konzentrieren, das absolut zur alltäglichen Welt gehörte, in das Tageslicht der Londoner Straßen! Er war Raymond Hewson, ein erfolgloser Journalist, ein lebender, atmender Mensch, und diese Figuren ringsum waren Attrappen, Wachsfiguren, die weder flüstern noch sich bewegen konnten! Es war doch gleichgültig, daß man sie für die lebensgetreuen Abbilder von Mördern hielt. Sie waren nur aus Wachs und Sägespänen gemacht und standen hier, um pathologische Gaffer und zuckerstangenlutschende Schaulustige zu unterhalten. So . . . das war besser! Übrigens, wie war doch die komische Geschichte, die ihm gestern jemand im Café Falstaff erzählt hatte . . .

Er erinnerte sich an einen Teil davon, aber nicht an alles, weil der Blick Dr. Bourdettes ihn drängte, herausforderte und endlich zwang, sich umzudrehen.

Er wendete halb den Kopf, und dann schwang er den Sessel herum, so daß er dem Besitzer dieser schrecklichen hypnotischen Augen Angesicht zu Angesicht gegenüber war. Er hatte selbst die Augen wild aufgerissen, und sein Mund, der erst erschrocken gegrinst hatte, hob sich an den Ecken zu einem wütend höhnischen Knurren; als Hewson sprach, weckte er hundert düstere Echos.

»Verdammt sollst du sein – du hast dich bewegt!« schrie er. »Ja, du hast dich bewegt, zum Teufel! Ich hab's gesehen!«

Dann saß er ganz still und starrte vor sich hin, wie ein Mensch, den man erfroren im Schnee der Arktis findet.

Dr. Bourdettes Bewegungen waren gemächlich. Er stieg mit gezierter Sorgfalt von seinem Piedestal, wie eine Dame aus dem Autobus steigt. Die Plattform stand etwa zwei Fuß über dem Boden, und über der Kante hing ein plüschbezogenes Seil in geschwungenen Bögen. Dr. Bourdette hob das Seil hoch, bis es einen Bogen bildete, unter dem er hinaustreten konnte, stieg von der Plattform herab und setzte sich Hewson gegenüber auf den Rand. Dann nickte er, lächelte und sagte: »Guten Abend!«

»Ich brauche Ihnen kaum zu sagen«, fuhr er in perfektem Englisch fort, in dem nur ein ganz leiser ausländischer Akzent war, »daß ich, bis ich die Unterhaltung zwischen Ihnen und dem trefflichen Manager dieses Etablissements anhörte, keine Ahnung hatte, daß ich hier diese Nacht das Vergnügen eines Gefährten haben würde! Sie können sich nicht bewegen oder sprechen, wenn ich es Ihnen nicht befehle, aber Sie können mich ausgezeichnet hören. Eine innere Stimme sagt mir, daß Sie – soll ich's so nennen – nervös sind! Mein lieber Herr, bilden Sie sich nichts ein! Ich bin keine dieser lächerlichen Wachsfiguren, die auf geheimnisvolle Weise lebendig geworden ist. Ich bin Dr. Bourdette selbst.«

Er hielt inne, hustete ein wenig und bewegte die Beine.

»Entschuldigen Sie mich«, fuhr er fort, »aber ich bin ein wenig steif. Und lassen Sie mich erklären: Umstände, mit denen ich Sie nicht langweilen möchte, haben es wünschenswert für mich gemacht, in England zu leben. Ich war heute abend ziemlich nahe an diesem Haus, als ich merkte, daß mich ein Polizist eine Idee zu genau beobachtete. Ich erriet, daß er beabsichtigte, mir zu folgen und mir vielleicht ein paar peinliche Fragen zu stellen, deshalb mischte ich mich unter die Menge und kam hier mit herein. Eine Extramünze brachte mich in diesen Raum, in dem wir uns jetzt befinden, und eine Inspiration zeigte mir ein Mittel, mich in Sicherheit zu bringen.

Ich rief ›Feuer! Feuer!‹, und als all diese Narren zur Treppe gelaufen waren, entkleidete ich mein Wachsbild seines Kragenmantels, den Sie mich jetzt tragen sehen, legte ihn selbst an, versteckte meine Wachsfigur hinter dem Piedestal und nahm ihren Platz ein. Ich gebe zu, daß ich inzwischen einen höchst anstrengenden Abend verbracht habe, aber zum Glück wurde ich nicht ständig beobachtet und fand Gelegenheit, ab und zu tief zu atmen und meine steifen Glieder ein wenig zu lockern. Ein kleiner Junge schrie auf und rief, er habe gesehen, daß ich mich bewegte. Ich hörte noch, daß man ihm versprach, ihn bei seiner Heimkehr zu züchtigen und sofort ins Bett zu stecken, und kann nur hoffen, daß diese Drohung auch ausgeführt worden ist.

Die Schilderung, die der Manager von mir gab – peinlicherweise war ich gezwungen, sie zu belauschen – war einseitig, aber durchaus nicht ungenau. Selbstverständlich bin ich nicht tot, obwohl es sehr günstig ist, wenn die Welt dies annimmt. Seine Beschreibung meiner ... kleinen Liebhaberei, der ich jahrelang nachgegangen bin, obzwar notgedrungen in letzter Zeit seltener, war im ganzen richtig, wenn auch nicht sehr intelligent gefaßt. Die Welt ist nämlich eingeteilt in Sammler und Nichtsammler. Mit letzteren brauchen wir uns nicht zu beschäftigen. Die Sammler aber sammeln eben irgend etwas, ihrem individuellen Geschmack entsprechend, vom Geld bis zur Zigarettenschachtel, von Motten bis zu Streichholzschachteln. Ich sammle Kehlen ...«

Er pausierte wieder und betrachtete Hewsons Kehle mit einem Interesse, in das sich leichtes Mißfallen mischte.

»Ich bin dem Zufall sehr verbunden, der uns heute nacht hier zusammengeführt hat«, fuhr er fort, »und vielleicht wäre es undankbar, wenn ich mich beklagte. Aus Gründen persönlicher Sicherheit mußte ich meine ... Sammeltätigkeit in den letzten Jahren etwas einschränken, und deshalb bin ich froh über diese Gelegenheit, meine ziemlich ungewöhnliche ... Grille zu befriedigen. Aber Sie haben einen sehr knochigen Hals, Sir, wenn Sie eine persönliche Bemerkung freundlichst entschuldigen wollen. Ich liebe Männer mit dicken Hälsen ... mit dicken roten Hälsen ...«

Er fuhr in die Innentasche des Mantels und holte etwas hervor, das er mit einem feuchten Zeigefinger probierte und dann sanft über der Fläche seiner linken Hand hin und herzog.

»Dies ist ein kleines französisches Rasiermesser«, bemerkte er freundlich. »In England braucht man sie selten, aber vielleicht kennen Sie sie? Man schärft sie an Holz. Die Klinge ist, wie Sie bemerken werden, sehr schmal. Sie schneiden nicht tief, aber tief genug. In ein paar Sekunden werden Sie's selbst sehen. Zunächst stelle ich Ihnen die kleine Höflichkeitsfrage aller höflichen Barbiere: ist Ihnen dieses Rasiermesser recht, Sir?«

Er erhob sich, eine kleine, aber bedrohliche Verkörperung des Bösen, und näherte sich Hewson mit dem leisen, verstohlenen Schritt eines jagenden Panthers.

»Wenn Sie die Güte hätten«, sagte er, »das Kinn ein wenig zu heben. Ja, danke. Noch ein wenig mehr. Ein klein wenig mehr. Aah – danke! ... Merci, M'sieur ... Ah, merci ... merci ...«

Über dem einen Ende des Raums war ein dickes Oberlicht aus Mattglas, das bei Tage ein paar kränkliche und verstreute Lichtstrahlen aus dem oberen Stock hereinließ. Nach Sonnenaufgang mischten sie sich mit dem unterdrückten Licht der elektrischen Birnen, und diese gemischte Beleuchtung erhöhte das Schauerliche einer Szene, die keiner Verstärkung an Schrecklichem mehr bedurfte.

Die Wachsfiguren standen apathisch auf ihren Plätzen und warteten darauf, von der Menge bewundert oder verwünscht zu werden, die gleich ängstlich zwischen ihnen umherwandern würde. In ihrer Mitte, im Hauptgang, saß Hewson, weit in seinen Armsessel zurückgelehnt. Sein Kinn war hochgereckt, als erwarte er, von einem Barbier bedient zu werden, und obwohl man keinen Kratzer an seiner Kehle oder irgendwo an seinem Körper fand, war er kalt und tot. Seine früheren Redakteure hatten sich geirrt, als sie ihm die Phantasie absprachen.

Dr. Bourdette auf seinem Piedestal betrachtete den Toten völlig ungerührt. Er bewegte sich nicht – er war gar nicht fähig, sich zu bewegen. Aber schließlich und endlich war er ja nur eine Wachsfigur.

ERNEST HEMINGWAY

Die Killer

Die Tür von Henry's Eßlokal öffnete sich, und zwei Männer kamen herein. Sie setzten sich an die Theke.

»Was bekommen Sie?« fragte sie George.

»Ich weiß nicht«, sagte der eine Mann. »Was willst du essen, Al?«

»Ich weiß nicht«, sagte Al. »Ich weiß nicht, was ich essen will.«

Draußen wurde es dunkel. Die Straßenbeleuchtung vor dem Fenster ging an. Die beiden Männer an der Theke lasen die Speisekarte. Nick Adams beobachtete sie vom andern Ende der Theke her. Als sie hereinkamen, hatte er sich mit George unterhalten.

»Ich nehme gebratene Schweinslende mit Apfelmus und Kartoffelbrei«, sagte der erste Mann.

»Das ist noch nicht fertig.«

»Verflucht nochmal, wozu schreibt ihr's auf die Karte?«

»Das ist das Abendessen«, erklärte George. »Das können Sie um sechs Uhr haben.«

George sah auf die Uhr hinter der Theke.

»Es ist fünf Uhr.«

»Die Uhr zeigt zwanzig Minuten nach fünf«, sagte der zweite Mann.

»Sie geht zwanzig Minuten vor.«

»Zum Teufel mit der Uhr«, sagte der erste Mann. »Was habt ihr zu essen?«

»Ich kann Ihnen jede Sorte von belegten Broten geben«, sagte George. »Sie können Eier mit Schinken, Eier mit Speck, Leber und Speck oder Steak haben.«

»Geben Sie mir Hühnerkroketten mit grünen Erbsen und Sauerkraut und Kartoffelbrei.«

»Das ist das Abendessen.«

»Alles, was wir wollen, ist das Abendessen, was? Das ist ja'n feiner Betrieb.«

»Ich kann Ihnen Eier mit Schinken, Eier mit Speck, Leber ...«

»Ich werde Eier mit Schinken essen«, sagte der Mann, der Al hieß. Er trug eine Melone und einen schwarzen, über der Brust zugeknöpften Überzieher. Sein Gesicht war klein und weiß, und er hatte schmale Lippen. Er trug ein seidenes Halstuch und Handschuhe.

»Geben Sie mir Eier mit Speck«, sagte der andere Mann. Er war ungefähr ebenso groß wie Al. Ihre Gesichter waren verschieden, aber sie waren wie Zwillinge angezogen. Beide trugen Mäntel, die ihnen zu eng waren. Sie saßen vornübergelehnt da, mit den Ellbogen auf der Theke.

»Gibt's was zu trinken?« fragte Al.

»Apfelwein, Limonade und Ginger Ale«, sagte George.

»Ich meine, ob es hier was zu *trinken* gibt?«

»Nur das, was ich gesagt habe.«

»Dies ist eine tolle Stadt«, sagte der andere. »Wie heißt sie denn?«

»Summit.«

»Je von gehört?« fragte Al seinen Freund.

»Nein«, sagte sein Freund.

»Was macht man hier abends?« fragte Al.

»Man ißt das Abendessen«, sagte sein Freund. »Alle kommen her und essen das fabelhafte Abendessen.«

»Das stimmt«, sagte George.

»So, du findest also, daß das stimmt?« fragte Al George.

»Sicher.«

»Du bist ein ganz heller Junge, was?«

»Sicher«, sagte George.

»Na, das bist du nicht«, sagte der andere kleine Mann. »Nicht wahr, Al?«

»Er ist dämlich«, sagte Al. Er wandte sich an Nick. »Wie heißt du denn?«

»Adams.«

»Noch ein heller Junge«, sagte Al. »Was, Max, ist er nicht ein heller Junge?«

»Die Stadt wimmelt nur so von hellen Jungens«, sagte Max.

George setzte die zwei Platten, die eine mit Eiern und Schinken und die andere mit Eiern und Speck, auf die Theke. Er stellte zwei kleine Schüsseln mit Bratkartoffeln daneben und schloß den Schalter nach der Küche.

»Welches ist Ihr's?« fragte er Al.

»Kannst du dich nicht erinnern?«

»Eier mit Schinken.«

»'n richtig heller Junge«, sagte Al. Er beugte sich vor und nahm seine Eier mit Schinken. Beide Männer aßen mit Handschuhen. George beobachtete sie beim Essen.

»Was glotzt *du* denn an?« Max sah George an.

»Gar nichts.«

»Zum Teufel nochmal. Du hast mich angeglotzt.«

»Vielleicht tat's der Junge aus Jux, Max«, sagte Al. George lachte.

»*Du* brauchst nicht zu lachen«, sagte Max zu ihm. »*Du* brauchst ganz und gar nicht zu lachen, verstehste?«

»In Ordnung«, sagte George.

»So, er findet, daß das in Ordnung ist.« Max wandte sich an Al. »Er findet alles in Ordnung. Das ist ausgezeichnet.«

»Der ist 'n Philosoph«, sagte Al. Sie aßen weiter.

»Wie heißt denn der helle Junge da hinten an der Theke?« fragte Al Max.

»He, heller Junge«, sagte Max zu Nick, »du, geh mal mit deinem Busenfreund da hinter die Theke.«

»Was soll das Ganze?« fragte Nick.

»Soll gar nichts.«

»Geh lieber, heller Junge«, sagte Al. Nick ging hinter die Theke.

»Was soll denn das Ganze?« fragte George.

»Geht dich 'n Dreck an«, sagte Al. »Wer ist draußen in der Küche?«

»Der Nigger.«

»Was soll das heißen, der Nigger?«

»Der Nigger, wo kocht.«

»Sag ihm, er soll reinkommen.«

»Was soll denn das?«

»Sag ihm, er soll reinkommen.«

»Wo glaubst du denn, daß du bist?«

»Wir wissen verflucht genau, wo wir sind«, sagte der Mann, der Max hieß. »Sehen wir dämlich aus?«

»Du red'st dämlich«, sagte Al zu ihm. »Zum Teufel nochmal, was stellst du dich denn mit dem Bengel hin? Hör mal«, sagte er zu George. »Sag dem Nigger, er soll reinkommen.«

»Was wollt ihr denn mit ihm machen?«

»Nichts. Brauch doch deinen Verstand, heller Junge. Was sollen wir schon mit 'nem Nigger machen?«

George öffnete die Klappe, die in die Küche ging, und rief: »Sam, komm mal einen Moment rein.«

Die Küchentür öffnete sich, und der Nigger kam herein.

»Was ist denn?« fragte er. Die beiden Männer an der Theke musterten ihn.

»Gut, Nigger, bleib du mal da stehen«, sagte Al.

Sam, der Nigger, stand in seiner Schürze da und sah die beiden Männer an, die an der Theke saßen. »Jawohl, mein Herr«, sagte er. Al stieg von seinem Hocker herunter.

»Ich gehe mit dem Nigger und dem hellen Jungen in die Küche«, sagte er. »Los, zurück in die Küche, Nigger. Heller Junge, du kommst mit.« Der kleine Mann ging hinter Nick und Sam, dem Koch, hinaus in die Küche. Die Tür schloß sich hinter ihnen. Der Mann, der Max hieß, saß George am andern Ende der Theke gegenüber. Er sah George nicht an, sondern sah in den Spiegel, der hinter der Theke entlanglief. Man hatte ›Henry's‹ aus einer Bar zu einem Eßlokal gemacht.

»Na, heller Junge«, sagte Max, während er in den Spiegel blickte. »Warum sagst du nicht was?«

»Worum dreht sich denn das Ganze?«

»He, Al«, rief Max. »Der helle Junge möchte gern wissen, worum sich das Ganze dreht.«

»Warum erzählst du's ihm nicht?« kam Als Stimme aus der Küche.

»Was glaubst du denn, worum sich das Ganze dreht?«

»Ich weiß nicht.«

»Was glaubst du denn?«

Max sah die ganze Zeit über, während er sprach, in den Spiegel.

»Das sag' ich nicht.«

»He, Al, der helle Junge sagt, er will nicht sagen, worum sich seiner Meinung nach das Ganze dreht.«

»Ich kann genau hören, was ihr sagt«, sagte Al aus der Küche. Er hielt die Klappe, durch die die Schüsseln in die Küche geschoben werden, mit einer dazwischen geklemmten Ketchupflasche offen. »Hör mal, heller Junge«, sagte er aus der Küche zu George. »Stell dich mal da an der Theke ein bißchen weiter unten hin. Und du ’n bißchen mehr nach links, Max.« Er war wie ein Fotograf, der eine Gruppenaufnahme stellt.

»Erzähl mir was, heller Junge«, sagte Max. »Was glaubst du denn, was passieren wird?«

George sagte nichts.

»Ich werd’s dir sagen«, sagte Max. »Wir wollen einen Schweden killen. Kennst du einen großen Schweden, der Ole Andreson heißt?«

»Ja.«

»Der kommt hier jeden Abend zum Essen her, nicht wahr?«

»Er kommt manchmal.«

»Er kommt so um sechs, nicht wahr?«

»Wenn er kommt.«

»Das wissen wir alles, heller Junge«, sagte Max. »Reden wir von was anderem. Gehste oft ins Kino?«

»Hin und wieder.«

»Solltest häufiger ins Kino gehen. Für einen hellen Jungen wie dich ist Kino das Wahre.«

»Warum wollt ihr Ole Andreson killen? Was hat er euch denn getan?«

»Hat nie Gelegenheit gehabt, uns was zu tun. Noch nicht mal gesehen hat er uns.«

»Und er wird uns nur einmal sehen«, sagte Al aus der Küche.

»Warum wollt ihr ihn denn killen?« fragte George.

»Wir killen ihn für einen Freund. Nur um einem Freund einen Gefallen zu tun, heller Junge.«

»Halt den Mund«, sagte Al aus der Küche. »Du redest zu viel, verflucht nochmal.«

»Na, ich muß doch den hellen Jungen bei Laune halten. Muß ich doch, was, heller Junge?«

»Du redest zu viel, verflucht nochmal«, sagte Al. »Der Nigger und mein heller Junge halten sich allein bei Laune. Ich hab' sie wie zwei Freundinnen in der Klosterschule aneinandergebunden.«

»Nehme an, du warst in 'nem Kloster?«

»Kannste nie wissen.«

»Du warst in 'nem koschern Kloster. Natürlich! Das warst du.«

George sah auf die Uhr.

»Wenn jemand reinkommt, sagst du ihm, daß der Koch Ausgang hat. Und wenn einer nicht locker läßt, sag ihm, daß du rausgehen und selber kochen wirst. Hast du das verstanden, heller Junge?«

»Gut«, sagte George. »Was habt ihr denn nachher mit uns vor?«

»Das kommt drauf an«, sagte Max. »Das ist eine von den Sachen, die man niemals vorher weiß.«

George sah auf die Uhr. Es war ein Viertel nach sechs. Die Tür zur Straße öffnete sich. Ein Omnibuschauffeur kam herein.

»Tag, George«, sagte er. »Kann ich Abendbrot kriegen?«

»Sam ist aus«, sagte George. »Er ist ungefähr in einer halben Stunde zurück.«

»Dann geh ich lieber die Straße rauf woandershin«, sagte der Chauffeur. George sah auf die Uhr. Es war zwanzig nach sechs.

»So war's recht, heller Junge«, sagte Max. »Du bist ein richtiger kleiner Gentleman.«

»Er wußte, daß ich ihm 'ne Kugel durch den Kopf gejagt hätte«, sagte Al aus der Küche.

»Nein«, sagte Max. »Das war's nicht. Der helle Junge ist nett. Er ist ein netter Junge. Er gefällt mir.«

Um sechs Uhr fünfundfünfzig sagte George: »Er kommt nicht.«

Noch zwei Leute waren in das Lokal gekommen. Einmal war George in die Küche hinausgegangen, um für einen Mann ein Schinken- und Eier-Sandwich zum Mitnehmen zu machen. In der Küche sah er Al, mit seiner Melone in den Nacken geschoben, auf einem Schemel neben dem Schiebefenster sitzen, mit dem Lauf seiner abgesägten Flinte auf der Holzleiste. Nick und der Koch standen Rücken an Rücken in einer Ecke, jeder mit einem Knebel im Mund. George hatte das Sandwich gemacht, in Butterbrotpapier gewickelt, in eine Tüte gesteckt und brachte es herein. Der Mann hatte bezahlt und war weggegangen.

»Der helle Junge kann auch alles!« sagte Max. »Kochen kann er und alles. Du würdest für manches Mädchen 'ne gute Frau abgeben, heller Junge.«

»So?« sagte George, »euer Freund Ole Andreson kommt heute nicht.«

»Wir werden ihm noch zehn Minuten Zeit lassen«, sagte Max.

Max beobachtete den Spiegel und die Uhr. Die Zeiger der Uhr standen auf sieben und dann auf fünf Minuten nach sieben.

»Komm, Al«, sagte Max. »Wir wollen lieber gehen. Der kommt nicht.«

»Wir wollen ihm noch fünf Minuten geben«, sagte Al aus der Küche.

Während der fünf Minuten kam ein Mann herein, und George setzte ihm auseinander, daß der Koch krank sei.

»Zum Teufel nochmal, warum besorgt ihr euch denn nicht einen anderen Koch?« sagte der Mann. »Habt ihr denn kein Eßlokal?« Er ging hinaus.

»Also los, Al«, sagte Max.

»Und was machen wir mit den beiden hellen Jungens und dem Nigger?«

»Die sind stieke.«

»Glaubst du?«

»Sicher. Damit wär'n wir fertig.«

»Das gefällt mir nicht«, sagte Al. »Das ist keine Sache nicht. Du red'st zu viel.«

»Zum Teufel nochmal, was denn!« sagte Max. »Wir müssen uns doch bei Laune halten, was?«

»In jedem Fall red'st du zu viel«, sagte Al. Er kam aus der Küche heraus. Die abgeschnittenen Läufe seiner Flinte bildeten unter der Taille seines zu eng anliegenden Überziehers einen kleinen Wulst. Er zog den Mantel mit seinen behandschuhten Händen glatt.

»Wiedersehen, heller Junge«, sagte er zu George. »Du hast Schwein.«

»Das ist wahr«, sagte Max. »Du solltest beim Rennen wetten, heller Junge.«

Die beiden gingen zur Tür hinaus. George beobachtete durch das Fenster, wie sie unter der Bogenlampe gingen und dann die Straße überquerten. Mit ihren engen Überziehern und Melonen sahen sie wie eine Varieténummer aus. George ging durch die Pendeltür nach hinten in die Küche und band Nick und den Koch los.

»Davon hab' ich genug«, sagte Sam, der Koch. »Davon hab' ich genug.«

Nick reckte sich. Er hatte noch nie zuvor einen Knebel im Mund gehabt.

»Na, so was!« sagte er, »zum Teufel nochmal!« Er suchte mit Schwadronieren darüber wegzukommen.

»Sie wollten Ole Andreson killen«, sagte George. »Sie wollten ihn erschießen, wenn er zum Essen kommt.«

»Ole Andreson?«

»Sicher.«

Der Koch befühlte mit dem Daumen seine Mundwinkel.

»Sind alle weg?« fragte er.

»Tja«, sagte George. »Jetzt sind sie weg.«

»Das gefällt mir nicht«, sagte der Koch. »Das gefällt mir ganz und gar nicht.«

»Hör mal«, sagte George zu Nick. »Du solltest lieber zu Ole Andreson gehen.«

»Schön.«

»Sie sollten sich lieber nicht in die Geschichte einmischen«, sagte Sam, der Koch. »Am besten, Sie haben nichts damit zu tun.«

»Geh nicht, wenn du nicht willst«, sagte George.

»Lassen Sie die Finger davon. Das führt zu nichts«, sagte der Koch. »Besser, Sie haben nichts damit zu tun.«

»Ich werd' zu ihm gehen«, sagte Nick zu George. »Wo wohnt er?«

Der Koch wandte sich ab.

»Kleine Jungen wissen immer, was sie tun wollen«, sagte er.

»Er wohnt im Hirsch'schen Logierhaus«, sagte George zu Nick.

»Ich werd' hingehen.«

Draußen schien das Bogenlicht durch die kahlen Zweige eines Baumes. Nick ging die Straße hinauf an den Trambahnschienen entlang und bog dann bei der nächsten Bogenlampe in eine Querstraße ein. Das dritte Haus die Straße rauf war Hirsch's Logierhaus. Nick ging die zwei Stufen hinauf und klingelte. Eine Frau kam an die Tür.

»Wohnt hier Ole Andreson?«

»Wollen Sie ihn sprechen?«

»Ja, wenn er zu Haus ist.«

Nick folgte der Frau die Treppe hinauf und einen Korridor entlang. Sie klopfte an eine Tür.

»Wer ist da?«

»Jemand, der Sie sprechen will, Mr. Andreson«, sagte die Frau.

»Ich bin's, Nick Adams.«

»Komm rein.«

Nick öffnete die Tür und ging ins Zimmer. Ole Andreson lag völlig angekleidet auf dem Bett. Er war Schwergewichtsboxer gewesen, und er war viel zu lang für das Bett. Er lag mit dem Kopf auf zwei Kissen. Er sah Nick nicht an.

»Was ist denn?« fragte er.

»Ich war bei ›Henry‹«, sagte Nick, »und zwei Kerle kamen rein und banden mich und den Koch, und sie sagten, daß sie dich killen würden.«

Es klang albern, als er es sagte. Ole Andreson sagte nichts.

»Sie sperrten uns in die Küche«, fuhr Nick fort. »Sie wollten dich erschießen, wenn du zum Essen reinkommst.«

Ole Andreson sah die Wand an und sagte nichts.

»George meinte, ich sollte lieber gehen und es dir sagen.«

»Ich kann nichts dran ändern«, sagte Ole Andreson.

»Ich werd dir beschreiben, wie sie aussahen.«

»Ich will nicht wissen, wie sie aussahen«, sagte Ole Andreson. Er sah die Wand an. »Danke, daß du hergekommen bist, um es mir zu erzählen.«

»Schon recht.«

Nick sah auf den großen Mann, der auf seinem Bett lag.

»Möchtest du, daß ich zur Polizei gehe?«

»Nein«, sagte Ole Andreson. »Das würde nichts nützen.«

»Kann ich nicht irgendwas tun?«

»Nein, man kann da nichts machen.«

»Vielleicht war es einfach Bluff?«

»Nein, das ist nicht einfach Bluff.«

Ole Andreson rollte hinüber zur Wand.

»Das einzige Dumme dran ist«, sprach er und sprach gegen die Wand, »daß ich mich einfach nicht entschließen kann, auszugehen. Ich bin den ganzen Tag über hier drin gewesen.«

»Kannst du nicht aus der Stadt weg?«

»Nein«, sagte Ole Andreson. »Ich hab' das ewige Hin und Her satt.«

Er sah die Wand an.

»Man kann jetzt nichts mehr dagegen tun.«

»Läßt es sich nicht irgendwie einrenken?«

»Nein. Bin reingeschliddert.« Er sprach immer mit derselben tonlosen Stimme. »Man kann nichts machen. Nachher werd' ich mich aufraffen und ausgehen.«

»Ich geh' wohl lieber zu George zurück und erzähl's ihm«, sagte Nick.

»Wiedersehen«, sagte Ole Andreson. Er sah Nick nicht an. »Und danke schön fürs Herkommen.«

Nick ging hinaus. Als er die Tür schloß, sah er Ole Andreson völlig angekleidet auf seinem Bett liegen und die Wand ansehen.

»Er ist den ganzen Tag über in seinem Zimmer gewesen«, sagte die Vermieterin unten. »Wahrscheinlich fühlt er sich nicht wohl. Ich hab' zu ihm gesagt: ›Mr. Andreson, Sie sollten an so einem schönen Herbsttag wie heute ausgehen und einen Spaziergang machen‹; aber er fühlte sich nicht danach.«

»Er will nicht ausgehen.«

»Es tut mir leid, daß er sich nicht wohl fühlt«, sagte die Frau. »Er ist ein schrecklich netter Mensch. Wissen Sie, er war früher einmal Boxer.«

»Ja, ich weiß.«

»Man würde es nie denken, wenn sein Gesicht nicht so

aussähe«, sagte die Frau. Sie standen und unterhielten sich grade hinter der Haustür. »Er ist so sanft wie ein Lamm.«

»Tja, also gute Nacht, Mrs. Hirsch«, sagte Nick.

»Ich bin nicht Mrs. Hirsch«, sagte die Frau. »Der gehört das Haus. Ich sehe nur für sie nach dem Rechten. Ich bin Mrs. Bell.«

»Also gute Nacht, Mrs. Bell«, sagte Nick.

»Gute Nacht«, sagte die Frau.

Nick ging die dunkle Straße hinauf bis zur Ecke unter der Bogenlampe und dann an den Trambahnschienen entlang, bis zu Henry's Eßlokal. George war drinnen, hinter der Theke.

»Hast du Ole gesprochen?«

»Ja«, sagte Nick. »Er sitzt in seinem Zimmer und will nicht ausgehen.«

Der Koch öffnete die Haustür, als er Nicks Stimme hörte.

»Ich will nicht mal davon hören«, sagte er und schloß die Tür.

»Hast du's ihm erzählt?« fragte George.

»Natürlich. Ich hab's ihm erzählt, aber er weiß genau, worum sich's dreht.«

»Was wird er tun?«

»Gar nichts.«

»Sie werden ihn killen.«

»Werden sie sicher.«

»Er war wohl in Chikago in irgendwas verwickelt.«

»Wahrscheinlich«, sagte Nick.

»Es ist eine verteufelte Sache!«

»Es ist eine scheußliche Sache«, sagte Nick.

Sie sagten nichts. George langte nach seinem Lappen und wischte die Theke ab.

»Was er wohl ausgefressen hat?« sagte Nick.

»Sicher wen reingelegt. Dafür killen sie einen.«

»Ich mache, daß ich hier aus der Stadt rauskomme«, sagte Nick.

»Ja«, sagte George. »Das ist wohl das Vernünftigste.«

»Ich kann das nicht aushalten, mir vorzustellen, wie er da in seinem Zimmer sitzt und wartet und genau weiß, daß er dran glauben muß. Es ist zu verflucht niederträchtig.«

»Na«, sagte George. »Am besten, du denkst nicht dran.«

JOHN METCALFE

Trauermarsch

Alf und der kleine George hatten Millbank Street und den westlichen Bogen des Flusses, vorbei an der Tate-Galerie, aus verschiedenen Gründen gewählt. Erstens mußten sie ihre Expedition heimlich durchführen und daher einen Weg wählen, an den Mutter nicht denken würde, wenn sie ihnen folgen wollte; zweitens glaubten sie, daß die Konkurrenz in diesem Bezirk leicht und der Ertrag an Kupfermünzen reichlich sein werde; drittens, und das war am unwiderstehlichsten, hatten sie diesen Weg noch nie eingeschlagen.

»Weiter als bis zur Brücke sind wir jedenfalls noch nie gewesen«, sagte der kleine George. »Dahinter sind an den Häusern überall Treppen mit Löwen drauf, hab' ich gesehn.«

Und an der belebten Kreuzung bei St. Stephen's Green hatte er plötzlich verwundert einen Atemzug ausgestoßen, der wie eine kleine Rauchwolke in der kühlen Luft hing. »Donnerwetter! Was glaubst du wohl, was diese Bobbies zu essen kriegen, daß sie so groß werden? Dreimal am Tag werden sie gefüttert, sag ich dir – und jedesmal ein ganzes Rumpsteak!«

Alf war einen Kopf größer als sein Bruder, magerer und schlanker, hatte aber die gleiche Stupsnase und ein genauso blasses, ziemlich welkes Gesicht und einen rotblonden Haarschopf.

»Komm weiter«, drängte er jetzt und fügte geringschätzig hinzu, »und steh und glotz nicht so wie ein dummer Junge! Wenn du so weitermachst, wirst du uns noch verraten, und alles ist für die Katz!« Er schob einen Karren aus einer Seifenkiste, gegen die seitlich und leicht schräg zwei Latten genagelt waren. Obgleich sie ursprünglich als Deichseln gedacht waren, benutzte er sie jetzt lieber zum Schieben, da George auf diese Weise leichter helfen konnte, indem er vorn an einer Leine zog.

Alf fiel ein Stein vom Herzen, als sie an den grobschlächtigen Gestalten der Polizisten vorbei waren. Einer von ihnen, der mit mürrischem Gesicht im Schnee auf und ab stapfte, hatte sie, wie er meinte, argwöhnisch und feindselig gemustert; es wäre töricht, ihn durch Herumstehen zum Fragen herauszufordern. Obgleich er selbst die Richtung ihres Ausflugs ausgedacht hatte, konnte Alf ein leichtes Unbehagen nicht ganz abschütteln.

Aber durch ihre Adern floß wie Feuer prickelnde Erregung – ein leichtes, lebhaftes und heiteres Gefühl des Geheimnisvollen – das Abenteuer. Vor einer Stunde hatten sie sich geräuschlos und mit klopfenden Herzen durch die Hinterpforte gestohlen und waren wie Verschwörer durch die Mews zum Flußufer geschlichen. George, der in den abgeschnittenen Hosen seines Vaters ein wenig fröstelte, hatte sofort loslaufen wollen; aber Alf, der Bedächtigere von beiden, hatte ihn zurückgehalten. Er meinte, daß Laufen trotz der Kälte nur Aufmerksamkeit erregen würde. Sicherer, man bummelte erst einmal scheinbar gleichgültig ein Stückchen.

Unter Richard Löwenherz blieb er einen Augenblick stehen und hauchte seine gefühllos gewordenen Fingerspitzen an.

»Oh-oh«, sagte der kleine George, während er sich die Arme über Kreuz um den Leib schlug und altklug zu der Statue hochblickte. »Auf *den* würde ich nicht fürs Derby tippen, Alf, den mit seinem ollen Schwert und den eisernen Handschuhen und all dem Kram. *Ih* ... hottehüh, alter Gaul!«

Sie blieben noch eine Minute in der winterlichen Stille stehen. Die Gesichter der Vorübergehenden waren vor Kälte gerötet, ihre Schritte klangen gedämpft. Die Novemberluft war rauh, und aus dem schmutzigen, bleifarbenen Himmel segelten hier und dort ein paar fette, wie verwischt aussehende Schneeflocken. Es wurde bereits dunkel. Irgendwoher aus der Richtung der Victoria Tower Gardens kam ein schwaches Prasseln und ein Aufflammen.

»Hah!« rief Alf aus. »Hast du das gesehen? Das war Feuerwerk. Wir woll'n lieber machen, daß wir weiterkommen.«

Halb im Laufschritt trabten sie die Millbank Street hinunter, sich immer dicht am Rinnstein haltend. Vor der Kunstgalerie machten sie wieder eine Pause. Hinter ihnen schlug Big Ben feierlich halb vier. Über den Fluß und über die stillen Straßen senkte sich eine grünliche Dämmerung. Die Statue von Millais, eingehüllt in einen Mantel schmutzigen Schnees, thronte wie wohlwollend, doch gespenstisch nahe darüber; und dazwischen schossen in wechselnden Farben smaragdene und rubinrote Feuerbälle aus einer großen Leuchtkugel durch die trübe Dämmerung.

»Dumme junge Grünschnäbel!« sagte Alf. »*Ich* würde am Vierten kein Feuerwerk abbrennen!«

George wippte ungeduldig auf seinen Zehenspitzen. »Jetzt«, drängte er, »jetzt!«

Alf blickte erst ihn und dann den Karren an, der ein ziemliches Stück länger war als eine gewöhnliche Seifenkiste. An diese Kiste hatte er sorgfältig die Räder eines ehemaligen Kinderwagens montiert, von denen eins noch seine Gummibereifung trug. Ein Teil des Raumes zwischen den Handgriffen war mit Brettern ausgeschlagen, die eine leicht ansteigende, couchähnliche Lehne bildeten. Ein lose mit Lumpen und Sackfetzen bedecktes Etwas füllte die ganze Kiste aus und ragte noch ein ganzes Ende die Lehne hinauf.

»In Ordnung«, sagte Alf. Während er die Hüllen löste, sprang der kleine George aufgeregt um ihn herum.

»Guter alter Gus! Alf, du warst wirklich nicht blöd, daß dir das eingefallen ist, wirklich nicht. Mein Teil von dem, was er einbringt, werd' ich für Feuerwerk verpulvern, das werd' ich.«

Befreit von den schützenden Lumpen lag da ein seltsames Ding. Auf der Lehne der hölzernen Kutsche ruhten, wie es schien, Kopf und Schultern eines winzigen Mannes. Aber wenn auch der zusammengekauerte Körper eine menschliche oder doch halbwegs menschenähnliche Form hatte, gebot das Gesicht darüber einer vorschnellen Beurteilung Einhalt. Es war rosig, puppenähnlich, und unter einer bodenlosen Melone musterte ein starrer Blick die Brüder. In der rasch fallenden Dämmerung waren seine Augen leer und ausdruckslos wie Kohlen oder Rußflecken. Das lange, ebenfalls schwarze Haar war in Höhe der Ohren zu einem grotesken ›Bubikopf‹ geschnitten.

George gab der heruntergekommenen Melone einen liebevollen Klaps. »Sieht der alte Knabe nicht prächtig aus, Elfie, he? Aber er muß lernen, sich zu benehmen, klar! Keine dummen Spässe heut' nacht, alter Gus, hörst du? Sonst kriegst du kein Abendbrot, wenn wir nach Hause kommen.«

Alf hatte aus seiner Jacke ein viereckiges Stück Pappe mit einem Bindfaden geholt. Das hing er nun sorgfältig um Gus' Hals, nachdem er ihm dazu für einen Augenblick den mißgestalteten Hut abgenommen hatte. Auf dem Plakat stand in großen Blockbuchstaben:

BITE SPENDEHN SIE
EINEN PEHNIE FÜR DEN GAI

Aus dem verhangenen Himmel fielen die Flocken jetzt rascher, dichter und stetiger. George, der zu hüpfen aufgehört hatte, um das Kunstwerk seines Bruders zu bewundern, nahm seine Leine wieder auf. »Welche Richtung?« fragte er. »Laß uns lieber anfangen, bevor's noch schlimmer wird. Außerdem, horch bloß mal! Hörst du's? Mit *denen* wolln wir doch nichts zu tun haben!«

Während sie sich wieder auf den Weg machten, wurde der Sinn seiner Worte deutlich. Aus der Ferne verfolgte sie ein abgerissener Singsang verschiedener Stimmen: »Bitte einen Penny ... einen Penny für den Guy* ...« Der kleine George, Schultern und Brust gegen die Zugleine gespannt, sprudelte empört heraus: »Bilden sich ein, daß sie was zusammenkriegen! Wetten, daß sie alle zusammen nicht mehr als einen Zehner machen? Jedenfalls nicht halb soviel wie wir!«

Doch erst nachdem sie zehn Minuten unterwegs waren, fiel der erste Penny in die Mütze, die Alf von seinem roten Wuschelkopf genommen hatte und bedeutungsvoll in Gus' Schoß gelegt hatte. Ein Matrose, der mit Zechbrüdern aus einem plötzlich hell erleuchteten Torweg trat, spuckte in hohem Bogen aus; und indem er die Kupfermünze in die Mütze warf, mengte er verschämt Gottlosigkeit mit Wohltätigkeit. Doch wen kümmerte das, da nun das Geldstück in der Kappe lag? Und nach diesem Beginn schien das Glück sie zu verfolgen. Ein alter Herr, wohlwollend durch seine Brillengläser blinzelnd, steu-

* Vgl. Fußnote zum Vorwort, Seite 11

erte einen weiteren Penny bei; und eine junge, in modisches Pelzwerk gekleidete Dame beschenkte Alf mit einem Sixpencestück, worauf ihr Lächeln im nächsten Augenblick plötzlich und auf sonderbare Weise verging. Schließlich blieb ein kleiner Mann mit einem Zylinderhut auf dem Kopf und einem aufgespannten Regenschirm stehen und bückte sich, um ein Zweipencestück in die Mütze zu legen, fuhr danach aber hastig wieder hoch. Alf glaubte, daß er gerade etwas sagen wollte, doch da sie weitereilten, mußte er sich damit zufriedengeben, fragend hinter ihnen herzuschauen.

»Zehn Pennies schon!« rief George voller Freude aus. »Hab' ich's dir nicht gesagt, Elfie? *Guter* alter Gus!«

Vom Flußufer weg bogen sie in eine lange Straße, in der ein Laternenanzünder gerade seine Runde begonnen hatte. Es war jetzt kälter geworden, die Luft schneidender, und der Schneefall noch dichter und regelmäßiger. Jede Lampe wurde beim Aufleuchten von einem wirbelnden weißen Lichthof wie ein Heiligenschein umkreist; jedoch von unten, gegen den gelblichen Leuchtkranz, sah jede herabtaumelnde Flocke schwarz aus. Mit Bestürzung bemerkte Alf, wie die Radspuren ihres Karrens und die Fußstapfen des kleinen George sich immer deutlicher in das Weiß der Straße einprägten.

»Wir müssen schnell irgendwohin, wo mehr Leute sind«, mahnte er mit zusammengezogenen Augenbrauen. »Sonst sind sie schon alle 'reingegangen, bevor wir hinkommen.«

Eine Zeitlang schien ihre Glückssträhne gerissen zu sein, aber sobald sie sich den Lichtern und dem geschäftigen Treiben einer belebteren Einkaufsgegend näherten, lächelte ihnen das Schicksal wieder. Die Schaufenster hinter dem wallenden, unaufhörlich fallenden Schneevorhang waren fröhlich geschmückt und strahlten blendend auf eine weiße, verrückte Welt. Überall begeisterte, prikkelnde Gesichter, und aus offenen Mündern stieß Atem in großen Wolken wie Dampf. Stimmen erklangen plötzlich aus dem Nichts, waren im nächsten Augenblick gedämpft und verloren, versanken seltsam im Nirgendwo. Sonderbare schreitende Gestalten traten einen Augenblick lang ins Helle, schüttelten silbrig glänzende Tropfen von Hüten und Mänteln, verschwanden wieder völlig.

Kupfermünze um Kupfermünze hatte Gus' Hort stetig zugenommen. Pennies und halbe Pennies wurden in die Mütze geworfen oder Alf in die Hand gedrückt, und die Leute, vom Schnee halb geblendet, blieben selten stehen, um sich den Karren und seinen Insassen genauer anzusehen. Mit hocherhobenem Kopf schritt der kleine George majestätisch und prächtig voran; in Tönen, die vor Triumph und Aufregung rauh klangen, rief er immer wieder die Worte auf der Papptafel aus. Bis um sechs Uhr die Bierkneipen öffneten, dachte Alf, würde es einträglicher und auch angenehmer sein umherzuziehen, als kalt und frierend ›auf der Stelle zu treten‹.

Einmal blieben sie ein paar Augenblicke unter einer Eisenbahnüberführung stehen, wo ein alter Mann mit einem Holzbein Akkordeon spielte. Zuerst dachte er wohl, daß ihre Gegenwart das Mitleid der Passanten ablenken und sein Geschäft schädigen würde; er betrachtete sie finster, und als seine drohenden Blicke keine Wirkung zeigten, begann er Grimassen zu schneiden und Flüche auf sie zu schleudern. Aber kurz darauf änderte sich sein Gesichtsausdruck. Sich räuspernd und herzhaft in die Tasten greifend, war er weitergehumpelt, doch schon nach ein, zwei Metern kam er zurück und legte einen Penny in die Mütze.

Weiter und weiter, durch brausende Wirbel, wild stäubende Wolken von kreisendem Weiß. Taumelnd und jagend, tanzend und sausend stoben die eisigen Flocken stechend in ihre Augen, krochen ihnen kalt und prickelnd den Nacken hinunter. George war immer noch übermütig und rief laut seinen Spruch, doch Alf trottete schweigend hinter ihm her. Irgend etwas sang in seinen Ohren, ließ seine Füße ermüden. Das ständige schwindelerregende Durcheinander des Schnees wurde in seinem Kopf zu einer albernen, stoßweisen Melodie. Es war dieselbe, die der alte Mann mit dem Holzbein gespielt hatte, und obwohl er sie durch Füßestampfen und Blasen in seine Hände zu verjagen suchte, tönte sie dumpf weiter in seinem Hirn.

Irgendwo zwischen Belgravia und Pimlico liefen sie in einen Haufen Gassenjungen, die ebenfalls kleine Karren schoben oder zogen. Wetteifernd mit Georges Refrain klangen die gleichen Worte von allen Seiten, denn mindestens ein Dutzend Kinder ›bearbeitete‹ hier gemeinsam die Nachbarschaft. »Bitte einen Penny ... einen Penny für den Guy.« Der Schnee fiel jetzt etwas weniger dicht, so daß man Feuerwerkskörper im Schutze einer Mütze oder eines aufgeschlagenen Mantels anzünden konnte. Das wechselnde Aufflackern grünen und karminroten Lichtes beleuchtete plötzlich Schelmengesichter, Grimassen und schwankende Köpfe. Grinsende Masken mit langen Nasen, knallroten Mündern und heraushängenden Zungen bewegten sich in grotesken Prozessionen durch die Nacht. Einmal fiel ein funkensprühender Schwärmer in Gus' Schoß, explodierte dort und versengte die schützenden Sackfetzen. Und im nächsten Augenblick prallte ein großer Schneeball auf Alfs Wange.

»Oh-oh!« rief der kleine George. »Was meinst, woll'n wir mitmachen mit der Bande – und uns auch Feuerwerk besorgen?«

Aber Alf schüttelte zu diesem Vorschlag den Kopf. »Komm weiter«, sagte er. »Woll'n zusehn, daß wir hier fortkommen. Morgen machen wir unser Feuerwerk, am richt'gen Tag.«

Er war auf einmal müde und völlig mutlos; warum, konnte er nicht sagen. Die Lider waren ihm schwer und seine Augen brannten, geblendet vom Widerschein des Lichts auf dem Schnee, und in seinen Ohren brauste auf- und abschwellend die Melodie, die der alte Mann gespielt hatte. Eine ferne Uhr schlug sechs. »Jetzt machen all die Kneipen auf, wir werden noch 'ne ganze Menge zusammenkriegen«, sagte der kleine George. »Wir brauchen bloß neben der Tür rumzustehen, un' dann – he, Elf«, unterbrach er sich plötzlich, »was is los mit dir?«

»Nichts«, antwortete Alf. »Ich mein' bloß, wir müssen langsam ans Nachhausegehn denken.«

»Was, nach Hause gehn? Wieso?« Georges Stimme klang verblüfft.

»Ja, ich geh' jetzt jedenfalls. Mir is kalt, sag' ich dir.« Aber nicht einmal sich selbst konnte er erklären, was ihn bedrückte. Er beugte sich vor, um den Schnee aus dem offenen Hut von Gus zu bürsten und von den Hüllen über seinen Armen und seiner Brust. Zu diesem Zweck hatten sie auch bisher ab und zu ihre Wanderung unterbrochen. Als seine Hand jetzt die eingeschrumpften Konturen unter den Lumpen fühlte, kroch ein mehr als nur körperlicher Schauer sein Rückgrat hoch.

»Mach, daß du weiterkommst!« wiederholte er grob seine Aufforderung. »Kannst wohl nicht hören, was ich sage?« Murrend nahm der kleine George die Leine wieder auf, die er während ihrer Unterhaltung hatte fallen lassen, und wandte sich mit schmollendem Gesicht wieder zurück in die Richtung, aus der sie gekommen waren.

In langsamem, einförmigem Trott zogen sie schweigend durch die Straßen, die abwechselnd gespenstisch verödet und verloren oder fröhlich und von glitzernden

Schaufenstern erhellt waren. George, der jetzt nicht mehr seinen Vers ausrief, war ebenfalls ernst geworden; und unter seiner widernatürlichen Schweigsamkeit grollte er seinem Bruder. In der einladenden Helle, die aus einer Kneipe oder einem Schaufenster strahlte, versuchte er von Zeit zu Zeit seinen Schritt zu verlangsamen, aber Alfs sofortiges scharfes Kommando ließ ihn wieder weitereilen. Auf diese Weise zogen sie vielleicht eine halbe Stunde lang dahin, bis sie das Flußufer erreichten.

Hier erst machten sie endlich eine Verschnaufpause. Es schneite fast gar nicht mehr. Nur dann und wann taumelte noch eine vereinzelte Flocke schwebend wie eine Feder herab. Der Himmel war sogar klar genug, daß sie die Sterne sehen konnten, und zu ihrer Rechten floß wie ein stählernes Band der Strom.

Der kleine George war verdrossen und quengelig. »Laß mich doch mal schieben«, jammerte er, »und nimm du die Leine. Ich hab's satt, die ganze Zeit bloß zu ziehen.«

Wo sie standen, war es dunkel, aber in dem fahlen, vom Schnee reflektierten Schimmer konnte er das Gesicht seines Bruders erkennen. Sein konzentrierter, angespannter Ausdruck jagte ihm Furcht ein.

»Elfie, was is los? Warum siehst du so komisch aus?« Er machte eine Pause und fügte dann flüsternd hinzu: »Ist's wegen *ihm*?«

»Wegen ihm? Natürlich nicht. Was soll mit *ihm* schon los sein? Ich hab' bloß deine dummen Fragen satt. Wir müssen zu Hause sein, bevor sie 'ne Suchmeldung starten, das is alles. Mach weiter!«

Alf legte entschlossen seine Hände auf die Griffe, und mit einem halb unzufriedenen, halb gehorsamen Seufzer begann George wieder zu ziehen. Sie hatten jedoch noch nicht mehr als ein Dutzend Schritte zurückgelegt, als sie wie durch einen gemeinsamen Instinkt plötzlich wieder stehenblieben. Irgend etwas ging in dem Karren vor, und ihre Augen begegneten sich einen Moment lang in einem gefrorenen Blick, bevor sie sich langsam senkten.

Unter den Lumpen und Sackfetzen war eine schwache, zuckende Bewegung erkennbar. Der Kopf von Gus hob sich etwas von seiner hölzernen Stütze. Ein merkwürdiges Geräusch wie ein leiser Schluckauf wiederholte sich dreimal und verstummte dann.

»Elfie, der alte Gussie muß krank geworden sein. 's ist genau wie im letzten Jahr, bevor er ins Spital mußte. Elfie, warum sagst du nichts?«

Aber Alf gab keine Antwort. Nicht er, sondern der kleine George schob den Karren schließlich unter die nächste Laterne. »Elfie«, rief er noch einmal dringender, »komm schnell! 's geht ihm sehr schlecht, sag ich dir. Wir müssen ihn nach Hause bringen.« Er hatte zaghaft eine Hand nach Gus' Schulter ausgestreckt, aber im selben Augenblick erschrak er und zog sie zurück, während er gleichzeitig ängstlich über die dunkle Straße starrte. »Schnell!« wiederholte er flüsternd, »Ich hör' jemand kommen – und jetzt seh' ich ihn.« Verzweifelt fügte er hinzu: »'s ist ein Polyp!«

Der Polizist, der stoisch seine freudlose Runde machte, hatte das Trio unter der Lampe bemerkt und war in der Tat von mehr als müßiger Neugier ergriffen. Weniger aus Verdacht, was sie dort trieben, als vielmehr um seine Langeweile ein wenig zu vertreiben, war er näher gekommen. Seine Haltung, als er majestätisch in den Lichtkreis schritt, war eher von herablassendem Wohlwollen als drohend.

Alf, der zurückgeblieben war und nun ein Stückchen hinter dem Polizisten folgte, blieb ein paar Schritte entfernt stehen. Er konnte sehen, wie der kleine George vor seinem natürlichen Gegner erstarrte und Verteidigungsstellung bezog, konnte sehen, wie die riesige Gestalt sich schwerfällig, langsam und mit würdevoller Neugier herabneigte.

Doch er selbst stand wie gebannt und bewegungslos. Eine seltsame Lähmung hielt ihn fest wie in einem Traum. Eine kleine Weile war die Gegenwart des Polizisten sogar beruhigend und tröstlich. Nicht, daß er glaubte, sie würden einer Tracht Prügel entgehen, wenn sie nach Hause kämen. Sie würden bestimmt Schläge bekommen, wenn Gus wirklich krank war und wieder ins Spital mußte. Er wußte, daß er selbst schuld war. Und dazwischen ging ihm verschwommen die Frage durch den Kopf, was aus dem Geld in der Mütze werden würde.

Doch als er sich schließlich zusammennahm und zögernd in den Lichtkreis trat, befiel ihn wieder ein vager Argwohn, eine dunkle Ungewißheit. Das Verhalten des Polizisten war nicht mehr scherzhaft, amüsiert. Sein neugieriger Gesichtsausdruck war zuerst verblüfft, dann zweifelnd, schließlich todernst – und irgendwie unerklärlich geworden.

Ein überwältigender Terror zerrte plötzlich an Alfs Gliedern, und er rannte vorwärts. Er packte den Arm seines Bruders, und Tränen, deren Grund er nicht deuten konnte, schossen in seine Augen.

Und jetzt begann auch der kleine George zu weinen, obwohl er immer noch nicht begriff.

EVELYN WAUGH

Miss Bella gibt eine Gesellschaft

Ballingar ist viereinhalb Stunden Bahnfahrt von Dublin entfernt, falls man am Broadstone-Bahnhof den Frühzug erreicht, und fünfeinviertel Stunden, wenn man bis zum Nachmittag wartet. Es ist die Marktstadt eines großen und verhältnismäßig dicht besiedelten Bezirks. Auf der einen Seite des Marktplatzes steht eine hübsche protestantische Kirche in neugotischem Stil aus dem Jahre 1820 und gegenüber die riesige, unvollendete katholische Kathedrale, die in einem unverantwortlichen architektonischen Stil-Salat angelegt wurde, wie er den Herzen transmontaner Frömmler teuer zu sein scheint. Auf den Fronten der Geschäftshäuser, die den Platz auf den andern beiden Seiten abschließen, beginnen schlecht und recht gemalte gälische Lettern die Stelle der lateinischen Buchstaben einzunehmen. Die Läden handeln alle mit den gleichen Waren in verschieden abgestuften Verfalls-Erscheinungen: Mulligans Laden, Flannigans Laden, Rileys Laden – jeder verkauft schwere schwarze Stiefel, die in Bündeln aufgehängt sind, und seifigen Auslandkäse und Eisenwaren und Schnittwaren, Öl und Sattelzeug, und jeder hat eine Lizenz, daß er Ale und Porter zur Konsumierung im Laden oder über die Straße verkaufen darf. Das öde Gemäuer der ehemaligen Kaserne steht mit leeren Fensterrahmen und rauchgeschwärzten Wänden wie ein Denkmal zu Ehren der Freiheitskämpfer da. Jemand hat mit Teer auf die grüne Briefkastensäule geschmiert: *Der Papst ist ein Verräter*. Eine typisch irische Stadt.

Das Gut Fleacetown liegt fünfzehn Meilen von Ballingar entfernt, und die gerade, ebene Landstraße führt durch eine typisch irische Gegend; in der Ferne verschwimmen violette Berge, und vorher – auf der einen Straßenseite und zwischen ziehenden weißen Nebelbänken nur hin und wieder sichtbar – dehnt sich Meile um Meile das endlose Heidemoor, das nur hie und da wie getupft ist von Stapeln dunkler Torfsoden. Auf der anderen Seite, nach Norden zu, steigt der Boden an und wird durch Erdwälle und Steinmäuerchen in unregelmäßige, karge Felder aufgeteilt, auf denen die Ballingar-Meute ihre tollste Hetzjagd abläßt. Alles ist von Moos überzogen – als grober grüner Teppich liegt es auf Mauern und Erdwällen, als weicher grüner Samt auf dem Holz, so daß die Übergänge verwischt werden und man nicht mehr weiß, wo der Erdboden aufhört und Stämme und Mauerwerk beginnen. Die ganze Strecke von Ballingar her folgen sich weißgetünchte Hütten und etwa ein Dutzend regelrechter Farmhäuser, doch nirgends ein Herrenhaus, denn in den Tagen vor der Land-Enteignung war es alles Grundbesitz der Familie Fleace. Jetzt gehört zu Fleacetown weiter nichts als das Hauptgut, das Pachtland aber wird den benachbarten Farmern als Weide überlassen. Nur ein paar Beete des von einer Mauer eingeschlossenen Gemüsegartens sind bepflanzt; alles übrige ist vermodert, und dornige Büsche, die nicht länger eßbare Früchte tragen, wuchern überall zwischen verwilderten Blumen, die geil zu ihrer Urform verkrauten. Die Treibhäuser sind seit zehn Jahren zugige Skelette. Die großen Torflügel, die im georgianischen Torbogen hängen, sind stets mit einem Vorhängeschloß versperrt; die Torwart-Häuschen zerfallen, und die Hauptzufahrt zum Herrenhaus ist vor lauter Gras kaum noch von der Wiese zu unterscheiden. Der Zugang zum Haus liegt jetzt eine halbe Meile weiter oben, wo ein Feldgatter einen Karrenweg absperrt, der von Kuhfladen besudelt ist.

Doch das Herrenhaus selbst wurde zu der Zeit, in der unsere Geschichte spielt, vergleichsweise noch gut instand gehalten – wenn man es nämlich mit Haus Ballingar oder Schloß Boycott oder Knode Hall vergleicht. Natürlich konnte es nicht mit Gordontown wetteifern, wo die amerikanische Lady Gordon elektrisches Licht, Zentralheizung und einen Aufzug anlegen ließ, auch nicht mit Mock-House oder Newhill, die an sporttreibende Engländer verpachtet werden, und auch nicht mit Schloß Mockstock, denn Lord Mockstock hatte unter seinem Stand geheiratet. Über diese vier Herrenhäuser mit ihren sauber geharkten Kiesflächen, Badezimmern und Dynamos spottete und staunte die ganze Umgebung. Doch Fleacetown, das auf anständigere Art mit den typisch irischen Herrenhäusern des Freistaates in Wettbewerb stand, war noch erstaunlich bewohnbar.

Das Dach war nicht zerlöchert. Und gerade das Dach ist's, das allen Unterschied zwischen zweit- und drittrangigen irischen Herrenhäusern ausmacht. Wenn das Dach einmal hin ist, hat man Moos im Badezimmer, Farn auf der Treppe und Kühe in der Bibliothek, und nach wenigen Jahren schon muß man in den Milchkeller oder ins Pförtnerhäuschen ziehen. Aber solange der Ire noch, wörtlich gesprochen, ein Dach über dem Kopf hat, ist sein Haus noch seine Burg. Fleacetown hat zwar auch seine wunden Punkte, aber nach allgemeiner Ansicht konnte das Bleidach noch gut zwanzig Jahre aushalten und würde bestimmt die gegenwärtige Besitzerin überdauern.

Miss Annabel Rochfort-Doyle-Fleace, um ihr den vollen Namen zu geben, unter dem sie in den Geschlechtsregistern erschien, wenn auch alle Leute der Umgegend sie nur als Bella Fleace kannten, war die letzte ihrer Familie. Fleaces und Fleysers hatten seit der Zeit Strongbows (im zwölften Jahrhundert) in der Gegend um Ballingar gelebt, und Farmhäuser bezeichnen noch heute die Stelle, wo sie – zwei Jahrhunderte vor der Zuwanderung der Boycotts und Gordons und Mockstocks – ein Palisaden-Fort bewohnt hatten. Im Billardzimmer hing ein Stammbaum, den ein Genealoge aus dem neunzehnten Jahrhundert mit Wappenbildern verziert hatte, und der zeigte, wie die ersten Vorfahren sich mit ebenso alten Rochforts und den achtbaren, wenn auch jüngeren Doyles verehelicht hatten. Das jetzige Herrenhaus war in großem Stil in der Mitte des achtzehnten Jahrhunderts errichtet worden, damals, als die Familie zwar schon geschwächt, aber doch noch wohlhabend und einflußreich gewesen war. Es würde zu weit führen, wollte man die allmähliche Verarmung beschreiben. Jedenfalls war sie nicht die Folge großartiger Verschwendungssucht. Die Fleaces wurden ohne viel Aufhebens einfach immer ärmer – wie es mit den Familien geht, die keinerlei Anstalten treffen, sich wieder hochzuarbeiten. In der letzten Generation hatten sich Anzeichen von Verschrobenheit bemerkbar gemacht. Bella Fleaces Mutter – eine O'Hara von Newhill – hatte von ihrem Hochzeitstag bis zu ihrer Sterbestunde unter der Wahnidee gelitten, sie sei eine Negerin. Ihr Bruder, den Bella beerbt hatte, vergnügte sich mit Ölmalerei; da sein Geist einzig um das Sujet ›Mord‹ kreiste, hatte er bis zu seinem Tode Gemälde ungefähr aller historischen Vorfälle dieser Art, von Julius Cäsar bis zu General Wilson, angefertigt. Zur Zeit der ›Unruhen‹ arbeitete er an einem Ölbild, das seine eigene Ermordung darstellen sollte, und tatsächlich wurde ihm auf seinem eigenen Zufahrtsweg aufgelauert, und er wurde erschossen.

Unter einem solchen Gemälde ihres Bruders – Abraham Lincoln in seiner Loge im Theater – saß Miss Bella eines fahlen Novembermorgens, als ihr der Gedanke kam, eine Weihnachtsgesellschaft zu geben. Es wäre unnötig, ihre Erscheinung genauer zu beschreiben, und auch nur verwirrend, da sie mit ihrem Charakter beträchtlich im Widerspruch zu stehen schien. Miss Bella war über achtzig, sehr unordentlich und sehr rot; graustreifiges Haar war auf dem Hinterkopf zu einem glatten Knoten geschlungen; lose Strähnen hingen ihr um die Wangen; ihre Nase sprang vor und hatte blaue Äderchen; die blaßblauen Augen waren leer und irre; sie hatte ein munteres Lächeln und sprach mit stark irischer Klangfärbung. Sie ging an einem Krückstock, da sie vor vielen Jahren lahmgeschlagen wurde, als sich am Ende eines langen Tages mit der Ballingar-Meute ihr Pferd auf losem Geröll über sie wälzte; ein betrunkener Sport-Arzt hatte das Unheil noch schlimmer gemacht, und sie hatte nie wieder reiten können. Sie erschien zu Fuß, wenn die Meute die Fuchswäldchen von Fleacetown durchstöberte, und kritisierte mit lauter Stimme das Verhalten des Jagdleiters; doch von ihren alten Freunden beteiligten sich von Jahr zu Jahr weniger, und fremde Gesichter tauchten auf.

Sie kannten Bella, obwohl sie sie nicht kannte. Sie war in der Nachbarschaft Gegenstand des Spottes und hochwillkommener Witze geworden.

»Ein lausiger Tag«, berichteten sie manchmal. »Wir haben den Fuchs aufgestöbert und fast unmittelbar darauf die Spur wieder verloren. Aber wir haben Bella gesehen. Möcht' mal wissen, wie lange die gute Alte es noch macht. Muß ja an die neunzig sein. Mein Vater kann sich noch erinnern, wie sie die Jagden mitritt. Die ritt ja auch wie der Wind.«

Ja, und jetzt dachte Bella immer häufiger an den Tod. Im Winter vor einem Jahr war sie sehr schwer krank gewesen. Im April tauchte sie wieder auf, rotwangig wie immer, aber langsamer in Bewegung und Denken. Sie gab Anweisung, daß die Gräber ihres Vaters und ihres Bruders besser gepflegt werden müßten, und im Juni unternahm sie etwas ganz Unerhörtes und lud ihren Erben zu sich ein. Bisher hatte sie sich immer geweigert, den jungen Mann zu sehen. Es war ein Engländer, ein sehr entfernter Vetter namens Banks. Er lebte in South-Kensington und arbeitete dort im Museum. Im August kam er zu ihr und schrieb lange und lustige Briefe an alle seine Freunde, in denen er ihnen von seinem Besuch erzählte, und hinterher machte er aus seinen Erlebnissen eine Geschichte für den *Spectator*. Bella konnte ihn vom ersten Augenblick seines Erscheinens an nicht ausstehen. Er hatte eine dicke Hornbrille und eine B. B. C.-Stimme. Den größten Teil seiner Zeit verbrachte er damit, jeden Kaminsims und Türfries des Herrenhauses zu photographieren. Eines Tages kam er zu Bella und schleppte einen Stoß in Kalbsleder gebundener Bücher aus der Bibliothek an.

»Hör mal, weißt du, daß du die hier besitzest?« fragte er sie.

»Allerdings«, log Bella.

»Lauter Erstausgaben. Die müssen furchtbar wertvoll sein!«

»Stell sie wieder dorthin, wo du sie gefunden hast!«

Später, als er ihr schrieb und sich für den Aufenthalt bedankte (er legte ein paar von den in Fleacetown gemachten Photographien bei), sprach er wieder von den Büchern. Das gab Bella zu denken. Weshalb sollte der junge Lackel im Haus herumschnüffeln und alles nach seinem Geldeswert abschätzen? Schließlich war sie noch nicht tot, fand Bella. Und je mehr sie darüber nachdachte, desto widerwärtiger wurde ihr die Vorstellung, Archie Banks könnte ihre Bücher nach South-Kensington schleppen und jeden Kaminsims entfernen und (wie er es schon angedroht hatte) für die Architektur-Zeitschrift eine Arbeit über ihr Haus schreiben. Sie hatte schon oft gehört, daß Bücher wertvoll seien. Und in der Bibliothek gab es haufenweise Bücher, und sie sah nicht ein, weshalb Archie Banks daraus Profit schlagen sollte. Daher schrieb sie einen Brief an einen Buchhändler in Dublin. Er kam und sah sich in der Bibliothek um, und nach einem Weilchen bot er zwölfhundert Pfund für den ganzen Posten oder tausend für die sechs Bände, die Archie Banks' Aufmerksamkeit erregt hatten. Bella war nicht ganz sicher, ob sie ein Recht hatte, Sachen aus dem Haus zu verkaufen. Ein Ausverkauf aller Bücher würde auffallen. Daher behielt sie die Predigtsammlungen und Kriegshistorien, die den Großteil der Bibliothek ausmachten; der Dubliner Buchhändler zog mit den Erstausgaben ab (die ihm dann übrigens weniger einbrachten, als er dafür ausgegeben hatte), und Bella sah dem Winter mit tausend Pfund Bargeld in der Hand entgegen.

Und da kam ihr nun der Einfall, eine Gesellschaft zu geben. Um die Weihnachtszeit fanden in der Umgebung von Ballingar immer einige Gesellschaften statt, doch in den letzten Jahren war Bella zu keiner einzigen mehr eingeladen worden, teils weil viele ihrer Nachbarn sie nicht näher kannten, teils weil sie glaubten, sie würde nicht gerne kommen, und teils weil sie nicht gewußt hätten, was sie mit ihr anfangen sollten, wenn sie gekommen wäre. Nun verhielt es sich aber so, daß sie Gesellschaften liebte. Es gefiel ihr, sich in Sälen voll Stimmengewirr an die Abendtafel zu setzen, sie liebte Tanzmusik und Geplauder, welches Mädchen schön sei und wer in wen verliebt war, und sie mochte einen edlen Tropfen und ließ sich gern allerlei Gutes von Herren in rotem Jagdfrack anbieten.

Und obwohl sie sich mit verächtlichen Betrachtungen über den Stammbaum der Gastgeberinnen zu trösten pflegte, so verdroß es sie doch sehr, sobald sie von einer Gesellschaft bei Nachbarn hörte, zu der sie nicht eingeladen worden war.

Und so kam es, daß Bella, die mit der *Irish Times* unter dem Bild Abraham Lincolns saß und über die kahlen Bäume zu den Hügeln dahinter blickte, sich's in den Kopf setzte, eine Gesellschaft zu geben. Sie stand sofort auf und humpelte durchs Zimmer und zur Klingelschnur. Bald darauf trat ihr Hausmeister ins Gartenzimmer; er trug die grüne Drellschürze, in der er immer das Silber putzte, und in der Hand hatte er den Polierlappen, um ihr die Regelwidrigkeit ihres Läutens klarzumachen.

»Haben Sie geläutet?« fragte er.

»Ja, wer denn sonst?«

»Und ich bin beim Silber!«

»Riley«, sagte Bella etwas feierlich, »ich habe vor, zu Weihnachten einen Ball zu geben.«

»Nein, so was!« rief der Hausmeister. »Weshalb wollen denn Sie in Ihrem Alter noch tanzen?«

Doch als Bella ihm die Einzelheiten auseinandersetzte, begannen seine Augen voller Interesse zu glitzern:

»Solch einen Ball hat die Nachbarschaft seit fünfundzwanzig Jahren nicht erlebt! Der kostet ein Vermögen!«

»Er soll tausend Pfund kosten!« sagte Bella stolz.

Die Vorbereitungen waren natürlich ungeheuer. Sieben neue Dienstboten wurden im Dorf ausgehoben und mußten an die Arbeit, mußten entstauben und säubern und polieren und Möbel räumen und Teppiche rollen. Ihr Fleiß führte dazu, Schäden und mehr Arbeitsnotwendigkeiten zu enthüllen: Stukkatur-Friese, die schon längst morsch waren, zerbröckelten unter der Berührung des Flederwischs; vom Holzwurm durchsiebte Mahagoni-Dielen brachen mitsamt den Teppichnägeln aus dem Fußboden; hinter den Kabinettschränken im großen Salon bestanden die Wände aus rohem Ziegelstein. Eine zweite Woge spülte eine Invasion von Malern, Tapezierern und Spenglern heran, und in einem überschwenglichen Augenblick ließ Bella in der großen Halle das Kranzgesims und Kapitell aller Säulen neu vergolden; Fensterscheiben wurden ersetzt, Geländer-Docken in gähnende Lücken der Treppe verpaßt, und der Treppenläufer wurde so verschoben, daß die abgetretenen Streifen weniger ins Auge fielen.

Bei all diesen Arbeiten war Bella unermüdlich. Sie humpelte vom Salon in die Halle, die lange Galerie hinab, die große Treppe hinauf, tadelte die Mietsdiener, legte bei den leichteren Möbelstücken Hand an und glitt, als es soweit war, auf dem Mahagoni-Fußboden des Salons umher, um das Talkpulver einzureiben. In den Bodenkammern kramte sie Silbertruhen aus, fand mehrere längst vergessene Porzellan-Services und stieg mit Riley in den Keller, um die letzten paar Flaschen Champagner zu prüfen, der schal und sauer geworden war. Und an den Abenden, wenn die erschöpften Handwerker sich ihren vulgären Zerstreuungen überließen, saß Bella noch bis spät in die Nacht hinein und blätterte in den Kochbüchern, verglich die Kostenvoranschläge der verschiedenen Lebensmittel-Lieferanten, verfaßte lange und ausführliche Briefe an Agenten für Tanzkapellen, und was am allerwichtigsten war, sie stellte die Liste ihrer Gäste zusammen und versah die zwei hohen Stöße gravierter Einladungskarten in ihrem Schreibsekretär mit Adressen.

Entfernungen haben in Irland nicht viel zu besagen. Man fährt gerne drei Stunden, nur um einen Nachmittagsbesuch abzustatten, und für einen Ball von solcher Bedeutung war keine Reise zu weit. Bella hatte ihre Liste mühsam an Hand von Geschlechtsregistern und Rileys etwas jüngeren Kenntnissen der irischen Gesellschaft und ihrem eigenen, plötzlich neu belebten Gedächtnis zusammengestellt. Fröhlich und mit gleichmäßiger Kinderhandschrift übertrug sie alle die Namen auf die Karten und adressierte die Umschläge. Es war das Werk mehrerer langer Abende. Viele Leute, deren Namen sie niederschrieb, waren gestorben oder ans Bett gefesselt; manche, an die sie sich noch gerade als an kleine Kinder erinnern konnte, saßen in entfernten Winkeln der Erde und warteten auf den Ruhestand. Viele Häuser, deren Namen sie auf die Umschläge setzte, waren nur noch rauchgeschwärzte, leere Höhlen, da sie während der Unruhen in Flammen aufgegangen und nie wieder aufgebaut worden waren; in einigen lebte überhaupt keiner mehr, höchstens noch Bauern. Doch endlich, und nicht zu früh, war die letzte Adresse auf den letzten Umschlag geschrieben worden. Nun noch das Verschließen und Frankieren, und dann erhob sie sich von ihrem Pult, es war später als sonst. Die Glieder waren ihr steif, die Augen trübe, die Zunge klebte vom Leim der Briefmarken des irischen Freistaates; es wurde ihr ein wenig schwindlig, doch verschloß sie an jenem Abend den Pultdeckel mit dem Bewußtsein, die wichtigste Arbeit für ihre Gesellschaft hinter sich gebracht zu haben. Sie hatte mehrere beachtliche und wohlerwogene Streichungen auf der Liste vorgenommen.

»Stimmt das Gerücht, daß Bella Fleace eine Gesellschaft gibt?« erkundigte sich Lady Gordon bei Lady Mostock.

»Ich habe keine Karten erhalten.«

»Ich auch nicht. Hoffentlich hat uns die gute Alte nicht vergessen? Ich will bestimmt hingehen. Habe das Haus noch nie von innen gesehen. Ich glaube, sie hat ein paar entzückende Sachen.«

Und die englische Dame, deren Gatte Mock-House gepachtet hatte, ließ sich in echt englischer Reserviertheit überhaupt nicht anmerken, daß in Fleacetown eine Gesellschaft gegeben werden sollte.

Als die letzten Tage vor der Gesellschaft näher rückten, konzentrierte sich Bella mehr auf ihre äußere Erscheinung. Sie hatte sich in den letzten Jahren wenig neue Kleider angeschafft, und die Dubliner Schneiderin, bei der sie hatte arbeiten lassen, hatte ihr Geschäft aufgegeben. Eine Sekunde lang kam ihr die verrückte Idee einer Reise nach London oder gar nach Paris, und nur in Anbetracht der knappen Zeit sah sie notgedrungen von dem Plan ab. Schließlich entdeckte sie ein Geschäft, das ihr zusagte, und kaufte sich dort eine ganz prachtvolle Robe aus rotem Atlas, die sie durch lange weiße Handschuhe und Atlasschuhe ergänzte. Es befand sich, ach, leider kein Diadem unter ihren Schmucksachen, aber sie brachte eine Unzahl komischer bunter viktorianischer Ringe ans Tageslicht, auch ein paar Ketten und Medaillons, Perlbroschen und Türkis-Ohrringe und ein Granat-Halsband. Aus Dublin ließ sie einen Friseur kommen, der ihr Haar gut frisieren sollte.

Am Morgen des Balltages erwachte sie frühzeitig, war vor nervöser Erregung etwas fiebrig, und bis nach ihr verlangt wurde, lag sie zappelnd im Bett und wiederholte sich in ihrem rastlosen Geist jede Vorbereitung in all ihren Einzelheiten. Bis zum Mittagessen hatte sie das Aufstecken von Hunderten von Kerzen in den Wandleuchtern im Ballsaal und Eß-Saal und in den drei großen Kronleuchtern aus geschliffenem Waterford-Kristall beaufsichtigt; sie hatte zugesehen, wie die Eßtische mit Glas und Silber geschmückt und die massiven Weinkühler neben das Buffet gestellt wurden; sie hatte geholfen, die große Halle und die Treppe mit einer Fülle von Chrysanthemen zu verschönen. Das Mittagessen wollte sie nicht einnehmen, obwohl Riley ihr gern Kostproben der bereits eingetroffenen Delikatessen aufgenötigt hätte. Sie fühlte sich ein wenig matt und legte sich ein Weilchen nieder, raffte sich aber bald wieder auf, um eigenhändig die wappengeschmückten Knöpfe auf die Livree der Mietsdiener zu nähen.

Die Einladungen lauteten auf acht Uhr. Sie fragte sich, ob es nicht zu früh sei – sie hatte neuerdings von Gesellschaften sprechen hören, die erst sehr spät begannen; aber als der Nachmittag sich so unerträglich hinschleppte und schließlich sattes Dämmerlicht das Haus umfing, war Bella froh, daß sie die aufreibende Wartezeit etwas kurzfristig anberaumt hatte.

Um sechs Uhr ging sie nach oben, um sich umzukleiden. Der Friseur kam mit einem Sack voller Brennscheren und Kämme. Er bürstete und wellte ihr Haar und toupierte es und hantierte damit herum, bis es schön in Form kam und viel voller als sonst wirkte. Sie legte alle ihre Juwelen an, und als sie vor den hohen Ständerspiegel trat, konnte sie einen Laut der Überraschung nicht unterdrücken. Dann humpelte sie nach unten.

Das Haus sah im Kerzenschimmer ganz herrlich aus. Die Tanz-Kapelle war da, und die zwölf Mietsdiener, und Riley in Kniehosen und schwarzen Seidenstrümpfen.

Es schlug acht. Bella wartete. Keiner kam.

Sie setzte sich auf einen vergoldeten Stuhl am oberen Treppenpodest und blickte mit ihren leeren blauen Augen starr vor sich hin. Die Mietsdiener in der Halle und in der Garderobe und im Eß-Saal sahen einander mit wissendem Blinzeln an. »Was glaubt denn die gute Alte? Vor zehn Uhr ist kein Mensch fertig und zum Kommen bereit.« Die Fackelträger auf der Vortreppe stampften mit den Füßen und rieben sich die Hände.

Um halb eins erhob sich Bella von ihrem Stuhl. Ihr Gesicht verriet nicht mit dem leisesten Ausdruck, was sie dachte.

»Riley, ich glaube, ich esse etwas. Ich fühle mich nicht besonders wohl.«

Sie humpelte langsam in den Eß-Saal.

»Bringen Sie mir eine gefüllte Wachtel und ein Glas Wein! Und sagen Sie der Kapelle, sie soll zu spielen anfangen.«

Die Walzerklänge der ›Blauen Donau‹ fluteten durchs Haus. Bella lächelte beifällig und wiegte den Kopf ein wenig im Takt.

»Riley, ich bin richtig hungrig! Ich habe ja den ganzen Tag nichts gegessen. Bringen Sie mir noch eine Wachtel und etwas mehr Champagner!«

Riley servierte seiner Herrin ein riesiges Mahl – allein zwischen all den Kerzen und Mietsdienern. Sie genoß jeden Bissen.

Dann erhob sie sich. »Es muß wohl leider ein Mißverständnis vorliegen. Kein Mensch scheint zum Ball zu kommen. Nach all unserer Arbeit ist das sehr enttäuschend. Sie können die Musik-Kapelle wegschicken.«

Doch gerade, als sie den Eß-Saal verließ, wurde es in der Halle unten unruhig. Gäste kamen. Mit wilder Entschlußkraft zwang Bella sich die Treppe hinauf. Sie mußte oben bereitstehen, ehe die Gäste angekündigt wurden. Mit hämmerndem Herzen, mit der einen Hand auf dem Geländer und der anderen auf ihrem Stock nahm sie immer zwei Stufen auf einmal. Endlich hatte sie das Treppenpodest erreicht und drehte sich um, damit sie den Gästen ins Gesicht blicken konnte. Vor ihren Augen verschwamm alles, und es sauste ihr in den Ohren. Sie keuchte mühsam, bemerkte aber undeutlich vier sich nahende Gestalten und sah Riley, der ihnen entgegenging, und hörte ihn ankündigen:

»Lord und Lady Mostock, Sir Samuel und Lady Gordon.« Plötzlich zerriß der Nebel, der sie eingehüllt hatte.

Hier auf der Treppe waren die beiden Frauen, die sie *nicht* eingeladen hatte: Lady Mostock, die Tochter des Rauchwarenhändlers, und Lady Gordon, die Amerikanerin.

Sie richtete sich auf und starrte sie mit ihren leeren blauen Augen an. »Ich hatte diese Ehre nicht erwartet«, sagte sie. »Verzeihen Sie, wenn ich nicht in der Lage bin, Sie zu empfangen.«

Den Mostocks und den Gordons verschlug es die Sprache. Sie sahen die irren blauen Augen der Gastgeberin, sahen ihr rotes Atlaskleid, den Ballsaal, der in seiner Leere unendlich groß wirkte, und sie hörten die Tanzmusik durch das leere Haus hallen. Die Luft war gesättigt vom Duft der Chrysanthemen. Und dann verflog das Unwirkliche und Dramatische des Auftritts. Miss Bella setzte sich plötzlich nieder, streckte dem Hausmeister die Hände entgegen und sagte: »Ich weiß nicht recht, wie mir geschieht ...«

Er und zwei Mietsdiener trugen die alte Dame auf ein Sofa. Sie sprach nur noch einmal. Ihr Denken kreiste immer noch um die gleiche Frage. »Sie kamen uneingeladen, die beiden ... und sonst kam niemand.«

Am nächsten Tag starb sie.

Mr. Banks erschien zur Beerdigung und brachte eine Woche damit zu, ihre Habe zu sichten. Dabei fand er in ihrem Schreibpult die frankierten, mit Adresse versehenen, aber nicht zur Post gebrachten Einladungen zum Ball.

RICHARD MIDDLETON

Das Geisterschiff

Fairfield ist ein kleines Dorf nahe der Straße nach Portsmouth, ungefähr auf halbem Wege zwischen London und der See. Fremde, die es dann und wann durch einen Zufall entdecken, bezeichnen es als einen hübschen, altmodischen Ort; wir, die wir darin leben und es unsere Heimat nennen, können nichts besonders Hübsches daran finden, aber es würde uns leid tun, wenn wir irgendwo anders leben müßten. Wir haben uns eben an unser Gasthaus, die Kirche und den Gemeindeanger gewöhnt. Jedenfalls fühlen wir uns nicht wohl, wenn wir nicht in Fairfield sind.

Natürlich können uns die Cockneys* mit ihren riesigen Häusern und lärmgeplagten Straßen gern Bauern nennen, wenn sie wollen, aber trotz all dieser Großstadtvorzüge läßt es sich in Fairfield doch besser leben als in London. Der Doktor sagte, daß sein Gemüt von dem Gewicht der Häuser niedergedrückt wird, wenn er nach London fahren muß, und er ist ein geborener Cockney. Als er ein kleiner Junge war, mußte er dort leben, aber jetzt weiß er es besser. Ihr Herren mögt lachen – vielleicht kommen einige von euch aus London – aber mir

* Bewohner eines Londoner Bezirks, in dem man die Glocken von St. Mary-le-Bow hören kann; hier aber und heute allgemein in England als Bezeichnung für den Londoner überhaupt gebraucht.

scheint, daß ein solcher Zeuge ein gerüttelt Maß an Argumenten aufwiegt.

Langweilig? Nun ja, Sie mögen es langweilig finden, aber ich versichere Ihnen, daß ich aufmerksam allen Garnen gelauscht habe, die heute abend von Ihnen gesponnen wurden, aber das ist alles absolut nichts im Vergleich zu den Dingen, die sich in Fairfield zutragen. Wahrscheinlich hängt es mit unserer Denkart zusammen und damit, daß wir uns nur um unsere eigenen Angelegenheiten kümmern. Wenn man einen von euch Londonern eines Samstagnachts auf den Gemeindeanger setzte, wo die Geister der Burschen, die im Krieg gefallen sind, sich mit den Mädchen ein Stelldichein geben, die auf dem Friedhof beerdigt sind, würde er wahrscheinlich neugierig dazwischenplatzen, und die Geister zögen sich an einen ruhigeren Ort zurück. Wir aber lassen sie kommen und gehen, wie's ihnen gefällt und machen kein Aufhebens davon, und infolgedessen ist Fairfield der geisterreichste Ort in ganz England. Mit eigenen Augen hab' ich am hellichten Tag einen Mann ohne Kopf auf dem Brunnenrand sitzen sehen, und die Kinder spielten zu seinen Füßen, als wär's ihr Vater. Mein Wort drauf, Geister wissen genauso gut wie Menschen, wo man sie gut behandelt.

Doch ich muß eingestehen, daß die Angelegenheit, über die ich Ihnen berichten will, selbst in unserem Teil der Welt merkwürdig empfunden wurde, wo doch drei Meuten Geisterhunde regelmäßig während der Jagdzeit hetzen und der Urgroßvater unseres Hufschmieds jede Nacht alle Hände voll zu tun hat, die Pferde der verstorbenen Herrschaften zu beschlagen. Sehen Sie, das ist wieder so eine Sache, die in London nicht geschehen könnte, weil sich die Leute dort in alles einmischen müssen; unser Hufschmied dagegen, der liegt fein ruhig oben in seinem Stübchen und schläft fest wie ein Murmeltier. Nur einmal, als er Kopfschmerzen hatte, rief er zu ihnen hinunter, sie sollten nicht soviel Lärm machen, und am Morgen fand er auf dem Amboß als Entschuldigung eine alte Guinea* liegen. Er trägt sie jetzt an seiner Uhrkette. Doch ich muß mit meiner Geschichte fortfahren; denn wenn ich Ihnen von all den merkwürdigen Vorfällen in Fairfield erzählen wollte, würde ich nie fertig.

Es geschah nach dem großen Sturm im Frühling 1897, demselben Jahr, als wir zwei große Stürme hatten. Dies war der erste, und ich erinnere mich so genau daran, weil ich am nächsten Morgen feststellte, daß er das Dach meines Schweinestalls abgehoben und in den Garten der Witwe nebenan getragen hatte, als wär's ein Kinderdrachen. Als ich über die Hecke sah, jätete die Witwe – Tom Lamports Witwe übrigens – mit einer kleinen Hacke zwischen ihrer Brunnenkresse herum. Nachdem ich ihr eine kleine Weile zugesehen hatte, ging ich in den ›Fuchs und die Trauben‹, um dem Wirt zu erzählen, was sie zu mir gesagt hatte. Na, der Wirt lachte bloß, ist ja ein verheirateter Mann und hat seinen Frieden mit dem Weibsvolk geschlossen.

»Aber da du gerade davon sprichst«, sagte er, »der Sturm hat heut' nacht etwas auf meinen Acker geblasen. So 'ne Art Schiff, möcht' ich meinen.«

Ich war ziemlich überrascht, bis er erklärte, daß es nur ein Geisterschiff sei und den weißen Rüben nicht schaden würde. Wir kamen zu dem Schluß, daß es von der See bei Portsmouth hergeblasen sein mußte, und sprachen dann von anderen Dingen. Es war schon ein selten starker Sturm. Vom Pfarrhaus waren zwei Schindeln heruntergeweht, und auf Lumleys Wiese hatte er einen großen Baum entwurzelt.

* seit 1816 außer Kurs, heute nur noch Rechnungseinheit = 21 Schilling.

Ich glaube, der Wind hatte unsere Geister über ganz England verweht. Noch Tage darauf kamen sie einer nach dem andern zurück, mit lahmen Pferden und so wunden Füßen, wie man's sich kaum vorstellen kann; und ein paar waren so glücklich, wieder in Fairfield zu sein, daß sie weinend wie kleine Kinder durch die Straßen liefen. Der Gutsbesitzer sagte, der Urgroßvater seines Urgroßvaters habe seit der Schlacht bei Naseby nicht so erschossen ausgesehen; und der Gutsbesitzer ist schließlich ein gebildeter Mann.

Wenn ich's recht bedenke, hat's wohl eine ganze Woche gedauert, bis alles wieder ins Lot kam, und als ich dann eines Tages den Wirt auf dem Gemeindeanger traf, machte er ein sehr besorgtes Gesicht.

»Ich wär' froh, wenn du mitkämst und dir mal das Schiff auf meinem Acker ansehn wolltest«, sagte er; »mir scheint, es liegt richtig schwer auf meinen Rüben. Nicht auszudenken, was meine Frau sagen wird, wenn sie's sieht!«

Ich ging mit ihm den Feldweg hinunter, und wie er gesagt hatte, lag da ein Schiff in der Mitte seines Ackers; aber ein Schiff, wie es kein Mensch seit dreihundert Jahren auf dem Wasser gesehen hat, geschweige denn auf einem Rübenacker. Es war ganz und gar schwarz gestrichen und über und über mit Schnitzwerk bedeckt, und im Heck war ein großes Erkerfenster, ganz wie im Wohnzimmer unsres Gutsbesitzers. Eine Menge kleiner schwarzer Kanonen schaute vom Deck herab und aus den Stückpforten, und an jedem Ende war ein Anker in den harten Boden geworfen. Ich habe die Wunder der Welt auf Ansichtskarten gesehen, aber noch nie etwas, was diesem Anblick gleichkam.

»Für ein Geisterschiff macht es einen ganz soliden Eindruck«, meinte ich, als ich das gequälte Gesicht des Wirts sah.

»Ich würde sagen, es ist ein Mittelding«, versetzte er, nachdem er gründlich überlegt hatte. »Aber es wird an die fünfzig Rübenpflanzen zerquetschen, und meine Frau wird wollen, daß es abzieht.« Wir gingen ganz dicht heran und betasteten die Planken, und die waren hart wie bei einem richtigen Schiff. »Einigen Leuten in England würde das bestimmt sehr merkwürdig vorkommen«, sagte er.

Ich verstehe ja nicht viel von Schiffen, aber ich meine, daß dieses Geisterschiff gut seine zweihundert Tonnen wog; und mir schien auch, daß es sich für einen Daueraufenthalt eingerichtet hatte. Daher tat der Wirt mir leid, denn schließlich ist er ein verheirateter Mann.

»Alle Pferde von Fairfield werden es nicht aus meinen Rüben bringen«, sagte er und zog dem Schiff ein verdrossenes Gesicht.

In diesem Augenblick hörten wir ein Geräusch über uns an Deck, und als wir aufblickten, sahen wir, daß ein Mann aus der vorderen Kajüte getreten war und friedfertig auf uns herabblickte. Er trug eine schwarze Uniform mit verschossenen Goldborten, und an seiner Seite hing ein großes Entermesser in einer bronzenen Scheide.

»Ich bin Kapitän Bartholomäus Roberts«, sagte er im Tonfall eines feinen Mannes, »und ich will Matrosen anheuern. Anscheinend bin ich ziemlich weit den Hafen hinaufgesegelt.«

»Hafen!« schrie der Wirt. »Ha, Ihr seid fünfzig Meilen von der Küste entfernt!«

Kapitän Roberts zuckte mit keiner Wimper. »Tatsächlich, so weit?« meinte er kühl. »Nun, das hat weiter nichts zu bedeuten.«

Den Wirt machte diese Antwort sichtlich betroffen. »Ich möchte nicht unnachbarlich sein«, erwiderte er, »aber ich wünschte, Ihr hättet Euer Schiff nicht auf meinen Acker gesetzt. Meine Frau nämlich, müßt Ihr wissen, hält große Stücke auf diese weißen Rüben.«

Der Kapitän zog eine zierliche goldene Dose aus seiner Tasche, nahm eine Prise Schnupftabak und putzte sich auf äußerst vornehme Weise mit einem seidenen Taschentuch die Finger. »Ich bleibe nur ein paar Monate hier«, erklärte er; »aber wenn ein kleines Zeichen meiner Hochachtung Eure verehrte Dame versöhnen könnte, würde ich mich glücklich schätzen.« Und mit diesen Worten löste er eine große goldene Brosche vom Aufschlag seines Rockes und warf sie dem Wirt hinunter.

Der wurde rot wie eine Erdbeere. »Ich kann zwar nicht abstreiten, daß sie Schmucksachen sehr gern hat«, sagte er, »aber das ist zuviel für einen halben Sack voll weißer Rüben.« Und es war wirklich eine sehr schöne Brosche.

Der Kapitän lachte. »Ach was, Mann!« versetzte er. »Das ist ein erzwungener Verkauf, und Ihr verdient einen guten Preis. Schwamm drüber!« Und indem er uns grüßend zunickte, drehte er sich auf dem Absatz herum und ging in die Kajüte.

Zurück schritt der Wirt den Feldweg entlang wie ein Mann, dem ein Zentner von der Seele gewichen ist.

»Dieser Sturm hat mir ein bißchen Glück zugeblasen«, sagte er; »mein Weib wird sich gewaltig über die Brosche freuen. Jedenfalls ist sie viel besser als die Guinea vom Hufschmied.«

Siebenundneunzig war Jubiläumsjahr, hundertjähriges Jubiläum, wenn Sie sich erinnern, und in Fairfield gingen große Dinge vor, so daß wir nicht viel Zeit hatten, uns um das Geisterschiff zu kümmern; doch auch sonst ist es nicht unsre Art, uns in Sachen einzumischen, die uns nichts angehen. Der Wirt sah seinen Mieter ein- oder zweimal, als er den Tag mit Rübenhacken verbrachte, und seine Frau trug ihre neue Brosche jeden Sonntag zur

Kirche. Aber wir haben uns überhaupt nicht viel mit den Geistern abgegeben, außer einem schwachsinnigen jungen Burschen aus unserem Dorf, und der kannte nicht den Unterschied zwischen einem Menschen und einem Geist, das arme Unschuldslamm! Doch am Jubiläumstag erzählte jemand Kapitän Roberts, warum die Kirchenglokken läuteten, und der hißte die Flagge und ließ seine Kanonen feuern wie ein richtiger königstreuer Engländer. 's ist schon wahr, die Geschütze waren scharf geladen, und eine von den runden Kugeln schlug ein Loch in Bauer Johnstones Scheune, aber niemand machte sich viel daraus in dieser Zeit allgemeinen Jubels.

Erst als unsre Feiern vorüber waren, merkten wir, daß in Fairfield etwas nicht stimmte. Der Schuhmacher war's, der mir eines Morgens im ›Fuchs und den Trauben‹ zum ersten Mal davon erzählte.

»Du kennst doch meinen Urgroßonkel?« fragte er mich.

»Du meinst Joshua, den stillen Gesellen«, antwortete ich.

»Still!« rief der Schuhmacher empört aus. »Nennst du das still, wenn er jeden Morgen um drei nach Hause kommt, blau wie eine Haubitze, und das ganze Haus mit seinem Lärm aufweckt?«

»Unmöglich, das kann nicht Joshua sein!« entgegnete ich, denn ich kannte ihn als einen der anständigsten jungen Geister unseres Dorfes.

»Klar ist es Joshua«, sagte der Schuhmacher; »und wenn er sich in Zukunft nicht besser benimmt, wird er sich eines Nachts auf der Straße wiederfinden.«

Diese Worte schockierten mich ziemlich, kann ich Ihnen sagen; ich hör's nun mal nicht gern, wenn ein Mann schlecht über seine Familie spricht, und ich konnt' es einfach nicht glauben, daß ein solider junger Mann wie Joshua sich dem Trunk ergeben haben sollte. Doch in diesem Augenblick kam Schlachter Aylwin in einem solchen Zorn herein, daß er kaum sein Bier trinken konnte. »Dieser junge Dachs! Dieser junge Dachs!« sagte er nur immer wieder, und es dauerte eine geraume Zeit, bevor der Schuhmacher und ich herauskriegten, daß er über seinen Vorfahren sprach, der bei Senlac gefallen war.

»Trinkt er?« fragte der Schuhmacher hoffnungsvoll, denn wir alle haben ja gern Leidensgenossen in unserem Unglück, und der Schlachter nickte grimmig.

»Dieser Grünschnabel!« knurrte er und leerte seinen Deckelkrug.

Danach hielt ich natürlich meine Ohren offen, und im ganzen Dorf hörte ich die gleiche Geschichte. Unter all den Geistern von Fairfield gab es kaum einen jungen Mann, der nicht erst in den frühen Morgenstunden, vollgepumpt mit Alkohol, nach Hause torkelte. Wenn ich nachts aufwachte, hörte ich sie an meinem Haus vorbeistolpern und unanständige Lieder singen. Am schlimmsten war es aber, daß wir diesen Skandal nicht für uns behalten konnten; die Leute in Greenhill begannen von dem ›versoffnen Fairfield‹ zu reden und brachten ihren Kindern ein Spottlied über uns bei:

›Fairfield ist ein tolles Dörfchen,
Fairfield säuft nur immerzu,
morgens, mittags, abends, nächtens
läßt der Rum ihm keine Ruh!‹

Wir in unserem Dorf nehmen das Leben zwar nicht zu ernst, aber das gefiel uns nicht.

Natürlich fanden wir bald heraus, woher die jungen Burschen ihren Schnaps hatten, und der Wirt war schwer gekränkt, daß sein Mieter sich so häßlich entpuppt hatte; aber seine Frau wollte nichts davon wissen, daß sie sich von der Brosche trennen sollte, so daß er dem Kapitän seinen Acker nicht kündigen konnte. Aber mit der Zeit wurde es immer schlimmer, und zu jeder Tageszeit konnte man die verworfenen jungen Burschen auf dem Gemeindeanger ihren Rausch ausschlafen sehen. Fast jeden Nachmittag polterte ein Geisterwagen mit einer Ladung Rum zum Schiff herunter, und wenn auch die älteren Geister anscheinend die Gastlichkeit des Kapitäns ablehnten, die jüngeren waren einfach nicht zu halten.

So geschah es, daß eines Nachmittags, als ich gerade ein Schläfchen hielt, jemand an meine Tür klopfte: es war der Pfarrer, der ein Gesicht aufgesetzt hatte wie ein Mann mit einer Aufgabe vor sich, der er absolut keinen Geschmack abgewinnen kann.

»Ich gehe jetzt hinunter zum Kapitän, um mit ihm über die viele Sauferei im Dorf zu reden, und ich möchte, daß du mitkommst«, sagte er geradeheraus.

Ich kann nicht behaupten, daß ich mich nun besonders auf diesen Besuch freute; ich versuchte dem Pfarrer andeutungsweise beizubringen, daß man die ganze Angelegenheit eigentlich nicht so tragisch zu nehmen brauche – schließlich seien die Unruhestifter doch nur ein Haufen Geister.

»Tot oder lebendig, ich bin verantwortlich für ihr gutes Benehmen«, erwiderte er, »und ich werde meine Pflicht tun und diesem schändlichen Treiben einen Riegel vorschieben. Und du kommst mit mir, John Simmons.« Also ging ich mit, denn unser Pfarrer hat so eine überzeugende Art.

Als wir uns dem Schiff näherten, konnte ich den Kapitän sehen, wie er an Deck frische Luft schnappte. Beim Anblick des Pfarrers nahm er sehr höflich seinen Hut ab; Sie können sich denken, wie sehr ich erleichtert war, als ich merkte, daß er den geziemenden Respekt vor dieser Tracht hatte. Der Pfarrer erwiderte seinen Gruß und sagte kühn: »Sir, ich würde mich freuen, wenn ich ein Wörtchen mit Euch reden dürfte.«

»Kommt an Bord, Sir; kommt an Bord«, antwortete der Kapitän, und ich konnte an seiner Stimme hören, daß er wußte, weshalb wir gekommen waren. Der Pfarrer und ich kletterten eine unbequeme Leiter hinauf, und der Kapitän führte uns in die große Kajüte am Heck des Schiffes, wo sich das große Erkerfenster befand. Das war das wunderschönste Plätzchen, das ich je in meinem Leben gesehen habe, voll goldener und silberner Platten, Schwertern mit juwelenbesetzten Scheiden, geschnitzten Eichenstühlen und großen Kisten, die aussahen als brächen sie vor lauter Guineen. Selbst der Pfarrer war überrascht, und er schüttelte seinen Kopf nicht besonders nachdrücklich, als der Kapitän ein paar silberne Becher von einem Bord nahm und uns einen Schluck Rum einschenkte. Ich kostete meinen, und ich muß gestehen, daß er meine Einstellung zu der ganzen Angelegenheit vollkommen änderte. An diesem Rum gab es überhaupt nichts auszusetzen, und ich fand es lächerlich, den Burschen vorzuhalten, daß sie zu viel von so einem Stoff tränken. Wie Feuer und Honig rann er durch meine Adern.

Der Pfarrer legte dem Kapitän offen unseren Fall dar, doch ich hörte kaum zu, was er sagte. Ich war damit beschäftigt, meinen Rum in kleinen Schlucken zu genießen und durch das Fenster den Fischen zuzuschauen, die über den weißen Rüben unseres Wirts hin und her schwammen. Damals schien es mir das natürlichste Ding der Welt, daß sie dort herunterschwammen; später allerdings erkannte ich es als den Beweis dafür, daß unser Schiff ein Geisterschiff war.

Aber dennoch kam es mir schon damals sonderbar vor, als ich einen ertrunkenen Matrosen in der dünnen Luft vorbeitreiben sah, dessen Haar und Bart ganz voller Blasen hingen. Es war das erste Mal, daß ich so etwas in Fairfield sah.

Und während ich die Wunder der Tiefe betrachtete, redete der Pfarrer die ganze Zeit auf Kapitän Roberts ein und erzählte ihm, wie das Dorf wegen des Fluches der Trunkenheit überhaupt nicht zur Ruhe käme, und was für ein schlechtes Beispiel die jungen Burschen den älteren Geistern gäben. Der Kapitän hörte sehr aufmerksam zu und warf nur dann und wann ein Wörtchen ein, die Jugend sei nun einmal so, und junge Männer müßten sich eben erst einmal die Hörner abstoßen. Aber als der Pfarrer seinen Sermon geendet hatte, füllte er unsere Silberbecher auf und sagte mit einer schwungvollen Geste zum Pfarrer: »Es täte mir leid, irgendwo Unannehmlichkeiten zu verursachen, wo man mich willkommen geheißen hat; Ihr werdet Euch daher sicher freuen zu hören, daß ich morgen nacht wieder in See steche. Und jetzt müßt Ihr mit mir auf eine glückhafte Reise trinken!« Also standen wir alle auf und stießen würdevoll zu dem Trinkspruch an, und der edle Rum lief wie heißes Öl durch meine Adern.

Danach zeigte uns der Kapitän einige der Kuriositäten, die er aus fremden Erdteilen mitgebracht hatte, und wir staunten gewaltig. Nachher konnte ich mich allerdings nicht mehr genau an die einzelnen Dinge erinnern; ich weiß nur noch, daß ich etwas später mit dem Pfarrer über die Rüben ging und ihm von den Wundern der Tiefe erzählte, die ich durch das Schiffsfenster gesehen hatte. Er blickte mir streng in die Augen. »Wenn ich du wäre, John Simmons«, sagte er, »würde ich schnurstracks nach Hause und ins Bett gehen.« Er hat so eine Art, die Dinge beim richtigen Namen zu nennen, unser Pfarrer, wie's einem gewöhnlichen Menschen nicht einfallen würde, und ich tat wie geheißen.

Nun, am nächsten Tag fing es an zu blasen, und es blies hart und härter, bis ich ungefähr um acht Uhr abends ein lautes Geräusch hörte und in den Garten hinaussah. Ich fürchte, Sie werden mir kaum glauben; auch mir kommt es ein bißchen stark vor, aber der Wind hatte zum zweiten Mal das Dach meines Schweinestalls in den Garten der Witwe nebenan getragen. Ich dachte mir, ich wollte diesmal nicht warten, was die Witwe dazu zu sagen hatte; also ging ich über den Gemeindeanger hinüber in den ›Fuchs und die Trauben‹, und der Wind war so stark, daß ich auf Zehenspitzen dorthin tanzte wie ein Mädchen auf dem Jahrmarkt. Als ich in der Schenke war, mußte der Wirt mir helfen, die Tür zu schließen; es schien, als wollte ein Dutzend Ziegen sich zum Schutz vor dem Sturm hereindrängen.

»Das ist ein mächtiger Orkan«, sagte er, während er das Bier zapfte. »Ich hab' gehört, in Dickory End ist ein Kamin heruntergekommen.«

»Merkwürdig, wie genau diese Seeleute mit dem Wetter Bescheid wissen«, entgegnete ich. »Als der Kapitän sagte, heut' nacht würde er segeln, dacht' ich mir, es würde schon eine Mütze voll Wind brauchen, um das Schiff wieder aufs Meer zu tragen; aber nun ist's schon mehr als eine Mütze voll.«

»Ach richtig«, meinte der Wirt, »heut' nacht geht er ja tatsächich, und glaub' mir, wenn er mich mit der Miete auch großzügig behandelt hat, seh' ich's nicht als einen Verlust für unser Dorf an. Ich halte nicht viel von vornehmen Herren, die ihre Getränke aus London holen, statt die Ortsansässigen bei ihrem Lebensunterhalt zu unterstützen.«

»Aber du hast keinen Rum, der so ist wie seiner«, sagte ich, um ihn auszuholen.

Sein Hals rötete sich über seinem Kragen, und ich

fürchtete schon, ich sei zu weit gegangen; aber nach einer Weile kriegte er mit lautem Grunzen wieder Luft.

»John Simmons«, sagte er, »wenn du in dieser stürmischen Nacht hergekommen bist, um einen Haufen närrisches Zeug zu schwatzen, hast du den Weg umsonst gemacht.«

Natürlich mußte ich ihn nun beschwichtigen, indem ich seinen Rum pries, und der Himmel möge mir vergeben, daß ich schließlich schwor, seiner sei besser als der des Kapitäns. Denn etwas Ähnliches wie dessen Rum haben außer meinen und des Pfarrers keine lebenden Lippen gekostet. Aber irgendwie bekam ich den Wirt herum, und augenblicklich mußten wir ein Glas von seinem besten kosten, um die Qualität zu beweisen.

»Bring mir was Beß'res, wenn du kannst!« rief er, und wir hoben beide die Gläser zum Mund, hielten aber auf halbem Wege verblüfft inne und sahen uns erstaunt an. Denn der Wind, der draußen wie ein toller Hund geheult hatte, säuselte auf einmal sanft und melodiös wie die Sängerknaben an einem Weihnachtsabend.

»Meine Martha ist das bestimmt nicht«, flüsterte der Wirt; Martha ist seine Großtante, die oben in der Dachstube wohnt.

Wir gingen zur Tür, und der Sturm schlug sie mit solcher Wucht auf, daß der Griff sauber in den Wandputz getrieben wurde. Aber in jenem Augenblick dachten wir nicht weiter daran, denn über unseren Köpfen segelte das Schiff, das den Sommer über auf des Wirts Acker gestanden hatte, ruhig durch die windigen Sterne. Aus seinen Stückpforten und aus dem Heckfenster strahlte helles Licht, und lärmendes Singen und Fiedeln scholl von den Decks.

»Er ist fort«, schrie der Wirt, »und das halbe Dorf hat er mitgenommen!« Ich konnte als Antwort nur nicken, da meine Lungen keine Blasebälge sind.

Erst am nächsten Morgen konnten wir die ganze Gewalt des Sturmes ermessen, denn außer an meinem Schweinestall hatte er genug Schaden im Dorf angerichtet, um uns für die nächste Zeit zu beschäftigen. Die Kinder brauchten auch nicht einmal Zweige als Feuerholz für den Winter abzubrechen, da der Sturm die Wälder mit mehr heruntergerissenen Ästen übersät hatte, als sie heimtragen konnten. Viele unserer Geister waren in alle Winde verweht, doch diesmal kamen nur sehr wenige zurück, da all die jungen Leute unter ihnen mit dem Kapitän gesegelt waren; aber außer den Geistern wurde auch noch ein bedauernswerter, nicht recht gescheiter junger Bursche vermißt, und wir nahmen an, daß er sich als blinder Passagier eingeschifft hatte oder vielleicht als Kajütenjunge mitreiste, weil er's nun mal nicht besser wußte.

Vor lauter Wehklagen der Geistermädchen und dem Geschimpfe der Familie, die einen Vorfahren verloren hatten, war das Leben im Dorf eine Zeitlang ganz aus der gewohnten Bahn geworfen; doch am spaßigsten war es, daß die Leute, die vorher am meisten über das Betragen der jungen Burschen geklagt hatten, jetzt nach ihrem Weggang das größte Aufheben davon machten. Mit dem Schuhmacher oder dem Schlachter, die überall ausposaunten, wie sehr sie ihre jungen Burschen vermißten, hatte ich nicht das geringste Mitleid; aber es griff mir ans Herz, wenn ich die armen verlassenen Mädchen bei Einbruch der Nacht auf dem Gemeindeanger die Namen ihrer Liebsten rufen hörte. Es schien mir nicht fair, daß sie ihre Männer nun zum zweiten Mal verloren haben sollten, nachdem sie ihr Leben für die ungewisse Hoffnung, wieder mit ihnen vereint zu sein, aufgegeben hatten. Doch nicht einmal ein Geist kann auf ewig trauern, und nach ein paar Monaten hatten wir uns damit abgefunden und sprachen nicht mehr darüber, daß die Burschen, die mit dem Schiff gesegelt waren, nie wiederkommen würden.

Und dann, eines Tages – ich glaube zwei Jahre später, als die ganze Geschichte fast vergessen war – was meinen Sie, wer da über die Straße von Portsmouth dahergeschlendert kommt? Kein anderer als dieser närrische junge Bursche, der mit dem Schiff abgehauen war, weil er seinen Tod und sein Einrücken in die Geisterschar nicht abwarten konnte. So einen Jüngling haben Sie bestimmt in Ihrem ganzen Leben noch nicht gesehen! An einem Strick um seine Hüften hing ein großes rostiges Entermesser, und er war über und über mit bunten Tätowierungen bedeckt, so daß selbst sein Gesicht wie das Sticktuch eines Schulmädchens aussah. In der Hand hielt er ein zusammengeknüpftes Taschentuch voller fremdartiger Muscheln und alter kleiner Geldstücke, äußerst merkwürdig, und er ging einfach zum Brunnen vor dem Haus seiner Mutter und zog sich einen Trunk hoch, als sei er inzwischen überhaupt nicht fortgewesen.

Schlimm nur, daß er genauso schwachköpfig wiederkam, wie er gegangen war, und was wir auch mit ihm anstellten, wir konnten kein vernünftiges Wort aus ihm herausholen. Er schwatzte eine Menge Unsinn von Kielholen, blutigen Morden und ›über die Planke gehen‹* – Dinge, von denen ein anständiger Seemann nichts wissen sollte – so daß mir schien, als ob der Kapitän trotz all seiner feinen Manieren eher ein Pirat als ein christlicher Seefahrer sei. Aber aus diesem Jungen etwas Vernünftiges herauszuholen war genauso schwer, wie Kirschen von einem Holzapfelbaum zu pflücken. Auf eine närrische Geschichte kam er immer wieder zu sprechen, und wenn man ihn so hörte, mochte man denken, daß dies

* Strafe, die früher Seeräuber ihren Gefangenen auferlegten, die dabei meist ins Meer fielen und ertranken.

das einzige Erlebnis in seinem ganzen Leben gewesen sei.

»Wir lagen bei einer Insel vor Anker«, pflegte er zu erzählen, »die ›Blumenkorb‹ genannt wurde, und die Matrosen hatten viele Papageien gefangen, und wir brachten ihnen Seemannsflüche bei. Die Decks hinauf und hinunter, die Decks hinauf und hinunter, und die Ausdrücke, die sie brauchten, waren fürchterlich. Als wir aufblickten, sahen wir die Masten des spanischen Schiffs vor dem Hafen. Vor dem Hafen lagen sie, und wir warfen die Papageien ins Meer und segelten hinaus zum Gefecht. Und alle Papageien ertranken im Meer, und die Ausdrücke, die sie brauchten, waren fürchterlich.«

So ein Bursche war das: nichts als närrisches Geschwätz von Papageien, wenn wir ihn über das Gefecht ausfragen wollten. Und wir hatten auch keine Gelegenheit, ihm Vernunft beizubringen, denn zwei Tage später rannte er wieder fort und wurde seither nicht mehr gesehen.

Das ist meine Geschichte, und ich versichere Ihnen, daß solche Dinge sich laufend in Fairfield ereignen. Das Schiff ist nie wieder zurückgekommen. Doch wie das so ist, wenn die Leute älter werden: sie glauben fest daran, daß es in einer stürmischen Nacht mit all den vermißten Geistern an Bord über die Hecken dahergesegelt kommen wird. Wenn das Schiff aber kommt, werden wir es freudig empfangen. Ein Geisterliebchen ist hier noch, das nie müde wurde, auf seinen Burschen zu warten. Jede Nacht kann man das arme Wesen auf dem Gemeindeanger sehen, wie es seine Augen anstrengt und nach den Positionslaternen zwischen den Sternen Ausschau hält. Ein treuer Schatz, werden Sie sagen, und ich glaube, Sie haben recht.

Der Acker des Wirts war nach diesem Besuch auch nicht einen Deut schlechter; aber man sagt, daß die weißen Rüben, die darauf wuchsen, alle nach Rum schmeckten.

MARY HOTTINGER

Apologia horroris

Eine Ehrenrettung der Gruselgeschichte

Eine Frage in einem Quiz-Buch lautet: »Welches sind die drei tiefsten menschlichen Gefühlsregungen?« Und als Antwort liest man: »Furcht, Liebe, Zorn.« Wir brauchen ein Quiz-Buch nicht als letzte Instanz anzusehen, jedoch die angeführte Reihenfolge ist interessant und scheint von dem Apostel Johannes in seinem ersten Brief bestätigt zu werden: »Furcht ist nicht in der Liebe, sondern die völlige Liebe treibt die Furcht aus.» Die Furcht scheint also zuerst dagewesen zu sein, denn nichts kann ausgetrieben werden, was nicht bereits vorhanden ist.

Zivilisation ist zuweilen als Sieg über die Furcht definiert worden. Man ist versucht, diese Definition als ein Stück Wunschdenken zu betrachten. Kaum einer von uns, so zivilisiert wir uns auch dünken mögen, könnte nachts allein durch einen dunklen Wald wandern, allein in einem Boot über ein uferloses Meer treiben oder eine Nacht allein in einem leeren Haus verbringen, ohne dabei ein etwas unheimliches Gefühl zu haben. Die Psychoanalytiker mögen wohl die Quelle dieses Angstgefühls nennen, können es selbst aber nicht beseitigen. Charles Lamb schrieb vor langer Zeit: »Medusen, Hydren und gräßliche Chimären ... mögen in einem abergläubischen Hirn Gestalt annehmen, aber es gab sie schon früher. Sie sind

Nachbildungen, Typen – die Archetypen bestehen in uns und für ewig... Ist es deshalb so natürlich, daß wir Schrecken vor solchen Dingen empfinden, weil wir sie für fähig halten, uns körperliche Schmerzen zu bereiten? – Oh, das am allerwenigsten! Diese Schrecken sind von älterer Herkunft. Ihr Ursprung liegt jenseits des Körperlichen.«

Mit dem Begriff des Schreckens scheint also etwas Ursprüngliches verbunden zu sein. Natürlich haben die Menschen auch hier ihre persönlichen Eigenarten entwickelt. So gibt es Leute, denen der einsame Ozean die Seligkeit bedeutet, die jedoch vor einem verlassenen Haus zurückscheuen; andere wiederum betrachten das verlassene Haus als sichere Zuflucht vor dem finsteren Wald.

Daß die Furcht als Thema und Zweck für Erzählungen benutzt wird, sollte weder überraschen noch Anstoß erregen. Niemand protestiert gegen eine Liebesgeschichte oder eine sogenannte zornige Geschichte. Doch es ist eine sonderbare Tatsache, daß der moderne Mensch der westlichen Welt sich seiner Furcht schämt; vielleicht, weil er uneingestandene Zweifel an eben der Zivilisation hegt, die er geschaffen hat. Das aber ist der eigentliche Grund dafür, Furcht in eine Form der Unterhaltung zu kleiden; denn es ist ein Privileg der Menschheit, sich unangenehmer Tatsachen dadurch zu entledigen, daß man sich vormacht, sie existierten nur in der Einbildung, und sie mit dieser Einbildung überwindet. Mrs. Radcliffe, deren Gruselgeschichten das Zeitalter der Aufklärung so ergötzten und uns heute so grotesk erscheinen, kam der Wahrheit sehr nahe, wenn sie von ›angenehmer Furcht‹ sprach. Es mag einige Gründe dafür geben, die Gruselgeschichte als eine Art sympathischer Magie zu betrachten. So ist es zum Beispiel nicht besonders abwegig, wenn man die heutige Popularität der Spionagegeschichten auf die uneingestandene Furcht vor dem aggressiven Nationalismus unserer Zeit zurückführt.

Die Gruselgeschichte ist keineswegs eine englische Erfindung. Sie erscheint in den Sagen und Überlieferungen vieler Völker und bezieht in ihrer zeitgenössischen Form vielfach ihren Stoff daraus. Doch wie die Gespenstergeschichte, tendiert auch sie in letzter Zeit dazu, sich die englischsprechenden Völker als eigentliche Heimat zu wählen. Teilweise mag das daran liegen, daß die Engländer am weitesten darin gegangen sind, die Furcht aus dem Bereich der ehrbaren Gefühle und aus dem Vokabular ihrer Bildung zu verbannen – und was man durch den Eingang hinauswirft, kommt stets durch die Hintertür wieder herein. Gleichzeitig aber ist die englische Sprache, auf Grund der ihr inhärenten Konkretheit, besonders für dieses Genre geeignet und leistet mit ihrer außerordentlichen Genauigkeit der Bestimmung von Ort, Zeit und Ziel einzigartige Dienste. Hinzu kommt noch jene merkwürdige Aufnahmefähigkeit, die dieses Volk von Geschäftsleuten sich bis auf den heutigen Tag für die irrationale Seite des Lebens bewahrt hat. Wie man erst vor wenigen Jahren in Briefen an eine Zeitung lesen konnte, versichern völlig vernünftige Bürger ihren Lesern, daß sie von ihrem Auto aus auf Landwegen tatsächlich Elfen, Zwerge und Feen gesehen hätten – eine Gegenüberstellung, die nicht ohne ihren Reiz ist. Und die Sprache ist äußerst reich an Beiworten, die das Gefühl des Sich-Fürchtens übermitteln: *grisly*, *gruesome*, *ghastly*, *weird*, *eerie*, *ghoulish*, *uncanny* gehören zum täglichen Wortschatz von jedermann.

Die handfesten Schrecken der Mrs. Radcliffe jedoch, ihre Klosterruinen und ihre Skelette in zerfallenden Särgen, können den heutigen Leser kaum noch erregen. Jedenfalls hat sich in der angelsächsischen Welt eine Unterscheidung zwischen der Geschichte des Grauens *(tale of horror)* und der Geschichte des Schreckens *(tale of terror)* entwickelt. Sie mögen sich manchmal überschneiden, aber sie sind in der Tat verschiedene Genres. In der Regel präsentiert die Geschichte des Grauens irgendein von außerhalb wirkendes Objekt, das normalerweise abstößt und von dem Helden entweder gefürchtet oder als angenehm empfunden wird. Wer genügend Neugierde aufbringt, mag in Mario Praz' *The Romantic Agony* nachlesen, wie weit die Menschheit in ihrer Begierde, die ›ungestüme Lieblichkeit‹ des Grauens zu genießen, gehen kann. Jede Besessenheit oder Phobie wird in der Regel ausreichend Stoff hergeben – Krankheit, Blut, Schlangen, Ohrwürmer, Spinnen, Fledermäuse, Bremsen, Ratten, deformierte oder verstümmelte menschliche Körper und die Assoziation des Lebenden mit dem Toten. Manchmal sind es völlig imaginäre Kreaturen, wie in einigen Geschichten von E. F. Benson, dessen beste Arbeiten zum Teil von Vampiren erzählen. Manchmal müssen auch normalerweise gänzlich unschuldige Wesen und Dinge eine Rolle in der Geschichte des Grauens übernehmen, wie zum Beispiel das Frettchen in *Sredni Vashtar*. Schließlich war Beelzebub ja der ›Gott der Fliegen‹. Im allgemeinen wird jedoch eine weitverbreitete und bekannte Phobie herangezogen, und Phobien sind so zeitbeständig, wie sie irrational sind. Bis auf den heutigen Tag überraschen Schuljungen ihre darunter leidenden Klassenkameraden mit Spinnen in Streichholzschachteln, Regenwürmern in ihren Betten und Ohrwürmern unter ihren Tellern; aber wie schon J. Crampton in seinem Buch *The Spider* schrieb, sind solche Streiche nicht mehr spaßig zu nennen, denn sie treffen zu tief. Sie sind ›jenseits des Körperlichen‹.

Später trat der Kannibalismus in Erscheinung, und das

ist interessant, denn in Mario Praz' Katalog des Grauens ist er noch nicht aufgeführt. Die Victorianer fanden dieses Thema jedoch recht ergötzlich; es gab ihnen Grund zu manch unschuldigem Gelächter, zum Beispiel in Thakkerays *Little Billee* und W. S. Gilberts *Nancy Brig*. Beides sind Geschichten von der See und von Männern, die einander aus reiner Notlage fraßen. Little Billee wurde zwar noch im allerletzten Augenblick von der britischen Flotte gerettet, denn:

The British Fleet at anchor,
And all the Ad---mirali---tee

waren rechtzeitig zur Stelle, wie es so schön im Original heißt. Aber der Maat der *Nancy Brig* überlistete den Koch, und nachdem er sich loyal mit ihm den Kapitän und die Mannschaft geteilt hatte, stieß er ihn in den Topf. So blieb er allein am Leben, um zum Ergötzen seiner Zeitgenossen zu berichten, wie er den Koch verspeiste:

I ate that cook in a week or less

In neuerer Zeit wird der Kannibalismus in einigen Geschichten bedenklich und sogar effekthascherisch dargestellt. In Geoffrey Households *Taboo* zum Beispiel entdekken die Besucher eines Bergdorfes, daß das ausgezeichnete Wildbret, mit dem der Dorfjäger sie versorgt, in Wirklichkeit das Fleisch von Einwohnern dieses Dorfes ist. Da der Schauplatz der Handlung aber in einem ungenannten Land in Mitteleuropa liegt, geographisch so vage wie das Illyrien, an dessen Küste Shakespeares Viola strandet, bleibt das Gesicht gewahrt; denn in einem ungenannten Land kann eben alles passieren. *The Speciality of the House* aber, von Stanley Ellin, spielt in einem exklusiven Londoner Restaurant. Diese Gattung der Geschichte des

Grauens ist jedoch nicht in die vorliegende Sammlung aufgenommen worden; denn erstens wurde sie nicht oft genug geschrieben, um wirklich repräsentativ zu sein, und zweitens tritt gerade mit dem Einzug des Kannibalismus die eigentliche Schwäche der Geschichte des Grauens hervor: daß sie nämlich, wie Macbeths Ehrgeiz,

Sich überschlägt und jenseits niederfällt.

Es kommt der Punkt, bei dem zu viele Leser sagen: »Das glaube ich nicht.«

Die Überlegenheit der Geschichte des Schreckens über die Geschichte des Grauens beruht darin, daß sie viel hinterlistiger und tödlicher ist. Sehr oft benötigt sie überhaupt keine grauenvollen Requisiten, sondern stützt sich völlig auf eine gegebene Situation, wie in Evelyn Waughs wirklich schreckenerregender Geschichte *Der Mann, der Dickens liebte*, wo der wirkliche Schrecken die Zeit ist, die sich unmeßbar in eine ungewisse Zukunft dehnende Zeit. Die besten Geschichten des Schreckens sind nüchtern in der Ausdrucksweise und vermitteln ein Gefühl unentrinnbarer Realität.

Unschuldige Wesen können, wie schon gesagt, als tödliche Werkzeuge benutzt werden, wie zum Beispiel die Vögel in Philip MacDonalds *Unsere gefiederten Freunde*. Den Unterschied zwischen den beiden Genres könnte man so beschreiben: in der Geschichte des Grauens wird, wie bereits erwähnt, das erregende Moment von außen herangetragen, während es bei der Geschichte des Schreckens von innen hervortritt. Wenige Erzählungen treffen tiefer als *Trauermarsch*, wo sich vor dem Hintergrund eines Kinderfestes ein Abgrund unfaßlichen Schreckens zu Füßen der Kinder öffnet, als die vertraute Gestalt eines Londoner Polizisten beim Anblick ihres ›guy‹* erstarrt und blaß wird.

Unter diesen Erzählungen steht Kiplings *Eine Tatsache* zwischen den beiden Genres, und obgleich sie nicht eine seiner besten ist, besitzt sie doch einen besonderen Reiz. Man möchte die seltsamen Seeungeheuer der Geschichte des Grauens beiordnen; aber so grauenhaft sie auch sind, sie deuten auf ein unbekanntes, verborgenes Leben hin, und der Schrecken, den sie hervorrufen, wird von der Erkenntnis gemildert, daß sie trotz ihrer urzeitlichen Herkunft fühlende Wesen sind, die Schmerz empfinden und Mitleid erwecken können. Vor allem aber spielt sich die Wechselbeziehung der Geschichte zwischen diesen Geschöpfen ab, nicht zwischen ihnen und ihren menschlichen Zuschauern. Sie führen ihr eigenes, abgetrenntes Leben und sind nicht, wie in der Geschichte des Grauens, nur da, um Entsetzen zu verbreiten.

Wenn man es nicht ganz so genau nimmt, könnte man in Shirley Jacksons berühmter Geschichte *Die Lotterie* eine Umkehrung des Themas von *Eine Tatsache* sehen. Während in Kiplings Geschichte urzeitliche Geschöpfe aus der Tiefe des Meeres steigen und ihr Drama von Liebe

* Am 5. November 1605 sollte bei Eröffnung der Parlamentssession König Jakob I. nebst dem House of Lords mit Pulverfässern in die Luft gesprengt werden. Guy Fawkes war der Name des Mannes, der die Ausführung dieses Planes, des sogenannten *Gunpowder Plot*, übernommen hatte. Die Verschwörung wurde jedoch entdeckt und Guy Fawkes am 31. Januar 1606 hingerichtet. Ein seltsames Spiel des Schicksals aber machte ihn zum Schutzpatron des Winterfestes der Kinder in England. Schon Wochen vor dem 5. November gehen die Kinder durch die Straßen und sammeln Pennies für ihren ›guy‹, eine Puppe, die sie aus jedem nur erreichbaren Material machen; sie muß nur an ein menschliches Wesen erinnern. Von dem Geld kaufen sie dann Feuerwerkskörper, die sie am Abend des 5. November entzünden.

und Leid vor den Augen der Menschen abspielen, hat in der *Lotterie* ein Mensch die Funktion eines frühgeschichtlichen Geschöpfes, des ›Sündenbocks‹, für seine Mitbürger anzunehmen.

Wie das ganze Werk von Shirley Jackson ist auch diese Geschichte, angefangen bei ihrem unschuldigen Titel, schillernd und doppeldeutig. Wenn sich in den Gedanken des Lesers hartnäckig immer wieder die Fragen erheben: »Warum? Wo befindet sich dieser Ort und was sind das für Leute? Warum muß das biblische Sündenbekenntnis in ein dörfliches Fest gewandelt werden?« so kann das nicht die Aussage des zentralen Themas überdecken, eine der entsetzlichsten Erfahrungen, die ein Mensch in Not machen kann – die Erbarmungslosigkeit menschlicher Gesichter beim Anblick seines Leides.

In der Erzählung des Schreckens gibt es ständig wiederkehrende Themen – das leere Haus zum Beispiel, das eine ewig währende Faszination ausübt, ob es nun inmitten eines unordentlichen Gartens voller Schilder von Häusermaklern in einer Londoner Straße steht oder auf dem Lande mit leeren Fenstern und grasüberwachsenen Zugangswegen. Der Mutige mag vielleicht durch die Fenster hineinsehen und versuchen, einen Blick von dem verborgenen Leben darin zu erhaschen, die meisten von uns aber eilen vorbei. Oliver Onions' Erzählung *Die lokkende Schöne* hat trotz ihrer beschaulichen Länge in dieser Sammlung Aufnahme gefunden, weil sie mehrere Themen in sich vereint: das leere Haus, die Phantomgeliebte und das Klopfen an der Tür, wodurch das Leben im Haus von dem gesunden, normalen Leben draußen getrennt wird. Wie tiefgreifend der Effekt dieses Klopfens an der Tür sein kann, wußte Shakespeare sehr wohl, als er es so furchterregend nach Macbeths erstem Mord benutzte, während Stevenson es wiederum dazu heranzog, um den Höhepunkt von *Markheim* wirkungsvoll in Szene zu setzen. Das ist überhaupt eine wundervolle Geschichte – das Gespräch mit dem alten Antiquitätenhändler zum Beispiel, während die Zeit von vielen winzigen Stimmchen fortgezählt wird, zeigt Stevenson auf der Höhe seiner Kunst. Aber *Markheim* wirft ein Licht auf einen wesentlichen Punkt der Geschichte des Schreckens, der oft von Schriftstellern und Lesern übersehen wird. Stevensons starker, beunruhigender Spürsinn für das Böse hatte seinen ersten wirklichen Ausdruck in der recht sensationell aufgemachten Erzählung *Der seltsame Fall von Dr. Jekyll und Mr. Hyde* erfahren. Eine sehr schöne Lösung fand er jedoch in *Markheim* mit der Verwendung des Doppelgänger-Themas, das einen an E. A. Poes *William Wilson* erinnert. Dieses Thema, das auf der Erkenntnis bauen muß, daß jedermann die Fähigkeit zu wählen gegeben ist, erhöht noch das Entsetzen des Mörders, der das Leben an die Tür klopfen hört und dennoch den Tod wählt – ein feinfühlender Zug, dessen die Geschichte des Schreckens zu oft entbehrt.

Poe ist nicht zu umgehen: wenn man nicht mit ihm beginnt, so muß man ihn doch wenigstens ans Ende stellen. Wie schon Edmund Wilson gesagt hat, ist es die fundierte moralische Erkenntnis, die so viele seiner Erzählungen die Zeit überdauern läßt, während andere, glaubwürdigere, mit der speziellen Geschmacksrichtung verblaßten, für die sie eintraten. Poe ist nur insofern schwierig unterzubringen, als die Szenerie seiner Geschichten romantisch überladen und diese Ausdrucksform inzwischen vom Buch zum Film hinübergewechselt ist. Nur wenige Eingriffe, und *Der Rote Tod* ließe sich in ein Drehbuch für einen Ballettfilm umwandeln. Wenn man einmal die realistische Einstellung – in der Literatur die *Form ohne Ornament* – aufgibt, sieht man die Geschichte so, wie sie wirklich ist:

ein großartig konstruiertes Bild von dem langsamen Vormarsch der Nemesis in den Fußstapfen der Hybris. An dieser Stelle drängt sich eine Erwägung auf: keine Geschichte des Schreckens wird vom bloßen Moralisieren leben können; wahrscheinlich wird sie aber auch nur dann überdauern, wenn sie die Erkenntnis einer über allem stehenden moralischen Ordnung in der Welt in sich trägt – das heißt, sie muß ein Anliegen haben.

Die Reihenfolge der Geschichten in dieser Sammlung ist nicht ganz zufällig. Der erste Beitrag ist der einfache Bericht eines tatsächlichen Ereignisses. *Die Reise der Mary Celeste* stellt eines der seltsamsten aller geheimnisumwitterten Seeabenteuer dar. Andere Schiffe sind verschwunden, und in früherer Zeit entledigte sich der Schriftsteller einer unangenehmen Romanfigur manchmal einfach, indem er schrieb: »Auf See vermißt – das Schiff ging unter mit Mann und Maus«. Die *Mary Celeste* aber verschwand nicht. Zehn Tage lang hatte sie ohne die steuernde Hand eines Menschen das Meer durchpflügt, war aber auch kein ›Gespensterschiff‹. Irgendwo waren die zehn Menschen, die auf ihr gelebt hatten, vom Meer verschlungen worden. Man fand jedoch nie die geringste Spur von ihnen. Das Ende war Schweigen.

Der Hauptteil des Buches enthält echte Geschichten des Grauens oder des Schreckens – erdichtete Geschichten, denen allen in ihrer Merkwürdigkeit ein gewisses, furchterregendes Etwas anhaftet. Aber *Die Killer*, *Trauermarsch* und *Miss Bella gibt eine Gesellschaft* sind keine Geschichten des Schreckens im üblichen Sinne. Sie erzählen von dem Schrecken, der dem Leben selbst innewohnt. Da ist der Schwede in Hemingways *Die Killer*, der apathisch auf den Tod wartet, während seine Mörder ihre Würstchen verspeisen; da ist Bella Fleace, die einsam an der Festtafel ihrer letzten Gesellschaft sitzt; und da sind die Kinder mit ihrem toten ›guy‹ – diese Geschichten sind tödlicher als jede nur um des Schreckens willen geschriebene Geschichte.

Zum Schluß kommt *Das Geisterschiff*. – »Gespenster«, schrieb M. R. James, der es eigentlich am besten gewußt haben sollte, »müssen feindselig oder verhaßt sein: liebenswerte oder hilfsbereite Erscheinungen sind wohl am Platze in Märchen oder örtlichen Sagen, aber in einer erdichteten Gespenstergeschichte habe ich für sie keine Verwendung.«

Leider können wir dem hochberühmten Gespensterjäger hier nicht beipflichten. Die Geister dieses Schiffes sind zwar nicht besonders hilfreich – sie verführten alle jungen Geistermänner des Dorfes und lockten sie fort – aber niemand kann behaupten, daß sie sich nicht anständig oder liebenswert betragen hätten. Wenn es um Mitternacht Zeit wird, nach einem mit Vampirhänden auf den Schultern und mit mörderischen Vögeln oder urzeitlichen Monstren verbrachten Abend die Treppe hinaufzuschleichen und ins Bett zu kriechen, könnte man etwas weitaus Schlechteres tun, als sich mit der berauschenden Vorstellung der nach Rum schmeckenden weißen Rüben aufzuheitern. Einmal wenigstens zeigt sich hier der Schrecken von einer liebenswürdigen Seite.

HINWEIS

Die Herausgeberin und der Verlag danken folgenden Autoren, Verlegern und Agenturen für die Erteilung der Rechte: Liepman AG, Zürich, für die Erzählung von *Martin Armstrong*; Mohrbooks, Zürich, und A. P. Watt & Son, London, für die Erzählung von *E. F. Benson* (aus ›The Room in the Tower‹), für die Erzählung von *R. H. Mottram* (aus ›The Headless Hound‹) sowie für die Erzählung von *Oliver Onions* (aus ›Widdershins‹); Stephen Aske, London, für die Erzählung von *A. M. Burrage*; Rowohlt Verlag GmbH, Reinbek bei Hamburg, für die Erzählung von *Ernest Hemingway* (aus dem rororo-Band ›Männer ohne Frauen‹); Mohrbooks, Zürich, für die Erzählung von *Shirley Jackson* und für die Erzahlung von *Arthur Machen*; Paul List Verlag, München, für die beiden Erzählungen von *Rudyard Kipling;* Collins Publishers, London, für die Erzählung von *Philip MacDonald; John Metcalfe, Esq.*, für seine Erzählung ›Funeral March of a Marionette‹, sowie der Zeitschrift THE INDEPENDENT, in der sie 1927 erstmals erschien; Ernest Benn Ltd., London, für die Erzählung von *Richard Middleton;* Artemis Verlag, Zürich, für die Erzählung von *E. A. Poe* (aus ›Unheimliche Geschichten‹); Winkler-Verlag, München, für die Erzählung von *R. L. Stevenson* (aus Stevenson ›Erzählungen‹); A. D. Peters, London, sowie Hundt-Verlag, Hattingen, für die Erzählung von *Evelyn Waugh* ›Der Mann, der Dickens liebte‹, die unter dem Titel ›Du côté de chez Todd‹ als 6. Kapitel des Romans ›Eine Handvoll Staub‹ erschienen ist; Sanssouci Verlag, Zürich, für die Erzählung von *Evelyn Waugh* ›Miss Bella gibt eine Gesellschaft‹ (aus ›Kleiner Abendspaziergang‹).

Die Erzählung von *Ambrose Bierce* stammt aus dem Band ›Die Spottdrossel‹ (detebe 20234); die Erzählung von *Saki* aus ›Die offene Tür‹ (detebe 20115); die Erzählung von *W. F. Harvey* aus ›Die Bestie mit den fünf Fingern‹ (detebe 20599).

Bitte beachten Sie auch
die folgenden Seiten

Mehr Horror

Moderne Horrorgeschichten von
Graham Greene bis Patricia Highsmith
Ausgewählt von Barbara Birrer
detebe 22489

Würden Sie es wagen, Ihre Gedanken bis zu jenem Punkt ausschweifen zu lassen, wo die Vernunft aufhört und die frei dahinfließende, in allen Farben des Regenbogens schillernde Phantasie beginnt? Es ist gefährlich, dies zu tun.
Was dabei herauskommt, lesen Sie in den 22 schön bösartigen, fröhlich blutrünstigen und märchenhaft abgründigen Geschichten zum Grauen und Gruseln: Das Feinste vom Feinen für Freunde der gepflegten Gänsehaut.

Es erzählen Robert Bloch, Ray Bradbury, Fredric Brown, Lord Dunsany, Stanley Ellin, John Galsworthy, Graham Greene, Patricia Highsmith, Nigel Kneale, Richard Matheson, Margaret Millar, J.B. Priestley, Henry Slesar, John Steinbeck, Janwillem van de Wetering und viele andere.

Mary Hottingers Anthologien im Diogenes Verlag

Mord
Kriminalgeschichten von Edgar Allan Poe bis Raymond Chandler. Mit Vignetten von Paul Flora. detebe 20030

Mehr Morde
Kriminalgeschichten von Cyril Hare bis Henry Slesar. Mit Vignetten von Paul Flora. detebe 20031

Noch mehr Morde
Kriminalgeschichten von Dorothy Sayers bis Peter Cheyney. Mit Vignetten von Paul Flora. detebe 20032

Wahre Morde
Die berühmt-berüchtigtsten Kriminalfälle aus England. detebe 20587

Gespenster
Geschichten aus England von Daniel Defoe bis Edward Bulwer-Lytton. detebe 20497

Mehr Gespenster
Geschichten aus England, Schottland und Irland von Rudyard Kipling bis H. G. Wells. detebe 21027

Noch mehr Gespenster
Geschichten aus aller Welt, von Balzac bis Čechov. In memoriam Mary Hottinger, herausgegeben von Dolly Dolittle.
detebe 21310

Ehegeschichten
von Joseph Conrad bis Mary McCarthy, für den Literaturfreund ausgewählt von Mary Hottinger. detebe 21529

Familiengeschichten
von W. Somerset Maugham bis F. Scott Fitzgerald, für den Literaturfreund ausgewählt von Mary Hottinger. detebe 21530

Kindergeschichten
von Charles Dickens bis Doris Lessing, für den Literaturfreund ausgewählt von Mary Hottinger. detebe 21531

Ganz gemeine Geschichten
von Rudyard Kipling bis D.H. Lawrence, für den Literaturfreund ausgewählt von Mary Hottinger. detebe 21532

Unheimliche Geschichten
Eine Sammlung von ungewöhnlichen, kuriosen und gar schauerlichen Geschichten von Ambrose Bierce bis G.K. Chesterton, für den Literaturfreund ausgewählt von Mary Hottinger. detebe 21547

Horror
Klassische und moderne Horrorgeschichten von Charles Dickens bis Ernest Hemingway. Ausgewählt und eingeleitet von Mary Hottinger. detebe 22488

Edgar Allan Poe im Diogenes Verlag

Werkausgabe in Einzelbänden
Herausgegeben von Theodor Etzel
Aus dem Amerikanischen von Gisela Etzel, Wolf Durian u.a.

Die schwarze Katze
und andere Verbrechergeschichten
detebe 21183

Die Maske des roten Todes
und andere phantastische Fahrten
detebe 21184

Der Teufel im Glockenstuhl
und andere Scherz- und Spottgeschichten
detebe 21185

Der Untergang des Hauses Usher
und andere Geschichten von Schönheit, Liebe und Wiederkunft
detebe 21182

Die denkwürdigen Erlebnisse des Arthur Gordon Pym
Roman. Mit einem Nachwort von Jörg Drews
detebe 21267

Meistererzählungen
Ausgewählt und mit einem Vorwort von Mary Hottinger
detebe 21721

Charles Dickens im Diogenes Verlag

Ausgewählte Romane und Geschichten in 7 Bänden
In der deutschen Übertragung von
Gustav Meyrink

David Copperfield
Roman. Mit einem Nachwort von
W. Somerset Maugham. detebe 21034

Oliver Twist
Roman. detebe 21035

Nikolas Nickleby
Roman. detebe 20998

Bleakhaus
Roman. detebe 21166

Drei Weihnachtsgeschichten
detebe 21241

Die Pickwickier
Roman. Mit einem Nachwort von Walter Kluge
detebe 21405

Martin Chuzzlewit
Roman. Mit einem Nachwort von Jerôme von Gebsattel
detebe 21406

Außerdem liegen vor:

Charles Dickens
Ein Essay von George Orwell
Deutsch von Manfred Papst. detebe 21398

Weihnachtslied
Eine Gespenstergeschichte
Deutsch von Richard Zoozmann
Mit Zeichnungen von Tatjana Hauptmann
detebe 21834

R. L. Stevenson

Werke in 8 Bänden

nach der Edition und Übersetzung
von Curt und Marguerite Thesing

Die Schatzinsel
Roman. detebe 20701

Die Entführung
Roman. detebe 20704

Dr. Jekyll und Mr. Hyde
und andere Geschichten. detebe 21787

Der Selbstmörderklub
Der Diamant des Rajahs
Zwei Geschichtensammlungen
detebe 20707

Der Flaschenteufel
und andere Geschichten. detebe 20709

Der Leichenräuber
und andere Geschichten. detebe 20710

Der gefährliche Archipel
In der Südsee I. Roman. detebe 21449

Der Palast der vielen Frauen
In der Südsee II. Roman. detebe 21450

Evelyn Waugh im Diogenes Verlag

Auf der schiefen Ebene
Roman. Aus dem Englischen von Ulrike Simon
detebe 21173

Lust und Laster
Roman. Deutsch von Ulrike Simon
detebe 21174

Tod in Hollywood
Eine anglo-amerikanische Tragödie
Deutsch von Peter Gan. detebe 21175

Der Knüller
Roman. Deutsch von Elisabeth Schnack
detebe 21176

Charles Ryders Tage vor Brideshead
Erzählungen. Deutsch von Otto Bayer
detebe 21276

Wer zuerst kommt, mahlt zuerst
Erzählungen. Deutsch von Otto Bayer
detebe 21277

Gilbert Pinfolds Höllenfahrt
Ein Genrebild. Deutsch von Irmgard Andrae
detebe 21326

Eine Handvoll Staub
Roman. Deutsch von Matthias Fienbork
detebe 21348

Schwarzes Unheil
Roman. Deutsch von Irmgard Andrae
detebe 21402

Mit Glanz und Gloria
Roman. Deutsch von Matthias Fienbork
detebe 21465

Helena
Roman. Deutsch von Peter Gan
detebe 21642

Fredric Brown
Flitterwochen in der Hölle
und andere Schauer- und Science-Fiction-Geschichten

Aus dem Amerikanischen von B. A. Egger
Illustrationen von Peter Neugebauer unter Verwendung von Zeichnungen von Ludwig Richter und Julius Schnorr von Carolsfeld
detebe 20384

Fredric Brown, Schach-, Flöten-, Pokerspieler, versucht die Grenzen der Vernunft, überwindet Raum und Zeit, zähmt und entfesselt die Dämonen.
Vergessen Sie alles, was Sie von Yetis, Wudus, Vamps, Rotbart oder dem Planeten Placet wissen. Fredric Brown, Mathematiker, Musiker, Phantastiker, gibt letztmögliche Aufschlüsse: über den engelhaften Angelwurm und Flitterwochen in der Hölle, über den Solipsisten Jehova und die tödlichen Puppen Giesenstecks, den Anonymus Alcoholicus, der uns alle vor interstellarischer Sklaverei bewahrte, und den endzeitlichen Zweikampf mit dem roten Kugelwesen auf der Arena des blauen Planeten.

»Seit Ray Bradbury und Roald Dahl haben wir keinen Erzähler kennengelernt, der seine Leser auf so phantastische Zukunftsabenteuer geschickt hätte. Ein Meister des schwarzen Humors und logischer Hochakrobatik.« *Westermanns Monatshefte, Braunschweig*

»Mit diesem ergötzlichen, phantastischen und bizarren Buch erweitert Diogenes seinen Vorrat an brillanten Kabinettstücken um eine höchst attraktive Neuerwerbung.« *Westdeutscher Rundfunk, Köln*

Shirley Jackson im Diogenes Verlag

Wir haben schon immer im Schloß gelebt
Roman. Aus dem Amerikanischen von
Anna Leube und Anette Grube
detebe 21925

Die Teufelsbraut
25 dämonische Geschichten
Deutsch von Anna Leube und Anette Grube
detebe 22446

Der Gehängte
Roman. Aus dem Amerikanischen von
Anna Leube und Anette Grube
detebe 22492

Robert Bloch im Diogenes Verlag

»Einen Autor wie Robert Bloch sollte man Krimifans wieder in Erinnerung bringen.«
Frankfurter Rundschau

Nacht im Kopf
Roman. Aus dem Amerikanischen von Monika Elwenspoek
detebe 21414

Ich küsse deinen Schatten
Horrorstories. Deutsch von Kurt Bracharz
detebe 21771

Der Schal
Roman. Deutsch von Willy Thaler
detebe 21864

Lori
Roman. Deutsch von Kristian Lutze
detebe 21904

Henry Slesar im Diogenes Verlag

Mord in der Schnulzenklinik
Roman. Aus dem Amerikanischen von Jobst-Christian Rojahn. Leinen

Coole Geschichten für clevere Leser
Deutsch von Thomas Schlück. detebe 21046

Fiese Geschichten für fixe Leser
Deutsch von Thomas Schlück. detebe 21125

Schlimme Geschichten für schlaue Leser
Deutsch von Thomas Schlück. detebe 21036

Das graue distinguierte Leichentuch
Roman. Deutsch von Paul Baudisch und Thomas Bodmer. detebe 20139

Vorhang auf, wir spielen Mord!
Roman. Deutsch von Thomas Schlück
detebe 20216

Erlesene Verbrechen und makellose Morde
Geschichten. Deutsch von Günter Eichel
Vorwort von Alfred Hitchcock. Zeichnungen von Tomi Ungerer. detebe 20225

Ein Bündel Geschichten für lüsterne Leser
Deutsch von Günter Eichel. Vorwort von Alfred Hitchcock. Zeichnungen von Tomi Ungerer. detebe 20275

Hinter der Tür
Roman. Deutsch von Thomas Schlück
detebe 20540

Aktion Löwenbrücke
Roman. Deutsch von Günter Eichel
detebe 20656

Ruby Martinson
Geschichten vom größten erfolglosen Verbrecher der Welt. Deutsch von Helmut Degner
detebe 20657

Böse Geschichten für brave Leser
Deutsch von Christa Hotz und Thomas Schlück. detebe 21248

Die siebte Maske
Roman. Deutsch von Gerhard und Alexandra Baumrucker. detebe 21518

Frisch gewagt ist halb gemordet
Geschichten. Deutsch von Barbara und Jobst-Christian Rojahn. detebe 21577

Das Morden ist des Mörders Lust
Sechzehn Kriminalgeschichten. Deutsch von Barbara Rojahn-Deyk und Jobst-Christian Rojahn. detebe 21602

Meistererzählungen
Deutsch von Thomas Schlück. detebe 21621

Rache ist süß
Geschichten. Deutsch von Ingrid Altrichter
detebe 21944

Das Phantom der Seifenoper
Erzählungen. Deutsch von Jobst-Christian Rojahn und Edith Nerke. detebe 22409

Teuflische Geschichten für tapfere Leser
Deutsch von Jürgen Bürger. detebe 22460

E. W. Heine

Kille Kille

Makabre Geschichten
detebe 21053

»Für die Geschichten von E. W. Heine sollte man einen guten Magen haben. Sie beginnen immer als leichte nette Unterhaltung, aber dann! Heine ist ein Meister der Pointe und schafft es, die Fragwürdigkeit menschlicher Verhaltensweisen in extremen Situationen zu entlarven, Nur schade, daß man von dem Buch nicht lange etwas hat. Einmal angefangen, kann man es nämlich vor der letzten Seite nicht mehr aus der Hand legen.« *Darmstädter Tagblatt*

»Liebhabern gepflegter Kurzgeschichten in der Art Henry Slesars, Roald Dahls und Stanley Ellins ist der Name Ernst W. Heine nicht mehr unbekannt.«
Frieder Middelhauve/Darmstädter Echo

»Ein Nachfahre von Twain und Poe.«
Salzburger Nachrichtern

Hackepeter

Neue Kille Kille Geschichten
detebe 21219

»Das Grauen wächst aus dem alltäglichen Leben. Eben deshalb ist es so grauenhaft und makaber.«
Westfälische Rundschau

»Geschichten, deren hintersinniger Lakonismus in der Tradition von Edgar Allan Poe und Mark Twain bis zu Gustav Meyrink steht. Wo sie gelingen, untergräbt das von ihnen erpreßte Lachen jede Sinnstiftung.« *Stern*

»Für mich ist dieses Buch die Überraschung schlechthin. Den Autor kannte ich bisher nicht. Seine Stories sind überraschend in Aufbau und Pointen. Heine arbeitet nicht mit den üblichen Horror-Effekten. Es ist der Mensch, der den Horror auslöst, die Technik, die immer wieder für makabre Überraschungen sorgt. Grauen im Alltag mit immer wieder purzelbaumschlagenden Pointen.« *Hannoversche Allgemeine*

Kuck Kuck

Noch mehr Kille Kille Geschichten
detebe 21692

»E. W. Heines Alptraum soll es sein, Leser zu langweilen. Da kann er ruhig schlafen: Auch bei seinem dritten Erzählband mit 13 Stories ist nur eines zu bedauern – daß es nicht mehr geworden sind. Meist wird da knapp und knackig aus der Welt bzw. Halbwelt der Kriminalität und verwandter Bereiche erzählt. Und die immer überraschende Pointe lauert kunstgerecht in den letzten beiden Sätzen. Wenn nicht die deutschen Ortsnamen wären, man fühlte sich im tiefschwarzen angelsächsischen Satire- und Schaudergewerbe und die Herren Poe, Twain und Bierce lassen grüßen. Doch bei den Themen liegt der Autor am Puls unserer Tage. Manches meint man (und es stimmt sogar), gerade in der Zeitung gelesen zu haben. Und nun wird die letzte Konsequenz aus der alltäglichen ›Realsatire‹ herausgekitzelt. Von deutscher Umständlichkeit kann man hier nichts bemerken.« *Westfälische Nachrichten*

Das Glasauge

Neue Kille Kille Geschichten
detebe 22471

»In einer Zeit, da den literarisch interessierten Lesern profunde pseudophilosophische Notate über die Postmoderne zuhauf verabreicht werden, fällt E. W. Heine gänzlich aus dem Rahmen. Denn bei der Lektüre darf – je nach Mentalität des Lesers – geschmunzelt oder zuweilen sogar herzhaft gelacht werden.«
Neue Zürcher Zeitung